ALTA SOCIEDADE

Da Autora:

UM AMOR DE DETETIVE
(*Vencedor do Prêmio Parker de Melhor Livro Romântico de 2003*)

A VIDA É UMA FESTA

ALTA SOCIEDADE

ALTA SOCIEDADE

Sarah Mason

Tradução
MAURA PAOLETTI

Copyright © 2004, Sarah Mason
Título original: *High Society*

Capa: Carolina Vaz

Ilustração:

Editoração: DFL

2006
Impresso no Brasil
Printed in Brazil

CIP-Brasil. Catalogação na fonte
Sindicato Nacional dos Editores de Livros – RJ

M368a	Mason, Sarah Alta sociedade/Sarah Mason; tradução Maura Paoletti. — Rio de Janeiro: Bertrand Brasil, 2006. 322p. Tradução de: High society ISBN 85-286-1213-9 1. Romance inglês. I. Paoletti, Maura. II. Título. CDD – 823
06-3482	CDU – 821.111-3

Todos os direitos reservados pela:
EDITORA BERTRAND BRASIL LTDA.
Rua Argentina, 171 — 1º andar — São Cristóvão
20921-380 — Rio de Janeiro — RJ
Tel.: (0xx21) 2585-2070 — Fax: (0xx21) 2585-2087

Não é permitida a reprodução total ou parcial desta obra, por quaisquer meios, sem a prévia autorização por escrito da Editora.

Atendemos pelo Reembolso Postal.

AGRADECIMENTOS

Antes de tudo, gostaria de agradecer profundamente ao meu maravilhoso marido, que tem sido simplesmente incrível.

Como sempre, meus sinceros agradecimentos às minhas brilhantes editoras, Jo e Tara. A Tara, pela ajuda no estágio inicial do livro, e a Jo, por todo o trabalho com o produto final enquanto lutava contra a combinação mortal dos prazos de entrega e a minha vagabundagem. Obrigada por ser sempre tão bem-humorada e encorajadora.

Vários agradecimentos para todos na Time Warner, por terem dado tão duro e pelo enorme apoio.

Um agradecimento enorme vai para minha agente, Dinah, não somente por ser uma agente brilhante, mas também por sua amizade e apoio durante um ano repleto de acontecimentos. Eu lhe sou muito grata.

E para minha mãe, a mulher mais corajosa que eu conheço. Sem ela, eu não teria conseguido escrever este livro.

Amigos e família. Bom, quanto menos eu falar sobre vocês, melhor. Mas aviso que minha cunhada maluca, Tasha, anda pelo metrô de Londres completamente decidida a autografar o livro de alguém, quer esta pessoa queira ou não.

Em memória de meu querido pai.
Com todo o meu amor.

CAPÍTULO 1

—*Bonjour, Madame!* — Cumprimento a senhora sentada atrás da mesa e lanço o meu sorriso mais charmoso. Sempre compensa tratar muito bem estas senhoras. Algumas delas têm o mesmo poder que o governo de um pequeno país.

Ela olha por cima da papelada, me mede por trás dos óculos de leitura e dá uma fungadela rápida como se conseguisse cheirar a minha nacionalidade inglesa. Meu sorriso desaba um pouco. Afinal de contas, eu já estive em uma delegacia inglesa antes. Uma vez. Ou seja, embora não seja uma criminosa inveterada, tenho uma vaga noção de como as coisas funcionam. Mas será que as coisas são diferentes na França?

— *Mon frère est ici...* — Começo a falar no francês capenga que aprendi na escola. O problema com o francês da escola é que temos que lutar o tempo todo contra o impulso de perguntar o nome das pessoas, quantos anos têm e onde vivem, antes de conseguir dizer o que realmente precisa ser dito. — *Il est... hã... hum...* — Estou tentando desesperadamente encontrar a palavra certa. Gaguejo com o meu limitado vocabulário. Não funciona, não encontro nenhuma palavra que sirva. E acabo usando a frase equivalente em inglês.

— UNDER ARREST.

Não parece ter funcionado com ela. Ela me olha sem nenhuma expressão. Tento novamente, desta vez com um sotaque francês.

— ARRRRESTE.

— *Il est en état d'arrestation?* — ela pergunta.

Soa vagamente correto e eu aceno com a cabeça.

— *Qui s'appelle?*

— *Il s'appelle Barney Colshannon.*

— *Attendez là bas.*

Ela aponta para algumas cadeiras encostadas na parede. Sam e eu nos encaminhamos obedientemente na direção delas e sentamos.

É claro que culpo a minha mãe por tudo isso. O passaporte para animais de Morgan, nosso pequinês, tinha acabado de chegar e foi ela quem teve a idéia de dar um pulinho na França para ver se funcionava. Morgan é um cachorro bem velho e fedorento, sem os dentes da frente e que faz xixi em cima de qualquer coisa que estiver no meio da sala. Não tenho muita certeza sobre o que se passa na cabeça dele quando tenta morder outros cães, mas acho que ele deve pensar que pode chupá-los até a morte. Seja como for, Morgan e eu nunca nos demos muito bem. Apesar de ele ser a paixão da minha mãe, não entendo por que não podíamos simplesmente enfiá-lo no *ferry* que faz a travessia do canal para ver se ele conseguiria voltar para casa. Mas a sedução dos pães franceses e do vinho barato foi mais forte e a idéia foi aceita com facilidade.

Minha mãe sempre faz a França parecer absolutamente maravilhosa, já que, bem lá no fundo, é uma francófila. Mas a versão que ela apresenta baseia-se simplesmente em Gérard Depardieu e alguns comerciais do departamento de turismo francês estrelados por ela na década de 80, que incluíram uma bebedeira em Bordeaux. Segundo minha mãe, a França é um grande pedaço de queijo, com muito vinho e alguns *uh-lá-lás* como acompanhamento. Nenhuma delegacia de polícia entra na história. É óbvio que a visão dela é incorreta porque cá estou eu, em uma delegacia de polícia francesa, sem queijo, sem vinho e — sem dúvida alguma — sem *uh-lá-lás*.

Hoje cedo a família se separou e seguiu em direções diferentes. Eu queria ver as lojas, Barney foi para a praia e Sam, que é o único com um emprego de verdade no grupo, precisava dar uns telefonemas profissionais. Sam é o melhor amigo de Barney. Ele ocupa esta posição desde que mudamos para a Cornualha há quinze anos e sempre foi uma presença constante na minha vida. Voltei para o hotel depois da minha breve ida às compras (não comprei nada porque estou sem um tostão, mas esta é outra história) e a recepcionista me deu o recado sobre Barney. Fui imediatamente atrás de Sam porque ele é advogado e eu tinha a idéia equivocada de que ele poderia ajudar em alguma coisa. E fomos para a delegacia de polícia o mais rápido possível. Neste exato momento, meus pais estão sentados em um pequeno café em algum ponto de Le Touquet, esperando nossa chegada a qualquer momento, divertindo-se muito, comendo muito queijo, alegremente alheios ao fato de que o filho deles foi preso. Enquanto eu, graças ao francês da escola, estou sentada aqui (o que prova que ser muito culta pode ser uma coisa ruim), ao lado de Sam, que está ocupado sorrindo para uma garota do outro lado da sala. Sam se inclina e sussurra:

— A propósito, seu francês é excelente.

— Obrigada.

— Gostei especialmente daquela coisa com o *ARREST*.

— Não me lembrei da palavra em francês.

— Pronunciá-la com um sotaque alemão foi um golpe de mestre.

— Era para ser um sotaque francês — digo, rangendo os dentes. Meu Deus, este homem me deixa doida.

— Bom, conte tudo mais uma vez. O que a mulher do hotel disse?

— Só disse que Barney tinha sido preso por ter atacado alguém. Parece que ele quebrou o braço de alguém. Meu irmão não atacaria ninguém! — Barney é, com toda a honestidade, o homem mais gentil da face da Terra. Ele não teve coragem de sair do quarto durante três dias quando matou, sem querer, o *hamster* da escola (tropeçou e caiu em cima da caixa de sapatos onde o carregava para passar o fim de semana em casa). Isso dá uma boa idéia do tipo de homem durão que ele é.

— Parece um pouco estranho.

— Um pouco estranho? Sam, você é o maldito advogado dele. Vai ter que convencê-los a soltá-lo.

— Não sou um maldito criminalista.

— Mas Barney não faria mal a uma mosca!

— Você acabou de dizer que ele quebrou o braço de um cara!

— Você acha que eles o estão maltratando? — pergunto em um sussurro, com imagens terríveis na minha mente de um Barney acorrentado.

— Clemmie, estamos no meio da França, não em uma zona de guerra.

Um policial surge numa das portas laterais e se aproxima. Tem um ar um pouco assustador e carrancudo, com um bigode preto, e eu sinto meus joelhos fraquejarem de medo. Ele desanda a falar em francês como uma metralhadora, e tudo o que entendo é: "Blá, blá, francês, blá, Barney Colshannon, acento agudo, blá, blá, a palavra para braço, blá."

Olho para Sam, que parece mais perdido do que eu, e peço ao policial para repetir tudo, só que devagar. Faço uma pergunta de vez em quando e ele faz o mesmo. Depois pede para o acompanharmos.

— O que foi que disse o inspetor Clouseau?* — sussurra Sam quando passamos pela porta lateral.

— Perguntou se você estava aqui para representar Barney, eu respondi que sim e que iria traduzir. Ele explicou que Barney foi acusado de ataque. Aparentemente, havia um homem na calçada limpando cocô de cachorro do sapato, quando Barney apareceu e bateu nele com uma cadeira.

— Uma cadeira?
— Sim, do café ao lado.
— Por que Barney iria bater nele?
— Não sei. Parece que o homem nunca viu Barney antes na vida.

O prédio em que estamos me lembra um pouco uma escola. O policial abre uma porta que revela uma mobília bem gasta e um Barney bastante farto de tudo isto.

Corro até ele.

— Barney! Você está bem? Eles machucaram você? Não se preocupe com nada, Sam vai esclarecer tudo.

— Clemmie, eu só sei dizer "duas cervejas" em francês. Não acho que isso vai nos ajudar muito.

— Você está bem, cara? — Sam pergunta.
— Sim, estou bem.
— Barney, o que foi que aconteceu? Por que bateu no homem?
— Achei que ele estava sendo eletrocutado. Estava se segurando no cabo de eletricidade que seguia em direção ao café e chacoalhava inteiro.

— E por causa disso você bateu nele com uma cadeira?
— Uma cadeira de plástico. Sim.

---

* Famoso personagem cômico do ator britânico Peter Sellers. (Todas as notas são da tradutora.)

— Ele estava limpando cocô de cachorro do sapato.

— Estava? Bom, estava fazendo isso vigorosamente, a perna balançava para todos os lados. Parecia que estava tendo uma convulsão.

— Então... — diz Sam devagarzinho. — Um homem estava limpando cocô de cachorro do sapato, você achou que ele estava sendo eletrocutado e bateu nele com uma cadeira.

— Isso mesmo. Foi aí que este policial apareceu do nada, me prendeu e me arrastou para cá.

— Espero que seu francês esteja à altura da explicação, Clemmie — murmura Sam. Caramba. Não faço a mínima idéia de qual é o verbo para ser eletrocutado.

Depois disso, passamos por uma difícil meia hora, período no qual tenho que imitar alguém sendo eletrocutado, vários telefonemas são feitos entre o hospital e a delegacia, fica claro que o homem estava mesmo segurando em um cabo, mas era o cabo telefônico do café. De tempos em tempos, os rostos dos policiais se contorcem num esforço para manter a compostura. Felizmente, o homem não quer apresentar queixa e Barney é liberado. Sam e eu somos levados até a sala de espera e informados de que Barney precisa preencher uns papéis, mas irá juntar-se a nós em breve.

— Bom, graças a Deus, tudo deu certo — diz Sam. — E graças a Deus que você fala francês.

— Sam, passei o tempo todo fazendo mímicas. Tenho certeza de que continuaram fazendo perguntas para me fazerem continuar com a mímica. Mas pelo menos não prenderam Barney.

— Nenhum dos policiais conseguia ficar sério, que dirá acusá-lo de alguma coisa.

— Barney às vezes é meio idiota, não é? Coitado do homem. Temos que mandar umas flores para ele.

— Vamos perguntar em que hospital ele está. Seus pais devem estar imaginando onde diabos nos metemos. Já esperam por nós há um tempão.

— Quando chegarmos ao restaurante, vou tomar o maior copo de vinho que eles tiverem.

Ficamos quietos e observamos a sala de espera francesa. As revistas são francesas, a TV transmite em francês e os pôsteres são em francês. Nenhuma surpresa, mas, mesmo assim, tudo muito chato. Sam deve ter chegado à mesma conclusão. Ele se inclina na minha direção.

— Então, quais são seus planos?

— Chegar àquele maldito restaurante o mais rápido possível e pedir uma bebida e uma porção de queijo.

— Não, me referia ao futuro. Você vai ficar algum tempo na Cornualha conosco?

Acabei de voltar, de um modo bastante desastroso, de uma viagem de volta ao mundo, e atualmente moro com meus pais até decidir o que vou fazer com a minha vida. Meus pais moram em uma casa antiga em uma cidadezinha perto da costa norte da Cornualha, que é um lugar muito bom para se viver. O fluxo constante de turistas, ou gringos, que é como gostamos de nos referir a eles, pode ser irritante na alta temporada do verão, mas qualquer lugar que tenha inventado uma maneira original de servir pratos com creme de leite só pode ser simpático. A cidadezinha também não tem um visual de anúncio turístico. Temos lá um pequeno grupo de casinhas com telhados de palha que são compradas pelos turistas que vêm passar uma temporada, mas também há o bairro operário à moda antiga e somos sortudos o suficiente, pois temos um pub e uma loja. Temos o melhor dos dois mundos, pois as praias da costa norte estão de um lado e os brejos de Bodmin do outro, ambos a poucos minutos de distância de carro. Tudo verdadeiro território Daphne du Maurier.* É claro que não se pode falar no nome de Daphne sem que Sam e Barney apertem os olhos e digam "*Jamaica Inn*" com um sotaque de pirata malvado e muita conversa sobre garrafas de rum. Outro dia eles passaram um tempão tentando, às gargalhadas, fazer com que eu falasse que nem um pirata. Minha carreira atravessa um período de limbo, depois de ter sido rápida e violentamente interrompida, o que causou a minha odisséia ao redor do mundo. Agora estou trabalhando em um pequeno café em Tintagel, o que me ajuda a ir tocando o barco até decidir o que fazer da vida. E eu sou uma completa incom-

---

* Escritora britânica cujos romances mais famosos foram ambientados na Cornualha.

petente neste trabalho. Ruim de verdade. Nunca consigo me lembrar quais são os acompanhamentos dos pratos. Batata frita, batata assada, batatinhas, purê de batata, salada ou legumes da estação — e é de surpreender como algumas pessoas são chatas com estas coisas.

— Só até resolver o problema com o emprego.

— Sim. Eu entendo o que quer dizer. — Sam inclina-se na minha direção e dá umas palmadinhas no meu joelho. Por um segundo, me sinto quase reconfortada, até que ele se sai com esta: — Quer dizer, daquela vez eu não queria purê de batatas e você me disse que o prato era acompanhado de batatas fritas.

Ele tem sorte de eu não ter nenhuma colher de pau na bolsa. A situação com Sam é a seguinte. Ele é quase como um irmão, mas é mais irritante. Por exemplo, passei a semana toda desejando comer um iogurte de ruibarbo. Escondi o pote na geladeira, atrás de um vidro de azeitonas, mesmo sabendo que ninguém na minha família gosta de ruibarbo. Mas, quando cheguei em casa na sexta-feira, Sam tinha comido tudo. Parece que ele gosta de ruibarbo. Isto é irritante.

Continuamos sentados em silêncio por um segundo, e eu ainda estou remoendo a história do iogurte de ruibarbo, quando ele diz:

— Não me lembro de você ser assim tão boa em francês na escola.

— Humm?

— Não me lembro de ter visto você falar francês tão bem.

— Aprendi a maior parte no intercâmbio cultural. Os pais da minha parceira de intercâmbio foram muito gentis e sentavam-se diariamente comigo, por pelo menos uma hora, para me ensinar os caminhos do idioma. É claro que naquela época eu não achava que eram gentis.

Ele franze a testa.

— Seu intercâmbio cultural francês? Quando foi isso?

— Meu Deus, você deve lembrar! Eu tinha dezesseis anos! Bernadette passou a maior parte das férias de verão enroscada em Barney. E foi sorte da Bernadette nunca ter ficado sentada em uma delegacia inglesa, porque nunca aprendeu uma miserável palavra de inglês.

— É claro! Pensava que ela era a colega de intercâmbio da Holly.

— Provavelmente era difícil saber por que ela nunca falou com nenhum de nós dois.

* * *

Dirigimos em silêncio até o restaurante, conseguimos encontrar uma vaga para estacionar o carro e vamos em direção aos meus pais, que estão sentados a uma mesa, felizes da vida, tomando sol. Minha mãe está usando seus óculos de sol à Jackie Onassis, que quase cobrem todo o seu rosto, e um chapéu de abas largas. Uma atitude absolutamente exagerada para uma temperatura de apenas quinze graus, mas ela diz que, depois de ter passado o inverno na Cornualha, agora usa o chapéu e os óculos até quando fica na frente do microondas.

As viagens em família não são sempre tão tranqüilas, mas Barney e eu somos os únicos que estamos aqui no momento. Tenho três irmãos e uma irmã que apareceu sem avisar (acho que foi um acidente porque temos somente dez meses de diferença de idade). Minha mãe é atriz de teatro, e é uma atriz muito boa. Ela faz um pouco de TV e personagens secundários no cinema, mas gosta mesmo é do palco. Quando minha mãe está no meio de uma temporada, tende a incorporar parcialmente o personagem que está interpretando, o que faz com que a convivência com ela seja um desafio: é difícil conversar no café-da-manhã com Lady Macbeth sem que ela comece a falar histericamente, contorcendo as mãos.

É claro que, quando acaba a temporada, e ela pode finalmente gozar de um merecido descanso, sua queda natural para o drama vai lentamente tomando conta dela. E acaba por chegar ao ponto em que ela entra de modo teatral na sala dizendo coisas como "Era a sua tia May no telefone", acompanhando a frase com gestos exagerados dos braços, meneios da cabeça e olhares perdidos no horizonte. Meu pai diz que minha mãe é quase como uma empresa de seguros. Só que, em vez de retirar o elemento de drama de uma crise, ela sempre faz crise de um drama.

Minha mãe se levanta e acena para nós e quase fura o olho de um garçom com o cigarro.

— Queridos! Guardamos um pouco de queijo para vocês! Onde diabos estiveram? — Abrimos caminho através das mesas e, quando chegamos, ela nos beija energicamente nas duas faces.

— É uma longa história, Sorrel — diz Sam, enquanto senta.

— Queijo? — oferece minha mãe enquanto eu puxo uma cadeira e sento. — Aquele queijo ali fede mas tem um gosto delicioso, este outro é fabuloso, e só Morgan gostou daquele ali.

ALTA SOCIEDADE

Meu bom humor começa a voltar quando consigo enfiar queijo e vinho na boca ao mesmo tempo.

— Bom, qual é a história? — pergunta meu pai. — Vocês demoraram tanto a aparecer que eu estava pronto para chamar a polícia. — Esta é uma frase padrão do repertório do meu pai, e ele não faz idéia do quanto é irônica.

Olhamos um para o outro. Não há chance de me fazerem contar o que aconteceu porque mal posso abrir a boca com o monte de queijo que está dentro dela.

— Eu conto — Barney responde tristonho. — O negócio é o seguinte: eu vi um homem, e devo enfatizar que ele realmente dava a impressão de estar tendo uma espécie de ataque...

CAPÍTULO 2

A casa dos meus pais fica nos arredores da cidade. É uma casa tradicional da Cornualha, com as paredes recobertas com pedra e uma trepadeira cobrindo completamente uma das paredes laterais. Esta majestosa senhora está instalada em toda a sua grandeza no alto de uma colina, com uma estrada na frente, e é cercada por um jardim com plantas que cresceram descontroladas. De vez em quando, inspirado pelos programas de jardinagem da TV, meu pai enfia um gorrinho de jardineiro na cabeça (ele não sabe que os gorros voltaram à moda e não entende por que Barney vive pegando o gorro emprestado) e faz uma peregrinação pelo terreno, disposto a transformar o local em um paraíso digno de ganhar o Grande Prêmio de Jardinagem. Minha mãe faz sanduíches e enche uma garrafa térmica com café para nós, que ficamos observando-o através de uma das janelas do andar superior, enquanto ele briga com várias plantas, xinga os equipamentos de jardinagem, até que, completamente derrotado, arrasta-se de volta para a casa no fim do dia e declara seu ódio mortal por tudo que é verde.

A casa por dentro é bastante caótica e a maior parte da ação parece acontecer na grande cozinha antiga nos fundos da casa. Não sei bem o motivo disso, já que se cozinha muito pouco lá, mas, na semana passada, Barney pôs fogo em um bolinho recheado que colocou na torradeira e tivemos que apagá-lo com o extintor de incêndio.

Uma cômoda enorme domina uma das paredes da cozinha e está enfeitada com correias de cachorro, convites para festas, uma réstia de alho da nossa recente viagem à França, fotografias e postais, estranhos acessórios que minha mãe coleciona, todos provenientes de cada uma das peças em que trabalha e um monte de outras bugigangas. Um sofá grande está encostado na outra parede — o revestimento está gasto por causa das inúmeras bundas que se sentaram nele e há um monte de almofadas empilhadas na frente do encosto.

O resto da casa é decorado com o estilo peculiar da minha mãe. Uma combinação que reúne mantas de crochê feitas com restos de lã, estampas florais gigantescas, lantejoulas e plumas. Sim, é muito assustador.

Nossa família é um grupo muito unido que nunca compreendeu bem o conceito de estar sozinho. Talvez porque em uma família de sete pessoas nunca se consegue ficar só. Não se consegue nem mesmo ir ao banheiro sem que alguém grite com você do outro lado da porta. Por outro lado, sempre há alguém por perto para um divertido jogo de cartas como Buraco (até que Barney mudou o nome para Furo, com toda uma série de alterações) ou para ir até o pub.

Acabei de voltar do trabalho, troquei de roupa e estou indo para a cozinha. O telefone começou a tocar desde que saí do quarto e eu o atendo no corredor no térreo. Espero que não seja o agente da minha mãe, porque ele é um homem verdadeiramente assustador e tem o hábito de gritar com todo mundo (exceto com meus pais, porque os dois tendem a sair do local e deixá-lo gritando sozinho enquanto o resto de nós fica ali de pé, tremendo de medo).

— Alô? — digo cuidadosamente.

— Clemmie! — exclama minha irmã. — Sou eu!

— Holly! — digo, absolutamente aliviada. — Achei que poderia ser Gordon.

— Bom, posso gritar com você, se quiser.

— Não, não. O Sr. Trevesky gritou comigo o dia todo, já chega.

— Por quê?

— Oh, nada!

— Deixa disso, Clemmie. O que você fez?

— OK. Entrei na cozinha pela porta errada e consegui dar com a bandeja na cara de Wayne.

— Ora, mas foi um acidente.

— É a terceira vez nesta semana.

— Oh. Bom, neste caso você mereceu ouvir uns gritos.

— Sim, mas há um limite. E o nariz de Wayne sempre foi meio torto. Na verdade, acho que consegui endireitá-lo. Deixa pra lá. Afinal, quando vamos ver você novamente?

— É por isso que estou telefonando. James está trabalhando neste fim de semana, de modo que pensei em dar um pulinho aí e ver todo mundo. — Holly é minha irmã caçula e somos muito próximas, mas não a tenho visto muito desde que voltei de viagem. Ainda não conheci James, que parece ser uma pessoa bastante interessante e é o namorado que ela arrumou enquanto eu estava no exterior. Minha mãe me contou a história dos dois em pedacinhos em conversas de três minutos durante minhas ligações para casa.

— Isso será ótimo! — digo com verdadeiro prazer. — Vou pedir o dia de folga ao Sr. Trevesky.

— Por que não pede alguns dias e volta comigo para Bristol? Posso tirar uma tarde de folga, podemos fazer compras ou outra coisa qualquer.

— Isso seria ótimo, mas eu deveria usar minhas férias para procurar um emprego decente. — Tento parecer mais responsável do que me sinto.

— Por que não procura algo em Bristol? É uma cidade fantástica! — Holly mora em Bristol, portanto a opinião é um pouco distorcida.

— Ainda não decidi onde quero me estabelecer. — Meu último emprego foi em Exeter e acreditem em mim quando digo que não posso voltar para aquele lugar. Nunca mais.

— Bem, eu adoraria que você viesse. Há pessoas muito legais aqui. Por que não vem ver se gosta do lugar? Como uma missão de reconhecimento?

— OK, isso é uma boa idéia — respondo, com a consciência mais tranqüila. — Vou falar com o Sr. Trevesky amanhã.

— Sem falar que neste momento as coisas estão bastante animadas no jornal! — Ela abaixa a voz. — Emma pediu demissão!

— Emma? Aquela que escreve a coluna social?

— Ela não escreve somente as nossas famosas páginas de sociedade, também faz um pouco de relações públicas. Ela conhece todo mundo importante em Bristol.

— Aquela que tem o pai que é promotor público? — Eu lembro muito bem dela. Muito pedante. Uma daquelas pessoas do tipo não-preciso-trabalhar-só-uso-o-teclado-para-me-divertir. Conheço a

ALTA SOCIEDADE 19

maioria das pessoas que trabalham no jornal de Holly porque já estive em algumas das festas da empresa.

— Sem sobrancelhas — acrescenta Holly, um dado extra para ajudar a minha memória.

Aceno com a cabeça do lado de cá.

— Sim, me lembro, é difícil confiar em alguém que não tem sobrancelhas.

— É exatamente a minha opinião! James diz que estou sendo burra. Seja como for, ela acaba de dar o aviso prévio.

— Por quê? Encontrou outro emprego?

— Bom, esta é a parte estranha. Ninguém sabe. Ela não comentou com ninguém que estava pensando em sair. Um dia faltou ao trabalho e logo depois mandou o pedido de demissão por fax. Mas deixou todas as coisas dela aqui. Até mesmo uma sacola de compras, com um lindo top dentro... — Holly parece não acreditar na história e tem toda a razão. Eu jamais deixaria uma das minhas compras, nesta época de liquidações, para trás. — Ela simplesmente sumiu.

— E o que Joe disse a respeito? — Joe é o editor do jornal.

— Disse para não metermos o nariz onde não somos chamados. Rá! Imagine, dizer isso para um bando de jornalistas!

— Oooh. Alguma coisa deve ter acontecido com ela — digo, intrigada. — E o que James acha? — James é um detetive policial, ou seja, este tipo de coisa deve ser um prato cheio para ele.

— James também mandou que eu cuidasse da minha vida.

— Oh.

— Mas, pelo menos, vir trabalhar ficou mais interessante.

— Como vão as coisas neste momento?

— Preciso de uma história — diz Holly tristonha. Holly escreveu um diário incrivelmente bem-sucedido para o jornal enquanto eu estava no exterior, acompanhando um detetive policial. James era o tal detetive e foi assim que ficaram juntos. O jornal queria que ela fizesse outro diário, mas Holly preferiu ficar com um cargo na equipe de reportagem para continuar em Bristol, com James. — Deixa pra lá, como vão todos? Mamãe está bem?

— Começaram os ensaios principais para *Jane Calamidade*. Papai diz ter esperanças de que todos matem uns aos outros com tiros. — Poucas semanas depois do início das férias de verão de minha mãe, ela começou a ficar entediada e se envolveu com o grupo de teatro amador da cidade.

— Meu Deus, isso parece um pesadelo.

— É um pouco. Às vezes, Barney e eu damos um pulinho para ver os ensaios. Sally é realmente boa.

— Como é Catherine? — Catherine Fothersby faz um dos principais papéis da peça e digamos apenas que nossas duas famílias nunca se deram muito bem. Principalmente porque nenhum dos Fothersby sequer nos olha direito, provavelmente com medo de que roguemos uma praga ou coisa parecida. Eles são um pouco metidos a santinhos e parecem pensar que nós somos os filhos do capeta. Só Deus sabe de onde tiraram esta idéia. Não pode ter sido por causa de a minha mãe ter se vestido de diaba no Dia das Bruxas e depois arrastado correntes do lado de fora do pub, que, dizem, é assombrado, às duas da madrugada. O vigário achou tudo hilariante.

— Na verdade, está muito bem no papel de Katie, o que deve causar uma tremenda dor de cabeça nos pais dela, pensarem que a filha tem algum talento teatral.

— Ela não é tão boa quanto a outra — diz Holly, sombria.

— Está falando de Teresa? — Teresa vive em Bristol. Não sei a história toda, mas acho que ela e Holly andaram brigando recentemente.

— Eu conto mais quando encontrar você. Como vão Barney e Sam? Recuperados da visita à França?

Contei a Holly sobre a prisão na noite em que voltamos da França.

— Barney ainda fica um pouco embaraçado com o assunto. Charlotte esteve aqui *de novo* na sexta-feira.

Charlotte é a nova namorada de Sam. Os pais dela têm uma casa de veraneio na cidade, embora eu não esteja convencida de que ela realmente exista, já que Charlotte passa a maior parte do tempo aqui, jantando com Sam. Eu estou sendo malvada porque não há nada de errado com a garota. Na verdade, ela é *mismo, mismo* legal.

— Eu gosto dela.

— *Mis-mis* Charlotte? Você gosta da *mis-mis* Charlotte?

— Por que você não gosta dela?

— Para começo de conversa, ela faz com que mamãe entre em ritmo melodramático. Acho que deve ser o sotaque dela, porque mamãe começa a falar do mesmo modo e a se comportar como se todos estivéssemos em uma peça de aristocratas sofisticados e esnobes dos anos 20. Ela começa a dizer frases como "A madressilva não é simplesmente, demasiadamente sublime nesta época do ano?".

— Ela não sabe distinguir uma madressilva de um pinheiro. Há anos ela nem pisa no jardim. — A completa aversão de minha mãe pela flora e fauna é muito estranha, levando-se em consideração que uma das filhas tem nome de fruta e a outra tem nome de arbusto.*

— Sem falar que ela me chamou de Daphne uma noite dessas.

— Meu Deus, a aristocracia dos anos 20 misturada com *Jane Calamidade*. Deve ser assustador.

Dou uma risadinha e penso no quanto sinto falta da companhia de Holly.

— Quando você vem?

Depois de nos despedirmos, vou até a cozinha. É o comecinho da noite, o que significa que quase toda a família vai se reunir aqui com um copo de bebida bem posicionado na mão. Isto costuma incluir Barney e, com uma freqüência um pouco menor, Sam. O que é irônico, porque nenhum dos dois mora aqui.

Barney mora na cidade com outros três rapazes da loja de surfe onde trabalha, em Watergate Bay. A casa deles é uma pocilga. Acreditem em mim, porque não sou famosa pelo meu comportamento higiênico. Todo mundo sabe que eu pego pedaços de torrada do chão e os como ou que como iogurtes depois de o prazo de validade ter expirado porque acho que os fabricantes estão sendo uns pedantes histéricos e provavelmente o iogurte está ótimo. Sempre que dou um pulinho na casa de Barney, evito ir à cozinha. Ele realmente deveria oferecer aquelas pantufas de hospital para cobrir minhas sandálias, porque o local é verdadeiramente nojento. Minha mãe recusa-se a entrar na casa e faz questão de que Barney fale com ela pela janela. Mas o que se pode esperar de quatro rapazes morando juntos?

Barney faz um pouco o gênero surfista rato de praia. Seu cabelo loiro é elegantemente comprido e usa várias camisetas, umas sobre as outras. Ele adora surfar, e é por isso que o emprego naquele

---

* Holly é o nome de um arbusto cujas folhas são muito usadas em enfeites natalinos. Conhecido no Brasil como azevinho. Clementine é o nome de uma fruta, conhecida no Brasil como tangerina.

pequeno café e loja de surfe em Watergate Bay é perfeito para ele. Quando mudamos para a Cornualha, na nossa adolescência, aprendemos depressa que surfar era obrigatório. Depois das aulas, todos arrumavam as coisas e corriam para a praia, onde vestiam roupas de mergulho e pulavam na água, remando em direção às ondas. Mas as pranchas eram muito pesadas e eu precisava descansar pelo menos dez minutos deitada em cima da minha, depois de remar tanto, antes de conseguir surfar um pouco, de modo que acabei mudando para eventuais sessões de bodyboard.

Barney é, geralmente, uma pessoa adorável para se ter por perto. Devo dizer que ele é muito irresponsável e que acabo fazendo coisas estúpidas quando estou com ele, mas tudo isso é parte de seu charme. Todavia, nas últimas semanas, ele anda um pouco temperamental e não é somente por causa do ocorrido na França. Até onde eu sei, há uma garota envolvida, de quem ele gosta muito, mas que, dizem na família, não gosta tanto dele assim. O que é algo absolutamente inusitado. Talvez seja este o motivo pelo qual ele esteja tão abalado — muito provavelmente não sabe o que fazer. Porque isso nunca aconteceu antes na sua vida.

Esta noite, somente Barney e meus pais estão na cozinha. Barney está sentado sobre o grande fogão-estufa de ferro (que está desligado, setembro mal começou), bebendo cerveja direto na garrafa. Minha mãe bebe um gim-tônica, com o copo preso com firmeza em uma mão e um cigarro na outra, enquanto meu pai bebe um copo de cerveja. Todos comentam sobre um jantar elegante em que meus pais estiveram no último fim de semana. Aparentemente minha mãe fez um papelão, pois estava sentada entre dois triatletas e não parava de perguntar quando é que jogavam pingue-pongue.

— ... mas, mãe, você devia saber quem eles eram. Eles são muito famosos, sabia?

— Querido, eu não fazia a mínima idéia. Não tenho o mínimo interesse nesta coisa de sair correndo.

— Eles são triatletas, também andam de bicicleta e nadam. É uma competição muito dura.

— Sim, eu sei o que os triatletas fazem, mas quando é que jogam pingue-pongue? É lógico que não é depois da natação, porque a raquete ficaria toda molhada.

 ALTA SOCIEDADE

— Não, você está certa. Não é depois da natação. — Há um tom perceptível de resignação na voz de Barney. É óbvio que estão falando disso há um bocado de tempo.

— Quer beber algo, Clemmie? Era Holly no telefone? — meu pai pergunta.

— Hã, sim, por favor. E sim, era Holly ao telefone. — Afundo na poltrona de couro ao lado do fogão.

— Querida, querida, querida. Querida. O que é que você está vestindo? — pergunta minha mãe, olhando-me de alto a baixo.

Olho para a mistura realmente eclética de roupas. Uns calções que trouxe da minha volta ao mundo, juntamente com vários suéteres — nenhum deles era meu — e um par de grandes meias de lã. Legal.

— E de quem é a culpa? — respondo, encarando-a. Enquanto estive viajando, minha mãe decidiu revirar meu guarda-roupa e dar tudo o que não lhe agradava para o bazar de caridade local. O que é extremamente irritante, principalmente quando você vê várias vizinhas usando suas roupas.

Mesmo na melhor das hipóteses, meu gosto em roupas é precário, e foi o meu estoque de roupas informais que sofreu as maiores baixas durante o ataque de minha mãe. E eu fiquei com poucas opções. Não me entendam mal, adoro roupas, mas, quando as coloco, elas sempre ficam muito diferentes do que parecem no cabide. Holly está linda em algo, e quando eu coloco a mesma roupa parece que trabalho para o cabeleireiro mais brega do bairro. Acho que tenho uma altura esquisita ou coisa parecida.

— Como vai Holly? — pergunta minha mãe, fazendo anéis de fumaça e observando-os flutuar.

— Precisa de uma história. Ela vem para casa neste fim de semana.

— Que maravilha! Preciso lembrar de comprar um pouco daquela granola que ela gosta.

— Qual granola?
— Você sabe, aquela crocante.
— Sou eu.
— Humm?
— Sou eu quem gosta de granola. Holly odeia isso.
— Tem certeza? — Minha mãe franze a testa.

— Absoluta. Continuando, ela quer que eu vá passar uns dias com ela em Bristol.

— Isso seria bom, e você também fica conhecendo James. Ele é simplesmente divino. Será que o gentil Sr. Trevesky deixa você tirar uns dias de folga?

— Vou perguntar amanhã. Você tem ensaio esta noite?

— Você vem? — ela pergunta enquanto meu pai me dá um copo grande de vinho branco.

Barney e eu vamos com freqüência até o salão de festas da prefeitura para assistir aos ensaios do grupo de teatro amador, não somente por pura diversão, embora valha a pena, mas porque uma amiga minha, Sally, faz parte da trupe. Não sei se trupe é o substantivo coletivo para um grupo de atores. Perguntei ao meu pai, um dia, como se chamava um grupo de atores e ele disse: "Um pé no saco".

Olho para Barney, que sorri e acena levemente com a cabeça. Talvez seu novo amor esteja lá. Pensando bem, provavelmente não. Há pouco material de escolha lá, exceto por Sally. Há o vigário, que faz o papel do tenente, Catherine Fothersby, no papel de Katie, e uma mulher chamada Mavis, que faz uma série de papéis secundários e está tão entusiasmada por estar em um palco, que sorri como uma lunática durante todas as suas falas. Ela dá as notícias de afogamentos e acidentes com um largo sorriso no rosto, mas minha mãe não tem coragem de tirá-la da peça. Sally faz o papel de Jane Calamidade. O que é ótimo, porque ela é ótima.

Depois do jantar, meu pai declara que prefere cortar os pulsos a ter que ouvir outra apresentação de *A Windy City*, de modo que só nós, Barney, Morgan, minha mãe e eu, vamos para o salão de festas da prefeitura. A cidade não tem iluminação pública e precisamos andar com uma lanterna. Barney teve que arrancá-la das mãos de minha mãe porque ela vive querendo ver coisas nas árvores e não mantém o facho no chão.

— Você vem na noite de sexta, Barney? — ela pergunta. — Convidei Sam e Charlotte.

— Você não vai dançar em Torquay? — pergunto a Barney, admirada. Na verdade, é surpreendente que Sam e Barney ainda sejam tão bons amigos. Sam é um advogado meticuloso que trabalha demais e janta com meus pais nas noites de sexta, enquanto Barney cai na farra no bar mais próximo.

— Decidimos ir no sábado. O que vai fazer para o jantar? — Uma pergunta muito sensata e inteligente. Viram? Ele não é realmente burro. Minha mãe é muito irregular no quesito culinária. Os hóspedes nunca sabem se precisam comer uma barra de chocolate no carro quando estão a caminho.

— Seu pai vai fazer comida indiana.

— Bom, conte comigo, então.

— Clemmie? Você também?

Humm. Uma noite com Sam e *mis-mis* Charlotte ou uns drinques com Sally. Oooh. Esta é complicada.

— Obrigada, mas Sally e eu vamos sair.

— Sally não gostaria de jantar conosco primeiro? — Sally provavelmente adoraria jantar conosco primeiro, mas eu hesito por um segundo. Depois de ter ficado longe por um ano, é embaraçosamente difícil voltar para casa e meu velho quarto, mesmo com uma família tão descontraída quanto a minha. Charlotte deve estar pensando no que eu ainda estou fazendo aqui, com a avançada idade de vinte e seis anos. — Você precisava ter convidado Charlotte? — pergunto, emburrada.

— Ela é legal! — minha mãe protesta.

— Por que eles não podem jantar na casa da Charlotte? Afinal de contas, qual é a casa? — retruco.

— Já disse qual é. É aquela com aquele, você sabe, negócio vermelho. — Minha mãe não faz a mínima idéia de qual casa na cidade pertence aos pais de Charlotte. Ela nunca escuta quando as pessoas contam detalhes desse tipo, fica simplesmente com os olhos vidrados e começa a escorregar na cadeira.

— É aquela com telhado de palha, perto da casa da Sra. Fothersby — Barney responde calmamente.

— Não há comida na casa, eles só vêm passar o fim de semana. Além disso, você sabe que Sam é como um membro da família. Nós sempre estivemos do lado dele.

— Bolas!

Sam foi criado por uma tia depois que seus pais morreram quando ele era muito pequeno. A tia também morreu e Sam vive agora na casa que ela deixou, na cidade. Mas é claro que ele não mora mesmo lá, porque, até onde eu vejo, ele vive na nossa casa, emporcalhando tudo com embalagens vazias de iogurte de ruibarbo.

A conversa é interrompida subitamente com nossa chegada ao salão da prefeitura. Minha mãe vai à frente enquanto piscamos com o brilho ofuscante da luz elétrica. Barney e eu vamos discretamente para o fundo e nos sentamos, como fomos ensinados a fazer desde zero ano de idade, enquanto Morgan tem permissão para acompanhar minha mãe no palco. Normalmente ficamos em um ambiente mais limpo do que junto a blocos de restos de gesso e cadeiras de plástico do salão da prefeitura. Felizmente, a peça *Jane Calamidade* tem um elenco pequeno para ser administrado, mas exige um número grande de extras, o que acaba deixando mirrada a platéia de uma cidade pequena como a nossa. Mas a atração do nome da minha mãe faz com que pessoas dirijam quilômetros para ver as produções, e ela assumiu o risco com esta montagem.

O elenco principal está aqui esta noite. Sally acena para mim entusiasmada por cima da cabeça de todos, e eu sorrio e aceno de volta. Matt, o vigário (que todas nós secretamente desejamos), acena também para nós. Catherine Fothersby nos ignora completamente. Catherine tem permanentemente um triste visual de peixe fora d'água. Seus cabelos escuros e brilhantes, cortados em estilo Chanel, sempre estão muito arrumados, cuidadosamente puxados para trás das orelhas. Isso me dá vontade de ir correndo até ela e desmanchar tudo. De vez em quando, ela usa um arquinho nos cabelos. Sim. Ela é assim.

Tanto Catherine quanto sua irmã Teresa são realmente muito bonitas naquele modo irritantemente perfeito, mas estragam tudo ficando paradas em poses de balé, segurando as mãos juntas e dando a impressão de que vão começar a cantar uma musiquinha a qualquer momento. Perto delas, Holly e eu parecemos uma dupla de bebês elefantes aos tropeções. E elas sempre estão maravilhosamente arrumadas. Parece que nunca compram nada errado. Os suéteres sempre assentam impecavelmente, nenhuma das roupas fica amassada (talvez porque as roupas não tenham coragem de fazer isso) e as meias-calças nunca desfiam. Ambas sempre usam um pequeno crucifixo de ouro que fica perfeitamente posicionado no fim do pescoço. Não consigo imaginar Catherine esquecendo de raspar uma das axilas antes de ir para a hidroginástica, como aconteceu comigo na semana passada. O professor insistindo para batermos palmas no alto das cabeças e eu acabei fingindo que tinha um braço paralisado.

Não faço a mínima idéia dos motivos que levaram Catherine a se envolver nesta produção porque, como já disse, a família dela é um pouco metida a santinha e sempre viu a minha família, minha mãe em especial, como se fôssemos membros de alguma seita diabólica. Mas Sally acha que Catherine está interessada no vigário e este é o motivo secreto para ter feito testes para a peça. Mas, se é este o motivo, ela está indo atrás do bonde errado. Matt já admitiu publicamente que gosta muito de fumar e de beber (podemos sempre encontrá-lo no pub ou fumando escondido no cemitério), tem uma gargalhada estrondosa e uma alegria de viver contagiante. E ama de paixão a minha agnóstica mãe (o que seria o beijo da morte para a família Fothersby), a quem tenta alegremente, de tempos em tempos, converter.

Bradley chega em cima da hora, gritando:

— Desculpem, meus amores, estou atrasado! A estrada estava congestionada até Launceston. Alguma perua imbecil jogou todas as roupas do marido pela janela do carro e uma cueca samba-canção cobriu o vidro dianteiro de outro carro, causando o engavetamento de cinco veículos. Turistas idiotas. E tudo isso antes da saída para Wadebridge. — Isso tudo pode ser verdade ou não. Ele tira o casaco de *cashmere* dos ombros e desenrola a echarpe. — Vocês começaram sem mim? — diz, batendo palmas. Bradley faz o papel de Búfalo Bill, mas a única coisa que têm em comum são os nomes começarem com a letra B.

Barney e eu sorrimos um para o outro. Nunca estamos interessados em ver os ensaios, só em ver os atores, especialmente Bradley. Agora ele está apoiado nas costas de uma das cadeiras e fofocando como um louco com Sally e o vigário. Catherine já colocou cinco cadeiras de plástico no palco onde farão a leitura e está sentada, toda empinada, com o roteiro aberto no colo. E tem um ar de mártir. Finalmente, minha mãe consegue reunir todos em um círculo e a leitura começa.

Esta é a parte chata para nós dois e eu estou muito interessada em descobrir mais sobre a garota que meu pai mencionou.

— Então — começo e levanto as sobrancelhas, esperançosa. — Como vão as coisas do seu lado?

— Bem. Como vai Holly?

— Vai bem. Precisa de uma história. Uma das garotas do escritório desapareceu e ela está pensando em escrever a respeito.

— Qual delas? — Além de ser parte de uma família de vorazes fofoqueiros, Barney visitou a redação de Holly algumas vezes e digamos que, nestas visitas, as garotas começaram a brotar de todos os lados e ele conhece quase todas.

— Lembra de Emma? A filha do promotor público?

— A metida?

— Esta mesma. Parece que desapareceu.

— Mesmo? Caramba...

Franzo a testa. Como é que pude me distrair tanto? Não quero falar sobre Emma.

— Então — digo novamente. — Você está namorando alguém?

— Hã, não. Ninguém.

— Gostaria de estar namorando alguém? — Sutil, Clemmie. Muito sutil. Ele não vai perceber nada.

Ele me olha intrigado.

— Com quem você esteve falando?

— Preciso ter falado com alguém para me interessar pelo meu irmão? — Dou uma risadinha forçada e logo depois confesso dramaticamente: — Tá bom, foi o papai. Estive falando com papai. Ele disse que você estava interessado em alguém. — Deus meu, não sei o que farei se algum dia for torturada. Tudo o que é necessário é perguntar educadamente se quero chá ou café e eu conto tudo. — Quem é?

— Não vou dizer!

— Por que não?

Ele muda de posição na cadeira e parece incomodado.

— Bom, não tenho certeza de que ela gosta de mim.

Olho para ele, chocada. Quer dizer, eu já fiquei sabendo da situação pelos canais informais, mas é uma surpresa ouvir isso dos lábios do meu irmão.

— Não gosta de você? Tem certeza?

— Certeza absoluta. Ela não me olha daquele modo.

— Mas por quê, Barney? Por quê?

— Que diabos, Clemmie. Não sei. Nunca tive este problema antes. — Ele me olha realmente confuso. Barney está longe de ser um cara convencido por causa da aparência, e parece considerar isso como um par de dentes tortos ou coisa parecida — algo que o destaca entre os demais mas que não tem importância alguma.

— Bom, você não pode simplesmente seguir em frente? Considerar isso como uma experiência? Na verdade, a primeira?

— O problema é que eu meio que gosto dela. Na verdade, acho que é a primeira de quem realmente gosto.

Ah. Eu relaxo um pouco na cadeira. Eu não tenho o mesmo tipo de experiências de Barney nesse campo. Na verdade, tive minha cota de trombadas no campo amoroso, mas estou disposta a compartilhar o conhecimento obtido a duras penas com meu adorado irmão.

— Este pode ser o problema, Barney — digo sabiamente. — Quando elas sabem que você está mesmo interessado, meio que perdem o interesse.

— Mas ela não sabe.

— Oh.

— Ela não me dá a mínima, quanto mais uma chance para confessar meu amor eterno.

— Ah.

— Realmente não sei o que fazer.

— Humm. — Não estou ajudando muito.

— Exceto...

— Exceto o quê?

— Bom, eu sei que ela gosta de homens que abrem seu caminho no mundo. Você sabe, como Sam. Ele tem seu escritório de advocacia, se deu muito bem e só tem vinte e sete anos. — Sim, eu sei o que ele quer dizer. Barney e eu devemos parecer o anti-Sam. — Eu fico pensando se ela iria me ver com outros olhos se eu não passasse a vida surfando e trabalhando num café.

— Mas você é assim, Barney! Você ama surfar e o seu modo de vida. Nenhuma responsabilidade, nenhuma preocupação, você sempre foi assim.

— Não posso ficar assim para sempre e, ultimamente, isso parece... Não sei, não parece suficiente. Deve haver algo mais na vida.

— O que Sam acha disso?

— Não contei para ele. Não contei para ninguém. Papai me viu com ela outro dia e adivinhou.

— Ele é muito esperto — murmuro. — Vamos lá, quem é ela?

— Ah, não, Clem. Não vou dizer. Mamãe só precisa pedir para você passar o açucareiro para você abrir o bico. Promete que não vai falar sobre isso com ninguém?

— Se eu não tenho um nome, não tenho nada a contar, tenho? De qualquer maneira, o que você vai fazer?

— Bom, não vou entrar no primeiro avião para Cingapura. — Ele me olha e sorri.

— Não, só eu faço isso.

— Vou entrar para o time de críquete — ele anuncia como se tivesse encontrado uma solução para a pobreza do Terceiro Mundo.

— É este o seu plano? Entrar para o time de críquete? Sim, claro, Barney, isso é já meio caminho andado. É óbvio que isso irá chamar a atenção dela.

— É um começo. Eu quero me tornar mais... respeitável. Um membro de destaque da comunidade. Também vou pensar num emprego mais adequado. Mostrar a ela que também posso abrir caminho no mundo.

— Deixa disso, Barney! Tem certeza de que quer fazer tudo isso? Ela realmente vale isso tudo?

— Acho que sim. Você me ajuda?

— Ao contrário de Sam? Você não vai contar para ele?

— Não é uma coisa de rapazes, Clemmie.

— Posso contar para Holly?

— Só se for para ela ajudar em alguma coisa. Mas mais ninguém.

— Eu preciso lhe dizer que não estou muito convencida de que isso vá funcionar.

Ele suspira.

— Bom, existem algumas complicações, por isso eu tenho um ás na manga.

— Complicações? Que complicações? — pergunto, curiosa.

— Isso você vai ter que descobrir sozinha, Clemmie.

Tento fazer mais perguntas, mas ele não cai na armadilha e minha mãe grita do palco para calarmos a boca, porque Catherine diz que não consegue se concentrar.

Meu Deus, só espero que não seja ela.

CAPÍTULO 3

Na manhã seguinte, desço para tomar o café-da-manhã e encontro minha mãe instalada na cozinha, dando sardinhas em lata para Norman, a gaivota. Norman é o mais novo membro da família e um pequeno exemplo do que acontece quando minha mãe tem mais tempo livre do que o necessário. Ela encontrou Norman debatendo-se com uma asa quebrada, quando foi visitar Barney no café em Watergate Bay. Levou-o ao veterinário e, desde então, a gaivota é hóspede na residência dos Colshannon, até que sare completamente. Só Deus sabe quando isso vai acontecer, porque Norman parece estar perfeitamente instalado em casa e não consigo vê-lo abraçando a liberdade com grande entusiasmo quando a hora dele chegar. Eu não me importo muito com ele, mas gaivotas são umas coisas enormes e, às vezes, ele nos dá umas olhadelas muito feias. Meu pai e Morgan é que estão contando os dias no calendário.

— Você não pode alimentá-lo lá fora? — reclamo. O cheiro de sardinhas me deixa enjoada, principalmente a esta hora da manhã.

— Querida, está um pouco friozinho demais para ele lá fora

— Bom, está um pouco fedorentozinho demais para mim aqui dentro.

— SORREL! — meu pai exclama assim que entra na cozinha com o jornal. — Se temos que ficar com esta porcaria de pássaro, por favor, alimente-o lá fora. Eu não agüento olhar para ele me observando enquanto leio o jornal. — Meu pai acha que as gaivotas são a maior praga do planeta. E há um montão delas na Cornualha.

Minha mãe leva Norman para fora, mas o cheiro persistente de sardinhas permanece no ar. Faço o possível para ignorar o cheiro e consigo enfiar umas colheradas de sucrilhos garganta abaixo. Pego minha bolsa e o avental de garçonete no cabide. Minha mãe volta segurando o vidro vazio, justamente quando estou pegando as chaves e saindo pela porta dos fundos. Escuto meu pai esbravejar:

— Estas eram as minhas sardinhas especiais, conservadas em azeite de oliva extravirgem importado!

Sorrio comigo mesma e vou para o carro. Meu carro é a única coisa que tenho para exibir da época em que tinha um emprego rentável. Além de um bilhete expresso para lugar nenhum no trem da carreira. Não sei bem como algo tão maravilhosamente promissor acabou em nada tão depressa. Na verdade, as coisas mudaram tão dramaticamente que, em uma semana, eu tinha comprado um bilhete aéreo e arrumado uma mochila.

É que eu acabo de sair de um relacionamento unilateral. Pesado como chumbo do meu lado, leve como uma pluma do lado dele. A verdade é que eu não sabia que era leve como uma pluma na época, até que praticamente tudo voou pela janela. Enquanto eu estava fazendo planos para o nosso futuro, escolhendo mentalmente novos jogos de cama, o relacionamento estava indo por água abaixo. Acredito que ele simplesmente foi ficando mais viciado pelo seu estilo de vida cada vez mais glamouroso, porque este se tornou glamouroso, e quando a encruzilhada surgiu e ele precisou escolher entre sua carreira e a minha pessoa, eu fui posta de lado. Seth é avaliador de arte para uma seguradora e sua especialidade era o período Renascentista, o que o fazia viajar por toda a Europa a trabalho.

Eu o conheci quando era estagiária em uma empresa de avaliação e seguros de arte, na cidade de Exeter, logo depois de ter saído da faculdade. Seth fazia parte da equipe e era alguns anos mais velho que eu. Era meu primeiro dia no emprego e eu me sentia incrivelmente inadequada e desengonçada dentro de um terninho emprestado por Holly. Meus sapatos novos apertavam e eu não tinha nada para pôr dentro da nova e brilhante pasta executiva de couro que meus pais tinham me dado de presente.

Estava na recepção, esperando que alguém viesse me encontrar. Seth apareceu e foi como se o sol tivesse surgido por trás das nuvens. Ainda lembro do quão à vontade ele estava, dando instruções amigáveis à recepcionista, parecendo um homem educado e descontraído dentro do terno elegante. Ele me colocou imediatamente em um trabalho para avaliar uma pintura em Plymouth, pois achou que eu não gostaria de passar o meu primeiro dia decorando nomes dentro do escritório. Ele era absolutamente maravilhoso e eu estava cativada. Se tivesse prestado mais atenção aos sinais, teria talvez percebido que ele era um tantinho arrogante e levemente convencido, mas eu só vi o que achei ser um homem incrivelmente sofisticado e bem-sucedido. Seu cabelo penteado para trás a partir da testa, um braço descansando displicentemente no volante e o outro no câmbio. Estava sempre obcecado com as coisas *certas*. O relógio certo, a caneta certa, as roupas certas. A namorada certa. Loira, é claro.

Avaliação e seguros de arte é um mercado limitado. Portanto, quando a empresa me ofereceu um cargo, aceitei satisfeita. Seth estava em Londres, para um trabalho de dezoito meses, mas isso não importava. Ora, o que são umas poucas centenas de quilômetros quando se trata de amor? Afinal de contas, depois destes dezoito meses, ele voltaria e ficaríamos juntos. E foi assim, com meu recém-tirado diploma de história da arte em uma mão e minha inocência na outra, que entrei nos escritórios da Wainwright and Wainwright, pronta para surpreender o novo amor da minha vida com a maravilhosa notícia de que trabalharíamos juntos.

Surpreendê-lo? Ele quase teve um maldito de um enfarte. O fato de que ele nunca quis que alguém no trabalho soubesse que estávamos namorando nunca me incomodou. Não só achei que ele estava sendo tremendamente profissional, como muito nobre em me proteger. Achei que ele não queria ameaçar minha carreira na Wainwright and Wainwright porque o Sr. Wainwright não gostava que os funcionários namorassem. O fato de outro funcionário e Marjorie, da contabilidade, namorarem há quatro anos passou completamente despercebido por mim. Nossos fins de semana juntos eram sempre maravilhosos, ele encontrou minha família várias vezes e eu não tinha motivos para me sentir insegura.

Os dezoito meses de separação passaram depressa. Seth foi promovido e começou a avaliar pinturas sozinho e, por isso, começou a viajar cada vez mais. Eu ainda era uma trainee, mas adorava o trabalho, que era, ao mesmo tempo, interessante e desafiador. Adorava olhar para obras de arte novas e enfrentar o quebra-cabeça que acompanha cada avaliação.

No final dos dezoito meses, Seth decidiu ficar em Londres. Ele me disse que o escopo do trabalho era maior e que teria projetos mais excitantes do que os em Exeter. Também disse que, como tínhamos conseguido manter o relacionamento até agora, poderíamos continuar assim. É claro que, com as viagens extras, os jantares e as festas dos quais precisava participar para fazer novos contatos, nós nos víamos cada vez menos. E quase sempre eu aparecia sozinha na casa dos meus pais. Se alguém notava a ausência dele, não comentava nada.

E eu comecei a achar um pouco estranho que ninguém na empresa soubesse do nosso relacionamento. Tentei sugerir que deveríamos deixar as pessoas saberem, mas Seth me convenceu de que as nossas carreiras sofreriam com isto e eu acreditei que ele sabia o que estava fazendo.

Um dia, Seth me ligou e pediu para fazer uma verificação em uma avaliação, checando uma data de uma pintura na nossa biblioteca. O escritório de Exeter tem uma biblioteca muito maior do que a de Londres porque o espaço é mais barato. E lá fui eu, voltando em meia hora com a informação que ele queria.

Algumas semanas se passaram e eu não pensei mais naquilo, até ser chamada ao escritório do próprio Sr. Wainwright. Estas convocações eram tão raras que eu fui até a sala dele, no último andar, um pouco apreensiva. Assim que bati à porta e entrei na sala, percebi que algo estava muito errado, porque o Sr. Wainwright não estava sozinho, mas acompanhado por sua secretária particular e Seth, que se recusava a fazer contato visual comigo e permanecia olhando para o carpete.

Aparentemente, havia um erro na avaliação. Um erro meu. Seth disse que eu tinha dado a informação errada e, por causa disso, sua avaliação estava incorreta. Eu sabia muito bem que informação tinha dado, mas infelizmente não se tratava de uma bobagem. A estimativa foi feita para um cliente muito antigo, foi um erro embaraçoso e, como disse o Sr. Wainwright, fez a empresa parecer que tem funcionários que não sabem distinguir um palmo à frente do nariz. Bom, não foi bem o que ele disse, mas vocês entenderam. É claro que Seth ouviu um longo sermão por não ter verificado o meu trabalho, sendo um funcionário sênior, e eu fui avisada de que não perderia o emprego, mas que teria uma avaliação negativa registrada contra mim.

Foi nesta hora que perdi as estribeiras. Fiquei mesmo doida da vida. Queria arrancar os olhos de Seth. Comecei a contar como Seth tinha errado na avaliação e eles pareceram ficar confusos. Falei da natureza abjeta de sua personalidade, de onde ele podia enfiar o nosso relacionamento e eles pareceram ficar perturbados. Seth disse que eu era obcecada por ele, que o perseguia e eles pareceram ficar assustados. Acabei por derramar uma xícara de café no colo de Seth e saí da sala.

Não ajudou muito o fato de o novo carpete da sala do Sr. Wainwright ter sido instalado naquele dia e, no fim do expediente, fui demitida e acompanhada pelos seguranças para fora do escritório.

Fiquei furiosa por algum tempo. Voltei para a casa de meus pais e a raiva se instalou. Ameacei levar o caso aos tribunais e processá-los. Imaginei vinganças contra Seth e todas as retribuições que ele merecia. Mas fui acalmando lentamente e percebi que ninguém poderia constatar a veracidade de minha história. Ninguém poderia verificar que Seth tinha feito uma bobagem na avaliação e ninguém no escritório sabia que ele e eu namorávamos. Seth estava há mais tempo na empresa, era um funcionário de outro escalão e, naturalmente, todos acreditaram nele. E, fosse como fosse, eu realmente não poderia voltar a trabalhar lá, depois do que Seth fez comigo. Simplesmente não podia. Ele até teve a cara-de-pau de me telefonar, não para pedir desculpas, mas para tentar distorcer tudo, dizendo que achava melhor que fosse eu quem tivesse uma marca negativa na minha carreira do que ele. Eu não deveria ter me descontrolado na reação que tive, mas que iria conseguir outro trabalho, e se não poderíamos deixar tudo para trás.

Não, raios o partam! Não poderíamos não.

Depois de alguns dias, veio a dor. Não podia acreditar que aquele homem que eu imaginei conhecer, com quem dormi, compartilhei inúmeras coisas, até imaginei casar, não era o homem que eu pensava ser. Em que ponto de nosso relacionamento ele mudara tanto? E por que eu não enxerguei isso? Tudo era demasiado para mim. Então fiz a única coisa que uma jovem mulher na minha posição faria: fugi.

É claro que eu não achava isto naquela época. Acho que disse que estava me afastando de tudo. Ter tempo para pensar, para refletir sobre o próximo passo. Tinha a maravilhosa fantasia de que Seth, desesperado para me localizar, iria até a casa de meus pais, suplicando e pedindo de joelhos para me ver, e seria informado de que eu estava no exterior e não poderia ser encontrada. Era uma idéia tão brilhante que, na semana seguinte, estava dentro de um avião para Cingapura. É claro que, nas semanas seguintes, quando percebi que Seth não iria me procurar, chorava ao telefone nas ligações que fazia à minha mãe de locais distantes, mas acabei me conformando com os fatos. Felizmente, a raiva parece ter ido embora e eu agora lido resignadamente com o meu destino. Não quero dizer que não aproveitaria uma oportunidade para infernizar a vida de Seth se tivesse o azar de encontrá-lo, mas superei razoavelmente o fato de que tenho que começar do zero com relação à minha carreira. Voltando à história, trabalhei um tempo na Austrália, comemorei dois aniversários, um na Tailândia, outro no Havaí, e, depois de ter passado treze meses longe de casa, voltei há poucas semanas, com um cartão de crédito Visa severamente deprimido e precisando de internação. Este é o motivo de aceitar aquele trabalho horrível no café do Sr. Trevesky, em Tintagel.

Vagueio pelas estradinhas campestres até Tintagel. Apesar de o ar estar frio, o céu está completamente azul e por isso abro a janela do carro e sinto o cheiro da grama úmida. Plaquinhas bonitinhas assinalam as estradas para várias cidades: Trebarwith, Polzeath, Pendogget. "Por Tre, Pol e Pen, morrerão os homens da Cornualha", diz um ditado local. O versinho dá voltas na minha mente enquanto vejo pedaços tentadores do mar através dos portões das fazendas. O ritmo de vida é muito mais lento aqui na Cornualha, o que provavelmente é uma coisa boa, já que a maioria das vezes você está dirigindo atrás de um trator e o agricultor decide ter uma conversinha com as vacas durante meia hora.

Enquanto estou atrás de um desses tratores, penso que preciso mesmo começar a planejar o que vou fazer a seguir. Embora ser garçonete em um café seja uma carreira digna, não é, definitivamente, o que quero fazer pelo resto da minha vida. Primeiro, porque já gastei a sola de um par de sandálias. E, embora ame de paixão a minha família, gostaria de viver em um lugar só meu, livre de gaivotas devoradoras de sardinhas e outras coisas do gênero. A vaga idéia de encontrar outro homem em algum ponto no futuro também já começou a passar pela minha cabeça, mas só isso. Tornei-me muito desconfiada em relação aos homens, mas, pior que isso, fiquei ainda mais desconfiada da minha capacidade de avaliar as pessoas.

Dou uma olhada no relógio e acho que o Sr. Trevesky ainda não concorda com a teoria do ritmo mais lento da vida, por isso ultrapasso o trator a cem por hora em uma pequena enseada e chego em dez minutos a Tintagel. Como ainda é relativamente cedo, a cidadezinha mal acordou e eu acho com facilidade uma vaga em um dos estacionamentos no alto da colina, que costumam ficar tão cheios que mal se pode manobrar neles. Gasto alguns segundos olhando para o castelo do Rei Artur, pensando, como sempre, no quão maravilhosamente romântico ele é, para logo depois lembrar o quão insatisfatórias deveriam ser as instalações sanitárias. Suspiro, pego a bolsa no banco traseiro e desço em direção ao café.

Até o final do dia, só confundi três acompanhamentos. Para mim, isso é um novo recorde. Um purê de batatas, uma salada e batatas chips (ou batatas fritas, como o Sr. Trevesky gosta de chamálas, porque, Clemmie, nós não somos *esse* tipo de café de terceira categoria. Estes chefes de cozinha famosos, com programas de televisão, são os grandes culpados por estas coisas) e consegui evitar entrar pela cozinha pela porta errada. Wayne tem andado a fazer cenas na frente do Sr. Trevesky, desviando de mim com gestos dramáticos, protegendo o nariz de modo teatral, o que me faz querer bater nele com a bandeja.

O dia foi tranqüilo e eu percebo, de repente, que é sexta-feira, o dia de os turistas saírem e outros chegarem. E sexta-feira é o dia em que Sam e Charlotte vão jantar em casa. Droga.

Sally aceitou com grande entusiasmo o convite para jantar em casa feito por minha mãe, de modo que não tenho como escapar dele. Pelo menos Barney vai estar lá.

Assim que chego em casa, corro para o andar de cima para tomar banho e lavar os cabelos. Por algum motivo, acabo sempre com comida nos cabelos. Na última vez em que Sam esteve aqui, começou a tirar pedaços de cenoura dos meus cabelos, fazendo todos, exceto a mim, morrerem de rir.

Sinto-me melhor depois de um banho. Faço uma vaga tentativa de secar meu cabelo, mas ele é tão volumoso que levo cerca de meia hora com isso e acabo perdendo o interesse no meio do caminho. Ele é bem comprido, pouco abaixo dos ombros, e recusa-se terminantemente a fazer o que eu quero. Minha cabeleira tem um ar selvagem e indomável, e minha mãe costuma chamá-la de esfregão. Tenho cabelos louro-escuros, mas faço luzes mais claras de vez em quando. É claro que, desde que voltei de minha viagem ao exterior, não precisei fazer mais nada porque o sol deu conta do recado. Só gostaria que as sardas fossem embora.

Desço com os cabelos ainda molhados para ver se posso ajudar meu pai na cozinha. É extremamente agradável ver meu pai na cozinha. Minha mãe tem a tendência de fazer um dramalhão até para abrir uma lata de patê para passar na torrada. Temos extintores de incêndio espalhados pela casa toda porque algo sempre pega fogo e minha mãe sai correndo pelas salas gritando "Merda de McGregor!" a plenos pulmões. Esta é a sua exclamação favorita e tem algo a ver com um escocês, um lago e um barco. Mas, por favor, não perguntem a ela sobre isto. Depois precisa tomar um pouco do sherry de cozinha para se acalmar e deitar no sofá para descansar.

Meu pai está encostado na mesa da cozinha, moendo calmamente especiarias no pilão, com um copo de vinho branco ao lado. No que lhe diz respeito, nada de usar temperos prontos de supermercado. Eu assumo o controle do pilão e do vinho branco.

— Onde está mamãe? — pergunto.

— Acho que seria demais esperar que ela esteja devolvendo Norman aos braços da Mãe Natureza, se bem que a Mãe Natureza muito provavelmente não o quer nem de presente, por isso acho que sua mãe foi comprar bebida.

— Maldito Sam! Ela sempre o mimou — resmungo.

— Ora, pense em Sam como sendo Norman, a gaivota.

Olho para ele intrigada. Meu pai gosta de Sam e eu não entendo aonde quer chegar com a metáfora.

— Grande e fedorento?

— Não. Alguém que precisa de um lar.

— E minha mãe gosta mais dele do que de nós?

— Hã, não. Só que ele precisa de um lar.
— Mas Sam não gosta de sardinhas.
— Não, eu não disse isso.
— Não podemos devolvê-lo à natureza?
— Clemmie, acho que já fomos longe demais com a metáfora do Norman.
— Vou contar a Sam que você disse que ele fede como Norman.

Meu pai abre a boca para dizer algo, mas sorri quando percebe que estou brincando.

— Meu Deus, odeio aquela gaivota maldita — ele diz e toma um grande gole do meu copo de vinho.

Sam é o primeiro a chegar, entrando pela porta dos fundos com duas garrafas de vinho. Eu estou sentada à mesa, bebendo meu segundo copo de vinho e falando com papai sobre os encantos das batatas fritas. Nós dois conseguimos falar durante horas sobre as coisas mais estúpidas.

Meu pai dá um apertão afetuoso no ombro de Sam. Eu aceno para ele. Sempre tivemos dificuldades em descobrir como nos cumprimentar. Se você conhece alguém desde os quatorze anos de idade, quando os dois sexos são cheios de problemas no tocante ao contato físico, sempre sobram traços disso.

Sam pega uma garrafa de cerveja na geladeira e senta perto de mim. Ele tirou o terno habitual e está com jeans desbotado e um suéter fino com as mangas arregaçadas.

— Então, ó rainha da cocada preta, como foi seu dia?
— Bem, só confundi três acompanhamentos, mas sexta-feira é um dia lento.
— Como vai o nariz de Wayne?
— Quebrado, espero.
— As portas da cozinha são bastante confusas. — Ele balança a cabeça, pensativo, e toma um gole de cerveja. Estou prestes a concordar entusiasmada com ele, mas ele não tinha completado seu raciocínio. — Imagine só, duas portas diferentes com placas ENTRADA e SAÍDA. Consigo perceber como você se confunde toda.

Meu pai dá uma gargalhada por trás do seu copo de vinho enquanto eu aperto os lábios e dou uma encarada em um Sam sorridente.

— Desculpe — diz ele. — Mas você precisa admitir que é muito engraçado.

Hã, não é. Eu não acho nada engraçado, porque não foi ele quem teve que ouvir o sermão de meia hora do Sr. Trevesky a respeito do assunto. Este é o problema comigo e Sam. As coisas começam bem e degringolam rapidamente em alguma discussão.

— Não é tão fácil quanto parece — respondo irritada.

— Eu também fui garçom. Lembra? Naquele verão, em Fistral Beach.

Droga. É verdade.

— Mas você e Barney enrolavam o dia todo. Servir mesas mudou um pouco em relação ao que era há uma década.

— Avanços tecnológicos?

— Aposto que vocês não tinham portas com placas de ENTRADA e SAÍDA.

— Não, você está certa. Barney não ficaria muito tempo no emprego se houvesse. Também não ajudava em nada você e Holly passarem o tempo pedindo salada de frutas sem maçã.

— Vocês faziam de conta que não nos conheciam!

— Acho que queríamos mesmo não conhecer vocês.

Sorrimos um para o outro, unidos pelas memórias por um segundo.

— Sua mãe e eu estamos muito orgulhosos — suspira meu pai.
— Dois de nossos filhos servindo mesas. Ele aperta os lábios, finge limpar as lágrimas e todos caímos na gargalhada. Isto é feito com o seu estilo encantador e divertido, por isso sei que está só brincando. Também sei que, se Sam dissesse a mesma coisa, muito provavelmente receberia um tapão na orelha.

— Barney disse que Holly vem passar o fim de semana.

— Ela chega amanhã de manhã — confirmo, e Sam parece encantado com isso.

— Como vão as coisas entre ela e James?

— Bem, acho. Falei com ela na noite passada. Precisa de uma história.

— Oh, ela vai achar uma. Holly sempre acha uma saída, é uma das coisas que eu adoro nela.

— Eu também adoro isso nela. — Mas, ao mesmo tempo, fico levemente irritada com isso. Se Holly é a irmã que sempre acha uma saída, eu sou, sem dúvida, a irmã que sempre mete os pés na lama.

— Quanto tempo vai ficar aqui?

— Alguns dias, depois eu vou com ela para Bristol.

— Por quanto tempo?

— Só até o fim da semana.

— Aposto que o Sr. Trevesky vai ficar feliz em se ver livre de você.

Falando nisso:

— Onde está Charlotte? — pergunto.

— Ainda no congestionamento na estrada.

— Com os pais dela?

— Não, ela veio sozinha.

— As coisas estão ficando sérias, Sam? — Meu pai pisca para ele do outro lado da mesa. Na verdade, parece estar chorando. Será que está assim tão chateado porque Sam vai deixar o ninho? Como disse, ele é como um filho. Espio mais de perto. Oh. Ele está descascando cebolas.

— Sério o suficiente, Patrick — Sam sorri de volta.

Minha mãe invade a cozinha pela porta dos fundos em um lindo vestido com saia rodada (que ficaria horrível em mim), carregando o que parece ser todo o estoque da loja de bebidas, e Morgan vem trotando atrás dela. Sam dá um pulo e a ajuda com as sacolas de compras. Assim que se livra da carga, ela lhe dá um abraço e um beijo.

— Que bom ver você, Sam! Meu Deus, preciso de um cigarro. Onde está Charlotte?

— Na estrada — respondemos em coro.

— Ai, que chato. Clemmie, querida, quer um vestido emprestado?

— Não, obrigada. Estou bem assim.

Minha mãe me dá uma olhada que diz não concordar com isso, mas muda prudentemente de assunto.

— Quase atropelei Barney subindo a colina.

Bem na deixa, Barney aparece ofegante na porta.

— Obrigado, mamãe. Não pensou em me dar uma carona?

— Mas, querido, você estava indo tão bem. Não quis interromper o exercício. Além disso, nunca paro em subidas porque não sei onde fica o freio de mão. — Na última vez que ela parou em uma subida, precisou deixar o carro no local e continuar o resto do trajeto a pé.

Sam e Barney fazem toda aquela encenação masculina de palmadas nas costas e apertos de mão.

— Onde está Charlotte? — Barney pergunta.

— Na estrada — digo novamente. Provavelmente ensinando a estrada a pronunciar bem as vogais, fico tentada a acrescentar, mas consigo segurar minha língua a tempo.

— Barney, estou indo pegar outra cerveja na geladeira — diz Sam. — Por favor, não me bata com uma cadeira.

— Rá, rá. — Esta é a nova brincadeira favorita de Sam; dizer a Barney tudo o que vai fazer antes que leve uma cadeirada. Nós achamos que é muito engraçado.

Sam pega uma cerveja na geladeira, dá outra para Barney, que senta, como de costume, no fogão-estufa de ferro. Empurro Sam para fora da mesa, segundos depois de ele ter acabado de sentar, e começo a espalhar jogos americanos e talheres por todos os lados. Sam pega os talheres da minha mão assim que eu os tiro da gaveta.

— Eu faço isso, Clemmie.

Sorrio agradecida e sento ao lado de Barney no fogão-estufa enquanto Sam põe a mesa, arrumando os garfos e facas de modo minucioso. Eu ia simplesmente jogar a pilha de talheres no meio da mesa e deixar que as pessoas se entendessem com eles.

Toca a campainha e minha mãe vai abrir a porta. Deve ser Charlotte em vez de Sally, porque podemos ouvir minha mãe exagerando nos cumprimentos estridentes. A porta abre como se estivéssemos no primeiro ato de uma peça, e uma figura é empurrada para dentro da cozinha.

— Queridos! *Vejam* quem chegou! — diz minha mãe, que parece já ter embarcado na sua assustadora imitação de um aristocrata esnobe da década de 20, que envolve muitas reviradas de olhos e ênfases em palavras aleatórias. Para dizer a verdade, parece que todo o elenco da Royal Shakespeare Company entrou na nossa cozinha e todos estão drogados.

Charlotte está usando uma saia de linho azul-marinho com meias-calças azuis e um par de mocassins Gucci. Seu cabelo marromcor-de-rato está preso em um coque apertado na base da nuca. Ela não usa nenhuma maquiagem e deveria mesmo arrumar as sobrancelhas. Não entendo o que Sam vê nela.

Sam estava languidamente encostado em um armário enquanto ela entrava na cozinha, e agora vai calmamente na sua direção para lhe dar um beijo. Barney desceu do fogão, meu pai lavou as mãos e ambos estão esperando para cumprimentá-la com dois beijinhos, como se faz em Londres. Normalmente, nesta região do país, só damos um beijinho.

Charlotte entrega à minha mãe as flores e o vinho que trouxe de presente.

— Charlotte, não *precisava*, não precisava mesmo.

Sim, Charlotte, eu também gostaria que você não tivesse feito isso, porque agora minha mãe vai enfiar o rosto no buquê para cheirar as flores, do mesmo modo que a vi fazer muitas e muitas vezes no palco. Espero que ela se acalme logo.

Inclino-me para beijar Charlotte, como uma boa menina.

— Como foi a viagem? — pergunto educadamente.

— Horrível. *Mismo, mismo* horrível. Não sei por que eles não constroem uma auto-estrada.

Porque estamos tentando impedir que veranistas horrorosos como você comprem metade do condado, penso com meus botões, mas uma batida à porta dos fundos me salva de ter que responder e Sally entra.

Charlotte senta-se à mesa e olha nervosamente ao seu redor. Ela não gosta muito do zoológico da minha mãe (Morgan sempre vai diretamente, todo feliz, na sua direção). Sam começa preparando um gim-tônica para ela, e Sally beija todos os membros da família.

— Você gosta de comida indiana, Charlotte? — meu pai pergunta educadamente. — Infelizmente, é só o que sei preparar.

— Fantástico, Sr. Colshannon. Adoro comida indiana.

— Por favor, me chame de Patrick.

— OK, Patrick — ela concorda séria.

— Sally? — ele pergunta. — Você também gosta?

Sally não responde porque está com a boca cheia de batatinhas saídas do saco que minha mãe acaba de abrir, mas faz gestos de quem está esfregando a barriga satisfeita.

— Charlotte, conte *tudo* sobre a sua semana — diz minha mãe.

Ela tinha que perguntar isso? Não poderíamos ignorar as boas maneiras pelo menos uma vez? Charlotte trabalha no departamento atuarial de uma grande seguradora, um trabalho que, na minha opinião, só tende a acrescentar mais um ponto na lista contra ela, por ser uma atividade inacreditavelmente chata. Na verdade, eu não consigo entender o que ela faz, apesar de ela já ter me explicado com um tom de voz tipo explicar-o-trabalho-de-atuário-para-idiotas. Faço uma careta para Sally. Meu Deus, lá vamos nós.

— Bom, na verdade, foi uma semana interessante *mismo*... — Eu devo ter desabado visivelmente na cadeira neste momento, porque meu pai me dá um bom pontapé nas canelas e eu me endireito na hora.

— Eu contei que Clemmie trabalhava para uma seguradora? — diz Sam quando ela termina de narrar o Boletim Semanal do Atuário.

— Clemmie? *Mismo*?

Todos olham para mim.

— Eu não trabalhei para uma seguradora! — digo indignada.

— Não? Desculpe, errei — Sam responde calmamente. — O que é que você fazia, exatamente?

— Avaliava obras de arte.

— Para uma seguradora?

— Bom, sim.

— Oh, você tem toda a razão. Você não trabalhava para uma seguradora, então — ele diz de modo seco.

— Mas agora você trabalha em um café, não é, Clemmie? — Charlotte está visivelmente confusa e olha atrapalhada para Sam e para mim.

— Sim, trabalho — respondo com a maior dignidade possível. — Estou pagando algumas dívidas da viagem enquanto procuro outro emprego.

— Bom, pelo estado em que você chegou da viagem, ao menos todos ficaram sabendo que você se divertiu muito — Sam comenta sarcasticamente.

— Eu já disse antes. Peguei um vírus — digo entredentes.

— Todos os vírus têm a marca Jack Daniels impressa?

— Querida, quase não a reconhecemos quando a aeromoça da British Airways apareceu empurrando você na cadeira de rodas.
— Eu estava doente.

A verdade é que passei a última noite da viagem bebendo com alguns amigos, dormindo no quarto de alguém e, quando acordei, faltava uma hora para o avião decolar. Fiz as malas no táxi, a caminho do aeroporto, e, quando cheguei, não só havia um atraso de cinco horas, como também ouvi um sermão do pessoal do *check-in*. Apareci vinte e quatro horas depois na Inglaterra, depois de ter apanhado um vírus no vôo e perdido um dos meus sapatos. As coisas não melhoraram muito, desde então. Decido não fazer mais comentários sobre o desastre que é a minha vida e, felizmente, Charlotte não pergunta mais nada porque meu pai começa rapidamente a fazer perguntas.

— Então, Charlotte, que planos você e Sam têm para o fim de semana?

— Bom, queria *mismo* ver o Projeto Éden, e Sam prometeu me levar.

— Só se Charlotte concordar em surfar comigo no domingo — interrompe Sam.

— Você já surfou antes, Charlotte? — Sally pergunta suavemente.

— Não, mas esquio muito e acho que não deve ser muito diferente disso, é?

— Oh, não. Em uma hora, você vai estar de pé na prancha, cavalgando as ondas com todo mundo — digo animada. Charlotte pode muito bem se afogar em uma hora, que dirá conseguir ficar na prancha. — Você só precisa lembrar de remar bem para o fundo e esperar pelas ondas maiores.

Barney dispara um olhar de advertência.

— Venham até Watergate Bay, não trabalho de manhã e vou surfar com vocês.

Maldição. Barney, sendo um mago da prancha e com treinamento de salva-vidas, não vai deixar que ela se afogue. Meu Deus, a arrogância das classes superiores nunca deixa de me surpreender. Nenhum pensamento do tipo estou-preocupada-em-fazer-papel-de-uma-perfeita-idiota cruza a mente de nossa Charlotte. Meninas como ela já saem do berçário com uma confiança inabalável na sua perfeição interna.

Meu pai começa a colocar travessas nas toalhinhas na mesa, e Sally e eu levantamos para o ajudar. Surge uma travessa com aspecto delicioso, uma pitada de coentros frescos, molho de tomates frescos e bananas, arroz frito com cravo e cardamomo, quiabo em molho de tomate e batatas apimentadas à moda de Bombaim. Minha boca se enche de água. Meu pai sabe preparar fantásticos pratos indianos.

— Como é que vão as coisas em *Jane Calamidade*, Sally? Sorrel? — Sam pergunta à medida que os pratos vão sendo distribuídos, e meu pai faz minha mãe apagar o cigarro. Barney e eu não fazemos cerimônias com as visitas e começamos a atacar as travessas primeiro que todos.

— Vai bem, estamos tentando descobrir como fazer a cena da carroça do Velho Oeste, não é, Sally?

— Sabe qual é? Aquela na qual a personagem principal, Jane Calamidade, está sendo perseguida pelos índios na planície? — pergunta Sally. Sam viu o filme quase tantas vezes quanto nós; portanto, ele sabe do que se trata.

— Vocês vão usar uma carroça do Velho Oeste de verdade?

— Esta é a idéia — responde minha mãe.

Meu pai olha para ela com a testa franzida.

— Querida, isso é sensato? Lembra a peça em que trabalhava quando nos conhecemos?

— A do grupo de teatro amador?

— Essa mesma. Não foi nesta que fizeram você voar por sobre a platéia em um aviãozinho? Viviam tendo que tirar você das vigas do teto.

— É mesmo, eu me lembro disso! Eles me lançaram para cima do primeiro balcão. Uma vez levaram mais de duas horas para me tirar do teto.

— Gordon estava praticamente cortando os cabos com as mãos, se bem me lembro.

— Eu tinha acabado de conhecê-lo, tão gracinha, e ele perguntou se podia ser meu agente. Hoje ele provavelmente me deixaria pendurada lá em cima. Não faz mal, não se preocupe com a carroça, querido, porque pedi umas idéias para o cenógrafo do Teatro Nacional.

Faz-se silêncio por alguns minutos enquanto todos apreciam a comida. Charlotte diz:

— Patrick, tudo está simplesmente delicioso.

— Obrigado. Não está muito apimentado para você, Clemmie?

— Toda a família sabe da minha patética resistência à pimenta.

— Está bom *mismo*. — Com mil demônios, agora estou começando a falar como ela. O sotaque dela deve ser contagioso. Sam deve achar que estou debochando descaradamente dela porque me dá uma fulminada com os olhos.

Felizmente, Sally e eu conseguimos fugir assim que a refeição termina. Interrompo a alegre fofoca entre Sally e Barney assim que acabo a última garfada, e saímos juntas para o ar frio da noite.

— Meu Deus, ela é pavorosa! — exclamo assim que estamos longe o suficiente.

— Clemmie, ela não é tão ruim assim. Só um pouco sem simancol, só isso.

— Que diabos Sam viu nela?

— Bom, ela é muito bonita.

— É?

— Mas o trabalho dela parece um pouco chato.

— Um pouco? Com os diabos, ele provavelmente tem que transar com ela para fazer com que ela feche a matraca. Vai ver que foi assim que eles começaram a namorar.

— Não tinham mais assunto? — Sally dá uma risadinha.

— Exatamente — respondo com veemência, e começamos a descer a colina em direção ao pub.

CAPÍTULO 4

Holly e eu estamos sentadas em um sofá, bebendo chocolate quente e olhando para Watergate Bay. Ela chegou hoje cedo e viemos até aqui na esperança de bater papo com Barney. Holly tentou me convencer a andar na praia, mas andamos uns cem metros e fiquei com muito frio porque estou usando calças pescador de linho, com a cintura abaixo do umbigo, e uma camiseta que eu usava aos doze anos ou que encolheu na máquina de lavar. Foi por isso que fugimos para o café em busca de um chocolate quente. A garçonete é completamente indiferente a nós até que contamos a ela que somos irmãs de Barney. Depois disso, ela começa a conversar um bocado conosco. Depois de ter servido os chocolates quentes, ela sai para procurá-lo. Ele deveria estar aqui, servindo as mesas, mas não me surpreende em nada que esteja em outro lugar.

— Isso engorda um bocado, sabe? — diz Holly, bebendo deliciada na caneca.

— Humm, eu sei — digo, com a cara praticamente enfiada no chocolate. O café de Barney faz os melhores chocolates quentes do mundo. Montanhas de creme, minimarshmallows e pequenas gotas de chocolate. Nenhuma de nós é boa em dietas. Ambas tentamos uma dieta de desintoxicação alguns anos atrás e conseguimos convencer uma a outra que a única maneira de comer a cenoura diária obrigatória era na forma de bolo de cenoura. Não perdemos nem um grama sequer.

O café está apoiado sobre palafitas (a loja de surfe fica na parte de baixo) e tem sofás enormes e confortáveis, com vista para a baía. A praia tem cerca de 1.500 quilômetros de cada lado, antes que penhascos dramáticos a interrompam. Esta faixa de areia é famosa pelos seus esportes aquáticos. *Kitesurf, waveski* e *kitebuggy* — e Barney pratica todos.

— Que bom ver você! — diz Holly.

— É bom ver você também. — Na verdade, é fantástico vê-la. — Principalmente só nós duas — acrescento. A última vez que nos encontramos foi na apresentação da mais recente peça da qual minha mãe participou. Toda a família apareceu, de modo que o camarim estava superlotado, o que acabou fazendo com que a camareira de minha mãe, Mildred, engolisse a agulha que estava usando para fazer uns consertos na roupa. Todos ficaram perturbadíssimos, especialmente minha mãe, já que Mildred também tinha engolido algumas miçangas da roupa do último ato, que estavam na ponta da agulha. Por incrível que pareça, Holly e eu não conseguimos conversar.

— Então, me conte o que anda acontecendo por aqui. Como vão todos? — Holly se acomoda em um cantinho acolhedor do sofá.

— Bem, estamos todos bem. Sam e Charlotte jantaram lá em casa, ontem.

— Foi um jantar *pavorosamente* divertido?

Sorrio para Holly.

— *Pavorosamente*. Juro que não entendo o que Sam vê nela.

— Oh, ela não é tão pavorosamente chata.

— Agora você está falando como ela — digo, ainda segurando a caneca com as duas mãos e dando lambidas discretas na borda.

Holly sorri.

— Mas ela não é mesmo! — retruca. Holly e o resto da família têm o desagradável hábito de ser absolutamente fiéis a Sam, mas eu e ele sempre tivemos um relacionamento muito mais, sei lá, tenso, acho. Nunca estamos perfeitamente à vontade um com o outro, enquanto ele se dá maravilhosamente bem com o resto da família. E, já que estou sendo honesta, isso me irrita um pouco.

— Há quanto tempo eles namoram? — pergunto como quem não quer nada. Sam e Charlotte começaram a namorar quando eu estava no exterior, de modo que não conheço os detalhes da história.

Holly encolhe os ombros.

— Alguns meses. Eu acho que ela é bonita.

— Ela é uma chata. Holly, ela é uma atuária! — Olho fixamente para ela, esperando que caia a ficha e ela compartilhe do meu horror.

— Clemmie, você sabe o que é uma atuária?

— Bem, não. Não sei. Mas parece ser incrivelmente chato, seja o que for. Afinal de contas, o que é isso?

— Na verdade, também não sei. Mas tenho certeza de que não é tão ruim quanto parece. Charlotte é muito legal depois que você a conhece.

— Eu disse a ela que Morgan faria xixi na perna dela se ficasse parada de pé por muito tempo.

— Clemmie! Isso é realmente maldade! — Holly diz, com um sorrisinho. — É por isso que ela fica tão aflita quando está perto dele?

— Ela estava me irritando e eu queria que ela parasse de falar com aquele sotaque.

— Mas Charlotte fala mesmo daquele modo. Ela não está fingindo.

— Jura? Meu Deus, você consegue imaginar como vai ser se ela casar com Sam? Posso muito bem ter que acabar matando minha própria mãe.

— Você acha que a coisa entre os dois é séria?

— Não sei, mas o certo é que ela tem jantado várias vezes lá em casa.

— Será que ele volta para Londres com ela? — Na verdade, Sam trabalhou em Londres por um tempo e todos acharam que iria se estabelecer lá, até que ele surpreendeu a todos voltando repentinamente para a Cornualha e se estabelecendo na cidade. Ele nunca disse o que aconteceu, ou o motivo do retorno, o que é absolutamente irritante, porque provavelmente foi por algum motivo idiota como não ter gostado da água da torneira ou coisa parecida.

— Talvez. Acho que, de vez em quando, ele precisa ir até lá a trabalho.

— Olá, vocês duas!

Viramos e vemos Barney sorrindo para nós com seu costumeiro visual acabei-de-sair-da-cama. Mas ele deve ter mesmo acabado de sair da cama.

Holly dá um pulo e eles se abraçam apertado.

— Como vai você? — diz com um enorme sorriso quando se separam.

— Ele está com problemas com uma garota — digo.

— Obrigado, bocona. Estava mesmo pensando quanto tempo você levaria para abrir a matraca.

— Pelo menos esperei você chegar.
— Problemas com uma garota? Que tipo de problema? — Holly pergunta.
— Ele *gosta* de uma.
— Gosta de uma? — Ela olha para Barney com as sobrancelhas erguidas. — Caramba, problemas com uma garota quase sempre quer dizer que ela não sai do seu pé. Quem pode ser esta deusa?

Barney abre a boca para responder, mas eu sou mais rápida do que ele.

— Bom, isso ele não conta. Parece que ela não gosta dele.
— Bom Deus! Onde o mundo vai parar? Mas provavelmente é bom para ele.
— Alô? — diz Barney.
— Ele está disposto a mudar de vida.
— Como é que isso vai resolver o problema?
— Eu ainda estou aqui — diz Barney.
— Ele acha que ela não olha para ele nem para dizer que horas são porque ele é uma espécie de vagabundo. Portanto, acha que, se arranjar um emprego decente e todo o resto, pode ter mais chances.
— Clemmie! Você se importa se eu contar para a Holly?
— Desculpe.
— Bom? — Holly pergunta.
— Na verdade, Clemmie resumiu tudo muito bem.
— Tirando o fato de quem é ela?
— Holly, se existe alguém com a boca mas destramelada do que a Clemmie, esta pessoa é você. Portanto, se não contei para Clemmie, dificilmente vou contar para você.

Holly parece magoada com o comentário, mas se recupera depressa.

— Então, qual é seu plano? — pergunta intrigada.
— Acho que ela poderia reparar mais em mim se me tornasse responsável. Não é algo que vá me fazer algum mal, é? E ela pode começar a me levar mais a sério.
— Você vai desistir de participar da competição de encantamento de minhocas em Blackawton?

É um concurso no qual os participantes recebem um pedaço de terra e precisam trazer o maior número possível de minhocas à superfície, quase sempre batendo na terra imitando a chuva (embora existam outros métodos mais duvidosos). Barney e eu olhamos horrorizados para Holly. A família adora este evento. Mamãe faz uma cesta de piquenique completa. Além disso, Barney é um encantador muito bom.

— Eu preciso? — ele pergunta.

— Bom, vamos encarar os fatos, não é algo que uma pessoa responsável faça.

— Talvez você possa ir, mas sem estar fantasiado de nuvem de chuva este ano? — tento ajudar. — Isso demonstra responsabilidade.

— Talvez — Barney responde tristonho.

— Ela realmente vale a pena, Barney? — pergunta Holly.

— Ela é especial — ele diz simplesmente.

— Especial, no sentido de ter um parafuso a menos?

— Não, só especial no sentido especial. Você me ajuda?

— É um bocado difícil sem saber quem é ela — diz Holly, mas, vendo o ar desconsolado no rosto de Barney, acrescenta depressa — mas vamos ajudar você, não vamos, Clem?

— Claro!

— Vocês não podem contar para ninguém. Ninguém mais sabe.

— Nem mesmo Sam?

— Nem mesmo Sam.

Barney está recebendo umas olhadas feias do dono do café, por isso diz que precisa ir e fazer de conta que está trabalhando, e desaparece.

Ficamos um pouco em silêncio enquanto tomamos o restinho do chocolate quente.

— E como você está se sentindo sobre aquilo? — pergunta Holly. Aquilo quer dizer Seth.

— Bem.

— Bem? — ela questiona. Ah, minha irmã me conhece bem.

— Bom, ainda desapontada. Mas com os homens em geral, acho. — Dou um sorrisinho para amenizar. O desapontamento ainda parece recente porque tamanha era a minha pressa em sair do país há treze meses que não tive tempo de fazer uma coisa vital, que todos os que rompem um relacionamento devem fazer sem demora. O exorcismo. Faz poucas semanas que eu finalmente desempacotei algumas das caixas vindas na retirada às pressas do apartamento em Exeter. É claro que eu pretendia jogar imediatamente no lixo tudo que fosse vagamente associado a Seth. Isso acabou sendo mais difícil do que imaginei. Eu tinha guardado todos os cartões e presentes que Seth tinha me dado durante o namoro. Não havia muitos presentes, mas nem sempre era fácil para Seth ter tempo de ir às compras. Uma pessoa menos caridosa, chamada Barney, que é geralmente vista como uma das pessoas menos atenciosas da casa, sugeriu, de maneira particularmente desagradável, que Seth poderia ter mandado entregar um presentinho de vez em quando. Na época, eu descartei imediatamente esta insinuação cínica, mas agora acho secretamente que Barney tinha razão. Barney teve que me arrastar até a lixeira para jogar tudo fora, mas o sentimento de tristeza ainda ficou.

— Definitivamente, homens não estão na minha agenda — digo com um sorriso irônico. — Quem sabe quando eu sair do convento, daqui a vinte anos.

— Deixa disso, Clemmie! Você deu azar com o Seth.

— Azar? Perdi o emprego por causa dele! Como é que uma pessoa pode se enganar tanto?

— Bom, isso foi horrível. Mas ele estava ficando uma pessoa muito cheia de não-me-toques. Barney quase o esmurrou quando o encontrou.

Franzo as sobrancelhas.

— Quando foi que Barney o viu? Ele não me disse.

— Humm? — Holly parece um pouco espantada. — Oh, encontrou com ele em Exeter.

Olho para ela com os olhos apertados.

— Barney encontrou com Seth em Exeter?

— Hã, sim.

— Barney sabe onde fica Exeter?

— Claro que Barney sabe onde fica Exeter! E então, você está procurando emprego? — ela pergunta, habilidosamente mudando de assunto.

— Não consigo achar nada aqui.

— Você procurou?

— Claro! Por incrível que pareça, empregos como avaliadora de obras de arte não aparecem aos montes no norte da Cornualha, e, seja como for, não sei se quero voltar a fazer isso.

— O que gostaria de fazer?

Suspiro.

— Não sei. Algo relacionado com arte, suponho. Sinto um pouco de falta disso.

— Quando voltarmos para Bristol, você pode ir ao jornal e conversar com o pessoal de recursos humanos. Eles sempre sabem o que está acontecendo no mercado. — Eu consegui tirar umas férias com o Sr. Trevesky e vou para Bristol com Holly. Acho que ele ficou muito contente em se livrar de mim por uns tempos, depois do problema com o nariz de Wayne.

— Oh, boa idéia. Obrigada, Holly. A propósito, já achou uma história?

— Meu Deus, preciso tanto de uma. Até Joe já começa a resmungar algo sobre sorte de principiante.

— Vai aparecer uma história a qualquer momento.

— Será? Começo a duvidar.

— Falando em aparecer, Emma apareceu? — pergunto.

— Nem cheiro dela. Ninguém ouviu falar dela desde o pedido de demissão. A coitada da Rachel teve que assumir o posto de colunista social e não tem a mínima idéia do que fazer.

— Talvez Emma tenha arrumado outro emprego.

— Talvez, mas seria de se esperar que ela voltasse para buscar as coisas dela, não acha?

— Ela deixou todas as coisas lá?

— Sim, foi como se tivesse ido um dia para casa e decidido que não valia a pena voltar. Mas a verdade é que o pai é tão rico que ela pode se dar ao luxo de fazer o que bem entender. A Jenny, do Departamento de RH, recebeu um telefonema do pai dela, pedindo que mandássemos as coisas pelo correio. Quando perguntou por que Emma tinha ido embora, ele ficou furioso e disse para ela não fazer tantas perguntas.

— Qual é mesmo o nome do pai dela?

— Sir Christopher McKellan.

— McKellan? — pergunto, pensativa. — Acho que já ouvi este nome.

— Deve ter ouvido. Ele é promotor público em Bristol. Ganhou um caso famoso anos atrás. Seja como for, Jenny quer que eu entre-

gue as coisas de Emma na casa do pai e veja se posso falar com ela para ter certeza de que tudo está bem. Ele tem uma segunda casa aqui perto.
— Onde?
— Rock.
— E Emma está lá?
Holly parece surpresa por um momento.
— Bom, acho que sim. Este é o endereço que ele deu a Jenny.
— Gostaria de saber por que ela pediu demissão assim de repente.
Holly encolhe os ombros.
— Provavelmente queria ir para as Bermudas, ou algo parecido, e não tinha um período de férias grande o suficiente.
— Sim, mas não deve ter sido algo planejado com antecedência, porque ela não deixaria as suas coisas para trás. Ela disse algo para alguém na redação?
— Oh, deixa disso, Clemmie. Você conheceu Emma. Ela não era a mais forte candidata a ganhar o troféu Personalidade do Ano. Ela não se dignava a falar com ninguém na redação.
— Talvez lhe tenha acontecido alguma coisa.
— Acredite em mim, se tivesse acontecido alguma coisa com a filha de Sir Christopher McKellan, o mundo já estaria sabendo. Vamos embora, podemos ir para casa passando por Rock para entregar as coisas dela.

Já que Rock fica exatamente do outro lado do estuário, decidimos que será mais rápido estacionar em Padstow e pegar o pequeno *ferry* para Rock. Mas é claro que nos esquecemos de contar com os vinte minutos extras da viagem, por causa de uma vovozinha de férias que não percebeu que a sua cadeira de rodas ficaria atolada na praia do outro lado da travessia.

Holly está olhando a cena com prazer, com a mão protegendo o rosto do sol, enquanto eu reparo em um homem muito bonito do outro lado da fila.

— Oh, olhe, Clemmie! Um membro da tripulação do *ferry* está tirando-a da cadeira de rodas agora! Meu Deus, acho que ela está batendo nele com a bolsa.

Eu só presto atenção no homem porque ele parece bastante desorientado. Não tem ar de turista e também não é um dos nativos. Mas é bem bonitão. Cabelo castanho-claro, cortado rente nas laterais e mais comprido no alto. Feições retas, regulares, usando um paletó de tweed e calças de veludo cotelê. Ele está sozinho e eu me pergunto o que está fazendo aqui.

Quando desembarcamos em Rock, o jovem anda na nossa frente por alguns momentos e depois pára para consultar um pedaço de papel. Holly e eu nos distraímos com a loja de presentes e, quando eu olho novamente, ele sumiu. Depois de termos comprado algumas conchas na loja (alguém me impeça nestes momentos, por favor, por que não consigo resistir a elas? Tenho uma montanha do tamanho do Himalaia de conchas em casa), andamos pela rua principal junto à praia, procurando pela casa de Sir Christopher McKellan.

A segunda residência dele me faz ter vontade de ver a primeira. É uma casa de esquina, de frente para o mar. As paredes de pedra, caiadas de fresco, e o jardinzinho primoroso, gritam dinheiro em voz alta. Lanternas náuticas em cada janela e cortinas cor-de-creme amarradas com uma corda rústica e grossa. Tenho certeza de que o interior é decorado em tons pastéis e sofás fofos. Eu preciso desesperadamente ir ao banheiro e fico pensando se poderia usar o toalete da casa e, ao mesmo tempo, dar uma xeretada em tudo, mas Holly me diz que Sir Christopher McKellan não é nada amigável com estranhos e que é melhor que eu vá ao pub. Assim, deixo Holly para trás e vou até o The Mariners para usar o banheiro deles.

Holly está esperando por mim quando saio, e estamos prontas para seguir de volta a Padstow quando vejo o mesmo jovem do *ferry* caminhando decidido em nossa direção, como se quisesse falar conosco. Até Holly está claramente se empinando toda para ele.

— Olá! — ele diz quando chega perto de nós.

— Olá — respondemos. Não posso responder por Holly, porque ela está praticamente noiva de James, mas eu evito abrir muito a boca para que a baba não escorra. De perto ele é ainda mais bonito.

— Espero que vocês não se importem, mas é que acabei de vê-las saindo da casa de Sir Christopher McKellan e não sei se podem me ajudar. — A voz é agradável, com um leve sotaque do norte. — Vim lá de Cambridge. Estou procurando por Emma.

— Bem, aquela é a casa do pai dela, mas perguntei por Emma e a empregada me disse que ela não está lá.

— Eu sei. Também perguntei isso. Você conhece Emma?
— Bom, eu trabalhava no mesmo jornal que ela, mas ela pediu demissão na semana passada. Estava por perto e vim trazer as suas coisas. Você tentou a casa em Bristol? É lá que ela mora.
— Já estive lá. Esperava que alguém aqui pudesse me ajudar.
— Você é amigo dela?
— Meu nome é Charlie — ele diz simplesmente, como explicação.

Nós duas devemos estar com um ar meio desconcertado porque ele continua:

— Ela não contou? Sou o noivo dela. Vamos nos casar.

CAPÍTULO 5

Noivo? Emma? Dou uma olhadela rápida para Holly porque tenho certeza de que ela teria mencionado o fato de que... Emma tem um noivo? Este é o tipo de notícia que faz com que qualquer uma de nós pegue imediatamente no telefone. Holly balança um pouco a cabeça indicando que está tão surpresa quanto eu.

Então, onde está Emma? Porque, se eu tivesse um noivo, principalmente um com esta aparência, não sairia de perto dele. Dou uma olhadela ansiosa ao meu redor e até espio para trás. Não há dúvida de que ela deveria estar colada com supercola a estas costas largas, recobertas de tweed, sem deixá-lo andar pela Cornualha desacompanhado.

— Emma? Emma McKellan? — Holly repete, só para ter certeza de que não misturamos as Emmas.

— Sim, Emma McKellan. — Ele olha ansioso para cada uma de nós. — Vocês não disseram que a conheciam?

— Claro que sim — responde Holly. — Ela escrevia a coluna social do jornal. Uma garota legal. — Agora eu acho que ela está, definitivamente, confundindo as Emmas. Não me lembro de Emma como uma garota legal. Holly olha ao redor repentinamente, como se estivesse tentando lembrar onde está. Os seus olhos se fixam no pub.

— Charlie, é isso? Por que não vamos tomar uma bebida e ver se podemos ajudá-lo. — Holly deve estar, no mínimo, curiosa. Normalmente ela não é assim tão gentil com estranhos na hora do almoço. — Vamos lá. — Ela puxa levemente o braço de Charlie e o leva para a porta do Mariners.

Uma vez lá dentro, puxa uma cadeira, senta Charlie nela e ele parece desabar um pouco. Inclina-se para a frente e coloca a cabeça entre as mãos.

Olho para Holly e com a mão faço um gesto, indicando bebida. Pode ajudar a descontrair um pouco o coitado do Charlie. Ela desaparece.

Tento pensar em algo bem neutro para dizer enquanto esperamos. Ele ainda tem o rosto enterrado entre as mãos. Falar sobre o tempo parece coisa de amadora. Talvez um comentário sobre as filas do *ferry*, ou quem sabe ele gostaria de ver a pulseirinha de tornozelo que acabei de comprar? Felizmente Holly volta bem depressa com três copos e uma garrafa de uísque. Está na cara que ela conhece o barman, porque ele continua lendo o jornal.

— A propósito, eu sou Holly. Holly Colshannon. E esta é minha irmã, Clemmie. Sou jornalista.

— Charlie Davidson. — Ele ergue os olhos e esboça um meio sorriso que não chega aos seus olhos.

— Então — diz Holly de modo eficiente enquanto abre a garrafa e despeja o líquido âmbar nos copos. — Uau! Emma vai casar! Ela não contou nada! Que malandra. Foi por isso que pediu demissão? Precisava de mais tempo para se concentrar nos preparativos do casamento?

— Acho que não.

Holly cava mais fundo.

— Quando é o feliz acontecimento?

— Daqui a uma semana.

Holly o encara boquiaberta e eu tenho que arrancar a garrafa da mão dela à força antes que derrame tudo.

— Uma semana? — ela repete. — Quer dizer que você e Emma se casam no próximo sábado?

Ele passa a mão tensa pelos cabelos, como quem está verdadeiramente estressado.

— Só se eu conseguir encontrá-la.

— Você não consegue encontrá-la?

Agora Holly vai repetir tudo o que ele diz? Tento ignorá-la e falo com Charlie:

— Ela está desaparecida?

— Bom, acho que o pai dela sabe onde está. Eu, com certeza, não sei.

— Mas ela não contou para ninguém em Bristol que iria se casar.

— Não achei que tivesse contado. Era para ser um segredo. Para que seu pai não descobrisse.

— Mas por que ela iria sumir a menos de duas semanas do próprio casamento? — Holly insiste.

— Acho que sei por que Charlie está aqui — digo. — Para descobrir isso.

— No momento eu ficaria contente em saber onde *ela* está — ele murmura.

— Você disse que tentou o apartamento em Bristol? — Holly pergunta em um tom mais profissional.

Charlie afunda novamente na cadeira.

— Sim, mas a amiga que divide o apartamento com ela nunca está em casa. Os vizinhos dizem que não vêem Emma há uns cinco dias.

— Foi então que você veio para cá?

— Não, fui até a casa do pai dela em Bristol. Depois fui ao jornal e me disseram que ela não trabalhava mais lá. Depois de tudo isso é que vim para a Cornualha. Emma me contou sobre a casa de férias e eu esperava encontrá-la aqui.

— Mas Sir Christopher não sabia que vocês iam se casar? — Holly me olha e finalmente me dá um copo de uísque. Odeio uísque.

— Ele não aprova, mas Emma ficou com medo na última hora e foi procurá-lo para pedir a bênção, mesmo eu sendo contra, porque eu sabia que ele nunca daria consentimento. Esta foi a última vez que tive notícias dela.

— E o que ele disse quando você foi vê-lo?

— Que Emma não quer me ver. Nunca mais.

Oh. Certo. Isso parece justo. Para mim, parece ser um caso encerrado, Detetive Colshannon. Afundo na minha cadeira e dou um golinho no uísque. Neca, nada feito. Ainda detesto isto.

Emma não foi seqüestrada nem está desaparecida. Tampouco está entalada em um banheiro em algum lugar, sem ter sido encontrada. Simplesmente teve uma briga com o noivo e decidiu passar uns dias longe dele. Acho que ela poderia ter telefonado e evitado este trabalhão para todo mundo.

— Por que Sir Christopher não aprova? — Holly pergunta, solidariamente.

— Nós não concordamos com muitas coisas. Na verdade, ele me despreza.

— Por quê? Você fez algo horrível?

Sim, boa pergunta, Holly. Inclino-me e olho para ele, curiosa. O que ele fez de tão horroroso? Cantou a mãe dela? A empregada? A gata? Ou estamos sentadas bebericando uísque com um assassino em série? Todos pensamentos muito alegres. Faço outra tentativa com o uísque para acalmar meus nervos.

— Vocês não conhecem Sir Christopher?

Holly e eu balançamos as cabeças negativamente.

— Eu o encontrei, mas não fui apresentada — diz Holly.

— Em poucas palavras, ele acha que não sou suficientemente bom para casar com a filha dele.

— Por que não? Você não me parece muito indesejável — diz Holly.

— Não freqüentei a escola certa. Estudei em escola pública e ele quer alguém que tenha freqüentado colégios particulares para filhos de aristocratas ou milionários, como Eton ou Rugby, para Emma. Não caço, cavalgo ou faço coisa alguma que ele considere respeitável. Ele perguntou sobre meus amigos, mas eu não freqüento os círculos sociais corretos. E não tenho um bom emprego ou ganho o suficiente para manter Emma com o nível de vida ao qual ela está acostumada. Isso é ser indesejável para Sir Christopher.

— O que você faz? — pergunto, curiosa.

— Sou professor.

Franzo a testa e dou uma olhada para Holly porque, afinal de contas, encontrei com Emma algumas vezes e, por tudo o que sei sobre ela através de Holly, um professor não é suficiente para ela.

— Como vocês se conheceram? — pergunto, pois estou curiosa em saber como este estranho romance começou.

— Ela foi visitar uma amiga em Londres e eu a encontrei em uma festa lá. Nunca vou esquecer da primeira vez que a vi. Ela usava um vestido de veludo preto... — Ele começa a ficar com os olhos marejados e eu rumino silenciosamente com meu copo de uísque. Nunca vou esquecer da primeira vez que a vi? Ela sofreu algum transplante maciço de personalidade desde a última vez que a encontrei? Ou ele achou simplesmente encantadora aquela maneira metida que ela tem de olhar de cima todos os mortais comuns? — Nós não tivemos uma chance de conversar até o fim daquela noite...

— Quando você deu em cima dela? — pergunto interessada. Caramba, esse tal de uísque é a arma do demônio. Uns golinhos e eu estou falando como uma feirante desbocada.

Ele dá uma risadinha nervosa e me recrimina com os olhos.

— Bom, não foi bem assim. — Não, claro que não, Clemmie. Não seja vulgar. Emma não estudou vulgaridade na escola de etiqueta. — Nós nos encontramos na cozinha e eu fiz um comentário qualquer sobre festas ou coisa parecida, e começamos a conversar. Eu a convidei para almoçar no dia seguinte e as coisas seguiram em frente. Começamos a namorar. Mas era sempre ela quem ia até Cambridge nos finais de semana, eu nunca podia ir a Bristol. Por fim, quando já nos conhecíamos bem o suficiente, comecei a perguntar sobre a família dela e ela me disse quem era seu pai. Acho que ela sempre teve um pouco de medo dele.

— Medo? — diz Holly. — Meu Deus, eu sempre fico aterrorizada quando o vejo. Encontrei-o profissionalmente algumas vezes.

— Enfim, as coisas foram ficando sérias, mas eu percebia que o pai dela era uma sombra entre nós e, até que as coisas se esclarecessem, não poderíamos seguir em frente. Tinha a impressão de que eu não era o tipo normal de namorado dela. Então acabei convencendo-a, mesmo contra a vontade dela, de que eu deveria me encontrar com o pai.

— E? — retruco. Isto está ficando interessante. Em meu recém-descoberto entusiasmo, tomo uma golada do copo e a tampa do cérebro quase explode. Interrompo a história por alguns minutos enquanto engasgo e Holly precisa dar uns tapas nas minhas costas. Fico de olho nela. Ela gosta de tentar aplicar a manobra de Heimlich de vez em quando. Assim que paro de chorar, Charlie continua.

— Bom, é claro que foi um desastre completo. Por algum estranho motivo, achei que Emma havia exagerado, mas ele me detestou logo de saída. Só ficou perguntando sobre minhas possibilidades de trabalho e quem eram meus amigos. Voltamos para Cambridge naquela noite e Emma disse que não ficou nada surpresa com o resultado daquele encontro.

— O que aconteceu depois? — Holly pergunta.

— Nada, por um tempo, mas quando me dei conta de que queria casar com Emma...

— Aaah, isso soa tão bem — digo. — Holly e Charlie me olham e eu faço um gesto magnânimo para continuarem com a conversa.

— Bem, eu sabia que precisava, pelo menos, da sua bênção. Acreditava mesmo que a felicidade de Emma seria mais importante para ele do que ter os contatos corretos. — Ele balança a cabeça.

Penso em meu pai em uma situação destas. O que faria? Acho que daria um salto da poltrona, os jornais espalhados no chão, agarraria feliz da vida a mão do felizardo, ofereceria umas doses de uísque e depois correria com ele da casa antes que pudesse ter a chance de mudar de idéia. Danem-se os contatos corretos.

Alguns segundos depois, Charlie volta a passar a mão nos cabelos. Ele é realmente um homem muito atraente. Não é de admirar que Emma também tenha pensado que os contatos corretos poderiam ir para o inferno. Charlie continua:

— Por isso, voltei lá para pedir a permissão dele para casar com Emma. Ele recusou e me disse tudo o que contei para vocês.

— O quê? Ele sentou com você e disse que você não tinha um emprego suficientemente bom e que não tinha freqüentado a escola correta?

— E depois teve a arrogância de me dar um tapinha no ombro, dizendo que esperava não ter ferido meus sentimentos e que, com o tempo, eu perceberia ter sido melhor assim. Mas, a caminho de casa, decidi pedir a mão de Emma de qualquer maneira. Expliquei a situação com o pai dela, mas ela disse que não se importava com isso e que se casaria comigo. — A história é boa, dou um sorriso e um golinho de comemoração no meu uísque. — Isso foi há quatro meses.

— E ela esteve com o pai durante este período?

— Bom, não, mas eles sempre tiveram um relacionamento difícil. Não exatamente afetuoso. A mãe morreu quando ela era pequena e não acho que tenha havido muito amor naquela casa. — Penso na minha infância, cheia de afeto e amizade. Montanhas de chocolate e muita televisão. Afinal de contas, é muito fácil surrupiar uma barra de chocolate da despensa e voltar furtivamente à sala de estar onde sua mãe está gritando com três meninos, cada um com cerca de um metro e oitenta.

— Eu moro em Cambridge e estávamos fazendo planos para que ela fosse morar lá. — Charlie enfia a mão no bolso interno do paletó e pega uns papéis. — Vejam, são as respostas às solicitações de emprego que ela fez. — Ele larga a pilha de papéis na mesa e volta a afundar na cadeira. Holly despeja outra dose de uísque no copo dele e eu xereto a papelada. São todas cartas de jornais. A maioria recusando-a, mas algumas a convidam para uma entrevista. Observo as datas — todas cerca de duas semanas atrás.

— Começamos a fazer os preparativos para o casamento. Reservamos a igreja, tratamos da papelada e isto mais o fato de que ela estava mudando para Cambridge para morar comigo fizeram com que ela começasse a falar em fazer as pazes com o pai. Acho que nos últimos tempos isso a deixava muito preocupada.

— E? — Holly pergunta.

— E então ela me telefonou para dizer que iria visitar o pai, para ver se ele nos dava sua bênção. Acho que ela ainda tinha esperanças de convencê-lo a comparecer à cerimônia na igreja. Isso era muito importante para Emma. Perguntei se podia fazer algo e ela disse que não. Pedi que me telefonasse assim que voltasse para casa. Isso foi há cinco dias. Não tive mais notícias dela desde então.

— Nem mesmo um recado? — pergunto, inclinando-me na cadeira, copo de uísque vazio na mão. Sabe de uma coisa? Esse danado do uísque é um gosto adquirido. Só são necessários alguns pequenos goles iniciais horrorosos e depois não é assim tão ruim. Lembro de ter desenvolvido um vício parecido por xarope contra a tosse quando tinha dez anos. Infelizmente, minha mãe sabia identificar com precisão a diferença entre uma tosse falsa e uma verdadeira.

Seguro meu copo na frente de Holly para ganhar outra dose. Charlie não parece ter ido muito longe com o uísque dele e agora começou a rasgar uma das cartas. Será que devo ver se ele não está rasgando uma das cartas de rejeição em vez de uma que chama para uma entrevista? Decido deixar os dedos dele em paz.

— Nada. Estou enlouquecendo de tanta preocupação. Liguei para todo mundo que conheço. Cheguei a telefonar para o pai dela, mas ele se recusou a atender ao telefone. Foi então que tirei uns dias de licença e vim até aqui procurar por ela.

Caramba, ele deve mesmo gostar dela. Uma vez, Sally e eu ficamos presas na praia de Trebarwith por causa da maré cheia e tivemos que ficar quase quatro horas lá, empoleiradas em cima de uma rocha. Eu esperava ouvir o som do helicóptero de busca acima de nossas cabeças, mas, quando consegui finalmente voltar para casa, meus pais disseram que tinham pensando que nós duas tínhamos ido beber e nem se preocuparam em olhar debaixo da cama para ver se eu estava lá.

— Onde você acha que ela está? — pergunto.

— Deve estar com o pai. Ele deve tê-la convencido de algum modo a não voltar para mim. Só Deus sabe com que drogas ele deve estar entupindo-a.

Drogas? Meu bom Deus, além de um pai tirano, ele também lida com drogas? Será que ele a drogou? Devo estar com uma aparência um pouco assustada porque Holly diz impaciente:

— Mentiras, Clemmie. Com que tipo de mentiras ele a estará entupindo.

Ah.

Entendi.

Um erro meu.

Holly continua:

— Bom, tudo faz sentido se ele a convenceu a cancelar o casamento, mas parece muito estranho ela não ter voltado ao apartamento ou ao trabalho. E não ter lhe dado uma explicação.

— Talvez ele saiba que, se conseguirmos falar um com o outro, acabaremos ficando juntos.

— Mas ele não pode prendê-la contra a vontade dela!

Charlie dá um risinho desconsolado.

— Oh, não pode? Você não conhece Sir Christopher McKellan. Ele está absolutamente convencido de que Emma está cometendo um grande erro em se casar comigo, independentemente de como ela se sente a respeito, e só o que precisa é segurá-la até o próximo sábado. Ele irá convencê-la de que não a amo ou coisa parecida. Que eu quero me casar com ela pelo dinheiro, e espera que eu desista de procurá-la. Bom, não vou desistir. Quero casar com ela.

— Você acha que ela está nesta casa? — pergunto.

— Este é o problema. Acho que não. Fiquei sentado, dia e noite, do lado de fora da casa em Bristol, na esperança de ver se ela aparecia, algo que me dissesse que ela está bem, mas não vi nada. Não acho que ela esteja lá.

— Onde mais poderia estar?

— Não sei. Já revirei os miolos. É por isso que vim até aqui. Só quero falar com ela. Convencê-la de que a amo pelo que ela é e certificar-me de que o pai dela não a convenceu do contrário. Se ela ainda quiser desistir do casamento, tudo bem. Quer dizer, vou ficar chateado, claro que vou, mas quero ouvir a notícia dos lábios dela.

Ele abaixa a cabeça e eu olho para Holly.

— E os amigos dela? Quer dizer, você deve conhecer alguns, não? Nenhum deles pode dar notícias de Emma? — Holly pergunta.

— Bom, ela mantém este lado da vida dela separado do nosso e sempre foi para Cambridge, de modo que nunca tive muitas oportunidades de encontrá-los. Acho que devem ser um pouco esnobes também, velhos amigos de família, este tipo de gente, e ela sempre temia que fossem contar ao pai dela sobre nós.

— Não parecem muito bons amigos, na minha opinião — murmuro.

— É claro que conheço a amiga da festa em que nos conhecemos, mas ela está de férias e só volta em duas semanas. Você sabe se ela tinha algum amigo em especial no jornal?

— Há algumas garotas com quem ela trabalhava, mas eu não sei se eram amigas. Posso telefonar para elas e verificar para você.

Ao ouvir isso, Charlie parece melhorar um pouco.

— Olhem, desculpem por ter despejado tudo em cima de vocês duas. Para dizer a verdade, é um alívio contar tudo para alguém que a conhece. Você diz a ela que tudo o que quero é conversar? Deixe-me anotar o número do meu celular para você. — Ele leva um minuto para encontrar uma caneta no bolso e eu rasgo um pedaço da minha sacola de papel da concha para ele escrever. Ele dá o papel para Holly.

— Eu ligarei para você — ela diz, olhando um segundo para o papel.

Depois de um momento, Charlie ergue-se da cadeira, reúne o que sobrou das cartas e enfia tudo no bolso do paletó. Ele passa os dedos novamente pelos cabelos e, de repente, fico muito triste por ele. Parece um menininho perdido.

Ele olha para nós duas.

— Obrigado — diz ele. — Obrigado por me deixarem conversar com vocês. E, Holly, se você descobrir algo, ficarei imensamente grato.

Sai vagarosamente do pub e Holly e eu o observamos partir em silêncio. Quando a porta fecha atrás dele, encosto na cadeira e dou um gole decidido no uísque.

— Caramba, então foi isso o que aconteceu com Emma — diz Holly.

— Que diabos ela está fazendo, abandonando um homem tão lindo uma semana antes do casamento? Deve estar absolutamente maluca.

— Não acredito que ela não tenha contado nada para ninguém.

— Bom, ela pode ter contado. E os amigos podem ser muito bons em guardar segredos.

Holly olha para mim, cheia de pena.

— Ninguém que trabalha em um jornal é bom em guardar segredos. Sem falar que ela deveria ter ido se exibir no jornal com aquela gostosura debaixo do braço. O que fez com que ele escolhesse Emma? Quer dizer, será que ele ainda não a conheceu direito?

— Talvez ele nunca tenha segurado a bolsa Gucci dela com os dedos sujos de graxa.

— É, ela não ficaria muito feliz com isso.

— Talvez ela possua algumas qualidades ocultas.

Holly bufa, sarcástica.

— Bom, se tem alguma, elas devem estar muito bem escondidas porque nunca vi nenhum traço delas.

— E depois, não só Emma conseguiu agarrar este gostosão, como também parece que lhe deu o fora.

— A menos que Sir Christopher McKellan esteja mesmo mantendo a filha prisioneira. Humm — Holly diz pensativa. — Acho que vou fazer umas perguntas por aí para ajudar Charlie. Vou ligar para as meninas da redação com quem ela trabalhava. Só para garantir, caso o pai esteja mesmo mantendo-a presa em casa, ou algo parecido.

— Mas talvez ela não queira mesmo vê-lo. Não é da nossa conta, é?

— Não, mas um telefonema não vai machucar ninguém, vai? Pelo menos Charlie ouve o que quer que seja dos lábios de Emma.

— Talvez sim.

— Além disso, acho que há mais coisas nesta história do que parece à primeira vista. Parece um pouco dramático demais terminar o noivado desaparecendo da face da Terra. E ele nem mesmo vive em Bristol! E ela não vai mais para o escritório ou volta para casa. Parece um pouco estranho, só isso.

— Talvez ela soubesse que ele tentaria encontrá-la e convencê-la do contrário.

— Mas ela não planejou isso, planejou? Ela não pediu uma licença, nem sequer ligou dizendo que estava doente. Emma vai visitar o pai uma noite para pedir sua bênção para o casamento e não volta mais.

Agora que Holly coloca as coisas desse jeito, tudo tem um ar mais sinistro.

— Como é este tal de Sir Christopher McKellan?

— Ele não tem muitos amigos em Bristol. É um homem extremamente difícil. Foi o advogado de acusação de um famoso caso de drogas anos atrás, em que a opinião pública dizia que o acusado deveria ser libertado. Mas ele pediu a sentença máxima e conseguiu. Felizmente não temos pena de morte, caso contrário ele a teria pedido e teria conseguido. Depois do julgamento apareceram todos os tipos de histórias horríveis sobre manipulação do júri etc. O advogado de defesa tentou pedir um novo julgamento, mas não foi atendido. As pessoas ainda não esqueceram o assunto.

— Caramba, eu não gostaria de estar na pele de Emma — resmungo.

— Também não gostaria de estar na pele de Charlie.

— Se eu fosse Charlie, também não gostaria de Emma.

— Pode ter certeza disso. Estaria correndo bem para longe e gritando aos quatro ventos "Desculpe, querida, não vai haver casamento algum!".

— Parece muito estranho o fato de ela não ter mencionado o noivado na redação.

— Bom, você sabe como ela é uma esnobe! Provavelmente ficou com vergonha porque ele não possui um título, ou algo assim, e deve ter tido medo de que as notícias chegassem de algum modo ao pai dela. Vou ver o que consigo descobrir. Bom! O que vamos fazer hoje à noite?

Levanto e jogo a bolsa por cima dos ombros. Holly pega a bolsa dela e enrosca o braço no meu enquanto andamos em direção à porta.

— Não sei o que mamãe planejou. Talvez coquetéis e comida comprada pronta?

— E quem sabe uns bombons de chocolate com laranja da confeitaria?

Garota esperta. Sorrio e concordo com a cabeça enquanto Holly abre a porta para mim.

CAPÍTULO 6

Acordo cedo na manhã seguinte, mesmo sendo um domingo, e faço um pequeno som de desaprovação para mim mesma. Tento fingir dar uma dormidinha para ver se me embalo de volta para o sono, mas depois de dez minutos desisto completamente, porque não consigo parar de ouvir grasnidos, latidos e gente a praguejar, no andar de baixo, e isso ainda é só minha mãe. Levanto, visto um roupão de banho e vou silenciosamente para a cozinha.

Parece que ninguém está em casa, por isso aproveito os poucos minutos preciosos de solidão para fazer um chá e sentar à mesa da cozinha limpando as unhas. Ainda estou pensando em Charlie. Parece muito estranho que Emma não tenha contado nada a ninguém no jornal sobre o noivado, mas talvez estivesse petrificada de medo sobre o que o pai poderia fazer. Mas não consigo imaginar alguém com tanto medo assim de seus pais. Envergonhada, sim. Assustada, não.

Tento encaixar o que ele nos contou com a imagem mental que tenho de Emma. Encontrei Emma algumas vezes no passado e, realmente, alguns anos em uma escola de boas maneiras não lhe fariam mal. A primeira vez que a vi foi em uma noite de boliche do jornal. Eu estava hospedada na casa de Holly e, claro, fui junto. Lembro-me bem de Emma porque, enquanto todos calçaram sem problemas aqueles horríveis sapatos de boliche, sapatos que, não importam o que digam, não combinam nunca com nada, Emma fez um grande escândalo. Primeiro ela disse que usaria seus sapatos, muito obrigada, e, quando os funcionários disseram que não era possível, ela fez questão de que passassem um spray anti-séptico (de qualquer maneira, eu desconfio que eles usaram lustra-móveis). Acho que todo mundo tem um medo básico de pegar algo horrível em sapatos de boliche, mas, para ser honesta, depois de viver com Morgan, o pequinês, já fico feliz só em saber que ninguém fez xixi neles. Depois Emma insistiu para que guardassem os sapatos dela no escritório do gerente porque eram sapatos da marca Prada (e, neste momento, falou a marca alto o suficiente para todo mundo ouvir, o que pareceu muito estranho, já que ela tinha medo de que fossem roubados). Depois passou a noite inteira com um bico do tamanho do mundo e agindo como se estivesse fazendo um grande sacrifício em estar ali.

Quando Holly me apresentou, o olhar que ela me deu me fez sentir como se eu fosse algo que tivesse se arrastado para fora de um dos sapatos de boliche, e que precisasse de uma boa dose de spray anti-séptico. Apesar de não ser nenhuma beleza, Emma veste-se muito bem, o que me faz sentir ainda mais como um ser de terceira categoria perto dela, especialmente quando me mede com o olhar, ou seja, ela parece uma escolha estranha para Charlie, mas talvez ele ache algo extremamente atraente nos seus modos mal-educados. E eu realmente sinto muito pelo que aconteceu com Charlie. Nada do que ele nos contou combina com uma história com final felizes-para-sempre. Não que Emma fosse a minha primeira escolha para um final felizes-para-sempre, mas uma noiva desaparecida não é nada bom. Se bem que tudo isso também pode ser somente um chilique histérico por causa do arranjo de flores do casamento ou coisa parecida.

Minha mãe entra pela porta dos fundos com Norman aninhado debaixo do braço e uma travessa de vidro na mão.

— Para que é isso? — pergunto, apontando para a travessa.

— Humm? Oh, comida para os guaxinins. Semanas atrás comecei a deixar alguns restos no gramado para eles à noite, o que foi simplesmente um erro colossal. Agora, se eu esqueço de colocar algo, eles vêm bater na janela. Seu pai está por aqui? — ela pergunta.

— Não o vi. Por quê?

— Ele baniu Norman para fora da casa. — Morgan vai ficar entusiasmado com a novidade. Os dois andavam brigando pela supremacia territorial.

— Por quê?

— Um pequeno mal-entendido sobre uns peixes. E seu pai sugeriu, cruelmente, que Norman pode estar fingindo que está doente. — Ela parece magoada com a acusação.

— Sei.

— Você acha que é muito cedo para fumar um cigarro?

— Extremamente cedo. Você tem ensaio hoje?

— Um, na hora do almoço — ela responde, remexendo apressada na geladeira e Norman dá umas olhadas presunçosas para Morgan, do alto da sua elevada posição. Se ele pudesse unir os dedos do pé de pato que tem, fazendo um círculo, tenho certeza de que o faria. — Matt está encaixando o ensaio entre as missas. O que vão fazer hoje?

— Ainda não sei. Vou ver o que todos querem fazer. Acho que Barney vai trabalhar.

— Não, acho que não. Seu pai ia ajudá-lo a fazer um currículo. Eu realmente não sei o que deu nesse menino ultimamente.

Pigarreio e mudo de assunto.

— Você lembrou que eu vou voltar para Bristol com Holly e ficar lá alguns dias?

— Vai? Que bom, querida. — Esta é a quinta vez que eu a aviso, mas sei que vai ser uma completa surpresa para ela quando eu não aparecer para o jantar na noite de segunda-feira. — Então você não vai estar por aqui na quarta-feira. É uma pena, porque Gordon vem aqui. — Ela franze a testa falando consigo mesma. — Preciso lembrar de não deixar Norman entrar em casa nesse dia. Gordon é alérgico a penas. — Eu espero que ela não se lembre. Quase vale a pena ficar mais um pouco por aqui para ver algum confronto de Gordon contra Norman. Não faço a mínima idéia em quem deveria apostar.

Estou para fazer um comentário neutro qualquer quando meu pai entra e olha muito feio para minha mãe.

— Sorrel, eu espero sinceramente que isto debaixo do seu braço não seja uma gaivota.

Sorrio para mim mesma e escapo sorrateiramente para ir me vestir.

Quando volto ao andar térreo, e admito que fiz um pequeno desvio para matar tempo na sala de estar com uma revista, descubro que já passa do meio-dia e Holly saiu, deixando-me um bilhete enigmático dizendo que tem umas coisas para fazer, mas que me espera no pub da cidade à uma hora da tarde. Como tenho tempo livre, decido sair de casa cedo e ir a pé até a cidade. Consigo esticar a caminhada para levar vinte minutos e devo ter me saído muito bem no quesito velocidade lenta, porque fui ultrapassada por um octogenário e uma criança com dois anos de idade.

Já estou pensando no que vou querer comer quando empurro a maçaneta da antiga porta de carvalho do pub. Para minha surpresa, Holly já está lá, sentada toda empinada em uma mesa três metros à minha frente, com uma garrafa de vinho e três copos.

— Alô! — saúdo. — Estava à espera de ver você aparecer descabelada e atrasada.

— Bom, aqui estou eu, calma e no horário. Quer um copo de vinho?

— Ooh, sim, por favor.

— Você sabe que estas botas de caminhada são grandes demais para você?

Olho irritada para meus pés. Esperava ter disfarçado bem porque as escondi debaixo do jeans.

— Eu sei. Devem ser de Barney. A menos, é claro, que meus pés tenham encolhido.

— Devem ser de Barney. Eu me lembraria se você tivesse pés de palhaço. A propósito, Sam vai almoçar conosco. Acabei de encontrar com ele. Sabe da novidade? Achei uma história! Trabalhei nela a manhã inteira!

— Foi isso o que andou fazendo? Sobre o que é?

— *"Advogado tirano mantém filha prisioneira para impedir seu casamento."* — Holly faz gestos com a mão, acentuando a manchete. — Consegue imaginar do que se trata?

— Você vai escrever sobre Emma McKellan?

— Comecei a pensar no assunto durante a noite. E se Charlie estiver certo? E se Sir Christopher estiver realmente impedindo Emma de casar com ele? Afinal de contas, uma hora ela está na redação, no outro ela desaparece da face da Terra. É uma história fantástica! Graças a Deus que chegou neste momento, você bem disse que minha sorte podia mudar de uma noite para a outra! E que furo que é! Toda a cidade de Bristol tem mesmo andado à espera de que Sir C. faça uma bobagem e caia do cavalo. Vou ser uma heroína popular!

— Por algum motivo, surge na minha cabeça uma imagem de roupinha de super-herói. Não sei bem o que Holly quer dizer com isso. — Já posso ver a manchete! Fiz algumas pesquisas hoje cedo e liguei para a casa de Joe.

— O que ele disse?

— Bom, é compreensível que a reação tenha sido um pouco cautelosa. Ele pediu que fizesse alguma pesquisa antes. Não acho que ele esteja muito animado com a idéia de ser processado por Sir Christopher.

— Entendo o ponto de vista dele. Quando você começa?

— Joe quer ouvir minhas idéias esta tarde, de modo que pensei que primeiro devemos encontrar Emma.

— Encontrar Emma?

— Sim, encontrar Emma. Nós.

— Nós?

— Você tem algo melhor a fazer?

— Acho que não — digo insegura. — O que você quer que eu faça?

— Bom, voltei a Rock esta manhã para ver o que os vizinhos podiam me contar. Aparentemente Sir Christopher está em casa, mas ninguém viu Emma, o que não descarta a possibilidade de ela estar lá, mas a idéia parece improvável. Seja como for, achei que você poderia fazer uma visitinha a Sir Christopher.

Olho para ela, horrorizada. Estava pensando mais em termos de uma pesquisa tranqüila em uma biblioteca, ou coisa parecida. Já estou sentindo minha franja encaracolar de tanta ansiedade.

— Você deve estar brincando.

— Ele sabe quem eu sou. Encontrei com ele algumas vezes. Ele não conhece você — ela diz suplicante.

Minha própria mãe não vai me reconhecer quando ele tiver cortado meu corpo em pedacinhos e jogado tudo no rio Camel. Holly deve ter tomado meu silêncio absolutamente horrorizado como qualquer tipo de acordo tácito porque, de repente, começa a falar da reportagem, toda animada.

— Quando penso no pobre Charlie e nos motivos pelos quais Sir Christopher não quer que a filha case com ele, meu sangue ferve. Não é justo que ele mantenha a filha prisioneira e a impeça de casar com o homem que ama! É um golpe para a irmandade feminina! E não há melhor modo de resolver isso do que duas irmãs juntas! Podemos ser... parceiras!

Sim, mas sempre há um idiota em uma dupla de parceiros, não há? Sempre existe um pobre imbecil que faz todo o trabalho sujo enquanto o outro não faz nada e leva a fama. Sherlock Holmes e Dr. Watson. Scooby Doo e Salsicha. O trajeto da história está coberto com os seus cadáveres.

Eu sinto muito por Emma. Sinto mesmo. Mas não o suficiente para fazer algo a respeito. E realmente acho que Sir Christopher parece ser um grande filho-da-mãe e merece qualquer castigo que esteja reservado em seu caminho. Só que eu não faço o tipo heroína libertadora. Prefiro sentar na calçada e aplaudir quando as heroínas passam.

Neste exato momento, Dave, o garçom, vem até a nossa mesa perguntar se queremos fazer o nosso pedido porque são quase duas da tarde e o *chef* está ficando irritado. Será que Dave gostaria de fazer um trabalhinho de agente secreto? Ele sempre foi muito prestativo. Estou quase abrindo a boca para dizer "Dispenso a entrada, mas será que você se importa de fazer uma visitinha a Sir Christopher assim que terminar aqui?" quando Holly explica que estamos esperando por Sam. Droga.

Holly finalmente começa a perceber que não estou muito entusiasmada com a sua idéia. Meu trêmulo lábio inferior pode ter alguma coisa a ver com isso.

— Você faria isto por mim, Clemmie? Eu realmente preciso de uma história. Agora. Preciso mesmo, e muito. — A voz dela tem um tom suplicante. Holly sabe bem como explorar meu único ponto fraco. O fato é que é minha irmã e precisa mesmo da minha ajuda inexperiente. Ela fixa seus grandes olhos azuis em mim. Eu tento olhar para outro lugar. O cardápio, o bar, o grande quadro-negro com os pratos especiais do dia, mas não adianta, sinto-os fixos sobre mim. Eu, boba que sou, olho para ela. Droga.

— Bom, o que você quer que eu faça? — pergunto cautelosa.

Holly parece entender a frase como uma carta-branca dizendo que farei tudo o que ela quer e solta um gritinho de alegria.

— Sabia que podia contar com você, Clemmie!

Por quê? Porque sou uma burra? Ou somente inacreditavelmente ingênua? Precisa de alguém para enfrentar um pai carrasco? Bom, basta chamar Clemmie Colshannon. Inocência é o meu forte.

Holly continua, toda entusiasmada.

— Pensei que você poderia dizer que trabalha com Emma, ouviu falar do pedido de demissão e queria saber se está tudo bem.

Eu vejo uma falha fatal no plano dela e fico mais animada.

— Por que estou na Cornualha? Rá! Não deveria estar em Bristol?

Holly olha para mim, cheia de pena.

— Seus pais vivem na Cornualha. Na verdade, você pode dizer que Jenny do RH pediu para você trazer as coisas de Emma, já que vinha passar o fim de semana aqui, mas que não havia ninguém em casa, exceto a caseira. Isso é realmente verdade. E você queria ter certeza de que Emma está bem.

— E no que isto vai ajudar? Ele vai dizer que está tudo bem e me botar para fora.

— Humm, talvez você esteja certa. Tenho que pensar em algo.

Espero que isto queira dizer que consegui convencê-la a jogar o plano fora. Sam aparece, de repente, ao lado do meu cotovelo, e eu quase tenho um enfarte.

— Olá, vocês duas. Meu Deus, desculpe estar tão atrasado. Tive que me despedir de Charlotte e depois encontrei com Trevor. — Não é preciso explicar mais nada. Trevor é o velho organista da igreja, e até um simples "Oi, como vai?" demora cerca de dez minutos porque Trevor é surdo como uma porta e é preciso repetir tudo a uns vinte milhões de decibéis. Sam se inclina e dá um beijo no rosto de Holly. Eu ganho um amigável aperto no ombro e ele senta-se à mesa. Holly serve um copo de vinho.

— Então, o que está acontecendo? Vocês duas pareciam estar tendo uma discussão bem excitante e agitada.

— Holly está tentando me convencer a ir visitar um advogado louco e sedento de sangue para uma das matérias dela. Você não iria, iria, Sam?

— Por você, Clemmie?

Sorrio de volta para ele, esperançosa.

— Só no dia de São Nunca. Qual é a história?

— Bom, uma garota com quem trabalho desapareceu. Logo depois de enviar seu pedido de demissão por fax — Holly começa a contar.

— Seria a Emma? — Sam interrompe. — Lembro de Clemmie contando algo sobre ela.

— O noivo dela, que ninguém sabia que existia, apareceu ontem quando estávamos deixando as coisas de Emma em Rock e contou que Sir Christopher McKellan, o pai de Emma, está praticamente mantendo-a prisioneira porque não quer que ela se case com ele.

— Você disse Sir Christopher McKellan? Mas Clemmie não disse que o pai dela era Sir Christopher McKellan.

Oh, Deus. Até mesmo Sam já ouviu falar nele.

— Ele não é o advogado sedento de sangue que Holly quer que você vá visitar, é?

— É, puta que o pariu, é ele mesmo! — digo enfaticamente.

— Certifique-se de que seu seguro de vida está em dia antes de ir lá — ele murmura. — Você disse que ele está mantendo a filha prisioneira?

— O noivo nos disse.

Sam franze a testa.

— Por que cargas-d'água ele está fazendo isso?

— Ele não gosta do noivo. Eles iriam casar em segredo, ele descobriu e está impedindo Emma de ir ao próprio casamento. É no sábado que vem.

— Holly, você tem certeza de que é sensato sair atrás de McKellan? Ele pode ser um adversário formidável.

— Não tenho medo dele. — Olho para ela, sem acreditar no que ouvi. Eu também não teria medo nenhum dele se tivesse uma irmã mais velha que me escondesse debaixo das suas saias. — O ponto é: ele não pode impedir a escolha das pessoas. Parece que estamos na Idade Média, em que o pai determina com quem a filha vai casar. O homem parece ter a mania de que é Deus e já é hora de alguém dar um jeito nisso.

— Tá bom, tá bom, não fique nervosa nem comece a fazer discursos feministas para cima de mim. Só estou dizendo para você ser cuidadosa. Este homem não vai pensar duas vezes antes de esmagar sua carreira como uma mosca. — Dane-se a carreira de Holly. E o pescoço das pessoas? Será que ele pensa duas vezes antes de os torcer? Será que iria parecer egoísta da minha parte perguntar?

Estou ponderando perguntar todas estas coisas e ainda muito mais quando Sam olha para mim.

— Olhe, você está assustando Clemmie. Vamos falar de outra coisa.

Holly percebe que sua isca está com vontade de fugir do anzol e acrescenta rapidamente:

— Sim, vamos falar de outra coisa. Vamos fazer o pedido! Estou faminta.

E eu, curiosamente, meio que perdi o apetite. Leio o menu, meio desanimada, e escolho um sanduíche na baguette enquanto os outros dois pedem um prato completo com frango e cordeiro. Dave anota o pedido e vai para a cozinha, todo despreocupado.

Holly cruza os braços e os apóia na mesa.

— Então, como vão as coisas por aqui? Como vai Charlotte?

Sam dá uma olhada rápida na minha direção porque provavelmente desconfia que Charlotte não é o meu assunto favorito. Eu estou ocupada bebendo grandes goles de vinho e, para dizer a verdade, se falar de Charlotte acaba com a conversa sobre Sir Christopher por algum tempo, eu quero, definitivamente, ouvir falar a respeito dela.

— Sim, como vai Charlotte? — pergunto. — A querida Charlotte. Ela vai bem?

— Hã, bom, ela vai bem.

— Como foi o surfe?

— Acho que não foi tão parecido com esquiar como ela gostaria. Mas Barney foi um excelente professor. — Holly e eu cintilamos de felicidade ao ouvir falar do irmão adorado. — Puxou-a debaixo de um par de ondas.

— As ondas estavam altas? — pergunto, atraída temporariamente pela maravilhosa imagem de Charlotte afogando-se debaixo de minúsculas ondas de meio metro.

— Estavam altas. Não eram condições ideais para aprender.

— Estivemos em Watergate Bay ontem de manhã e encontramos rapidamente com Barney.

— Sim, ele saiu depois do almoço.

— Esqueci de perguntar se ele estava namorando alguém. — Holly diz isso com ar inocente e dá um olhar rápido para mim.

— Ninguém. Ninguém em vista desde a última. Qual o nome dela? A que tinha um piercing no nariz.

— Eu lembro disso. Mamãe vivia achando que era uma meleca e vivia oferecendo lenços de papel.

— Essa mesma!

— Acho que o nome dela era Lucy.

— Aaahh. Lucy melequenta. O que será que anda fazendo agora?

Sam e Holly continuam na sessão recordações de Lucy e eu sorrio para mim mesma e os observo juntos. Eles entram na camaradagem simples das muitas lembranças compartilhadas e de um passado em comum que eu também gostaria de ter com Sam. Mas o nosso relacionamento é mais difícil, como dois boxeadores dando voltas em um ringue. Em um determinado momento, acho que sei exatamente em que pé estamos e, de repente, ele muda todas as regras. Tem sido assim desde o dia em que voltei da escola e o encontrei refestelado com Barney na sala. Meus pais sempre adoraram Sam e, quando descobriram que a tia dele, que morava na cidade, quase sempre não chegava em casa a tempo para o jantar, começaram a alimentá-lo todos os dias depois da escola. Ele desenvolveu rapidamente um relacionamento tranqüilo com toda a família e tinha a chave da porta dos fundos.

Eu tinha um hamster chamado Rollo. Um dia, voltando do supermercado com minha mãe, encontramos Sam, Barney e meu pai, de pé, na frente da gaiola, tentando manter um ar de absoluta inocência. Parece que a rodinha de exercícios dele estava fazendo um barulhinho chato e eles decidiram lubrificá-la usando óleo de cozinha em spray, mas colocaram demais e o coitado do Rollo acabou virando uma espécie de lontra, e tinha que se deslocar pela gaiola deslizando de um lado para o outro, com o pêlo arrepiado em ângulos estranhos. Eu me lembro que pensei, enquanto eles gargalhavam cheios de culpa, no quanto gostaria de ter participado daquela pequena trapalhada.

Holly me tira do devaneio dizendo que o ensaio de mamãe deve ter acabado porque todo o elenco acaba de chegar ao pub.

— Ou acabou ou eles ficaram tão cheios de nossa mãe que a amarraram a uma cadeira no palco e a abandonaram. — Infelizmente esta idéia deliciosa não passa da ficção, já que ela surge atrás de todos, vestida com um tipo de caftan com um cinto de elos de metal na cintura.

— Queridas! — ela diz quando nos vê e se aproxima.

— Sorrel, você está com um visual muito árabe — Sam diz diplomaticamente.

— Estou, não estou? Acabamos de ter o ensaio mais excitante de todos! E eu estou completamente, absolutamente exausta!

Matt se aproxima.

— Acho que não é nenhuma surpresa encontrar vocês por aqui. Querem uma bebida?

— Matthew, querido, eu tenho mesmo de dizer que você esteve fabuloso, hoje!

— Não, Sorrel. *Você* esteve fabulosa.

É a pequena rasgação de seda de costume. Eles costumam ficar nisso até que minha mãe acaba por concordar que é fabulosa, e eu não acho que ela diz isto brincando.

— Oh, meu Deus — diz Matt. — Lá está Trevor, acho melhor ir lá dizer olá. Acho que ele está cada vez mais surdo, se é que isso é possível. Na missa de hoje cedo, ele errou o início de todos os hinos. Em um momento eu murmurava pacificamente algo sobre as suaves pradarias e no momento seguinte estava gritando "PODE COMEÇAR, TREVOR" para o fundo da igreja. A coitada da Sra. Gill parecia prestes a ter um ataque cardíaco todas as vezes que tive de fazer isso. E ele não está sendo particularmente rápido no acompanhamento, de modo que terminamos de cantar uns três minutos antes de ele acabar a música.

Matt se afasta bem quando Catherine Fothersby chega. Ela está usando um conjunto de saia e blusa sem nenhum amassadinho, mas, em um momento de atrevimento, amarrou uma echarpe (também impecavelmente passada) para prender seus cabelos perfeitos e brilhantes. A arrumação do visual, até o minúsculo relógio de pulso de ouro, é toda exageradamente bonitinha.

— Olá, Catherine — dizemos educadamente. Sam vai mais além e pergunta como ela está.

— Muito bem, obrigada — ela responde educadamente enquanto seus olhos seguem Matt, que está indo falar com Trevor.

— Como vão indo os ensaios? — ele pergunta corajosamente, arriscando a vida.

— Bem, mamãe está muito feliz porque Matthew tem um papel.

— Porque a presença dele pode impedir que a peça descambe para o deboche e a orgia?

Ela parece levemente chocada e eu esboço um sorrisinho.

— Não, é porque desse modo eu não perco nenhuma atividade da igreja.

Sam fica um pouco embaraçado e toma um gole de cerveja.

— Foi o que pensei — ele murmura.

— Na verdade, este foi o único motivo pelo qual me deram permissão para participar.

— *Permissão* para participar? — pergunto, antes que possa segurar a minha língua.

— Bem, mamãe não queria que eu ficasse andando com um grupo de... atores. — Ela faz a gentileza de parecer um pouco envergonhada com as implicações da frase, já que nós duas somos filhas da maior atriz do local. Meus olhos vão até minha mãe, que está encostada no balcão do bar com dois copos enormes de bebida na sua frente, com uma guimba de cigarro pendurada nos lábios, contando alguma história para Dave com gestos exagerados.

Eu entendo o ponto de vista da Sra. Fothersby.

CAPÍTULO 7

Depois do almoço, Sam diz que tem coisas para fazer.
— Bom, preciso ir andando, tenho montanhas de coisas a resolver! — Foi muito bom ver você, Sam. Até mais tarde, Holly! — disparo apressadamente, antes que o assunto de visitar advogados possa mais uma vez mostrar a sua face horrível. Eu me levanto para ir embora, mas Holly agarra meu braço. Droga. Esperava que ela tivesse esquecido tudo.

Viro e levanto as sobrancelhas como que perguntando falta-mais-alguma-coisa?

Sam dá uma risadinha, beija Holly no rosto, aperta meu braço e vai embora. Filho-da-mãe sortudo.

— Que história é essa de beijinhos entre você e Sam? — pergunto.

— Que quer dizer com isso?

— Bom, ele sempre beija você, mas nunca a mim.

— Não seja ridícula, Clemmie. É claro que ele beija você.

— Ele não beija!

— Clemmie, é claro que você só está inventando isso para se livrar da visita ao McKellan.

— Não, não estou — respondo emburrada.

— Você prometeu. — Prometi? Não lembro disso. — Você tem que ir. Precisamos descobrir onde Emma está.

— E toda aquela conversa sobre o monstro que ele é?

— Ele é um monstro com a filha, Clemmie — Holly responde impaciente.

— É essa parte que me preocupa — explico devagarzinho. — Se ele fez o que fez com a filha que adora, imagine o que fará com uma estranha.

— Não seja ridícula Clemmie. Ele é um promotor público. Ele mandou alguns dos piores criminosos do país para a prisão.

— Oh, genial. Então sabe exatamente onde esconder meu corpo. Isso faz com que eu me sinta muito melhor. Quer me dizer qual o ponto nessa conversa toda? Vou chegar lá e dizer "Olá, Sir Chris. Como vai? Pode me dizer onde Emma está?". Nesse momento ele vai dizer "não" e a coisa acaba aí. Onde é que vamos chegar com isso? Até Charlie acha que ela não está em casa.

— Você pode descobrir algumas pistas importantes. Tente ser convidada a entrar...

— ENTRAR? — grito. — ENTRAR? De jeito nenhum, Holly, não pensei que teria que entrar na casa.

— O que diabos você pensou, então?

— Achei que a conversa toda seria feita na soleira da porta, em plena luz do dia. De preferência, sendo vista por alguns transeuntes.

— É claro que você precisa entrar, Clemmie. Se não entrar, não há motivo para ir até lá, há? Bom, como eu estava dizendo, você tem que ser convidada a entrar. Diga que trabalha com Emma ou algo parecido e fique de olhos bem abertos. Procure pistas. Tente encompridar a conversa.

— Acho que devemos simplesmente voltar para casa e ir ver Charlie.

— Mas nós não descobrimos nada. Além disso, a história ficará muito melhor para mim se conseguir reunir o feliz casal. Eles talvez até deixem levar nosso fotógrafo ao casamento!

Agora tenho mesmo certeza de que ela enlouqueceu.

Quando chegamos em casa, Holly me amola para que eu troque de roupa porque, aparentemente, não posso ir ver Sir Christopher vestida como estou. Talvez deva vestir algo escuro, para que as manchas de sangue não apareçam.

— O que você quer que eu vista?

— Algo casual, porém elegante. Afinal de contas, você é uma jovem profissional passando o fim de semana com os pais. Acho que vou ter que te emprestar algo.

— O que há de errado com as minhas roupas?

— Clemmie. Faça-me o favor.

— Clemmie faça-me o favor de quê?
— Estou surpresa que você ainda pergunte. — Bom, não entendi mesmo. Do que ela está falando?
— Talvez a gente deva ir amanhã — insinuo.
— E correr o risco de você sumir das minhas vistas? De jeito nenhum. Vamos agora, antes que a sua coragem desapareça de vez. Venha escolher algo na minha mala.
— Talvez devamos esperar até que papai chegue — retruco ansiosa. Tenho certeza de que ele teria algo a dizer a respeito de Holly estar forçando sua pobre irmã mais velha a fazer uma coisa dessas.
— E para que devemos esperá-lo? Para que você possa contar tudo para ele? Nem pensar.
Droga.
Ela me empurra até o quarto e eu sento na cama enquanto ela revira a mala. Fico pensando se não devo ligar para o celular de mamãe e dedurar Holly. Mas provavelmente ela me diria para não ser uma covardona e que tudo parece ser tremendamente divertido.
Holly acaba escolhendo uma saia estampada em tons de vermelho, um suéter preto bem fininho e um par de sandálias modernas, e eu visto tudo bem depressa. Ela me empurra escada abaixo, apesar dos meus insistentes pedidos por uma última refeição de sorvete com biscoitos, e me enfia no carro. Ela tem um conversível esportivo, para duas pessoas (que se chama Tristão), que já deveria ter ido para o desmanche há muito tempo. Bom Deus, eu tinha me esquecido do trabalhão que dá entrar neste carrinho. Já que não posso abrir minhas pernas mais que uns poucos centímetros por causa da saia justa que estou usando, tenho que usar a técnica de enfiar primeiro a cabeça (que é a que Barney e Sam preferem) e quase perco uma das sandálias no processo.
Partimos, com sentimentos de ansiedade da minha parte, não só por causa da minha visita iminente, mas também porque Holly parece conduzir como se estivesse num rali cross-country.
— Vamos repassar novamente o que eu vou dizer — grito do meu ângulo de 45 graus, por cima do barulho do motor.
— Você trabalha com Emma e soube que ela pediu demissão. Você quer saber se ela está bem. Jenny pediu que você trouxesse as coisas dela, já que seus pais moram na região.

— E quem sou eu?
— Já disse, alguém que trabalha...
— Não, qual o meu nome. Como me chamo?
— Não sei, só não use Colshannon porque ele sabe quem eu sou.
— Vou usar Trevesky. E se Emma estiver lá e ele a chamar?
— Emma não está lá — Holly grita cheia de confiança. — Charlie disse que ela não estava. — É muito fácil ser tão confiante quando se fica no carro de fuga, não é? — Tente começar uma conversa e ser convidada a entrar.
— Bom, já vou avisando que não vai ser minha culpa se ele der uma olhadela em mim e fechar a porta na minha cara — aviso Holly.
— Eu sei, mas, por favor, tente. Porque não sei o que podemos fazer depois disso, Clemmie. E pense nisto, o casamento daquela pobre coitada está marcado para daqui a menos de uma semana.
Sim, claro, tenho que lembrar do motivo pelo qual estamos fazendo isto. Não é pelo divertimento de enfrentar um advogado maluco que manda jovens desafortunados para a cadeia só por prazer. Mas fazemos isto por Emma, de quem eu nem gosto muito, mas que merece estar presente em seu próprio casamento.
Olho para Holly, que se inclina ansiosa sobre o volante, e viajamos em silêncio até o fim do trajeto para Rock. Quando chegamos, ela estaciona sem dizer uma palavra junto ao meio-fio, a uns cinqüenta metros de distância da casa.
— Bom, não vá ficar nervosa — ela aconselha nervosamente depois de puxar o freio de mão. — Estarei esperando por você aqui.
Aceno com a cabeça como uma tonta. Não acredito que vou mesmo fazer isto. Sou maluca, burra ou uma combinação incomum das duas coisas? Luto para sair do carro e, à medida que caminho insegura em direção à casa, percebo que estou completamente aterrorizada.
"Sou Clemmie Trevesky", sussurro para mim mesma, só para ter certeza de que minha voz ainda funciona. "Sou Clemmie Trevesky, como vai?" Qual a pior coisa que pode acontecer? Minha mente percorre rapidamente as inúmeras possibilidades e eu percebo que isto não vai ajudar muito a minha autoconfiança. Bato o mais leve possível na pequena porta azul-claro. Dois segundos depois, decido que não há ninguém em casa e estou pronta para dar o fora quando a

porta abre e há alguém atrás da correntinha de segurança. Uma mulher muito baixa aparece. Os seus olhos submissos e o avental florido me informam que ela não é a namorada de Sir Christopher. Esta deve ser a governanta insanamente leal que o ajuda a esconder o corpo.

— Hum, olá. Sir Christopher McKellan está? Ou Emma... — Quase faço uma bobagem e digo Emma Trevesky. Mas eu sou assim mesmo. — ... McKellan?

A mulher me olha mais de perto e, depois de me avaliar por uns segundos, diz:

— Pode aguardar um minuto enquanto chamo Sir Christopher?

Aceno com a cabeça. Sem problemas. Posso esperar a vida toda, se ela quiser. Não há pressa. Nenhuma. Viro de costas para a porta e olho para a pequena baía. Pequenos iates flutuam para cima e para baixo na água e eu gostaria com todo o meu coração de estar em um deles.

Um golpe de ar passa pelo alto da minha cabeça e percebo que a porta da casa foi aberta com alguma força. Giro nos calcanhares e fico de frente para o infame Sir Christopher McKellan.

Só posso dizer que Holly não exagerou ao descrevê-lo. O homem precisa abaixar um pouco para passar pelo batente da porta, mas perto de mim ainda é uma torre. Está vestindo calças de veludo azul-marinho com uma camisa xadrez, mas esta tentativa descarada de suavizar seu visual não me engana em nada. Seus olhos negros cravam-se em mim e ele tem uma certa expressão facial que deve fazer com que seus adversários no tribunal joguem as pastas para o alto e corram em busca de abrigo.

— SIM? — ele dispara, e me faz dar um pulo.

— O... olá — consigo gaguejar. — Estou procurando por Clemmie Trevesky. Quer dizer, eu sou Clemmie Trevesky e estou procurando por Emma.

— E POR QUE você está procurando por ela?

Minha voz fica mais esganiçada com o nervosismo.

— Eu trabalho com ela, quer dizer, trabalhava com ela. Jenny pediu que eu deixasse as coisas dela com o senhor e eu fiquei preocupada com a saída súbita dela, queria saber se está tudo bem.

Ele me encara por um segundo e depois diz com uma voz mais baixa:

— Talvez você deva entrar.

Minha primeira reação insana de triunfo é rapidamente substituída por puro pânico.

— Entrar? — repito. — O senhor quer que eu entre? — Estava agarrando-me desesperadamente à esperança de que ele simplesmente batesse a porta na minha cara.

— Sim, na casa.

— Claro! Na casa. Onde mais? Rá, rá!

Meu Deus, Clemmie. Você tinha que acrescentar aquele rá-rá psicótico no fim? Acompanho o suave som dos sapatos de couro batendo no piso de pedra e entro em uma grande sala de estar, com teto rebaixado, onde toras crepitam suavemente em uma lareira acesa.

Como imaginei, a sala tem dois enormes sofás azul-claros que dão a impressão de serem capazes de engolir uma pessoa inteira, e está na cara que o decorador recebeu instruções para fazer um ambiente com visual beira-mar. No meio da antiga mesa de centro de teca está um fóssil enorme, as arandelas estão decoradas com conchas e as cortinas pesadas e de material caro estão amarradas com cordas antigas.

Sir C. provavelmente nunca estará numa lista de convidados minha, mas aparentemente está nas listas de muitas outras pessoas, se o maço de cartões de visita em cima da lareira for uma pista. Uma escrivaninha larga, pomposamente colocada na frente da janela *bay-window*, está recoberta de papéis e pastas, e um copo de uísque bebido pela metade está em um dos cantos.

Holly me mandou procurar por pistas. Mais uma vez, ter perguntado um pouco mais sobre como fazer isso, neste preciso momento, teria dado um jeitão. Deveria estar mesmo procurando por Emma? Debaixo do sofá? Atrás da porta? Quais os tipos de pistas que devo procurar?

Sir Christopher encosta-se na lareira e passa a mão pelos cabelos pretos. Não me convida a sentar e eu não me mexo. É mais fácil sair correndo quando se está em pé, muito obrigada.

— Quem disse que ela largou o emprego?

— Hã, Joe disse. Nosso editor, Joe. — No estado de nervos em que me encontro, não faço a menor idéia de qual seja o sobrenome de Joe e rezo para que ele não pergunte. Ele bem pode transformar a conversa em um interrogatório rápido sobre o *Bristol Gazette*. Talvez eu devesse ter feito mais perguntas para Holly, descoberto mais coisas a respeito do jornal e de Emma. Holly enfrenta a vida com um sangue-frio contagioso, o que significa que está sempre mal preparada para qualquer ocasião.

Ele parece relaxar um pouco, o que eu acho estranho.

— É bom sair da cidade grande, não é? Respirar um pouco do ar marinho.

— Com certeza! — concordo ansiosa, mas, neste momento, concordaria com qualquer coisa que ele dissesse. — Toda aquela poluição!

— Você gostaria de um chá?

— Não, obrigada. Não posso demorar muito.

— Você vive há muito tempo em Bristol, Srta...?

— Trevesky. Clemmie Trevesky. Há, não faz muito tempo, não. — Portanto, não me pergunte nada sobre a cidade porque não conheço porcaria nenhuma.

— Onde você mora?

— Em Clifton — respondo, cheia de confiança. É que Holly mora neste bairro.

— Eu também. Perto da ponte suspensa.

— Jura? — Estou revirando os miolos para lembrar o nome da rua de Holly. Maldição. Aí vem.

— E você?

— Oh. Ali. Perto da, hã, praça. — Holly e eu bebemos vinho naquele quadrado de grama no verão. — Perto do pub Albion! — acrescento triunfante. Posso não lembrar os nomes das ruas, mas Deus sabe que sempre lembro do nome dos bares.

Ele parece satisfeito ao ouvir isto.

— Bom, eu não devo tomar o seu tempo. Infelizmente, Emma não está aqui — ele diz baixinho.

Resisto à tentação de bater palmas e sair correndo da sala.

— Nós estávamos um pouco preocupados com ela — digo, com voz esganiçada. — Ela partiu tão repentinamente. Eu deveria ter deixado as coisas dela em Bristol? Ela poderia querer algumas das roupas que comprou na liquidação — improviso desvairadamente, lembrando do top da Whistles que Holly mencionou. Fico pensando de que cor será e se caberia em *moi*.

— Eu farei com que ela receba as roupas, mas, como disse, ela não está aqui.

— OK. Bom.

Não parece que eu possa acrescentar algo e estou quase me despedindo e saindo da casa quando ele pergunta de repente:

— Se não posso oferecer chá, quem sabe uma bebida?

Se eu quero uma bebida? Não posso pensar em outra coisa que eu queira mais neste mundo, além de sair daqui. E ele parece satisfeito com minhas respostas e está baixando um pouco a guarda. Mais um pouquinho e ele me diz onde Emma está.

— Sim, obrigada — respondo depressa demais.

— Uísque? — ele pergunta.

Concordo com a cabeça, não tenho nenhuma intenção de ofender um apreciador de uísque.

— Adoro.

Ele vai até uma bandeja de prata com copos e um decantador. Dou outra olhada ao redor da sala e me inclino sobre um aparador com algumas fotografias. Uma delas é de uma Emma muito nova, sentada no colo de uma mulher que, pela semelhança, presumo ser a mãe dela. Há outra foto de Emma entre dois homens, um é o pai dela. Olho para o outro homem. Ele parece conhecido, mas não consigo lembrar onde o vi antes...

— Pronto — um braço cutuca levemente o meu. Pego o copo e agradeço. — Não gostaria de sentar?

Vamos até os sofás perto da lareira e eu me empoleiro timidamente na beirada de um deles. Até consigo tomar um golinho do uísque sem chorar. Sir Christopher escarrapacha-se no sofá em frente e tenta parecer menos assustador. Quase, mas nada feito.

— Então você conhece Emma? — ele recomeça alegremente o papo.

— Sim, sim. Trabalhamos juntas. Em relações públicas. — Dou outro golinho nervoso. — No jornal. — Claro que no jornal, Clemmie, onde mais? — Então está tudo bem com Emma? — arrisco.

— Claro! Por que não estaria?

— Com certeza. Por que não estaria?

— Então me conte, Srta...

— Trevesky — eu o ajudo novamente. Caramba, o homem tem problemas em guardar nomes. Talvez ele não seja o advogado sedento por sangue que eu imaginava. Esta pequena centelha de humanidade faz com que eu relaxe por um segundo. Mas somente por um segundo, porque a pergunta seguinte do bode velho cruza o ar e me deixa atordoada por um momento.

— Por que não telefonou?

— De... desculpe?

— Você deixou as coisas dela aqui ontem. Não precisava voltar. Por que não telefonou? Acredito que você saiba usar um telefone. Na verdade, tenho a impressão de que são aparelhos de uso obrigatório nas casas modernas atuais.

— Bom, meus pais moram aqui e eu pensei em dar uma passadinha. — Estou tão nervosa que bebo o uísque em uma golada e consigo derrubar a maior parte do conteúdo do copo no meu colo. Começo a me limpar, mas ele não afasta os olhos escuros do meu rosto.

— Onde é a sua casa, Srta. Trevesky? — Sua voz é metálica. Não gosto do rumo que a conversa está tomando. — Porque se sua casa não fica em Daymer Bay ou Polzeath, e aposto que não fica, então Rock não fica no seu caminho coisa nenhuma.

— Eu pensei em dar uma passadinha — digo, com voz esganiçada. — Ver se Emma estava bem.

— Sabe, Srta. Trevesky, não lembro de Emma ter algum dia mencionado seu nome, o que é estranho, porque ela tem somente outras duas colegas no departamento e eu conheço as duas. — É por isso que ele estava fingindo não entender o meu nome.

— Eu sou nova no trabalho — digo num guincho.

— Então não poderia conhecer Emma suficientemente bem para se preocupar com ela, certo?

Levanto-me e, tremendo levemente, coloco o copo vazio em uma mesinha lateral. Posso ouvir a mim mesma, em uma voz que não soa como se estivesse saindo de dentro de mim:

— Bem, obrigada pelo drinque, preciso mesmo ir embora.

Ele se levanta também.

— Quer saber o que eu acho?

Hã, não. Não mesmo.

— Acho que você não conhece minha filha. Acho que inventou uma história para entrar na minha casa. — A voz dele começa a ficar mais empolgada. — Acho que você é uma fraude e uma mentirosa! — ele troveja. Jesus, estamos exagerando um pouco, não estamos? — O que é que você tem a dizer em sua defesa? — ele grita, num tom que atinge dez milhões de decibéis.

— Quer dizer, eu... quer dizer... — gaguejo como se fosse contar uma piada absolutamente engraçada, só que nada disso tem alguma graça.

— Acho que mandaram você aqui — ele diz com uma voz perigosamente suave. Ele começa a andar na minha direção e, embora não acredite que minhas pernas vão dar conta do recado, começo a andar em direção à porta como uma galinha bêbada dançando tango. — Acho que um certo jovem de Cambridge mandou você aqui para fazer o trabalho sujo dele.

— Não! — protesto em voz estridente. — Isto não é absolutamente verdade! — Na verdade, foi uma jovem da Cornualha que me mandou fazer o trabalho sujo dela, mas ele pode não estar interessado nestes detalhes. É assim que ele deve agir no tribunal. Eu não gostaria nada de estar na cadeira do réu se Sir Christopher fosse o advogado de acusação, mas pelo menos tem alguém do outro lado defendendo a gente, não tem? No momento, sou eu sozinha, e minha irmã está me esperando do lado de fora da casa, em um carro que provavelmente nem dá a partida. Não é à toa que Emma é do jeito que é. Para dizer a verdade, começo a simpatizar um pouco com ela.

Chegamos ao hall de entrada e, com um movimento rápido, saio em direção à porta.

— Eu quero que você DESAPAREÇA da minha casa e não quero ver você novamente.

É um objetivo que temos em comum porque, juro por Deus, quero desaparecer também. Tremendo como uma vara de bambu, começo a tarefa hercúlea de destravar a porta da frente. Finalmente consigo abri-la, mas, quando tento escapar, a mão de Sir Christopher segura a madeira.

— Dê o seguinte recado a ele: minha filha nunca irá se casar com ele. Na verdade, ela nunca mais vai vê-lo. Dê este recado a ele.

Aceno que sim freneticamente, minha franja completamente enrolada, e ele finalmente larga a porta. Com um gemido de pânico, corro para a rua.

Holly deve ter ficado um pouco assustada ao ver a sua irmã mais velha, com a saia arregaçada até a altura da calcinha para ajudar na corrida, com um novo penteado arrepiado, correndo a toda a velocidade pela calçada gritando:

— LIGUE O CARRO! LIGUE O CARRO!

CAPÍTULO 8

Quando chegamos em casa, Holly me embrulha em um aconchegante cobertor, senta-me no sofá e enfia uma gigantesca dose de gim-tônica nas minhas mãos trêmulas. Ela conseguiu arrancar quase toda a história de mim no caminho, embora, durante quase todo o tempo, eu estivesse absolutamente incoerente.

Tomo uma golada vacilante do meu gim e me aconchego no cobertor. Raios que o partam, isto não foi nada divertido. De jeito nenhum. Charlie deve ser completamente doido para enfrentar aquele homem.

Holly senta em frente a mim, segurando seu copo de gim entre as mãos, embrenhada nos seus pensamentos. Olho de vez em quando para ela, mas a maior parte do tempo mantenho a cabeça baixa e o gim a correr garganta abaixo. De qualquer maneira, prefiro Holly quando está embrenhada nos seus pensamentos, evita que ela cause outros tipos de problema.

Ela acaba por falar.

— Então ele disse mesmo que Emma nunca mais veria Charlie.

Aceno com a cabeça, por baixo do meu cobertor.

— O homem deve estar mantendo-a semiprisioneira. Que horrível deve ser para a coitada da Emma.

Que se dane a Emma. Neste momento estou mais preocupada comigo e com o meu muito estressado sistema nervoso. Não pode fazer bem para a saúde ter toda esta adrenalina correndo de um lado para o outro.

— Onde você acha que ela está?

— Não faço idéia — resmungo. — Ele disse muitas vezes que ela não estava na casa.

— Talvez só estivesse dizendo isso para despistar.

— Achei que era mais uma mensagem. Mais do tipo ela-não-está-aqui-e-você-nunca-vai-encontrá-la.

— E você não encontrou nenhuma pista?

— Nada. — Abano a cabeça e tenho outro calafrio.

— Você ainda vai voltar comigo para Bristol? — Holly e eu planejamos ir esta noite e, considerando que a minha idéia de felicidade neste momento é ter algumas centenas de quilômetros entre mim e Sir Christopher McKellan, é mesmo para Bristol que vou. Aceno que sim.

— Como diabos vamos encontrá-la, Clemmie?

Desta vez consigo pôr minha cabeça para fora das camadas protetoras de cobertor.

— Que quer dizer com "nós"? Acho que já fiz mais do que o meu dever para a causa Emma/Charlie, e não vou mexer nem mais uma palha.

— Não, não. Não vou pedir para fazer mais nada desse gênero de novo.

— Você não conseguiria me colocar para fazer mais nada desse gênero de novo — resmungo baixinho.

— Estava pensando mais em termos de uma pesquisa tranqüila em uma biblioteca, comigo.

— Por que precisa de mim para isso? Não posso simplesmente ficar no seu apartamento e ver TV?

— Mas tem sido tão divertido trabalharmos juntas, e duas cabeças pensam melhor que uma. Além disso, não quer ver como tudo vai acabar?

— Não!

— Deixa disso, Clemmie. Estou só falando de uma pesquisa tranqüila. Chega de personagens do tipo do Sir Christopher McKellan.

Tremo de novo ao ouvir o nome dele.

— Explique o que quer dizer com pesquisa tranqüila — digo, desconfiada. Sabendo como Holly é, isto pode significar uma colocação como domadora de leões ou qualquer coisa igualmente horrenda.

— Bom, pensei que talvez pudéssemos ir amanhã ao jornal e ler algumas histórias antigas sobre Sir Christopher. Para ver se conseguimos encontrar alguma coisa que possa nos dizer onde ele está escondendo Emma. É claro que Joe vai querer que eu verifique minhas fontes primeiro.

— E depois? — pergunto, desconfiada. Será que ela quer que eu me pendure por uma corda em uma janela, com uma faca entre os dentes? Será que ela quer me baixar através de um alçapão, pendurada em uma corda no estilo *Missão Impossível*?

— E depois reunimos o feliz casal! Mais gim?

Holly saltita alegremente para a cozinha enquanto eu me afundo emburrada no sofá. Sempre considerei a atitude alegremente blasé de Holly perante a vida como um dos seus muitos trunfos, mas agora estou começando a pensar que é simplesmente um perigo. Felizmente ela volta com a garrafa.

— Desde que eu não esteja envolvida na reunião — dou como condição.

— Mas você me ajuda em outras coisas? O casamento é daqui a uma semana e eu preciso mesmo desta história — Holly diz, pidona.

— OK — respondo emburrada.

— O que vocês duas estão fazendo aqui? — pergunta Barney assim que entra. — Estamos todos na cozinha.

— Eu sei. É por isso que estamos aqui — respondo resmungona, por baixo do meu cobertor.

— Holly, o que você fez com Clemmie?

— Nadinha de nada! Ela está fazendo um dramalhão daqueles. Só foi falar com alguém lá do jornal por mim. Só isso.

Olho para ela, da minha posição encolhida. Assim que conseguir me arrastar para fora deste sofá, vou lhe dar um tapão na orelha.

— Venham. Precisamos do gim na cozinha.

Com o cobertor ainda enrolado à minha volta, arrasto-me até a cozinha atrás deles e paro em frente ao fogão, em cima da almofada de Norman. Espero que ele não tenha feito nada de muito nojento nela. Meu pai está preparando alguma comida e minha mãe está deitada com as pernas penduradas por cima de uma cadeira, usando uma máscara de dormir e com um cigarro na boca. Sam está sentado à mesa da cozinha, comendo pistache calmamente enquanto fala ao celular.

— Holly fez Clemmie ir ver alguém por causa de uma nova história — Barney anuncia.

— Mesmo? Como foi? — pergunta meu pai.

— Nada bom.

Minha mãe agora está começando a dar sinais de vida. Ela fareja uma boa fofoca a léguas.

— Holly me fez passar por outra pessoa e ir ver um advogado maluco que raptou a própria filha. — Meu pai olha horrorizado para Holly, que fica fazendo uma cara de vou-acabar-contigo para mim. Mostro minha língua para ela.

Meu pai vira para mim.

— O que aconteceu?

— Ele me botou para fora de sua casa.

Minha mãe levanta uma aba da máscara de dormir e senta.

— Querida, isso parece ter sido fabuloso! E depois, o que aconteceu?

— Ele me ameaçou!

Meu pai olha para Holly com o cenho franzido. Ela faz outra cara de quando-eu-acabar-contigo-McKellan-vai-ser-fichinha-para-você para mim. Decido calar a boca.

— Bom, espero que você lhe tenha dado uma boa dose de merda de McGregor — diz minha mãe, toda indignada. Esqueci de falar que esta expressão muito irritante pode ser usada às vezes como um verbo. Em outras palavras, quer dizer, em vez de conversar, dê-lhe um bom pontapé nas canelas e corra. De novo, alguma coisa a ver com um escocês, um lago e um barco a remo. Mais uma vez, não perguntem.

— Bem que gostaria. Mas concentrei-me somente na parte da corrida.

— Querida, essas roupas são suas? Você está muito bonita.

Holly está muito interessada em mudar de assunto, e agora que Sam saiu do telefone, pergunta apressadamente:

— Como vai Charlotte?

Dou-lhe uma encarada feia. Estou muito feliz em estar falando de mim e não tenho nenhuma vontade em ouvir falar da maldita Charlotte.

— Vai bem. Acabou de sair para ir a um jantar de atuários. — Vai ser uma farra. — Seja como for, vocês foram ver o McKellan? Descobriram alguma coisa sobre Emma?

— Só que ela não estava lá. O que já sabíamos. Holly sempre me envolve nestas coisas e nunca as planeja como deve ser. — Lanço um olhar furibundo à minha irmã.

— O roto falando do esfarrapado, Clemmie. — Sam descasca outro pistache calmamente.

— Isso é injusto! Eu planejo as coisas!

— Então você planejou tudo muito bem quando se meteu num avião para Cingapura?

— Claro! — Na verdade, pensei em chegar até o avião, não tinha era chegado a planejar como sair dele.

— E o avião depois desse, para a Austrália?

Hesito. Meu Deus, o que se passa com Sam e a minha viagem ao exterior? Não larga do meu pé sobre isto desde que voltei. É como se estivesse realmente chateado comigo por eu ter ido. Estou quase pensando numa resposta terrivelmente mordaz como "Rá!" quando ele me poupa o trabalho, continuando com:

— De qualquer maneira, acho que você não devia se meter com McKellan. Ele tem uma reputação bem ruim.

— Bom, McKellan não deveria ficar pensando que pode impedir duas pessoas, maiores e vacinadas, de se casar. Estamos num país livre, se não estou enganada.

— Como sabe que essa tal de Emma quer ser encontrada? Talvez ela tenha decidido que simplesmente não quer se casar com ele.

— E não lhe diria isso? Não deixaria simplesmente de ir ao trabalho, de um dia para o outro. Não iria visitar o pai e não voltar. — Olho tão altiva quanto possível, da indignidade do meu assento, que é a almofada de Norman. Espero que ele não tenha feito cocô nela.

Sam encolhe os ombros de uma maneira extremamente irritante.

— Talvez. Estou só dizendo que parece que você e Holly andam por aí enfrentando e batendo de frente nas coisas, sem sequer considerar outras opções.

— Eu não enfrento nem bato de frente nas coisas.

— Tenho certeza de que Wayne e seu nariz torto discordariam.

Caramba, quem me dera agora ter uma bandeja e uma porta de restaurante.

— Quando é que o Sr. Trevesky a espera de volta ao trabalho? — pergunta meu pai, tentando pôr paninhos quentes e parar com a discussão.

— Voltarei de Bristol lá pelo fim da semana.

A essa altura, já teremos encontrado Emma e a reunido com Charlie, e espero ouvir um pedido de desculpas muito bom de Sam.

Na manhã seguinte, em Bristol, sou acordada por Holly e, mais importante que isso, por uma xícara de chá. Dou uma boa espreguiçada, esticando até os dedos dos pés. Nada de pensar em batatas fritas, purê de batatas ou saladas nos próximos dias. Nada de gaivotas fedorentas comendo pedaços de peixe. Só Holly e eu, e talvez umas saídas para fazer compras. Felici-deliciosa-dade. Bem que estava me fazendo falta relaxar um pouco, porque a viagem de ontem à noite para Bristol não foi nada divertida. As estradas para a Cornualha não são particularmente famosas por serem rápidas de ser percorridas, mas o pedaço excruciante começou quando chegamos a Bristol. Nessa altura, Tristão, por algum motivo que só ele sabe, decidiu morrer em uma das rotatórias mais movimentadas e tivemos que sair e empurrá-lo. Felizmente estávamos no alto, de maneira que Holly conseguiu pô-lo novamente a funcionar no embalo, ao som de um coral de gritos e aplausos completamente desnecessário.

Holly vive num pequeno apartamento de dois quartos na área de Clifton em Bristol. Fica no primeiro andar de uma casa do século XVIII e tem um pé-direito duplo daqueles gigantescos e janelas de guilhotina. Ela sempre viveu sozinha, um desejo que acho que todos os membros da nossa família compartilham com ela, já que crescemos em um lar extremamente barulhento. Além de Barney, temos dois outros irmãos, somando sete sob o mesmo teto, para não falar de um pequeno zoológico, e é claro que sempre tivemos fantasias de viver-sozinhos-em-uma-ilha-deserta. Holly diz que ainda espera fora do seu próprio banheiro se a porta estiver fechada, até que se lembra que, na verdade, vive sozinha.

Holly senta na ponta da minha cama com seu roupão de banho e abraça os joelhos contra o peito.

— Pensei que você podia querer ir ao jornal mais tarde e falar com o pessoal da seção de recursos humanos. Preciso falar com Joe, esta manhã, sobre a história McKellan.

— Legal. Vou dar uma passada por Park Street e depois vou ao jornal. — Tomo pequenos goles de chá e sorrio para minha irmã, que

tem um ar adequadamente invejoso. — Vamos encontrar com James?
— Provavelmente esta noite. Quer andar até lá ou ir agora comigo e com Tristão?
— Vou a pé. Obrigada, de qualquer maneira.
Adoro Holly, mas Tristão é demais para mim.

Andava mesmo com vontade de ir às compras na cosmopolitana Bristol. As lojas locais na Cornualha têm uma quantidade assustadora de peças de bicicleta e iscas de peixe. Da última vez que fui às compras em Plymouth, quando tinha um emprego melhor, estava absolutamente convencida de que um pote de creme antienvelhecimento da Elizabeth Arden mudaria minha vida. Aproximei-me entusiasmada do balcão da seção de beleza da loja de departamentos local, só para ouvir que eles pensavam que a Elizabeth trabalhava no departamento de bolsas e calçados, e que talvez fosse melhor tentar achá-la lá. Por isso, ir às compras em Bristol é a minha idéia de fazer uma peregrinação a Meca.

Há, no entanto, outras considerações a serem levadas em conta, e logo se torna óbvio que, embora servir mesas na Cornualha possa pagar uma pequena hipoteca mais uma alimentação à base de iscas de peixe com batata frita todas as semanas, não dá para tanto em Bristol. O Sr. Trevesky ficaria absolutamente chocado de como até uma xícara de café é um rombo no orçamento. O que também levanta a horrível e desagradável questão de o que estou fazendo com a minha vida. Será que nunca precisarei ter um vestidinho de noite preto, bordado com lantejoulas? Será que nunca vou calçar fabulosas botas de couro, até o joelho, se não tenho um trabalho que combine com elas? E mais importante, será que alguma vez saberei o que usar para combinar com elas? E isso é só a ponta do iceberg, no que me diz respeito a roupas. Posso ver qualquer coisa linda de morrer em uma revista ou num modelo, vestir exatamente a mesma coisa e ficar horrível. Tenho uma silhueta toda esquisita, que parece ser feita só de braços e pernas. Não quero dizer com isso que tenho pernas fabulosamente compridas, mas sim que as tenho de uma maneira desajeitada, tipo espantalho. Para onde quer que eu olhe, há sempre um dos meus braços ou pernas à vista, e por isso acabo usando uma má combinação de roupas muito peculiar. Bem que gostaria de ter a noção de estilo que Holly tem. Lembro que Seth sempre queria que eu usasse vestidos vistosos de marca, só para chegar à conclusão de que eu realmente ficava muito melhor em uns jeans e um dos suéteres de Barney. Acho que era uma das razões por que ele costumava ir sempre sozinho às aberturas das galerias — eu nunca ficava suficientemente bonita de braço dado com ele.

Por isso, apesar de passar umas poucas horas divertidas zanzando, e até conseguir comprar um biquíni na seção de saldos, sem ter um enfarte com o preço, fico feliz quando chega o fim da manhã e é hora de ir até o quartel-general do *Bristol Gazette*.

Holly trabalha em uma torre de escritórios, grande e impessoal, guardada por seguranças e várias plantas cheias de folhas, contra os quais é preciso lutar para poder entrar no piso em que está a seção editorial do jornal. Depois de ser interrogada, ter minha bolsa revistada e meu novo biquíni admirado, acabam deixando que eu siga o meu caminho. No terceiro andar saio cuidadosamente do elevador e dou uma boa olhada ao redor. A insígnia gigantesca do *Bristol Gazette* paira por cima da mesa da recepção. Sophie, uma garota simpática mas com um olhar vazio, a quem já encontrei um par de vezes mas que nunca consegue me reconhecer, tira os olhos da revista e depois aponta a direção da redação. A redação é enorme e eu serpenteio por entre mesas cheias de telefones e computadores.

Assim que me aproximo do canto das reportagens, fico aliviada ao ver Holly. Ela está ao telefone mas faz um gesto para que eu me sente em uma cadeira à sua frente, que é uma daquelas cadeiras fantásticas de couro, que giram de um lado para o outro, e eu me divirto muito enquanto ela termina a ligação.

— Boas compras? — ela pergunta quando pousa o bocal.

— Biquíni — respondo.

— Ooh, deixe ver.

Eu mostro e Holly o admira. Estou quase perguntando se ela se importa de me acompanhar em uma saída de compras no futuro quando uma voz dispara, atrás de mim:

— Holly! Venha cá quando tiver terminado de admirar a tanguinha de sua irmã. Oi, Clemmie, como vai você?

Abro minha boca para responder e depois percebo que não é propriamente uma pergunta. Este é Joe, o conceituado editor de Holly. Que também, falando absolutamente a verdade, é terrivelmente assustador. Ele usa sempre roupas particularmente chocantes. Hoje é uma camisa amarelo-ouro e uma gravata verde-lima que tem uma estampa tão vibrante que, por um momento, acho que vou ficar vesga. Gostei.

— Escute, Holly. Não quero fazer uma tempestade em um balde d'água, mas honestamente você está andando numa canoa remendada. — Joe gosta de usar metáforas. Infelizmente ele mistura todas, o que o torna não só francamente assustador, como também francamente confuso. — Você precisa de uma história. E olhar para as calcinhas de sua irmã não vai ajudar em nada. — Franzo a testa. Isso é apenas outra metáfora misturada ou ele está mesmo falando de mim? E o fato de que na verdade é uma tanga de biquíni faz alguma diferença? — Agora, gosto dessa história do McKellan. Venha falar sobre ela comigo no meu escritório daqui a vinte minutos.

Estou quase me aninhando na cadeira de Holly e me entretendo com uma boa sessão de Paciência no seu computador quando Holly diz:

— Acho que Clemmie também deveria ir, já que ela pode ajudar. — Olho ansiosamente para Joe. Por favor, diga qualquer coisa como "Nunca envolvemos civis no nosso trabalho, vá imediatamente para casa ver a novela, Clemmie".

Infelizmente ele não faz nada disso.

— Muito bem, uma vez que você já está mesmo envolvida.

Joe e Sir Christopher? Mas que porcaria de férias que estas se tornaram.

Enquanto esperamos, Holly decide que esta é uma boa hora para eu ir até à seção de Recursos Humanos e falar com Ruth sobre como encontrar um trabalho no mundo das artes. Ruth é uma garota muito eficiente, com cabelos bem curtos e um sistema de arquivos que parece ser baseado em um semáforo de trânsito (vermelho, amarelo, verde e hã, rosa), mas, apesar de ser impressionantemente capaz, ela não tem boas notícias para mim no quesito emprego. A esperança que tinha de que poderia haver filas de empregadores esperando por mim desaparece rapidamente. Ruth vai restringindo a pesquisa até chegarmos ao emprego de guia turístico de museu. O que não tem nada de errado, mas eu ganho mais trabalhando no café do Sr. Trevesky. E se esta é a situação em Bristol, vou precisar da ajuda divina para ficar na Cornualha, como desejo. Quando Holly vem me buscar para o encontro com Joe, ela me encontra prostrada na mesa de Ruth, com a cabeça enterrada nos braços. Juro por Deus que, se algum dia encontrar novamente com Seth, eu o esgano.

Minutos depois, Holly bate firme à porta de Joe, bem abaixo da placa que diz EDITOR.

— ENTRE! — ele grita lá dentro e nós entramos com medo, devagarzinho. Joe solta uma baforada de fumaça e estreita os olhos em nossa direção. — Ahhh. Confusão em dose dupla. Sentem, sentem. — Ele indica duas cadeiras com um gesto impaciente. Há cerca de dez toneladas de papel em cima da minha suposta cadeira e eu hesito insegura, sem saber se tiro tudo dali ou se fico empoleirada no alto da pilha. Joe pode ficar zangado se eu amassar as folhas, portanto tiro tudo dali.

— Estive pensando sobre este caso McKellan, Holly. E, quanto mais penso a respeito, mais gosto dele. Quero que você agarre este touro pelas unhas. Um número considerável de pessoas gostaria de vê-lo sendo trucidado em uma história como esta, que vale seu peso em prata. É claro que estamos agindo para ajudar Emma, porque, afinal de contas, ela trabalhava aqui e acho que deveríamos fazer o máximo por ela. — Ele faz uma pausa e olha para Holly. — Além disso, eu gostaria muito que ela voltasse a trabalhar conosco. Não acho ninguém para escrever a maldita coluna social dela. Ela era tão maldosa com todo mundo. Agora a coluna *Alta Sociedade* parece tão boazinha. No momento, por falta de assunto, estamos falando de almoços no McDonald's. Vocês não conhecem alguém para escrever a coluna, conhecem? — Ele olha esperançoso para cada uma de nós e eu digo veementemente que não com a cabeça.

— Enfim... — Volta a falar com Holly. — Este vai ser o seu foco. Estamos preocupados com Emma. Tipo jornal local cuida dos seus. Mas não vá colocar os bois na frente do carro. Não podemos nos dar ao luxo de cometer erros nesta história. Verifique os fatos. — Ele olha cuidadosamente de uma irmã para a outra. Por que ele está olhando para mim? Por quê? — Ve-ri-fi-que os fatos. O jornal não pode correr o risco de ser processado por Sir Christopher McKellan, o que, nem preciso dizer, seria o fim da sua *carreira* e, provavelmente, da minha também. Você sabe onde encontrar este tal de Charlie?

— Tenho o número do celular dele. Mas é claro que precisamos ter certeza de que ele não é nenhum maluco. Precisamos verificar se Emma está mesmo noiva dele.

— Como você vai fazer isso?

— Ela deve ter pelo menos *uma* amiga para quem contou. — Holly olha para mim como que pedindo uma colaboração feminina. Começo a concordar com a cabeça. Não. Pare já com isso, Clemmie. Pare imediatamente. Não se envolva.

— Você vai precisar de mais do que uma amiga — Joe comenta.

— Acho — Holly continua — que Charlie disse algo sobre reservar uma igreja. Podemos descobrir qual a igreja em Cambridge e ver se há uma data reservada.

Joe solta outra baforada, pensativo.

— Sim, pode valer a pena.

— E, quando encontrarmos Emma... — Adoro o modo como ela diz isso, como se fôssemos simplesmente até uma loja de departamentos encontrar Emma em uma prateleira... —, iremos reunir o casal feliz, juntamente com uma matéria exclusiva dizendo como Sir Christopher McKellan, suposto defensor do bem e da ordem, tentou impedir a própria filha de se casar com o homem que ama!

— Então você acredita neste tal de Charlie?

— Ele parece sincero. E, quando Clemmie fez sua pesquisa, McKellan foi claro em dizer que não quer que Emma o veja. — Ela olha novamente para mim e eu fico muito interessada nos sapatos de Joe. Feitos à mão. Que trabalho artesanal. Absolutamente fascinante.

— Emma pode até ter comentado com alguém do escritório sobre o noivado. Não consigo imaginar por que ela guardou segredo — diz Joe.

— Você sabe como ela é uma tremenda de uma esnobe na coluna dela. Talvez não quisesse os holofotes voltados para ela. Charlie é um homem deslumbrante e ela deve ter ficado com medo de que as pessoas dissessem que ele estava se casando com ela por dinheiro.

— Ela provavelmente não lhes contou nada porque vocês não conseguem manter a boca fechada.

— Acho que estava com medo de que o pai descobrisse. Queria manter tudo em segredo.

— Não a censuro por isso. Se Sir Christopher McKellan fosse meu pai, eu me sentiria do mesmo modo. Caramba, quando eu penso naquele menino que ele mandou para a prisão. Qual o nome dele?

— Martin Connelly.

— É isso, Martin Connelly. Bom, Holly, eu não preciso dizer que você precisa mesmo desta matéria.

— Eu sei.

Ele olha para ela, depois para mim, o que parece encerrar a conversa, e nós duas levantamos. Eu alcanço primeiro a porta e já estou no corredor antes que Holly coloque a alça da bolsa no ombro.

Começamos a caminhar na direção da mesa de Holly.

— Não foi tão mau assim, foi? — ela comenta rapidamente. — Puxa, ele está mesmo animado com a matéria agora. Espero que Charlie não acabe sendo algum tipo de maluco.

Eu espero mesmo, de todo o coração, que Charlie transforme-se em um lunático sedento por sangue e que a matéria seja posta de lado.

— Então, o que fazemos agora? — pergunto.

Holly sorri para mim. Ela deve mesmo amar o seu trabalho, parece que uma luz acendeu dentro dela.

— Acho que ela dividia o apartamento com uma garota. Vamos pegar o endereço no departamento de pessoal e vamos até lá.

Olho para meu relógio.

— Mas ainda é cedo. Se a colega trabalha fora, não vai estar em casa.

Holly fica pensativa.

— Bom argumento. Então vamos tentar descobrir a tal da igreja onde eles iriam casar. Qual era mesmo o sobrenome do Charlie?

— Davidson — respondo automaticamente.

Ela pula de volta em sua cadeira e eu me sento cautelosamente na cadeira em frente.

— Vamos procurar o endereço dele na lista telefônica e, se isso não der certo, vamos ligar para todas as igrejas em Cambridge.

Holly começa a digitar no teclado do computador.

— Onde está seu laptop? — pergunto de repente, curiosa. Normalmente é como um terceiro braço para ela, mas, conhecendo Holly, é provável que o tenha esquecido em algum lugar.

— Está no departamento técnico. — Ela faz um gesto com a cabeça na direção de uma divisória à direita. — Houve uma tempestade na semana passada, um relâmpago atingiu a linha do modem e o fritou.

— Que azar.

— Nem me fale. Mas o departamento técnico reagiu como se eu tivesse colocado o computador no meio de uma planície com um pára-raios espetado nele.

— O que está fazendo? — pergunto, indicando os dedos dela em movimento no teclado.

— Tentando reunir informações sobre todas as igrejas em Cambridge. Que lhe parece, igrejas anglicanas?

— Acho que sim. Não podemos simplesmente perguntar a Charlie?

— Meu Deus, não! Quero que ele nos considere as suas novas melhores amigas! Ele pode procurar um jornal rival. Até podemos perguntar se ficarmos desesperadas por informações, mas, por ora, não quero que ele pense que estamos duvidando dele. Pronto! — ela diz em tom triunfante depois de alguns minutos, depois levanta-se e desaparece. Reaparece segundos depois, agitando uma folha de papel recém-impressa.

— Quer começar por aqui?

— Acho que sim. O que vou dizer?

— Que você conhece o casal, ouviu dizer que eles iriam casar naquela igreja no sábado e queria confirmar a data para poder enviar um cartão de felicitações.

— E se não for a igreja certa?

— Diga que se enganou e desligue — Holly diz, impaciente. — Faça-me o favor, Clemmie! Você não tem o mínimo talento para arrumar desculpas!

— O que você vai fazer?

— Tentar encontrar o endereço dele. Mas Davidson não é um nome particularmente incomum.

Dez minutos depois, Holly não tinha encontrado nada e eu já tinha ligado para um pároco que não estava, falado com um que achou que eu estava perguntando sobre o comediante Jim Davidson e só dizia que ele já era casado, apesar de eu estar gritando CHARLIE DAVIDSON a plenos pulmões ao telefone, e depois falei com um vigário muito idoso que foi checar o livro de registros e nunca mais voltou. O número continua a dar sinal de ocupado. Provavelmente o velho gagá esqueceu o que estava fazendo.

Holly rasga a lista no meio e começa a fazer ligações. Caramba, de quantas igrejas uma cidade precisa? Cambridge deve estar repleta de megalomaníacos religiosos. Faço uma anotação mental para nunca ir visitar esta cidade e continuo com as ligações.

Meia hora depois, terminei a minha lista e estou sentada, esperando Holly acabar a dela. Ela coloca o fone no gancho.

— Alguma novidade? — pergunto.

— Nada. — Ela parece desanimada.

— Bom, ainda falta checar as igrejas católicas e outros templos, e não consegui localizar três vigários. Eles não se casariam em outro lugar, casariam? Sei lá, uma sinagoga ou cartório, por exemplo?

— Charlie foi claro e disse igreja.

Ficamos sentadas em silêncio por alguns minutos.

— Por que não vamos ver se a garota que divide o apartamento com Emma está em casa? Podemos levar a lista de igrejas conosco e tentar falar mais tarde com os vigários que não estavam. Deixei o meu número de celular nos recados para eles, quem sabe não retornam a ligação?

Holly concorda com a cabeça, sorri e vamos pegar nossas coisas. Damos uma passadinha no Departamento de Recursos Humanos para pegar o endereço de Emma e vamos para o estacionamento onde está Tristão. Holly simplesmente se joga dentro dele sem nenhuma consideração por sua vida ou seus membros inferiores enquanto eu hesito novamente do lado de fora da porta do passageiro. Entro primeiro com a cabeça ou com as pernas? Aposto na primeira opção, mas passo alguns minutos desconfortáveis com minha cabeça para baixo, perto dos joelhos de Holly, enquanto luto com minhas pernas.

— Pronto! — digo, finalmente sentada direito com todos os apêndices presentes e contados. Holly dá uma risadinha abafada, coloca Tristão em primeira e saímos. Holly me dá o endereço de Emma e eu leio. — Redland Road — digo. — Onde fica?
— Em Redland. Um outro bairro de Bristol.
— Você sabe onde é? — pergunto nervosa. Cá entre nós, Holly e eu somos um zero à esquerda no quesito orientação. Holly não sabe a diferença entre sua esquerda e sua direita e eu somente arrisco um palpite. Acho que deve ter a ver com nossa mãe gritando ESQUERDA DO PALCO! DIREITA DO PALCO! para nós quando éramos crianças, o que obviamente dependia da sua interpretação de onde estava a audiência e não de onde, na verdade, estava a esquerda ou a direita.
— Sei, não se preocupe.
Cruzamos as ruas em uma velocidade de quebrar o pescoço e, já que não posso sequer apreciar o panorama de Bristol, pois tudo lá fora é um borrão, não temos nada para conversar a respeito. Mas penso que, pelo menos, isto é um pouco mais interessante do que deitar no sofá lendo revistas.
Chegamos em Redland Road e gastamos uns poucos minutos à procura do número certo. Encontramos no local uma antiga e enorme casa em estilo vitoriano, Holly estaciona e nós duas nos desvencilhamos do Tristão. Holly meio que despenca para fora do carro caindo na calçada, enquanto eu me ergo usando as mãos como se estivesse saindo de um barril. Não somos a dupla de irmãs mais elegantes e delicadas da face da Terra. Não é de surpreender como Catherine e Teresa Fothersby parecem duas florzinhas maravilhosas perto de nós.
— Você sabe o nome da menina? — pergunto, limpando o cascalho das mãos enquanto caminhamos em direção à casa.
— Uma das colegas de Emma disse que acha que o nome dela é Tasha.
— É um bairro bonito, não é?
— Redland é um bairro predominantemente estudantil e então é mesmo um lugar muito agradável. Mas não se poderia esperar que Emma McKellan morasse em um bairro muito modesto, certo?

Estamos paradas de pé na porta, lendo os nomes nas várias campainhas à nossa frente, quando a porta se abre de repente e sai uma garota de cabelos escuros cacheados. Ela dá um sorriso cativante para nós.

— Estão procurando por quem? — ela pergunta amigavelmente enquanto desce os degraus, segurando o casaco e a bolsa no braço.

— Estamos procurando por alguém chamado Tasha. Ela mora com Emma McKellan no apartamento 3.

— Sou eu! — Ela dá mais um sorriso para nós. — Mas, se vocês estão procurando por Emma, tiveram azar. Acho que foi passar alguns dias com alguém da família em algum lugar.

— Sim, nós sabemos — diz Holly. — Na verdade, queríamos conversar com você. Você poderia nos dar cinco minutos? — Holly usa um dos seus maravilhosos olhares de cachorrinho perdido e abandonado que costuma disparar para cima de mim quando quer o último pedaço de chocolate.

Parece que o truque funcionou. Tasha hesita por um momento e depois seu rosto se descontrai.

— Bom, eu só ia ao supermercado, portanto tenho um pouco de tempo livre. — Ela abre novamente a porta e nós vamos atrás dela. Ela abre a porta do apartamento e nós entramos com ela.

— Não esperávamos encontrar você em casa — diz Holly.

— Trabalho como fisioterapeuta no hospital. Trabalho por turnos, e vocês tiveram muita sorte em me encontrar! — Tasha explica com um sorriso. Ela vai em direção a uma ampla sala de estar e joga o casaco e a bolsa no sofá. — Gostariam de uma xícara de chá ou café?

— Chá para mim, por favor! — faço coro, entusiasmada. Holly concorda e vamos com ela até a cozinha, onde ficamos encostadas na porta.

— Vocês conhecem a Emma? — Tasha pergunta, cautelosa.

— Trabalhava com ela no jornal. Esta é minha irmã, Clemmie, que está passando uns dias comigo — diz Holly. Tasha olha para uma, depois para a outra, percebe a semelhança e parece adequadamente aliviada em saber que não somos fiscais do imposto de renda ou algo pior. — Você sabe que ela foi passar uns tempos com a família e obviamente não tem ido trabalhar — Holly continua. — Mas encontrei com Charlie, o noivo dela, na noite passada. — Observo cuidadosamente Tasha para ver sua reação. Não parece muito chocada ou surpresa. — Ele queria saber onde poderia encontrar Emma e, como não sabíamos que ela estava noiva, não quisemos lhe dar nenhuma informação antes de falar primeiro com alguém. — Muito bom, Holly. Muito convincente. O fato de que não temos nenhuma informação para dar a Charlie é completamente irrelevante. Só espero que nossas perguntas não entreguem o jogo. — Você sabia sobre Charlie, o noivo de Emma? — Holly pergunta cuidadosamente.

A chaleira elétrica desliga com um barulho "POP" bem alto e Tasha vira-se para fazer o chá. Não diz nada por alguns minutos enquanto pega xícaras e saquinhos de chá. Holly olha para mim, intrigada. Tasha finalmente vira para nós e olha direto nos olhos de Holly.

— Sim, eu sabia sobre Charlie — ela diz baixinho. Então ele não é um maluco, afinal de contas. — Mas era um grande segredo. Ainda deve ser, pelo que eu sei. Mas por que Charlie está procurando por ela? Na verdade, pensei que ela estaria com ele.

Tasha aperta os saquinhos de chá e os joga na lixeira. Depois de acrescentar leite, dá uma xícara para mim e outra para Holly. Ela nos acompanha de volta à sala de estar, onde nos acomodamos. É uma sala muito bonita. Grandes *bay-windows*, piso de madeira encerada e móveis com estilo.

— Charlie diz que ela simplesmente desapareceu. Parece que foi ver o pai para pedir sua bênção para o casamento. — Holly olha Tasha atentamente, em busca de uma reação. — E nunca mais voltou.

Tasha franze a testa.

— Não, ela não voltou naquela noite, mas não pensei que algo houvesse acontecido. Liguei no dia seguinte para o pai, para saber quando ela voltaria, porque tínhamos combinado de ir a um bar novo naquela noite para uma nota na coluna social, mas ele me disse que ela tinha resolvido tirar uns dias de folga. — Tasha encolhe os ombros. — Achei um pouco estranho, mas não pensei que ela estivesse desaparecida ou coisa do gênero. O pai é absolutamente louco por ela. Ele seria o primeiro a fazer um grande escândalo se algo acontecesse com ela.

— Mas ela contou a você sobre Charlie? — Holly insiste.

— Sim, contou. Mas não sei para quem mais ela contou. Não somos exatamente as melhores amigas do mundo. Às vezes, Emma é uma pessoa um pouco difícil de se conviver, mas acho que não conseguiu esconder isso de mim principalmente porque vivemos na mesma casa. Ela ficou definitivamente mais fácil de se lidar depois que conheceu Charlie. Estava absolutamente apaixonada por ele! Nunca vi alguém daquele modo!

Holly olha para mim com ar triunfante.

— E eles estavam planejando casar?

— Sim, em Cambridge, no sábado. Eu não vou, acho que ela não convidou ninguém. É claro que o pai não sabia de nada. Acho que ele sempre quis que ela casasse com um figurão importante, cheio de contatos, e Charlie não tem o perfil correto. Ele é professor e nasceu no Norte do país. Emma não diria nem que horas são para um homem assim, mas tenho que admitir que, pelas fotos que ela me mostrou, ele é simplesmente maravilhoso. Mas, à medida que os preparativos do casamento iam sendo organizados, Emma foi ficando cada vez mais preocupada com o pai. Ela gosta muito dele e não queria se casar sem que ele soubesse. Acho que foi para falar sobre o assunto que ela foi vê-lo. É difícil conversar com ela por causa de meus turnos no hospital. Então Charlie está procurando por ela?

— Sim, Emma não entrou em contato com ele desde essa noite. Ela demonstrou ter alguma dúvida sobre o casamento?

— Meu Deus, não! Mal podia esperar!

— Você se importa se formos ver o quarto dela? — Holly pergunta. — Ver se pegou algumas coisas?

Todas levantamos, seguimos Tasha por um corredor curto e entramos em um quarto. Uma cama de casal de bronze de um lado e uma penteadeira enorme do outro, repleta de loções e cremes. Vou até lá e pego uma foto de Charlie em uma pequena moldura. Tasha abre a porta do guarda-roupa de mogno.

— Acho que todas as suas roupas estão aqui. É difícil dizer, porque ela tem muita coisa.

Espio através de uma outra porta na extremidade do quarto e encontro um banheiro privativo. Tasha e Holly me seguem.

— Ela deixou a escova de dentes e todos os produtos de higiene pessoal! — diz Tasha. — Não parece que tenha voltado para buscar algo.

Neste exato momento meu celular toca. Deixo Holly e Tasha no quarto e vou atender a chamada no corredor.

— É a Srta. Colshannon? — pergunta uma voz suave.

— Sim, sou eu.

— Aqui é o vigário da igreja de St. John, em Cambridge. Você deixou um recado que gostaria de falar comigo? — Lá vamos nós, outro vigário. Parece que não se pode andar em Cambridge sem tropeçar em um vigário.

— Sim... — E começo a contar a minha história, mas, assim que menciono o nome Charlie Davidson, o vigário me interrompe.

— Sim, conheço Charlie e Emma, e sim, eles vão casar aqui no sábado. Posso ajudá-la em mais alguma coisa, Srta. Colshannon?

CAPÍTULO 9

Holly mal se agüenta de tanta excitação enquanto corre para Tristão.

— Isto é maravilhoso, não é, Clemmie? — ela grita por sobre o ombro.

Tenho que admitir que as coisas estão esquentando.

— Sensacional! — faço coro, entusiasmada. — O velho monstro está, sem dúvida, mantendo a pobre Emma prisioneira!

— Imagine só, você vai jantar com seus pais e dizer por-favor-compareçam-ao-meu-casamento e eles não a deixam voltar para casa porque seu pai não gosta do noivo que você escolheu.

— Ele deve ser algum tipo de monstro.

— Oh, ele é.

— Mas por quanto tempo ele pode mantê-la prisioneira?

— Provavelmente até sábado. Desse modo, o casamento é adiado. Temos que encontrá-la, Clemmie. Aquela pobre coitada.

— Eu sei. Ela deve ter perdido algumas das provas do vestido.

— Mas como é que vamos encontrá-la?

— Não sei. Talvez amanhã devêssemos dar uma boa investigada nos arquivos. Ver se existe alguma história antiga com Sir Christopher que nos ajude.

Analisamos a idéia em silêncio por um momento.

— Vamos encontrar James hoje à noite? — pergunto depois de um tempo.

— Sim! Ele está superocupado no momento e colocou o apartamento à venda, portanto vai chegar tarde.

— Está vendendo o apartamento? Então ele...

— Vai morar comigo! Estou muito entusiasmada. Eu teria mudado para o apartamento dele, mas ele viveu lá com a ex e por isso pensou que seria melhor para nós se viesse morar comigo.

— Com mil demônios! Por que não me contou?

— Você não é muito famosa por guardar segredos, Clemmie. Não contei porque não queria que mamãe soubesse já. Ela vai começar a escolher um chapéu para a cerimônia.

— Na verdade, acho que ela já fez isso.

— Oh, meu Deus — Holly geme. — Tenho que manter James longe dela. Ela vai começar a fazer comentários inadequados. — Como vocês já adivinharam, nossa mãe não é uma pessoa sutil. Ela despreza a sutileza. Diz que é muito cansativo tentar descobrir o que é que as pessoas querem dizer. — A propósito, você não pode dizer nada a respeito desse caso para o James.

— Por que não?

— Temos uma regra rígida: nunca falamos sobre o trabalho.

— Por que não?

— Para que nenhum de nós possa ser acusado de má conduta profissional. Passando informações sigilosas sobre algo. Não seria correto.

Estamos no apartamento somente há tempo suficiente para nos servirmos de um pouco de vinho e nos afundarmos no sofá quando ouvimos de repente o barulho de uma chave na fechadura. Giramos as cabeças na direção da porta. James deve ter chegado.

Holly levanta assim que ele entra na sala e, pela primeira vez, minha mãe não errou na descrição. James é alto e forte, com cabelos loiros e um lindo par de olhos verdes. Ele é maravilhoso, sem dúvida alguma, e é o policial mais gentil que eu já tive a infelicidade de ver na vida.

Ele larga a caixa que carrega do lado da porta, vira em minha direção e sorri enquanto estende a mão.

— Puxa, Clemmie, é um prazer poder finalmente conhecê-la. Holly fala sobre você o tempo todo.

— Fala algo de bom?

— Nadinha de nada. — Sorri para mim enquanto apertamos as mãos, depois vai em direção a Holly e a beija. Gosto do modo como ele a segura de encontro ao corpo e a beija de verdade. Não é um beijinho sem graça na bochecha. Fico pensando no quanto gostaria de ter alguém que chegasse em casa e me beijasse daquele modo. Seth quase sempre entrava com tanta pressa para trocar de roupa e sair de casa novamente que mal conseguia dizer "oi".

Holly serve um copo de vinho para James.

— Tenho uma história! — diz ela.

— Excelente! É uma coisa boa?

— Você vai ficar de boca aberta!

— Mal posso esperar. Há algo fantástico para o jantar? — ele pergunta.

Holly faz uma careta.

— Na verdade, nem pensei no assunto.

— Foi o que achei, portanto pensei em levar as duas para jantar fora. — Acho que começo a gostar de James. Ele encosta-se ao sofá, serve uma nova rodada de vinho e me pergunta como vai Norman, a gaivota. Um assunto que toca o coração de todos.

No dia seguinte, tamanha é a sua excitação com a história que Holly me empurra para fora da cama ao nascer do sol, sem sequer se desculpar. Eu realmente espero que um dia também sinta tanto prazer com um trabalho. Ela enfia uma xícara de chá na minha mão e suplica para que eu me vista depressa. Enfio as roupas de praxe, mas descubro que o único par de sapatos que trouxe comigo são um par de botas de vaqueiro que usei com os jeans de ontem, de modo que tenho que usá-las com uma saia. Mal consigo escovar os dentes antes que ela me arraste para fora do apartamento.

— Clemmie, o que diabos está calçando?

— Botas de vaqueiro. Achei que era óbvio.

Holly parece estar em estado de choque.

— São o maior sucesso na Cornualha. Sienna Miller esteve visitando a região no mês passado e estava com um vestido e um par destas botas — digo isso com o ar mais sério que posso. Tudo o que posso dizer sobre Sienna é que ela poderia ter feito algo assim.

Acho que contei a história de modo muito convincente, porque Holly parece muito impressionada. Pelo menos não me obrigou a tirá-las e usar um par dos seus sapatos.

Quando chegamos no jornal, vamos até a biblioteca de pesquisa do *Bristol Gazette*, que é basicamente uma mesa, um computador e uns leitores de microfichas. Holly puxa outra cadeira da mesa ao lado e sentamos.

Eu mastigo o sanduíche de bacon que ela comprou no meio do caminho para fazer as pazes. Não consegui comer no carro porque estava muito concentrada em me inclinar nas curvas enquanto Holly corria pelas ruas.

— Bom, o que é que estamos procurando mesmo? — Acabo de comer o sanduba, lambo os dedos como uma profissional e presto atenção no leitor de microfichas.

— Bom, vou procurar informações sobre Sir Christopher na Internet e achei que você poderia ler as matérias antigas que o jornal publicou sobre ele.

— Isto parece ser muito demorado. Não há nenhum equipamento tecnológico super-hiper que possamos usar?

— Não, Clemmie — Holly diz pacientemente. — Não há nenhum equipamento tecnológico super-hiper que possamos usar além do seu cérebro. Se é que podemos chamá-lo de equipamento tecnológico super-hiper. Agora, vou pegar as páginas de referência das microfichas no computador e você vai ter que procurar a página relevante no leitor, assim. — Ela mostra como usar o leitor e eu começo a trabalhar.

Uma hora e meia depois, não encontrei absolutamente nada. Encontrei inúmeras histórias sobre a brilhante carreira jurídica de Sir Christopher McKellan, mas nada que pudesse nos ajudar a encontrar sua filha. É claro que ajudaria muito saber o que exatamente devo procurar.

— Holly.

— Clemmie.

— Já li um montão de coisas sobre as inúmeras aparições de Sir Christopher McKellan no tribunal, os encerramentos ao júri e as declarações à imprensa. Então me ajude aqui. O que estamos realmente procurando?

Holly ergue os olhos do monitor e se encosta pensativa na cadeira.

— Qualquer coisa que possa nos levar até Emma.

— E isso seria exatamente o quê?

— Bom, se você está certa, Emma não está com o pai. Em quem Sir Christopher confiaria o suficiente para deixar a filha?

— Talvez ela esteja em um hotel em algum lugar.

— Sem ninguém tomando conta dela? Não seja boba, Clemmie!

— Holly, tudo o que eu li na última hora e meia fala de seus malditos julgamentos e vários casos. Não consigo ver nada que nos dê uma pista sobre o paradeiro de Emma. A menos que ele a tenha colocado com uma das pessoas que pôs na prisão. O que parece improvável. Ele tem família? Irmãs, primos?

— Estou procurando por parentes. Seu pai era juiz do Tribunal Superior, procurei pelo nome no *Quem é Quem* e descobri que Sir Christopher é filho único.

— Tios e tias?

— Todos mortos, até onde se sabe. Não consigo descobrir se existem primos.

— Mas precisa ser uma pessoa muito chegada, para que se possa pedir que mantenha sua única filha prisioneira, não? Quer dizer, nós não somos tão chegadas assim aos nossos primos, somos?

— Exatamente. É por isso que não descartei a opção, mas estou procurando por velhos amigos, o que não é assim tão fácil porque obviamente esse tipo de coisa não é bem documentada.

Recomeço a busca com renovado entusiasmo. A microficha está fazendo doer meus olhos e eu preciso ler três vezes cada história antes de entender algo.

— Holly?

— Hã?

— Você acha que pessoas que estudaram com você na faculdade contam como velhos amigos?

— Você achou alguém?

— Bom, este artigo não diz se são amigos, mas menciona que Sir Christopher McKellan estudou em Cambridge com o atual representante de Bristol no parlamento, John Montague. Acho que o jornalista pensou que poderia ser uma curiosidade interessante.

— Humm. Pode ser que eles nem se conheçam, quanto mais que sejam amigos do peito. Não parece uma pista forte.

Algo começa a se mexer na minha mente. Algo que eu não sei bem o que é.

— Holly — digo de repente. — Você pode encontrar uma foto deste John Montague?

Ela encolhe os ombros.

— Acho que sim.

Levanto e vou até o computador dela enquanto Holly digita algo. Alguns minutos depois, ela acha uma matéria completa sobre John Montague, com foto.

— É ele! — digo completamente animada, apontando para a tela.

— Sim, eu sei. Está aqui na legenda. John Montague, deputado de...

— Não, quero dizer que o vi. Na casa de Sir Christopher.

— O quê? Ele estava lá?

— Mais ou menos — digo, ainda com os olhos presos no homem idoso de ar muito sério na minha frente. Atraente, no seu visual enrugado. — Vi algumas fotos quando estive lá. Em uma das fotos, Emma estava entre dois homens: o pai e este homem.

— Tem certeza?

— Absoluta. Achei o rosto familiar quando vi a foto. Devo ter visto o rosto dele no jornal ou em outro lugar.

— Então eles são amigos.

— Claro que são, por que haveria uma foto dele na casa?

— Meu Deus, e isso foi mantido em sigilo. Não posso acreditar.

— Bom, acho que é como você e James. Eles dariam uma impressão muito pouco profissional se a amizade fosse divulgada. As pessoas poderiam imaginar que os dois trocam favores.

— James e eu não estamos propriamente no mesmo nível que um deputado por Bristol e um dos maiores advogados do país.

— Então não admira que não haja uma ligação aparente entre os dois. Você acha que Emma está com ele?

Holly volta a encostar na cadeira.

— Não sei, mas é a melhor pista que temos até agora.

— Ele é a escolha perfeita, simplesmente porque ninguém sabe que os dois sequer se conhecem.

— Acho que isso também manteria Emma perto do pai em Bristol, para que pudesse ficar de olho nela. — Holly começa a ficar mais animada.

— Então, o que fazemos agora?

— Podemos ficar de tocaia na frente da casa dele para ver se achamos outras pistas.

Olho para ela, desconfiada. Isto me lembra um pouco o fiasco com Sir Christopher McKellan.

— Ora, Clemmie, não me olhe deste jeito. Vamos ficar sentadas, do lado de fora da casa, ou coisa parecida. — É da expressão "ou coisa parecida" que não gosto nada.

— O que vai acontecer se ela estiver mesmo lá?

— Vamos tirá-la do xilindró!

— Xilindró? — pergunto, insegura, desejando que Holly não comece a falar em gíria de policial de TV porque não faço idéia sobre o que ela está falando.

— Você sabe, libertá-la! Holly já está vestindo o casaco e pegando a bolsa.

— E como você sabe onde este John Montague mora?

— Clemmie, ele é o deputado de Bristol. Todo mundo sabe onde ele mora.

— Como é ele? Você acha que esconderia Emma?

— Ele é muito reservado e sério. Sempre que o entrevistei, ele foi muito educado. Mas você não sabe o quão próximos ele e Sir Christopher são. A amizade entre eles pode existir há muitos anos. Precisamos ir e checar isso. Vou ver se Vince está por perto.

— Vince? Você vai levar Vince? — pergunto sem acreditar no que ouvi.

— Ele é o nosso melhor profissional! Espere por mim lá embaixo! — ela grita por sobre o ombro enquanto desaparece à procura de Vince. Vince é o fotógrafo do jornal e é, sem dúvida, o gay mais gay que já conheci na vida. Não há nenhuma possibilidade de você conhecê-lo e sair pensando "Ele é levemente afetado. Será que ele é...", simplesmente porque está escrito gay no meio da testa dele em néon cor-de-rosa.

Pego minhas coisas e vou para o elevador. Não há dúvidas de que Holly é uma mulher de ação. Ela não perde tempo pensando sobre a coisa certa a ser feita. Bom, desde que eu não seja a pessoa escolhida para fazer o trabalho sujo, não me importo.

Holly me encontra dez minutos depois, ligeiramente ofegante.

— Vince está terminando uma sessão de fotos e vai nos encontrar lá.

Ela segue em direção a Tristão.

— Sorte nossa que Vince vai nos encontrar lá. Não iríamos caber todos no Tristão — comento.

— Claro que sim! Você poderia ir sentada atrás.

Só por cima do meu cadáver.

Quinze minutos mais tarde estamos em um lindo local com vista para o subúrbio de Bristol. Holly estaciona junto ao meio-fio do outro lado da rua e observamos a linda casa antiga e o jardim bem cuidado. Um grande sicômoro, já mostrando suas pequenas sementes em forma de helicóptero, fica num canto, com os galhos balançando gentilmente, enquanto vários arbustos acompanham os antigos muros de tijolo baixos que rodeiam a casa. Nada parecido com o nosso jardim selvagem, que já engoliu várias churrasqueiras, sapatos e uma piscininha de borracha.

— Caramba, pelo menos Emma está sendo mantida prisioneira em grande estilo — digo. — Então, o que fazemos agora? Esperamos para ver se ela sai?

— Ela não vai sair, Clemmie! — Holly diz em tom de deboche. — Provavelmente está trancafiada em algum lugar ou pelo menos está sendo vigiada.

— E, claro, John Montague estará lá.

— Acho que não, porque liguei para o escritório dele antes de sairmos e perguntei por ele. Disseram que ele estará em uma reunião sobre controle do meio ambiente a maior parte do dia.

— Ele pode muito bem estar é vendo o jogo de futebol com os pés em cima da mesa.

— Clemmie, nem todo mundo pensa como você. Os deputados trabalham, sabia? Portanto, se ele não está em casa, a empregada ou alguém está tomando conta dela. Provavelmente ela está trancada em um daqueles quartos. — Olho para cima, para um dos quartos distantes, no alto da casa.

— Pobre Emma — murmuro.

— Achei que Vince poderia tirar algumas fotos e nós faríamos um recô.

Lá vai ela, novamente.

— Um recô?

— Um reconhecimento do local, Clemmie. Caramba, você precisa sair mais.

— Você também, e de preferência parar de ver TV. Bom, posso muito bem ficar no carro, tirar uma soneuinha e deixar você tratar do assunto.

Holly olha para mim, horrorizada.

— E perder toda a farra? Sem você, jamais teríamos encontrado Emma.

— Se é que ela está aí — murmuro, mas Holly prefere me ignorar.

— Com certeza você vai querer fazer parte da glória! Provavelmente eles vão nos convidar para o casamento e a festa! Emma pode até querer que sejamos as damas de honra.

Olho para ela, meio fascinada, meio horrorizada.

— Tem certeza de que somos irmãs? Cada vez mais tenho certeza de que fui trocada no hospital. Provavelmente faço parte de uma família adorável e sã.

— Vamos lá! — Ela me arrasta para fora do carro, tranca as portas e depois faz uma cômica corrida em ziguezague como se estivesse se desviando de balas escondida atrás dos carros que estão no outro lado da rua, a cerca de vinte metros da casa.

— O que está fazendo? — pergunto quando chego perto dela, agachada atrás de um carro velho.

— Quero passar despercebida — ela sussurra.

— Bom, você chama inacreditavelmente a atenção para alguém que não quer ser visto.

— Fique aqui. Vou olhar através das janelas para ver quantas pessoas estão tomando conta dela.

— Hã, OK. Faça isso.

Encosto-me no carro e dou uma espiada para os dois lados da rua. É um local relativamente tranquilo, só alguns carros passam de vez em quando, cujos motoristas devem ficar surpresos com a loira com ar maluco (a outra loira, não eu) movendo-se de modo suspeito. Provavelmente já chamaram a polícia. Um Fusca lilás estaciona a poucos carros de distância e um sorriso amplo cruza meu rosto. É Vince. Eu adoro este homem.

Ele acena para mim como um louco, com a mão para fora da janela, gritando "Iúhú!", e depois se joga para fora do assento do motorista. Ele está todo vestido de preto — jeans desbotado com uma camiseta rasgada e um chapéu de feltro.

— Benzinho, benzinho! Como *vai* você? É fabuloso ver você! Você está ótima — ele diz, enquanto requebra pela calçada, com a câmera na mão.

— Estou bem! As pequenas férias que vim passar aqui não ajudam a melhorar nada, mas estou bem.

— O que aquela vaca maluca decidiu fazer com você, agora? E onde está ela, afinal?

Faço um gesto na direção da casa.

— Olhando através das janelas. Acho que James vai aparecer a qualquer minuto para prendê-la.

— Aquilo é que é um homem maravilhoso. Ele ainda é hetero?

— Sim, acho que sim — sorrio.

— A esperança é a última que morre. Ele pode ser enrustido.

— Não, acho que é decididamente hetero.

— E, falando de homens maravilhosos, como vai aquele seu irmão divino?

— Qual deles? Barney?

— Ele mesmo.

— Cheio de dengos por uma garota.

— Que desperdício — ele murmura.

Holly vem galopando em nossa direção e pára em sobressalto.

— Ela está lá, ela está lá! Acabei de vê-la! — diz muito excitada.

— Emma? — pergunto, sem acreditar. — Você viu Emma? — Começo a sentir um pequeno borbulhar de excitação. Bom Deus, começo a entender por que Holly adora o trabalho que faz. — Quer dizer que ela está mesmo lá?

— Sim, acabei de vê-la bebendo uma xícara de café na cozinha. Oi, Vince. Vou telefonar para Charlie e dizer onde estamos. Tenho certeza de que ele vai querer libertá-la pessoalmente. Menino, ela vai ficar tão feliz em nos ver! Quero uma foto dos dois se reencontrando!

Ela vira de costas para nós enquanto liga para Charlie no celular, e Vince e eu fazemos caretas um para o outro. Espero sinceramente que ela saiba o que está fazendo.

— O que ela vai fazer? — sussurro para Vince. — Invadir o local como se fôssemos o Starsky e Hutch? Não sabemos quem está na casa.

— Você quer ser o loiro ou o lindo moreno de cabelos ondulados? Ooh, eu quero ser o loiro fofinho.

— Na verdade, sempre pensei que seria o moreno, porque, você sabe, estou convencida de que...

— Clemmie! Vince! — Holly nos faz dar um pulo. — Sobre o que vocês estão falando? Caramba! Temos coisas melhores para discutir. Charlie está vindo direto para cá.

— Como pretende juntar os dois, com dez pessoas tomando conta dela? — pergunto. Os pequenos detalhes sempre parecem escapar da mente de Holly.

— Na verdade, pensei em ir até lá, tocar a campainha, dizer que estou arrecadando dinheiro para a caridade ou coisa parecida, e ver se consigo dar uma olhada nos seus raptores. Talvez possa ver quantos são. E depois acho que vai ser mais fácil inventar um plano qualquer. Sempre podemos chamar a polícia para libertá-la! — Holly parece absolutamente encantada com a idéia.

Olho para ela, insegura.

— Desde que eu não tenha que tocar mais nenhuma campainha.

— E nós precisamos de fotos do casamento, Vince. É no sábado, você já tem algum compromisso profissional?

Vince balança a cabeça.

— Ótimo. Meu Deus, mal posso esperar para ver a cara dela. Vou tocar a campainha.

— Quem você vai dizer que é?

— Vou dizer que estou recolhendo contribuições para a caridade.

— Mas você não está com a latinha de coleta — comento, tentando ajudar. Vocês entendem o que eu digo sobre ela? Os detalhes são sempre um pouco problemáticos.

— Bom, direi então que estou fazendo uma pesquisa — Holly agita o bloco de notas para mim. Ela tenta caminhar calmamente em direção à casa. Vince e eu ficamos olhando.

— Não posso acreditar que Emma está lá — murmuro.

— Puxa, é uma história e tanto para Holly.

Observamos Holly andar pelo caminho da entrada e tocar a campainha. Minutos depois, a porta se abre. Vince e eu damos uma olhada na sua direção. Com mil demônios. Parece...

— Emma. Aquela é Emma — Vince diz de repente e corre para ela.

Meu cérebro confuso leva alguns minutos para entender tudo, e levo mais outros tantos minutos para me juntar a Holly e Vince, que estão olhando maravilhados para Emma na soleira da porta. Devo dizer que Emma está igualmente surpresa em vê-los.

Mas pode ser que eles estejam surpresos porque ela não parece em nada com a antiga Emma. Nada de roupas de marca, apenas calças de agasalho e um colete acolchoado em vários tons de cáqui e azul-marinho. O cabelo castanho está preso para trás em um rabo-de-cavalo e não está usando maquiagem. Espero que ela tenha tempo para mudar de roupa se Holly não a segurar muito tagarelando na porta da casa.

— Não posso acreditar, Emma — diz Holly. — Você saiu andando da casa. A porta estava aberta o tempo todo. Você está bem? Tem alguém vigiando você? — ela pergunta em um sussurro.

— Hã, não. Estou aqui sozinha. O que diabos você está fazendo aqui, Holly? Como me encontrou?

— Oohhh, um pouco de xeretice, Emma. Nada de especial — diz Holly, com um sorriso modesto. — Temos muito tempo para que você me agradeça mais tarde. Mas agora acho que você deve pôr um pouco de batom. — Hoily franze a testa e olha para Emma com mais atenção. Espero que ela recomende um pouco de base também. Parece que ela não dorme há meses e acho que não vai querer cumprimentar o amor da vida dela com esta aparência. — Talvez deva escovar os cabelos também.

— Por quê?

— Há um visitante surpresa chegando!— anuncia Holly, com um sorriso de orelha a orelha.

— Quem?

— Precisa perguntar? Você realmente achou que seus colegas do *Gazette* deixariam você na mão? Ora, é claro que é Charlie!

Até eu sorrio neste momento. Que Deus a abençoe. Emma parece que vai desmaiar, de tão emocionada.

— Charlie? — ela sussurra. — Ele está vindo para cá?

Holly acena com a cabeça e sorri novamente.

Emma olha para nós como se estivesse em transe, mas o flash da câmera de Vince a traz de volta à realidade. Ela recua pelo hall e afunda em uma poltrona.

— Meu Deus, Holly. O que foi que você fez? — ela sussurra. — Holly franze a testa. Não é bem a reação que esperávamos. Um pouco mais de gratidão seria bom. Espere até eu contar o que tive que passar nas mãos do pai dela. — Você não sabe quem ele é, sabe? — ela sussurra.

— Claro que sabemos! Ele é seu noivo, o homem com quem você vai se casar no sábado. Charlie Davidson.

Ela olha para nós com olhos arregalados. Estou bastante assustada.

— Não, Holly, não é. Ele é o homem com quem pensei em casar, mas seu nome não é Charlie Davidson. É Martin Connelly.

Um minuto, este nome parece familiar. Onde foi que eu o ouvi?

Holly também se senta de repente na cadeira ao lado.

— Martin Connelly? — questiona.

— O homem que meu pai mandou para a prisão. Sete anos atrás.

CAPÍTULO 10

— Martin Connelly? — Holly repete, parecendo ter ficado igualmente fraca. É claro, li sobre o caso esta manhã. O caso infame que deixou metade de Bristol revoltada.

Nós nos entreolhamos por um momento. Até aí percebi, mas não sei por que esta coisa toda de começarem a desmaiar. É claro que o fato de o pai dela o ter posto na prisão... é uma infeliz coincidência, mas não é um obstáculo intransponível.

— Então é tudo uma coincidência, não é? — acabo dizendo timidamente para Emma. — Que você vai casar com o mesmo homem que seu pai mandou para a prisão anos atrás?

Isto parece trazer Emma de volta à realidade.

— Escute aqui, não sei quem você é — ela rosna. Dou involuntariamente um passo atrás e quase caio sobre um porta guarda-chuva. Acho que agora não é o momento adequado para lembrá-la que nos encontramos algumas vezes. — Mas é óbvio que você não faz a mínima idéia do que está acontecendo.

É justo. Ela tem razão.

— Não é nenhuma *coincidência* o fato de Martin Connelly querer casar comigo. Ele quer fazer isso para se vingar do meu pai. Ele é uma espécie de psicopata.

Jesus, estamos exagerando um pouco, não estamos? Imagino que devo arriscar outra pergunta. Estou tão confusa, acho que preciso perguntar outra coisa. Saio do conforto do meu porta guarda-chuva e pergunto timidamente:

— Hã, como é que você sabe disso?

— É uma dedução proveniente da pista do nome falso e do fato de que ele mentiu para mim desde que nos conhecemos.

— Ah.

Emma olha depressa para Holly, que ainda está em estado de choque.

— Quanto tempo temos? — ela pergunta rapidamente.

— De... desculpe?

— Quando foi que você telefonou para ele?

— Há uns cinco minutos. — Holly olha para mim e Vince para confirmar. Eu não faço a mínima idéia e encolho os ombros, sem poder ajudar. Controle do tempo nunca foi o meu forte. — Escute, Emma, sinto muito, muito mesmo. Charlie esteve no jornal e suplicou nossa ajuda. Disse que seu pai estava impedindo o casamento, disse...

— Não tenho muito tempo. — Ela olha furiosa para cada um de nós. — *Muitíssimo* obrigada, Holly — ela acrescenta com veemência antes de desaparecer escadaria acima.

Vince e eu trocamos caretas desconsoladas de que-merda. Isto é mesmo muito ruim. Muito ruim mesmo.

— Hã, Holly? — Arrisco falar com a criatura que está com a cabeça enterrada entre as mãos e ocupada murmurando "Oh, meu Deus, oh, meu Deus..." sem parar.

Ela me olha confusa.

— O quê?

— Charlie disse que está vindo direto para cá? — Olho nervosa por sobre o ombro.

— Sim, está.

— E, hã, quanto tempo ele vai levar?

Holly olha para Vince em busca de algum tipo de confirmação. Gostaria que eles apressassem as contas. Minha imaginação extremamente dramática já vê Charlie chegando com um brilho desvairado nos olhos e um machado na mão. Provavelmente aprendeu todo o tipo de coisas úteis na prisão, além do ato de quebrar pedras obrigatório, como, por exemplo, a melhor maneira de desmembrar um corpo. Muito útil.

— Cerca de quinze minutos, acho. Provavelmente.

— Talvez menos — diz Vince.

Olho ansiosamente para meu relógio. Provavelmente temos só alguns minutos. Espero sinceramente que Emma não esteja se dando ao trabalho de dobrar as roupas.

— Você se lembra das mãos de Charlie? — sussurro. — Eu me lembro que ele tem mãos muito grandes... — Meus pensamentos são interrompidos pela chegada de Emma, que desce as escadas arrastando uma sacola de viagem. Felizmente, ela parece bem alerta sobre a chegada iminente de Charlie.

Holly sai da posição de oração e olha apreensiva para ela.

— Você tem um carro? — Emma pergunta rispidamente. Todos acenamos que sim. — Então vamos.

Saímos correndo da casa, batendo a porta atrás de nós e, como um pequeno grupo de formigas, saímos correndo pelo gramado da frente.

— Onde está seu carro? — Holly pergunta para Emma. Ela está sendo muito atrevida em fazer tantas perguntas.

— Na garagem de meu apartamento. Não me atrevi a usar o carro, com medo de que ele o localizasse. — Emma dispara outro olhar assassino para ela enquanto atravessamos a estrada, mas Holly está muito ocupada olhando para os dois lados antes de atravessar. Ela pesca as chaves do Tristão do bolso enquanto corre.

— Holly! — grita Vince na porta do seu carro. — Me ligue assim que puder!

— Não conte nada ao Joe! — ela grita de volta, fazendo um sinal de cortar a garganta, mas, se isso vale para Vince ou representa o que pode acontecer com Holly, eu não sei dizer. Vince faz um sinal positivo e entra correndo no Fusca, embora Charlie não faça a mínima idéia de quem ele seja.

E sobram os três mosqueteiros.

— Na parte de trás, Clemmie! — diz Holly.

— Hã?

— VÁ PARA A PARTE DE TRÁS! — ruge ela. Será que ela já entrou alguma vez na parte de trás? Eu tenho problemas em colocar a minha bolsa lá atrás, que dirá o meu traseiro e as várias partes que vêm junto com ele. Na verdade, o espaço é pouco maior do que um parapeito. Mas, como ela está sob muito estresse, eu faço o que ela pede, me enfio e me deito no parapeito. Emma e Holly entram depois de mim e todas rezamos para que Tristão pegue e não tenha um de seus costumeiros ataques de *prima donna*. Na verdade, Holly parece estar entoando um tipo de mantra.

Tristão pega na primeira tentativa e eu faço um voto de eterna gratidão a ele. Holly põe o carro em primeira e saímos voando do estacionamento, cantamos os pneus na curva, tudo sem fazermos quaisquer sinais, mas recebendo muitos dos outros motoristas, e começamos acelerando na direção de Clifton, o mais rápido que Tristão pode ir.

Todas ficamos em silêncio por alguns minutos enquanto Holly se concentra nas mudanças de pista e em nos afastar o máximo possível de Charlie. Depois de alguns minutos, arrisco olhar para Emma. Ela está olhando para fora, roendo ansiosamente a unha do polegar e, embora não possa ver bem seus olhos, de vez em quando sua mão se ergue como se estivesse limpando as lágrimas.

Holly deve ter percebido a mesma coisa, porque pergunta timidamente:

— Podemos levar você para o seu pai?

— Não, ele vai me procurar lá. Meu Deus, Holly — ela rosna de repente —, será que uma vez na vida você poderia não ter se intrometido? Você tinha que aparecer e meter o nariz onde não foi chamada. Tudo é só uma história para você, não é?

— Não, Emma, não foi assim — Holly protesta energicamente. — Bom, não foi bem assim. Eu realmente queria que você e Charlie, quer dizer, Martin, ficassem juntos. Achei que seu pai estivesse impedindo você de se casar com ele.

Um silêncio pesado toma conta do carro. Eu fico pensando se devo acrescentar algo à conversa, mas acho melhor ficar quieta. Elas não podem se esquecer da minha presença porque todas as vezes que falam uma com a outra precisam olhar por cima do meu joelho, que está espetado no vão entre os assentos, mas ainda posso ficar muito, muito quietinha.

Holly decide subitamente para onde ir porque, ao som furioso de buzinas de automóvel, faz um enorme retorno junto ao zôo e começa dirigindo na direção oposta.

— Emma, poderíamos ter ficado lá se você não tivesse querido sair da casa — Holly acrescenta, tentando, devo dizer, ajudar. — Nós éramos quatro. Ele não se atreveria a tentar algo. — Será que perdeu completamente o juízo? Eu sou completamente a favor de sair correndo em pânico. Gosto da idéia de termos um carro para fazer isso.

— Não tenho medo dele — Emma atira. Não? Bom, eu tenho. Caramba, tudo gira em torno dela, não?

— Podíamos tê-lo enfrentado. O que ele iria fazer? — Hã, que tal matar a todas nós, Holly? E isso considerando a melhor das opções.

— EU NÃO POSSO ENCONTRÁ-LO PORQUE ESTOU GRÁVIDA, SUA IMBECIL ESTÚPIDA! — berra Emma.

Fico feliz com o berro porque a informação chega mais depressa no meu cérebro confuso. Todas olhamos para a sua barriga. Bom, Holly olha, mas eu preciso fazer uma linda contorção de pescoço para poder visualizar a coisa toda. Está um pouco inchada. Pessoalmente, iria achar que ela andou comendo sorvete demais, mas Charlie provavelmente não iria achar isso. Ó, meu Deus. As coisas vão ficar piores ainda?

Outro silêncio cheio de significados cai sobre nós e isso é bom, porque a conversa não estava indo muito bem até o momento. Eu acho ótimo porque estou tentando entender tudo isso. Vejamos, Emma iria casar com este tal de Charlie. OK, meu cérebro entendeu tudo até aqui. Aí ela descobre que, na verdade, ele se chama Martin. O mesmo homem que seu pai mandou para a prisão naquele caso que li na microficha esta manhã. Foi esta manhã? Parece que foi há muito tempo. Seja como for, o caso foi muito controvertido em Bristol porque muitas pessoas achavam que Martin não deveria ir para a prisão. Houve protestos fora do tribunal e Sir Christopher recebeu várias cartas ameaçadoras por causa disso. Martin tinha quinze anos na época, era um jovem muito inteligente, ia para a universidade em Oxbridge e tinha um grande destino à sua frente. Ele costumava tomar ecstasy. Sua namorada quis experimentar e ele lhe vendeu um comprimido. Ela morreu e ele foi condenado por homicídio culposo. Até onde entendi, ele não era um traficante, mas vendeu um comprimido do seu estoque particular. Sir Christopher pediu a condenação por assassinato, enquanto os outros advogados insistiam em pedir um abrandamento da acusação, e conseguiu a sentença máxima no tribunal. O fato de Martin ter vendido uma pílula de seu estoque foi o ponto culminante para Sir Christopher porque, segundo ele, se o rapaz não tivesse vendido o produto, Martin estaria morto em vez da namorada. O fato de ela pagar pelo comprimido em vez de ganhar um de presente pareceu especialmente pertinente.

A imprensa dividiu-se no tocante à punição de Martin. Um lado dizia que, se ele consumia a droga e a vendia, deveria agüentar as conseqüências. A outra parte dizia que milhares e milhares de pessoas faziam a mesma coisa, que Martin não era um traficante e que não deveria ser transformado em bode expiatório. Sir Christopher McKellan acreditava que deveria transformar o caso em um exemplo. E agora, na minha frente está sentada sua filha, que, aparentemente, paga caro por este exemplo, porque Martin Connelly deve estar muito furioso.

Holly estaciona discreta e calmamente na frente de um edifício.

— Onde estamos? — pergunto, do meu poleiro.

— Vamos para o apartamento de James. Eu tenho a chave. Não iria demorar nada para que Charlie nos encontrasse no meu apartamento.

Depois de me puxarem para fora, nosso grupinho entra no prédio de James. Holly abre a porta principal, subimos dois andares com elegantes degraus em pedra e, passando por uma segunda porta, entramos em um apartamento espaçoso e arejado. Há caixas de papelão espalhadas por todos os lados, claro, porque James está mudando para a casa de Holly, mas ainda há um enorme sofá de couro na frente da TV no meio da sala, e eu e Emma passamos pelas caixas e desabamos nele.

— Chá? — Holly pergunta depois de um tempinho.

— Vinho? Preciso de algo um pouco mais forte.

Ela acena com a cabeça e vai para a cozinha, deixando-me na companhia levemente hostil de Emma.

Eu penso se dizer "Já pensou em algum nome?" ajudaria a quebrar o gelo. Também gostaria de um bate-papo no estilo os-homens-não-prestam, mas decido que Emma não é a garota certa para esse tipo de conversa porque, embora Seth seja um cretino, perto de Charlie ele parece ser fantástico. Não quebro o silêncio e aproveito a oportunidade para analisar Emma direito. Ela parece um pouco abalada, mas ainda consegue passar aquela certeza divina de que ela é simplesmente a melhor coisa que anda sobre este planeta.

Holly volta com três copos. Ela até conseguiu achar gelo. Com a cabeça, indica o copo da frente para mim e serve um outro a Emma.

— Fiz um *spritzer* adicionando um pouco de água no seu copo, Emma. Você sabe, por causa da...

Sua frase acaba por morrer, frente ao olhar extremamente fulminante que Emma se digna a lhe dar. Claro, Emma está grávida. Esta coisa da gravidez não está atingindo uma boa pontuação na minha escala de diversões-para-a-Clemmie. Eu tiro proveito do meu estado isento de bebês e começo a despejar a bebida garganta abaixo.

Emma pega o copo e olha fixo para fora da janela, enquanto Holly senta em uma caixa de papelão. Espero sinceramente que ela não desabe porque vou cair na risada e Emma já me odeia o suficiente.

— Então, Emma — Holly diz hesitante, provavelmente desejando que não gritem novamente com ela. — Você acha que consegue nos contar a história toda?

É bom mesmo, porque, embora este silêncio tenha sido muito desejado há poucos minutos, já começa a dar nos meus nervos.

Emma toma um golinho da bebida e olha para nós.

— Muito bem — ela diz calmamente. — Conheci Ch... Martin seis meses atrás em uma festa...

— Em Londres — Holly completa a frase por ela.

— Shhh — digo, porque não quero que Emma pare de falar agora que começou.

— Sim, em Londres. Ele contou isso? — Acenamos que sim. — Bom, pelo menos aí ele contou a verdade. Só Deus sabe como conseguiu fazer isto, deveria estar monitorando meus movimentos há meses. Seja como for, começamos a conversar e ele me convidou para sair na semana seguinte. Eu acho que fiquei completamente envaidecida. Vocês entendem, vocês o conheceram, ele é mesmo bonito e muito charmoso. Eu talvez devesse ter suspeitado de algo, mas como poderia?

Holly e eu damos a resposta que parece ser a mais adequada, concordando com a cabeça feito doidas.

— Começamos a nos ver com mais freqüência, mas sempre em Cambridge. Ele nunca veio até Bristol, acho que com medo de encontrar novamente meu pai.

— Você não sabia qual era a aparência dele? — pergunto de repente. — Quer dizer, por causa do julgamento?

— Ele era menor de idade na época e os jornais foram proibidos de publicar fotos dele. Papai nunca me envolveu no seu trabalho, sempre tentou me proteger dele. Além de estar ainda na escola, o julgamento era apenas mais um dos casos de papai e eu não prestei nenhuma atenção. Depois que Charlie e eu saímos juntos por algum tempo, comecei a me apaixonar por ele. — Os olhos dela enchem-se de lágrimas e eu imediatamente morro de pena. — E ele fez um bom trabalho me fazendo acreditar que também estava apaixonado por mim.

Ela pára por um segundo e toma outro golinho do copo. O meu copo já secou há séculos, mas não faz mal, a história está ficando interessante.

— Ele me pediu em casamento e eu fiquei surpresa porque estávamos namorando há pouco tempo, mas ele disse que não podia esperar mais. É claro que, depois disso, quis que ele encontrasse meu pai. Eu não tenho uma família grande...

— Sim, nós sabemos — diz Holly. — Na verdade, foi isso que tornou as coisas tão fáceis... — As palavras morrem no ar e ela se mexe desconfortavelmente. — Desculpe. Continue, Emma.

— Ele disse que não queria conhecer meu pai. Papai sempre foi um pouco esnobe no que diz respeito aos meus namorados. — Nesta altura, apesar de tentarmos o mais possível, nem Holly nem eu conseguimos evitar um arquear de sobrancelhas. Eu faço um esforço para não olhar para Holly e fico ruminando silenciosamente com meu copo. Papai sempre foi um pouco esnobe? E Emma acredita ser uma surpreendente livre-pensadora socialista, por acaso? Ela continua, sem notar nossas sobrancelhas, apesar de ela não ter quase nenhuma — e Charlie, quer dizer, Martin me convenceu de que isso seria uma má idéia. Disse que papai iria dizer que ele não era o homem certo para mim, que deveríamos nos casar em segredo, numa cerimônia só com nós dois e que imediatamente após a cerimônia iríamos até a casa dele anunciar o acontecimento. Dessa maneira, não poderia fazer nada contra nós. É claro que eu estava tão cega de amor que concordei com a idéia, sem falar que tudo parecia maravilhosamente romântico. Não tenho como dizer o quão excitante era guardar este enorme, grande segredo. Eu ouvia as conversas no escritório, as meninas falando da vida amorosa delas e pensava comigo mesma que estava prestes a casar com um homem maravilhoso, e que todas elas cairiam das cadeiras com o susto se soubessem disto.

Uma lágrima cai e aterrissa na calça do agasalho, e ela a esfrega distraída com o polegar.

— Mas você contou para Tasha, a moça que divide o apartamento com você? — digo de modo encorajador.

Ela respira fundo e consegue continuar falando, mesmo com a voz trêmula.

— Sim, contei para Tasha. Tive que contar para alguém porque estava muito animada e sabia que poderia confiar nela. Mas não contei para mais ninguém. Espero que ela não esteja muito preocupada. — Olho nervosa para Holly. Provavelmente está, depois de nossa conversa com ela. — Não consegui ter coragem de telefonar e dizer a verdade para ela. Fiquei tão envergonhada.

— Então vocês iam casar? — Holly questiona suavemente.

— Sim, e à medida que o dia do casamento se aproximava, comecei a ficar cada vez mais nervosa por estar fazendo isso sem contar nada para papai. Fiz algumas tentativas para convencer Charlie, mas ele reagiu muito mal, disse algo sobre termos feito um acordo, e eu desisti. Foi então que descobri que estava grávida.

— Mas como? — interrompo. — Quer dizer, eu sei como, mas foi intencional? — fico levemente vermelha.

— Não, eu estava tomando pílula, mas tive uma infecção no ouvido. O médico me receitou antibióticos e disse para tomar precauções adicionais, mas não imaginei que algo fosse acontecer comigo. — Puxa, só fico pensando quantas vezes estas palavras já foram ditas. — Talvez, subconscientemente, eu quisesse ficar grávida. Não sei. Não percebi nada porque ainda estava tomando pílula e ficando menstruada. Depois comecei a engordar e a me sentir muito cansada, por isso fui ao médico na semana passada. Acho que entrei em pânico porque não sabia o que fazer. Não contei para Charlie, quer dizer, Martin. Tudo passou a tomar proporções gigantescas, por isso fui direto falar com papai e contei tudo. Foi um grande alívio.

— Como ele reagiu? — pergunto nervosa.

— É lógico que ele ficou zangado no começo, mas não é um mau pai, e depois de todo o sermão disse que, se eu estava feliz, ele também estava, e se eu tinha uma foto do felizardo. Papai descobriu imediatamente quem ele era. Lembro que ficou branco como cera e sem fala por um bom tempo.

— Charlie, quer dizer, Martin, nos disse que ele pediu permissão ao seu pai para o casamento e que foi recusado.

Emma me dá uma olhada fulminante.

— É óbvio que meu pai nunca mais pôs os olhos nele desde o julgamento. Mas isso não o impediu de reconhecê-lo imediatamente na foto. Afinal de contas, ele olhou para o rosto dele durante quatro meses, oito horas por dia, no tribunal. — Só imagino o que o pai dela fará se me vir novamente. Tremo em pensar no que ele imagina que eu seja.

— Meu Deus, deve ter sido um tremendo choque para você.

— No começo achei que era uma coincidência. Achei que, por uma inacreditável infeliz coincidência, nós nos conhecemos em uma festa e nos apaixonamos. Mas, quando comecei a pensar sobre o assunto, pude ver que ele sabia exatamente quem era meu pai. Ele tinha mentido sobre toda a sua vida. Disse que vivera sempre em Cambridge e que era professor. Nenhum ex-condenado pode ser professor. Papai me contou que ele passou maus bocados na prisão e que enviava regularmente cartas ameaçando-o. Martin despreza completamente papai, em suas cartas diz que ele arruinou sua vida. Perdeu a juventude por causa daquele comprimido de ecstasy que tomou junto com outros milhares, e pagou por todos eles. E qual a melhor maneira de se vingar do homem que arruinou a sua vida a não ser arruinar a vida de sua filha adorada? — Correm mais lágrimas pelo rosto dela e eu reviro a bolsa em busca de um lenço. Ofereço um velho lenço meio sujo que estava enterrado lá no fundo da bolsa. Ela quase o rejeita, mas acaba pegando.

Olho para Holly. Sinto-me indescritivelmente horrível.

— Depois seu pai a escondeu? — Holly pergunta gentilmente.

— Meu pai estava aterrorizado com a idéia de que Martin fosse fazer algo horrível. Não deixou que eu voltasse ao trabalho ou ao apartamento. Ligou imediatamente para John Montague e eu fui para lá. Por sorte, nunca contei a Martin sobre John e como somos amigos. Meu pai foi à polícia, mas não contou da gravidez. A polícia disse que não poderia fazer nada porque oficialmente Martin não tinha feito nada de errado, somente pediu uma garota em casamento. Mas se Martin perceber que estou grávida, e estamos falando do homem com quem dormi nos últimos seis meses e que conhece bem o meu corpo, nunca vai me deixar em paz. Vocês entendem? Nunca terei um minuto de paz se ele souber que estou grávida do filho dele. E vocês podem imaginar o quanto isso o fará feliz? Como fui uma perfeita marionete nas mãos dele? Eu poderia me divorciar, mas ter um filho? Meu Deus! Isso é o que ele chamaria de sucesso estrondoso! Uma recordação eterna para meu pai, vivendo na frente dos seus olhos.

— Em que estágio da gravidez você está? — Holly pergunta.

— Quinze semanas.

— Você não parece muito grávida — digo, tentando consolá-la. — Quer dizer, se ele puser os olhos em você.

— Não posso correr este risco. Simplesmente não posso. Além disso, não quero vê-lo. — A voz dela fica mais aguda com a emoção. — Não quero ver seu rosto de regozijo e triunfo. Seria como uma pequena comemoração de vitória para ele.

— Mas ele já deve saber que a sua jogada foi descoberta, não? — Holly pergunta intrigada. — Já deve saber que você descobriu quem ele é. Por que outro motivo ele estaria tentando encontrar você?

Emma coloca o copo no chão e olha para as mãos.

— Não sei — ela diz simplesmente. — Talvez ele queira se vangloriar. Afinal de contas, só descobrimos sua vingança quase perfeita pouco antes de ela ser bem-sucedida. Talvez esteja confuso e queira descobrir por que seus planos cuidadosamente elaborados deram errado. Ou, pior ainda, talvez ele tenha descoberto que estou grávida.

— Mas como ele poderia descobrir isso?

— Alguém do consultório do médico pode ter telefonado, talvez ele tenha percebido que agora detesto cheiro de café, talvez... talvez um monte de coisas. — Ela começa a ficar ansiosa, as mãos que estavam paradas começam a apertar os joelhos. — Se ele analisar nossos últimos meses juntos, poderá juntar as peças. Eu não quero estar por perto para vê-lo.

— Mas você não pode se esconder para sempre.

— Meu pai quer que eu me mude para bem longe. Ele conhece algumas pessoas e está cuidando disso.

— E você decidiu ter o bebê? — Holly pergunta suavemente.

Emma empina a cabeça e olha para nós duas, direto nos olhos.

— Sim — ela diz em tom de desafio. — Vou ter o bebê.

— Lamento muito, Emma, por ter deixado Charlie saber que você estava na casa de John Montague.

— Meu pai nem deixou que eu voltasse ao apartamento para pegar algumas roupas e fui obrigada a vestir *isto*... — Ela passa a mão com desdém pelas calças de agasalho. — Foi a empregada de John que me emprestou estas roupas. Tem cabimento? A empregada.

— Humm. Minha simpatia por ela está co-me-çan-do a desaparecer.

— E para completar a história estou grávida de alguém que só queria se vingar de meu pai... — Os olhos dela se enchem de lágrimas e a voz falha um pouco. OK, a simpatia está voltando. — Além disso, se vocês conseguiram me encontrar, era apenas uma questão de tempo antes que ele também conseguisse.

Holly recebe a bofetada verbal direto no queixo e faz um movimento com a cabeça para que eu a siga. Vamos para um canto da sala.

— Temos que ajudá-la — Holly sussurra.

— Eu sei. Acho que ela poderia ficar aqui. Será que James deixaria?

— James vai me matar.

— Isso quer dizer não?

— Mas temos que tomar conta dela até que seu pai a coloque junto daquelas pessoas.

— Eu sei, foi por nossa causa que perdeu o seu esconderijo.

— Não podemos fazer burrada com isto — Holly diz, com firmeza.

— As garotas Colshannon podem fazer burrada em muitas coisas, mas agora prometo que não vamos fazer burrada com isto — digo com firmeza.

E com esta pequena promessa, voltamos para o lado de Emma e da garrafa de vinho.

CAPÍTULO 11

James está um pouco mais do que simplesmente zangado. Na verdade, acho que não exagero se disser que James subiu várias vezes pelas paredes e acabou chegando no apartamento do andar de cima. Eu fiquei escondida em um canto do apartamento de Holly naquele dia, esperando que meu papel nisto tudo não seja dramatizado ou até mesmo mencionado.

— Como é que você pode ser *tão* inacreditavelmente irresponsável? — ele ruge. — Sempre que você mencionava Emma, eu dizia para você deixar o assunto de lado. Você não entende uma dica sutil?

— Bom, você poderia ter me dito o que estava acontecendo de verdade — Holly diz na defensiva.

— Holly, eu NÃO PODIA contar o que estava acontecendo porque, acredite ou não, algumas partes do trabalho policial são CONFIDENCIAIS. Sem falar na complicação extra de que você conhece Emma McKellan e é uma jornalista. Eu não fazia a mínima idéia de que você estava escrevendo uma matéria sobre aquela coitada.

— Bom, talvez a polícia devesse ter feito algo sobre Martin Connelly.

— O que poderíamos fazer? Prendê-lo por pedir a mão de uma moça em casamento? Precisávamos esperar que ele cometesse um delito. Você deveria ter pesquisado mais. Em vez disso, recolheu as informações de um ex-presidiário e da moça que mora com Emma.

— Clemmie também foi visitar Sir Christopher McKellan — Holly acrescenta, emburrada. James olha para mim. Espero que ele me confunda com um vaso de plantas ou algo parecido. Ela tinha que me colocar no meio? Tinha?

— Você mandou Clemmie ir ver Sir Christopher? Ó meu Deus, Holly, você envolveu sua irmã nisto tudo?

Bom rapaz. É assim que se fala.

— Eu não podia ir falar com ele, ele me conhece.

— E provavelmente teria explicado a situação toda para você Por que você supôs automaticamente que ele era o vilão da história? Não passou pela sua cabeça que Emma fez o que podia para não ser encontrada? E que, se ela realmente quisesse casar com este homem, não iria ficar quieta e deixar o pai mantê-la prisioneira? Ela já o tinha desafiado o suficiente. Existem inúmeras perguntas que simplesmente não passaram pela sua cabeça.

— Eu precisava de uma história — Holly diz emburrada.

— Você O QUÊ? Você está dizendo que não se importou em verificar a veracidade dos fatos? A coitada da Emma McKellan comendo o pão que o diabo amassou e tudo o que interessa a você é a sua história?

Não acho que Holly quis dizer isso. Acho que ela quis dizer que a necessidade de achar uma história a deixou cega para alguns fatos importantes. Eu me escondo mais no canto enquanto James continua.

— Meu Deus! Pensei que você, acima de todos, tinha algum tipo de decência, mas isto é o mais rasteiro a que já vi você chegar. E agora tenho que explicar a Sir Christopher e ao meu chefe como a minha namorada conseguiu criar tamanha confusão.

Antes ele do que eu. Holly diz tímida, e esperançosamente, considerando as últimas palavras da conversa:

— Então a polícia vai se envolver agora?

— NÃO! — James ruge. — Martin Connelly ainda não fez nada de errado, mas você fez. Vou ter que me envolver na história porque, desde a sua visitinha à casa de Sir Christopher McKellan hoje à tarde, ele está ameaçando processá-la por arrombamento e invasão de domicílio, e eu não tenho certeza de que quero dissuadi-lo da idéia. — Holly olha para o chão por um bom tempo. — É melhor você voltar para junto de Emma. Vou discutir o assunto com Sir Christopher, ver o que podemos fazer e voltar mais tarde. Ele sai a passos largos da sala e eu arrisco sair do meu canto.

Ambas afundamos no sofá. Sinto-me como se tivesse acabado de passar por uma prensa, por isso imagino que Holly também não deve estar se sentindo muito bem. Eu me lembro como ficava furiosa com Seth quando ele interferia no meu trabalho. Mas, enquanto

Holly nunca teve a intenção de prejudicar a carreira de James, Seth estava muito feliz arruinando a minha.

— Ele está muito zangado, não? — digo depois de um tempo.

Holly concorda com a cabeça.

— Mas ele vai entender e se acalmar, não vai? Você precisa explicar que achou que estava ajudando Emma.

— Vou tentar — ela diz com voz fraca.

— O que vamos fazer? — pergunto porque, de repente, percebo que, apesar da intervenção de James e Sir Christopher, Emma ainda é nossa responsabilidade. Pelo menos moralmente. — Emma não pode ficar uns dias no apartamento de James?

— Martin só precisa nos seguir até lá um dia desses e estamos fritas.

O comentário me faz tremer sem querer.

— Você acha que ele está nos seguindo?

— Bom, ele não vai demorar muito até descobrir onde eu moro. Queria saber quanto tempo vai levar para Sir Christopher dar um jeito de tirar Emma daqui.

— Acho que é melhor voltar para perto dela.

Levantamos e, enquanto Holly investiga a geladeira, motivo principal para voltarmos aqui, eu xereto o armário de roupas do corredor. Encontro um gorro cor-de-laranja com um pompom bastante atraente e uma jaqueta de camurça com franjas que Holly deve ter comprado quando atravessou alguma fase estilística. Dou uma nova verificada. Não sei que tipo de fase foi esta.

— Não me diga que você pretende realmente usar isto — diz Holly quando volto para a cozinha.

— Bom, você aparentemente comprou isto em alguma época da vida.

— Foi para uma festa à fantasia — Holly diz, ficando um pouco vermelha.

— Verdade? E você foi fantasiada de quê? Alguém sem nenhuma idéia do que é moda?

— Não acho que você possa falar muito sobre o assunto. Fui fantasiada de vaqueira e não usei um gorro cor-de-laranja com pompom junto com a jaqueta.

— Estou disfarçada.

— Ele vai ver você a um quilômetro de distância.

— Bobagem sua, ele está procurando por Clemmie, a garota da cidade.
— E agora você é Clemmie, a garota do mundo da lua?
— Exatamente.

Faço todo o trajeto até o apartamento de James virada ao contrário no carro, bunda espetada no ar, olhando ansiosamente pela janela traseira do Tristão para ver se estamos sendo seguidas.
— O que diabos iremos fazer se eu vir que ele está nos seguindo? — pergunto nervosa.
— Simplesmente não vamos para o apartamento de James. Vamos direto para a delegacia de polícia mais próxima ou algo parecido.
— O que vai acontecer se Tristão pifar no meio do caminho?
— Ele não vai fazer isso! Ele sempre sabe quando preciso de ajuda.

Por incrível que pareça, as palavras dela não me reconfortam e eu fico muito contente quando chegamos intactas no apartamento de James, sem nenhum incidente desagradável com psicopatas.
— Não tenho certeza se podemos fazer isso todos os dias — digo numa arfada, enquanto nos apressamos a entrar. A cabeça de Emma surge no batente da porta da sala de estar.
— Trouxemos comida! — Holly diz com uma voz provavelmente mais animada do que realmente está. — Falei com James e ele está indo conversar com seu pai para decidirem o que faremos a seguir.
— Não teríamos que fazer nada se você não tivesse se metido onde não devia. — Emma olha para nós com ar severo. Ah. Está na cara que perdoar e esquecer não faz parte do código de ética dela. — Imagino que alguém vai contar o que aconteceu ao John.
— John? — pergunto.
— John Montague, que estava me hospedando. — Claro. O deputado.
— Não se preocupe, James vai falar com ele — Holly diz de modo tranqüilizador.

— Ele vai ficar preocupado quando voltar para casa e descobrir que não estou mais lá. Eu já teria telefonado avisando, mas deixei o celular para trás e o telefone daqui está mudo.

— O telefone está mudo? — digo com voz esganiçada, colocando sem querer a mão na garganta. Martin cortou a linha? Ele está lá fora?

— James pediu o desligamento porque está mudando, Clemmie — diz Holly, me olhando feio.

Claro. Não posso ficar histérica. Devo ser grata pelo fato de minha mãe não estar aqui também.

Emma me olha com absoluto desdém e volta majestosamente para o sofá. Ela é realmente uma moça adorável. Holly e eu ficamos ocupadas na cozinha fazendo sanduíches de queijo quente e bebendo escondidas um gim-tônica para não deixar Emma com vontade. Comemos enquanto assistimos a um programa de decoração na TV e James nos dá o maior susto quando usa sua chave para entrar no apartamento.

— Sou eu — ele diz. Sentamos, ansiosas por novidades.

Parece muito mais calmo do que há algumas horas. Ele sorri para Emma.

— Olá, Emma. Já nos encontramos antes, em uma das festas do jornal. Lamento tudo o que aconteceu. Estive com seu pai e decidimos qual seria a melhor solução para você.

— O que é? — Emma pergunta.

— Você vai para a Cornualha.

— Não posso ir para lá! Martin sabe que temos uma casa na Cornualha.

— Você não vai para lá, vai para a casa de Holly e Clemmie.

— Para a casa de Holly e Clemmie? — Emma diz isso como se estivesse sendo obrigada a ir morar com dois gângsteres perigosos. Eu também não fico muito animada com a idéia.

— Mas nós encontramos com Martin Connelly na frente da casa de Emma na Cornualha. Ele deve saber que nós moramos lá — retruco, somente porque quero ser objetiva, vocês me entendem.

— Holly só disse a ele que estava na região. Ela não disse que vocês moravam lá. Foi isso, não foi, Holly?

Todos olhamos para Holly, que acena com a cabeça. James volta a falar com Emma.

— Além disso, elas não moram perto de Rock. Elas vão tomar conta de você até que seu pai arrume tudo para você ir ficar com seus amigos.

— Quanto tempo vai levar? — Tento fazer a pergunta de um modo que soe educado, mas estou preocupada em saber quanto tempo vamos ter que agüentar a companhia de Emma.

— Uns quatro ou cinco dias, provavelmente. — Oh, OK. O que em um calendário Emma representa uma eternidade.

Holly está olhando para James.

— Mas eu não posso ir para a Cornualha. Tenho que trabalhar.

— Holly, depois do seu recado telefônico desta tarde, onde você acha que Martin Connelly vai procurar você agora?

— No jornal.

— E depois disso?

— No meu apartamento.

— Então você não pode voltar para o trabalho ou para o apartamento — digo, resumindo lindamente a história. Puxa vida, somos iguais a fugitivos.

— Vamos todos ficar aqui esta noite. Eu vou buscar suas coisas no apartamento e as coisas de Emma na residência de John Montague. Amanhã vocês partem para a Cornualha.

— Você e Emma vão ter que ir no Tristão e eu volto de trem — digo, tremendamente aliviada por não ter que andar na estrada no Tristão e por sair de Bristol, a morada temporária de psicopatas.

— Você concorda, Emma?

— Preferia ter ficado com John, mas acho que não tenho alternativa a não ser dizer que concordo, não é? — Ela dispara outro olhar malévolo para mim e para Holly, mas Holly está muito ocupada olhando assustada para James e não percebe. Emma pega nossos pratos abandonados e caminha majestosamente para a cozinha.

— Você falou com nossa mãe? — pergunto.

— Liguei para ela. Ela diz que todas vocês devem voltar imediatamente para casa. Não dei muitos detalhes sobre a história de Emma e Martin porque achei que Emma deve decidir se conta algo ou não, mas precisei fazer um breve resumo.

— Então me diga o que ela sabe.

— Somente que vocês estão ajudando uma jovem que está sendo perseguida por um ex-presidiário, depois que uma das histórias de Holly foi por água abaixo. Não disse exatamente o que deu errado porque acho que Holly vai querer contar sozinha.

Holly está roendo ansiosamente uma unha e não parece ter registrado nenhuma destas informações.

Bem na deixa, meu celular toca lá nas profundezas da minha bolsa. Sei exatamente quem é.

— Oi, mãe.

— Querida! Tudo isso é tão, tão excitante. Vocês devem vir para cá imediatamente. Não podem ficar em Bristol com este psicólogo perseguindo vocês.

Reviro os olhos.

— Psicopata, mãe. Não um psicólogo. — James disfarça o sorriso. Vou até a janela e me amaldiçôo por cometer um erro tão básico. Deus, é sempre assim que as pessoas são pegas nos filmes. Deixam que sejam vistas em uma janela.

— Quero saber de todos os detalhes. Nada parecido com isso acontece na Cornualha. O mais próximo que chegamos de um drama é quando Barney cai da prancha de surfe.

— As coisas não estão particularmente agradáveis aqui, sabia? Você é bem-vinda se quiser trocar de lugar comigo. Estamos escondidas no apartamento de James comendo sanduíches de queijo quente.

Ela deixa escapar um gritinho de excitação com esta pequena descrição.

— Querida, tudo parece absolutamente excitante! Eu iria para aí como um raio. Você sabe como Morgan e Norman adoram um agito. — Ela abaixa a voz para um sussurro e tenta parecer preocupada. — Mas quem é esta coitada que o psicólogo está perseguindo? James não me contou muita coisa.

Olho para a cozinha, onde Emma ainda está batendo pratos e panelas.

— Alguém que trabalhava com Holly. Ela desapareceu e... bom é uma longa...

— Você está falando daquela tal de Emma? A que tem o pai que é um famoso promotor público?

— Sim, ela mesma. Mas...

— Então Holly a encontrou? Nossa, como ela é esperta.

— Bom, não foi bem assim...

— Espero que Emma esteja adequadamente agradecida.

— Na verdade, acho que ela não está nada agradeci...

— Querida, preciso ir embora, seu pai está fazendo caretas horrorosas para mim. Você vai ter que me contar tudo amanhã. Só faça uma coisa por mim: absorva a atmosfera, sim?

— De... desculpe?

— Para me ajudar se algum dia eu tiver que fazer o papel de uma psicóloga. Uma vez fiz um papel em uma peça e...

É óbvio que meu pai arranca o telefone da mão da minha mãe e fala comigo.

— Clemmie, é o papai. Escute, Sam diz que tem que entregar alguns papéis para um cliente em Bristol. Ele ia mandar alguém fazer isso, mas disse que vai pegar você para evitar a viagem de trem.

É a primeira vez no dia em que me sinto vagamente reconfortada. Vai ser bom estar no seguro BMW de Sam, em vez de ficar olhando para trás o tempo todo no trem, comendo chocolates sem parar.

— Diga que eu agradeço muito. Isso será ótimo.

— Ele chega aí por volta das dez.

Passo o endereço de James para meu pai, bastante feliz por ser ele quem está anotando e não minha mãe, que tem o hábito de não prestar atenção e escrever a primeira coisa que passa pela cabeça dela.

— Sam se ofereceu para vir nos buscar. Ele chega aqui por volta das dez.

— Melhor ainda — diz James. — Isto dá a você, Holly, a chance de chegar cedo no jornal e pedir uma semana de licença.

— Mas que diabos vou dizer ao Joe? — Holly choraminga. — E eu achei que você tinha dito que eu não poderia voltar ao jornal.

— Vá escondida de manhã bem cedo. Você vai pensar em alguma desculpa — James diz com firmeza. — Você sempre faz isso.

No dia seguinte, quando tenho que escolher entre passar uma hora rabugenta e emburrada na companhia de Emma e ir com Holly até o jornal, corro na direção da alternativa Holly e mais uma bronca. Pelo menos com Joe você pode ter certeza de que a dor é rápida e, se eu fizer tudo direitinho, ficarei simplesmente na recepção lendo revistas. Subo animada os degraus do *Bristol Gazette* ao lado de uma Holly muito quieta. Foi uma noite muito difícil. Dormi com Holly na cama de casal de James, enquanto Emma ficou no quarto de hóspedes e James dormiu no sofá. Acho que a distribuição dos leitos foi feita levando-se em consideração que James estava ainda tão furioso com Holly que não quis dormir com ela, sem levar o meu conforto em consideração. Conforto esse que chegou a zero, de qualquer maneira, porque Holly não parou de falar sobre James e o jornal até a madrugada. Eu tentei ignorá-la.

Assim que as portas do elevador abrem no terceiro andar, aceno para Sophie e vou direto para o sofá fofo da recepção e o que parece ser a mais recente revista de fofocas. Quem sabe eu não consigo convencer Sophie a fazer um café e um sanduichezinho? Holly anda para lá e para cá, nervosa, na minha frente.

— Acho melhor entrar e ir falar com Joe — ela diz com ar miserável.

— Vá lá e acabe logo com isso — aconselho, tentando empurrá-la na direção do escritório de Joe. As revistas estão me chamando.

— Você acha que Sir Christopher já telefonou para ele?

— Acho que Joe teria sido bem duro com você ao telefone se isso tivesse acontecido.

Holly olha fixamente para os sapatos.

— Você não ligou seu celular, não foi?

Ela faz uma careta.

— Hã, não. Ainda não.

— Hummm, então talvez a melhor coisa a fazer seja entrar e descobrir...

Durante a nossa conversa, as portas do elevador abriram e fecharam regularmente, com as pessoas chegando para o trabalho quando, de repente, percebo uma figura surgindo por trás de Holly.

— Olá, Holly. Olá, Clemmie — diz ele, com o tipo de voz que é usada na TV para os personagens seriamente malucos.

Holly gira sobre os calcanhares.

— Olá, Charlie. Hã, Martin. Charlie Martin. — A voz dela soa falsa e eu percebo que está assustada. O que tem o efeito de me deixar também absolutamente aterrorizada.

Olhamos para ele pelo que parece ser uma eternidade, mas que provavelmente são só alguns segundos. Infelizmente Holly já o chamou de Martin, de modo que ele deve saber que o jogo acabou.

Ele tem olheiras escuras debaixo dos olhos, o lindo cabelo castanho de alguns dias atrás está desarrumado e despenteado, e parece que dormiu vestido. Seus olhos são duros e calculistas e eu fico pensando como não vi isso antes.

— Onde ela está? — ele pergunta em voz baixa e dá um pequeno passo em nossa direção. Instintivamente, damos um passo para o lado.

— O... o... onde está quem? — Ah, bom. Holly vai se fazer de boba.

— Emma. Onde está Emma? — ele murmura com uma calma contida que é verdadeiramente aterrorizadora.

— Eu... Eu... Eu não sei — Holly diz, trêmula. Eu tremo silenciosa atrás dela.

Um passo para a frente. Um passo para o lado.

— Você ligou ontem, Holly. Você a encontrou. Onde ela está agora?

— Eu... Eu não sei.

Um passo para a frente. Um passo para o lado.

— Quando cheguei ao endereço que você me deu, não havia mais ninguém lá.

Outro passo para a frente, outro passo para o lado. Esbarro em algo macio e quente e vejo Sophie de pé ao meu lado, olhando para Martin de boca aberta. Felizmente, a mesa de Sophie está quase entre nós agora. De repente, Martin bate as palmas das mãos na mesa, fazendo cartas e esmalte de unhas voarem.

— Sua puta — ele sussurra ameaçador. Fico desvairadamente encorajada pelo fato de que ele ainda está falando no singular, mas não muito feliz por estar tão perto de Holly.

— Ora, Charlie. Quer dizer, Martin. Não faça isso. Não precisa ser agressivo.

Surge uma luz nos olhos de Martin, como se ele não tivesse pensado em ser agressivo. É claro, é isso mesmo o que é preciso para arrancar uma confissão. Um pouco de agressividade. Ele inclina-se por sobre a mesa.

— Você sabe onde ela está, Holly, e vai me contar por bem ou por mal.

— Mas eu não sei — ela gagueja.

— PARE COM A ENROLAÇÃO, HOLLY, E ME DIGA ONDE ELA ESTÁ! — ele ruge.

Todas damos um pulo de medo.

— Eu a deixei com o pai — Holly solta num guincho.

As três correm instintivamente para um canto da mesa. Estamos coladas umas nas outras. Nunca me dei muito bem com Sophie e tenho certeza de que ela não vai muito com a minha cara, mas a coisa está feia e ela está ali conosco. Ela é bastante alta e fortinha e não há quem me convença a deixá-la sair dali. Devemos estar parecendo com o monstro da lagoa negra, uma mistura de vários corpos e três cabeças. Uma das cabeças precisava fazer mais luzes no cabelo do que as outras, mas não vou comentar a respeito agora.

Pelo menos temos uma mesa na frente da gente. Martin dá um passo para um lado e nós vamos para o outro. Eu olho desesperada ao redor, imaginando quem é que vai nos salvar. E a resposta parece ser absolutamente ninguém. As pessoas perceberam bem a encrenca em que estamos, mas temos uma platéia que não participa da ação.

Martin bate novamente com o punho fechado na mesa.

— NÃO MINTA PARA MIM, SUA VACA. DIGA ONDE ELA ESTÁ!

Ironicamente, nosso salvador é Joe. A porta da sala dele abre num supetão e ele sai a passos largos, fazendo dispersar a multidão à nossa volta.

— Que *diabos* está acontecendo?

Um verdadeiro cavaleiro salvador surge na nossa frente, com as mãos nos quadris e uma gravata rosa-choque muito chamativa.

— Hã, Joe — Holly diz suavemente no meio do nosso grupo. — Este é Martin Connelly — ela anuncia animadamente, como se estivesse fazendo apresentações em uma festa.

Joe pega o telefone na mesa de Sophie com um movimento só.

— OK. Estou chamando a segurança, Sr. Connelly. Isto lhe dá exatamente um minuto antes de eles chegarem aqui.

Na verdade, vai demorar mais para eles acabarem de beber o café, acharem os quepes e coçarem o saco, mas Martin não precisa saber disso.

Martin olha suplicante para Holly.

— Só quero falar com ela.

Holly não olha para ele.

— Não posso ajudar você — ela diz baixinho.

Joe segura Martin pelo braço.

— Você está indo embora — ele diz firmemente.

Martin deixa que Joe o mande embora, mas, quando chega ao elevador, vira-se para nós.

— Nós ainda não terminamos nossa conversinha, Holly — ele diz antes de ser empurrado com firmeza para dentro do elevador. Ficamos olhando enquanto as portas do elevador demoram mais do que o costume para fechar.

Joe volta até perto de nós.

— OK, pessoal. O show terminou. Vamos voltar ao trabalho. Ele agita os braços e as pessoas começam a se afastar devagarzinho.

Nós três ainda estamos de pé, juntinhas.

— Holly, Clemmie, quem sabe vocês gostariam de vir até a minha sala?

Podemos levar Sophie junto? Não quero largar o calor reconfortante da axila dela neste momento. Depois disto ela entrou na minha lista de presentes de Natal. Mas acho que Sophie está muito feliz em se ver livre de nós, e seguimos Joe pelo corredor, bem devagar. Tentamos enrolar o mais possível antes de passar pela porta, mas acabamos entrando.

Joe vai para a sua mesa, passa a mão pelos cabelos e senta-se.

— Então aquele era Martin Connelly? Que homem charmoso, agora entendo como foi que você acreditou na história dele, Holly.

— Ah. Já vi que não vamos encontrar muita compreensão aqui. — Sorte a sua eu ter aparecido mesmo a tempo, caso contrário ele teria acrescentado assassinato à sua ficha policial. — Coloco a mão na garganta instintivamente. Ele está falando sobre Holly, não está? Martin não me mataria, mataria?

— Olhe, Joe, eu lamento tudo... — Holly começa a falar.

— Não, Holly. Isto tudo foi o fim da picada. Sir Christopher não sai do telefone, falando sem parar, desde que sua filhinha querida ligou para ele ontem e contou sobre o seu papel nesta pequena tragédia. Ele está fazendo ameaças sobre processar o jornal e denunciar você por arrombamento e invasão de domicílio.

— Mas nós não arrombamos nem invadimos nada! — Holly rebate. Qual é a dela agora, com essa mania de dizer "nós"?

— Bom, não é isso o que ele diz. E eu não estou nem aí com o que ele vai fazer com você, porque pelo menos isso desvia a atenção dele do jornal. Como é que você deixou isso acontecer? O que foi que eu sempre disse sobre pesquisar a respeito? E tenha muito cuidado com o que vai me dizer, porque você está a um passo de ser despedida neste exato momento.

— Nós pesquisamos! — Acho bom ela parar de usar o plural ou vai levar um belo pontapé nas canelas. — Este foi o problema! Tudo o que estávamos tentando fazer era descobrir se Emma ia casar com Martin Connelly, e ela ia! Como é que eu podia saber que o pai dela o tinha mandado para a cadeia? Nós só descobrimos que Emma ia se casar e tentamos juntar os dois. — Joe começa a se acalmar um pouco. — Teria sido uma história fantástica. Deixa pra lá... — ela acrescenta depressa ao ver o rosto de Joe. — James quer que levemos Emma para a Cornualha por alguns dias até que o pai dela arrume um lugar permanente, e eu queria saber se poderia...

— Claro que sim! Vá cuidar da garota! Não a deixe sair da sua frente! Faça o que for preciso para tirar Sir Christopher McKellan do meu pé!

— Eu ainda vou ter um emprego quando voltar? — Holly pergunta com uma voz muito fraquinha.

— Isso depende de como você se sair — ele responde, seco. — E já que você é parcialmente responsável pelo desaparecimento da nossa colunista social, vai ter que ser a responsável pela coluna "Alta sociedade" até que eu encontre uma substituta. Mande o texto por e-mail. Você sabe o que fazer. — E com um aceno de mão ele nos manda embora.

* * *

Sam aparece para nos pegar às dez e meia, e está mais do que na hora, no que me diz respeito. Desço correndo as escadas com a minha mala e deixo Holly e Emma para trás.

Sam está encostado na BMW e eu disparo na direção dele.

— O que diabos andou fazendo? — é a sua saudação. — E o que é que você está usando?

Ainda estou com a jaqueta de couro e o gorro com o pompom.

— Estou disfarçada.

— Você está é surtando. Você está mais visível do que um luminoso de néon. Mas acho que isso é só um pouco pior do que o que você costuma vestir.

Estou prestes a dar uma resposta particularmente sarcástica quando Emma e Holly aparecem, seguidas por James. Quando eles terminam de dar as mãos e cumprimentarem-se uns aos outros, eu já estou sentada no assento da frente, com o cinto de segurança colocado. Por um segundo penso em dar uma buzinada. É algo que Sam faz comigo e que me irrita profundamente.

Sam guarda as malas de Emma e Holly no porta-malas, todos se despedem de James (eu me despeço pela janela e vejo que há uma certa frieza entre ele e Holly, nenhum beijinho) e partimos em direção à rodovia.

Sam deve estar explodindo de curiosidade mas não demonstra nada. Emma responde a todas as perguntas de Sam, educada mas sem alongar a conversa, até que todas as tentativas de puxar conversa sobre tudo, do clima à política, são esgotadas. Depois olha fixamente pela janela para tornar claro a todos que não está disponível para conversas. Não podemos conversar sobre o que está acontecendo com Emma no banco de trás, de modo que eu procuro um assunto neutro.

— Como vai Norman? — pergunto.

— Ainda está comendo as sardinhas importadas do seu pai. Sorrel acha que ele sente falta do mar, de modo que vive enchendo a banheira com meia tonelada de sal marinho para que ele tome banho. Ele, Norman, não o seu pai. Portanto, agora Norman passa metade do dia flutuando na banheira. É tremendamente embaraçoso ir fazer xixi com Norman observando você.

— Como é que vão as coisas com a peça?

— Uma calamidade, como diz o título. Os ensaios estão a todo o vapor. Fui assistir ontem com Barney e sua mãe tentou me convencer a ser um dos figurantes.

— Você vai? — pergunto.

— Vou se você for. — Ele sorri para mim de modo desarmante.

Eu já fui figurante em várias peças de minha mãe, a última vez foi aos quatorze anos, sendo um dos Munchkin na versão da Royal Shakespeare Company para *O Mágico de Oz* (minha mãe era a Bruxa Malvada do Oeste, um papel que ela encarnou com extremo prazer). Sou pavorosamente alérgica a abacates, que fazem com que meu rosto inche de forma espetacular. Devia haver um escondido no meu sanduíche do almoço porque fiz chorar todas as crianças da fila da frente. Desde então, não surpreende que eu sempre tenha evitado ser figurante.

— Vou pensar a respeito. — Desde que eu evite abacates, pode ser bem divertido, com Sally como protagonista. — Barney também foi agarrado?

— Há muito tempo.

— Como foi o ensaio de ontem?

— Catherine revirando olhos de sonsa para o vigário. E Bradley insistiu em usar um chapéu de caubói a maior parte da noite. Depois fomos todos tomar café e comer bolo na sua casa, e fomos recepcionados pela visão de Norman correndo atrás de Morgan em volta da mesa da cozinha. Foi difícil decidir por quem torcer.

Sorrio com o comentário. Quase sinto saudades de estar em casa. Bom, quase.

Dou uma olhada para trás. Holly dormiu e Emma também. Sam olha para as duas pelo espelhinho.

— Afinal de contas, o que aconteceu, Clemmie? — ele pergunta baixinho, agora que estamos livres para conversar. Sua mãe estava bastante histérica ao telefone. Em que encrenca você se meteu agora?

— Por que você sempre acha que fui eu?

— Porque é sempre você.

— Desta vez foi Holly — reclamo. — Eu era uma transeunte inocente que foi envolvida no meio desta história miserável.

Ele bufa, sarcástico.

— Parece que você vive sendo envolvida em várias coisas desagradáveis.

— Tenho as probabilidades contra mim — suspiro, ressentida, e olho para fora da janela.

— Afinal de contas, posso perguntar sobre o que é isso tudo?

— Não lhe diria nem se soubesse — respondo, de maneira infantil. Espero que o suspense o mate.

— É justo. — Ele parece não se incomodar, o que me irrita muito, e continua falando de outras coisas.

CAPÍTULO 12

Um comitê de boas-vindas nos espera na cozinha quando chegamos. Em toda a minha vida nunca fiquei tão feliz em ver minha família. O nível de simpatia de Emma, comparado ao de outras pessoas, é agora muito maior, de modo algum perto do que eu gostaria, mas é sem dúvida uma melhora.

Os olhos de minha mãe arregalam-se quando ela vê o gorro com pompom cor-de-laranja e a jaqueta de camurça marrom que ainda não tirei.

— Meu Deus, Clemmie. O que é que você está usando?

Holly deixa de abraçar meu pai e informa:

— Ela está disfarçada.

— Tire isso, Clemmie. Você vai assustar os vizinhos.

Meu pai está mais preocupado com o bem-estar das filhas e murmura algo para Holly, enquanto minha mãe tem um ar danem-se-elas-quem-é-esta-interessante-desconhecida quando Emma entra pela porta dos fundos, seguida por Sam, que carrega toneladas de malas.

— Esta é Emma — anuncio.

Minha mãe vai em sua direção e lhe dá dois grandes beijos no rosto. Eu gostaria que ela não fizesse isso com completos desconhecidos. Ela está claramente, absolutamente, com os olhos saltando das órbitas de tanta curiosidade, mas decide que é mais educado apresentar-se primeiro, e só depois perguntar a história da vida de Emma.

— Bem-vinda à Cornualha, Emma! Meu Deus, você deve estar tão feliz por Holly ter encontrado você e driblado o lunático! — Eu mudo rapidamente de lugar para posicionar-me de um modo que me permita fazer gestos por trás das costas de Emma. — Quer dizer, Holly sempre foi maravilhosa no trabalho e eu estou tão orgulhosa em ver que ela está realmente ajudando pessoas. — Faço gestos ainda mais exagerados e Holly me ajuda, enquanto meu pai e Sam olham admirados para nós. — Eu gosto de pensar que ela é uma espécie de... — A nuca de Emma começa a parecer absolutamente rígida e eu me meto na conversa antes que a coisa piore.

— Na verdade, hã, mamãe, a coisa é que Emma não queria lá muito ser encontrada...

— É isso mesmo — atira Emma. — O único motivo da minha presença aqui é porque Holly conseguiu dar pistas sobre o meu paradeiro para o *lunático*, como a senhora o descreveu tão sucintamente.

— Mas você tinha desaparecido.

— Por causa do lunático — digo, pois acho que alguém precisa explicar um pouco a situação.

Minha mãe abre a boca e depois a fecha. É muito raro ver minha mãe sem palavras.

Meu pai, sempre atento às delicadezas envolvidas em situações sociais, pergunta gentilmente a Emma:

— Gostaria de ir ver seu quarto?

— Obrigada — responde baixinho, no melhor comportamento que já vimos nela nas últimas vinte e quatro horas.

Ela e meu pai pegam a mala no meio do monte que Sam jogou no chão e sobem as escadas.

Minha mãe vira imediatamente para nós.

— O que diabos vocês fizeram?

— Foi tudo culpa de Holly — eu digo antes que sobre para mim.

— MAS ELA ESTÁ GRÁVIDA — diz minha mãe, fazendo um gesto de uma barrigona com a mão.

— Isso não foi culpa de Holly — digo, tentando esclarecer as coisas. Mesmo assim, olho em silêncio deslumbrada para minha mãe. Como é que ela sabe? Ela pode sentir o cheiro dos hormônios, ou coisa parecida?

Barney entra repentinamente pela porta dos fundos e se inclina para frente, com as mãos nas coxas, para recuperar o fôlego.

— O que foi que vocês duas aprontaram? — ele pergunta, olhando para mim e para Holly, sem se importar em dizer como-vão-vocês.

— É tudo culpa de Holly.

— Duvido — diz Sam, sentado à mesa da cozinha. Deus, ele já está comendo um iogurte. E é outro iogurte de ruibarbo — eu reconheço a embalagem a um quilômetro de distância.

— Eu fui arrastada para esta história contra a minha vontade — tento dizer isso com o máximo de dignidade possível.

— Clemmie, você nunca foi arrastada para qualquer lugar contra a sua vontade.

— Está tudo bem com você e James? — minha mãe pergunta para Holly. — Ele parecia estar furioso com você na noite passada.

— Ele está — ela diz com voz fraca. — Só espero poder arrumar as coisas, de alguma maneira.

Neste exato momento ouvimos meu pai e Emma descendo as escadas e fechamos as matracas. Meu pai está ocupado explicando tudo sobre a cidade e a distância dela para o mar.

Eles entram na cozinha e Emma já tem um ar um pouco mais animado. Parece mais leve. Meu pai tem um efeito surpreendente sobre as pessoas.

— Obrigada pelas flores no meu quarto, Sra. Colshannon — Emma diz baixinho. Flores e minha mãe? Holly e eu trocamos olhares. Isto quer dizer que minha mãe esteve no jardim. Ela deve estar absolutamente doida para obter informações.

— Por favor, me chame de Sorrel.

Barney se inclina e se apresenta. Emma provavelmente não esperava tanta gente ao redor dela e eu quase sinto pena dela. Bom, quase.

— Vocês devem estar com fome. Eu fiz uma sopa e alguns sanduíches para o almoço. — Minha mãe olha para Sam, que está comendo outro iogurte e o manda sair da mesa.

Barney e Sam levam todas as malas para cima antes que Morgan faça xixi em uma delas e depois todos sentamos calmamente à mesa. Parece que voltamos aos tempos da escola e que trouxemos uns amigos para tomar chá. Todos tomam o maior cuidado para não tocar nos motivos para Emma estar aqui.

Olho para Holly, que esteve muito quieta a manhã inteira.

— Você está bem? — inclino-me na direção dela e pergunto baixinho.

Ela faz uma careta do tipo assim-assim.

— É por causa do James?
— Meu Deus, Clemmie. É por causa de tudo. Eu ferrei todo mundo, não foi?

De repente, seus olhos se enchem de lágrimas e eu fico preocupada. Mordo o lábio e dou tapinhas inúteis no braço dela. Felizmente todo mundo está olhando cheio de curiosidade para a estranha sentada no meio de todos e somos completamente ignoradas.

— Bom, não é realmente sua culpa. Charlie foi muito convincente. Ele me enganou e não se esqueça... — abaixo a voz mais ainda — ... ele também enganou Emma.

Holly acena devagar com a cabeça e parece mais feliz com a constatação.

— Mas James está certo, eu deveria ter verificado os fatos mais profundamente. E agora eu estraguei tudo para Emma, posso ter perdido o meu emprego e até mesmo James.

Fico um pouco chocada com a informação.

— Mas você e James vão superar isso, não vão? Caramba, Holly, você não tinha idéia de que as coisas sairiam assim.

— Eu não acho que ele veja a situação por este prisma. Eu o coloquei em uma posição muito desagradável.

— Ele vai acabar entendendo — digo, tentando consolá-la. — Tudo o que precisamos fazer é manter Emma em segurança e entregá-la inteira para os amigos dela. Isso não pode ser muito difícil, pode?

Holly e eu temos uma folga da companhia de Emma, pois meu pai assume a responsabilidade de levá-la até Watergate Bay para dar uma volta na praia e ir tomar chá no café de Barney. Deus o abençoe, este homem deveria ser canonizado. Sam precisa voltar ao trabalho e minha mãe está visivelmente dividida entre tentar extrair alguma fofoca saborosa de Emma e ser obrigada a respirar o fresco ar marinho. Mas, depois de fazer meu pai prometer que vai contar tudo o que ouvir (mas eu não vou fazer nenhuma pressão, Sorrel), ela decide ficar em casa e fumar alguns cigarros.

Devo voltar a trabalhar no café do Sr. Trevesky amanhã, sendo assim, tiro o maior proveito que posso do meu último dia livre, e fico deitada no sofá lendo uma revista. Assim que minha mãe tenta extrair de mim os detalhes sumarentos da história de Emma, o veterinário telefona para lhe dizer que está atrasada para uma consulta com Norman, da qual ela se esqueceu completamente, e tem que sair às pressas. Holly aparece no meio da tarde exigindo um pouco de atenção e vamos a pé até a cidade para ver se Barney já começou a trabalhar no turno da noite.

Uma vez que nos recusamos a entrar na casa de Barney, nós o convencemos a ir até o pub para um drinque rápido. Afinal de contas, são quase quatro horas.

— Então, quais as suas novidades, Barney? — Holly pergunta, tomando vodca com suco de laranja. Eu pelo menos tive a cortesia de reconhecer que é cedo demais e coloquei soda limonada no meu vinho branco.

— Entrei para o time de críquete — ele anuncia com ar grandioso. Olhamos para ele, intrigadas.

— Você joga críquete? — Holly pergunta educadamente.

— Bom, não, mas eles estão desesperados.

— Devem estar mesmo — acrescento. Se bem me lembro, Barney estava na escola da última vez que jogou críquete, e levou uma bolada no olho porque estava muito ocupado conversando com os outros jogadores. Teve que usar um tapa-olho por um mês e o olho mudou de cor. — Você tem um uniforme? — pergunto. Gosto muito dos pesados pulôveres de críquete e espero que Barney me empreste um.

— Tenho uma camiseta branca — ele responde.

— Barney, se você quer impressionar esta garota, acho que deveria, pelo menos, comprar um uniforme. Quer dizer, ela não vai se impressionar muito se você aparecer para jogar com uma camiseta e um short.

— Você acha? — ele pergunta ansiosamente.

— Talvez Sam possa emprestar o uniforme dele — diz Holly. — De vez em quando, Sam joga pelo time da cidade, mas isso acontece somente quando as opções são ele ou Trevor, o organista.

Barney fica animado com a idéia.

— Vou perguntar a ele. Vocês vão me assistir jogando?

Holly e eu estremecemos levemente. Da última vez que assistimos ao jogo, levamos uma tremenda vaia. O gramado estava um pouco úmido, por isso tirei uma coisa redonda, muito prática, do campo, para me sentar. Como é que eu podia saber que aquilo servia para marcar o limite do campo?

— Quando você joga?

— O primeiro jogo é neste fim de semana.

— Claro que iremos.

— A garota vai estar lá? — Holly pergunta maliciosamente.

— Pode ser que sim. Ela mora na cidade. E isso é tudo o que vou contar.

— Algum sucesso com ela? — pergunto.

Ele balança a cabeça, tristonho.

— Nada. Ela nem sabe que eu existo.

— Bom Deus, ela realmente vale a pena, Barney? Você tem centenas de garotas correndo atrás de você. Por que você cismou com essa? — Holly pergunta.

— Porque ela é diferente — ele diz na defensiva. — E eu gosto dela.

— Ela deve ser algum tipo de deusa!

— Acho que sim.

— Quem é ela?

— Não, não. Não vou dizer. Você e Clemmie vão ficar fazendo caretas nas costas dela, depois mamãe vai descobrir e começar a fazer pose, e vai tudo se tornar descontrolado e embaraçoso demais. Mas chega de falar de mim, me contem sobre Emma. Ela não é a garota mais simpática da face da Terra, não é? O que vocês aprontaram para que ela ficasse deste jeito?

— É tudo culpa da Holly — repito.

Holly me dá uma fuzilada com os olhos e começa a contar a nossa triste história.

— Caramba — diz Barney, quando ela termina. — Este Charlie não parece ser boa coisa.

— O nome verdadeiro dele é Martin. Martin Connelly.

— Vocês acham que ele é perigoso?

— O que você quer dizer com perigoso?

— Bom, ele faria qualquer coisa?

— O quê? Matar a todos nós? — pergunto.

— Bom, sim. Acho que algo assim.

— Vamos dizer assim, não vou dar nenhuma chance a ele. Eu não acredito em heroínas. Se ele aparecer na janela, vou jogar Morgan em cima dele e chamar a polícia.

— Seria melhor jogar primeiro Norman em cima dele — sugere Holly.

— Jogo os dois.

— Quanto tempo Emma vai ficar aqui? — Barney pergunta.

— Não muito, espero. O pai dela está arrumando sua estada com alguns amigos.

— Vou telefonar para James hoje à noite e ver como estão os preparativos — Holly murmura.

— Ele já deve ter perdoado você — digo, animada. Ela parece melhorar um pouco e nós acabamos nossos drinques.

Como Barney está trabalhando esta noite, minha mãe convida Sam para jantar conosco. Ele chega lá pelas seis, ainda usando terno, de modo que deve ter saído do escritório direto para cá.

— Desculpe por jantarmos tão cedo, mas Sorrell tem um ensaio marcado para as oito — diz meu pai.

Ele sorri para ela.

— Tudo bem. Na verdade, acho que vou até lá assistir.

— Eu vou também! — digo depressa, ansiosa para não ter que ficar em casa com Emma, que está deitada no quarto desde que voltou do passeio à beira-mar.

— Como foi a sua tarde? — pergunto cautelosamente ao meu pai.

— Sim, o que foi que ela contou? — acrescenta minha mãe, que está visivelmente frustrada. Ela acha que é a última na família a ser informada da história de Emma e isto a está deixando maluca. Sem falar que meu pai a proibiu de fumar na frente de Emma por causa do bebê.

— Ela não me disse nada porque eu não perguntei nada. As pessoas têm direito à sua privacidade.

— Não nesta casa — desdenha minha mãe enquanto acende um cigarro. — Alguém vai ter que me contar, e depressa. Puxa vida, eu nem posso tentar embebedá-la. Sam, você deve ter descoberto algo na viagem até aqui.

Sam afrouxa a gravata.

— Nadica de nada, Sorrel. Ela dormiu o tempo todo.

— Bom, pelo menos você pode me dizer quem é o pai da criança, Clemmie. É alguém terrível? Um arcebispo ou coisa assim?

— O nome do pai é Martin Connelly.

Minha mãe parece terrivelmente abalada em saber que a realidade não é tão excitante quanto a sua imaginação ativa.

— Ele é o lunático que a está perseguindo.

Ela fica muito confusa com esta informação. E tem motivos para isto.

— Então ele a encontrou?

— Bem, não. Ainda não.

— E como foi que ela ficou grávida?

Fico tentada a dizer que foi via correio e com a ajuda de uma seringa, mas desisto só porque sou egoísta o suficiente para saber que ela vai ficar mais confusa ainda e a história não vai terminar nunca.

— Isto foi antes de ela desaparecer.

— Antes de ele virar um lunático?

— Bom, ele sempre foi um lunático.

— Então ela dormiu com o lunático?

— Sim, mas foi antes de ela saber que ele era doido.

— Como foi que ela descobriu?

— Bom, acho que foi fazendo um daqueles testes, sabe quais são, aqueles onde você tem que fazer xixi...

— Não, quando foi que ela descobriu que ele era um lunático?

— Ele sempre foi lunático.

Minha mãe coloca a mão na cabeça e está pronta a fazer uma nova leva de perguntas quando Holly aparece, depois de telefonar para James. Ela parece desanimada.

— Como está James? — pergunto.

— Ainda zangado. Emma vai ficar alguns dias conosco e depois vamos acompanhá-la até o lugar onde estão os amigos do pai dela.

— Sir Christopher não quer fazer isso?

— Acho que ele receia que Martin o esteja seguindo, ou coisa parecida. Acho que é muito importante que o destino final de Emma seja um segredo. Além disso, quero tentar provar para James que estou fazendo o que posso para compensar pela confusão que causei. Você vem comigo, Clemmie?

— Claro — respondo automaticamente, sentindo muita pena dela. Tenho certeza de que o Sr. Trevesky me dá outro dia de folga. — Onde vivem estes amigos?

— Na França.

— França?

— Eles são franceses.

— Na França? — repito.

— É onde moram os franceses, Clemmie — Sam acrescenta. — Sim, eu sei, é muito inconveniente. Brighton seria mais fácil, mas as coisas são assim mesmo. Os franceses nunca facilitam as coisas.

Dou uma olhada fulminante em Sam e viro para Holly.

— Você disse que nós a levaríamos para a França? Como diabos vamos fazer isso?

— James disse que Sir Christopher vai reservar os vôos para nós.

— Mas eu não sei se posso ficar tanto tempo longe do trabalho. Achei que iríamos até Suffolk ou outro lugar assim.

— Por favor, Clemmie — Holly suplica. — Já disse a James que você vai ajudar, por favor, venha comigo. Só serão dois dias, poderemos até chegar lá e voltar no mesmo dia. Além disso, você até fala francês.

— Não podemos enfiá-la em um avião aqui e deixar que os amigos a recebam lá?

Holly está com um ar miserável.

— Acho que somos moralmente responsáveis por ela, e se James vir que eu estou fazendo tudo o que posso para ajudá-la, então...

— OK, OK. Vou falar com o Sr. Trevesky amanhã. Ele não vai ficar muito animado, mas Wayne vai ficar feliz da vida e acho que posso sempre encontrar outro emprego como garçonete.

— Que excitante! Seu pai e eu vamos juntos, Holly. Para dar apoio moral. E vamos pagar as nossas passagens — diz minha mãe.

— Você sabe que eu adoro a França. Além disso, sou praticamente uma nativa. — Minha mãe mal consegue comprar um pão em francês, de modo que não sei muito bem onde ela se baseia para dizer isto, mas eu fico contente em ter a companhia deles.

— E quanto à *Jane Calamidade*? — pergunto.
— Bom, nós temos que parar por uns dias, de qualquer modo. Catherine Fothersby vai percorrer uma trilha, ou coisa do gênero, e eu posso deixar Matt tomando conta do resto.
— Oh, obrigada — Holly diz, animada. — Vou telefonar para James e contar. Podemos viajar juntos.
— Onde, na França? — pergunta Sam.
— Em algum lugar no sul. James não disse exatamente onde. Vou contar para Emma. Ela vai ficar contente em saber que algo foi resolvido.

CAPÍTULO 13

Durante o jantar e com a ajuda de um traiçoeiro *spritzer* de vinho que minha mãe convence Emma a beber, ela, meu pai e Sam ouvem a história de Emma pela primeira vez e acho que estão verdadeiramente chocados. Bom, pelo menos meu pai e Sam estão. Na verdade, quando Sam, minha mãe, Morgan e eu vamos andando para o ensaio de *Jane Calamidade*, Sam não pára de dizer o quão triste ele se sente por Emma. Holly preferiu ficar em casa. Eu acho que ela está deprimida demais por causa de James para enfrentar o grupo de teatro amador.

Emma não pareceu muito surpresa em saber que vamos para a França, e eu acho que ela já sabia do plano há algum tempo. Mas, sabem, tenho mesmo pena dela. Penso em como ela planejava casar com o homem que amava, depois fica grávida, descobre que o noivo é um lunático e termina sendo enviada para o exterior. Isso é dureza. Mas aí ela faz algo desagradável e a minha simpatia por ela desaparece em um milésimo de segundo. Por exemplo, ela absolutamente detesta todos os animais. Eu sei que estou sendo hipócrita porque não faço parte do fã-clube de Norman e Morgan, mas eles são da família e eu tenho o direito legal de não gostar deles. Emma criou um hábito muito desagradável de dedurá-los, e guincha em alto e bom som que Morgan anda saltando para cima dela, quando provavelmente ela o provoca com pedaços de bacon. Eu vou acabar lhe dizendo que Morgan irá fazer xixi nas pernas dela se ficar muito tempo parada.

Observo o traseiro de babuíno de Morgan desaparecendo na escuridão à minha frente. Tenho mais uma vez que pôr um pouco de sensatez na história, porque, sempre que minha mãe quer falar de Emma e do que lhe aconteceu, transforma tudo numa novela mexicana.

— Meu Deus, imagino como ela deve estar se sentindo a respeito de ter o filho dele — Sam continua falando.

— Bom, não acho que Charlie, quer dizer, Martin, seja igual ao maníaco da serra elétrica, ou algo do gênero. O bebê não vai herdar genes ruins. E se nos lembrarmos do que aconteceu no julgamento de Martin, acho que foi ele quem acabou por ficar pior, no meio desta coisa toda.

— Eu me lembro muito bem do caso e concordo com você. Acho que o sistema foi muito duro com ele, mas o que ele fez com Emma não pode ser desculpado. Como é que você e Holly se meteram nessa confusão?

— É tudo culpa da Holly — repito.

— Bom, ela é uma jornalista — diz minha mãe, como quem não quer nada. — Acho que é um tipo de acidente de trabalho.

— Provavelmente achou que estava ajudando — diz Sam, depois de pensar um pouco.

Deus, ele tem um fraco enorme por Holly. Está sempre do lado dela. Quanto a mim, o melhor que podem dizer a meu respeito depois de uma conversa com Sam é que nunca incendiei nada, nem nunca atropelei ninguém.

Resmungando, abro a porta do salão de festas da prefeitura e entramos. O elenco está à nossa espera, exceto pelo sempre atrasado Bradley. Catherine Fothersby está com um visual angelical, usando um conjunto de malha e casaquinho de cashmere rosa-bebê e fazendo olhos de sonsa para Matt, o vigário, enquanto Sally tem um visual mais agradável, usando jeans e um suéter gasto que eu acho que já foi de Barney. Matt parece ficar absolutamente encantado em nos ver, mas pode ser porque provavelmente estava sendo obrigado a agüentar a interpretação teológica de Catherine sobre o evangelho de S. João, ou qualquer coisa do gênero. Ele vem em nossa direção e aperta a mão de Sam.

— Sam, que bom ver você! Não o vejo há semanas. Trabalhando duro novamente?

— Não mais do que o de costume. Como vai você, Matt? Converteu alguém recentemente?

— Bom Deus, não. Já tenho problemas suficientes com os meus fiéis. Fiz um batizado na semana passada e os pais exigiram que eu acendesse uma enorme vela de uns nove metros. É claro que havia cerca de uma centena de pirralhos correndo por todo o lado, insistindo em cutucá-la, e eu tinha que parar o serviço cada vez que um chegava a um metro de distância. Eu acabei gritando "NÃO MEXA NA VELA!" a cada segundo.

Dou uma gargalhada, meu bom humor volta imediatamente na presença deste gigantesco homem de olhos cintilantes.

— E como vai indo você, mocinha? — ele pergunta.

— Indo, Matt. Indo.

— Problemas em casa?

Tento não olhar para Sam.

— Nada diferente do habitual.

— Eu agradeço diariamente aos céus por não ser parente deles. — Ele dá um largo sorriso.

— Se algum dia você quiser adotar um deles, vai ser mais do que bem-vindo.

Sorrimos novamente e eu caminho na direção de Sally, a quem não vejo desde que fui para Bristol.

— Como vai você? — ela me cumprimenta, alegre. — Como foi em Bristol?

Fico muito tentada a contar exatamente tudo o que aconteceu em Bristol, mas Holly me ameaçou com a ira de James se eu contasse algo a alguém sobre Emma. Isso é o suficiente para fechar a minha boca.

— Oh, foi tudo bem. Holly voltou comigo para passar uns dias e trouxe uma amiga.

— Holly voltou? — A fofoquice da cidade é razoavelmente voraz e será só uma questão de tempo até que a notícia se espalhe. Já consigo ver que Catherine Fothersby nos ouviu e parece muito interessada enquanto caminha rápido na nossa direção.

— Eu ouvi você dizer que Holly está aqui, Clemmie? — ela pergunta.

— Sim, e trouxe uma amiga com ela. Você precisa conhecê-la, Catherine!

Felizmente a conversa acaba aqui porque minha mãe está chamando todos para o ensaio.

Sally caminha comigo para o fundo da sala.

— Eu realmente gostaria que Catherine se apressasse e transasse logo com Matt, se é o que ela quer fazer. Ela está sendo um pé no saco — ela murmura antes de virar e ir se juntar ao elenco no palco. Sabem, para alguém que canta no coral da igreja, Sally pode ir direto ao assunto quando quer.

Sam vai comigo para o fundo da sala e sentamos.

Ficamos em silêncio por alguns minutos, observando Bradley fazer finalmente sua entrada e pedir para todos mudarem de lugar porque há uma corrente de ar vindo da porta que vai afetar a voz dele.

— Como foi o trabalho? — pergunto apressadamente antes que uma nova rodada de "onde Clemmie estragou tudo na história de Emma" comece.

— Estamos ocupados, o que é ótimo.

— É?

— Quando o escritório é seu, estar ocupado é sempre bom. Evita que os funcionários fujam para ir beber. — Ele sorri para mim.

— Por que você presume automaticamente que todos vão para o pub? Nem todo mundo tem esse tipo de atitude quando trabalha — respondo empertigada.

— Ah, deixa disso, Clemmie. Eu iria para o pub se não estivéssemos ocupados. Nem todos podem ser pilares da sociedade, como a senhorita perfeita aqui.

Oh. Me acalmo um pouco. Lá vamos nós novamente. Sempre que presumo que ele está pegando no meu pé, fico na defensiva e ele muda para um modo descontraído. É por isso que ele beija Holly quando a encontra e não me beija. Faço um esforço para relaxar e tento pensar em algo inócuo para dizer. Sam se antecipa.

— Está animada com a viagem para a França?

— Estou animada em me livrar de Emma.

— Isto não é muito gentil. Ela está passando por maus bocados.

— Eu sei, mas ela vive dedurando Morgan quando ele sobe na mesa.

— Desde quando você tem o coração repleto de amor por Morgan?

— Não é esse o ponto.

— Para dizer a verdade, é mesmo irritante, e eu a vi tentando fazê-lo saltar para pegar um pouco de queijo esta noite. Mas você tem que fazer algumas concessões para ela.

— Estou feliz em saber que meus pais vão conosco.

— Bom, você não conseguiria ir sem sua mãe. Ela não deixaria.

— Pelo menos Morgan não vai conosco — digo, pensando na nossa última viagem à França.

— Barney ou eu vamos levá-lo.

— Não esqueça do Norman.

— Bom, então eu fico com o Norman — Sam diz depressa.

— Só quero que as coisas voltem ao normal.

— E o que é normal para você, Clemmie?

Olho para ele, desconfiada. Geralmente é assim que começam as discussões entre nós, mas ele está me olhando com um ar amigável e eu relaxo um pouco.

— Trabalho, família, acho.

— Você vai continuar a trabalhar no café do Sr. Trevesky?

— Talvez. Não sei. Por quê? O que há de errado nisso?

— Nada, nada. Achei que você gostaria de tentar voltar ao ramo da arte.

— Eu não acho nada.

— Voltaria a trabalhar em uma seguradora?

Eu realmente agradeceria se ele parasse de dizer que trabalhei para uma seguradora, mas faço um esforço magnânimo para ignorar o fato.

— O problema é encontrar outra empresa, são muito raras neste ramo. Eu teria que mudar para Londres e acho que gostaria muito de ficar na Cornualha. Ainda não decidi onde quero me estabelecer. Por quê?

— Só queria saber se você ainda está se recuperando do relacionamento com Seth e o que está impedindo você — ele diz baixinho.

Há um silêncio entre nós e eu me remexo na cadeira. Fico um pouco incomodada com a suposição por trás da pergunta, como se ele estivesse querendo agir como meu pai, ou coisa assim. Observo Sally e Bradley fingirem que estão completamente apaixonados um pelo outro. Bradley está tão bem no papel de macho como um pato fora da água (expressão usada por meu pai, se bem que eu não estou certa do quanto ele entende de patos) e vive tentando abrir o sutiã de Sally, de modo que ela faz a cena inteira com os braços colados às laterais do corpo. Sorrio.

— É isso, Clemmie? — Sam pergunta suavemente.

— Não, Sam. Já não estou mais me recuperando do relacionamento com Seth. Estou realmente procurando um novo emprego. — Viro e olho para ele, bem dentro dos olhos. Tento virar o jogo. — E você? Você prefere viver aqui na Cornualha? Quer dizer, não ficou tentado a viver em Londres?

Eu me lembro de pensar como foi estranho o retorno de Sam à Cornualha. Ele estava tão decidido a ir para Londres que todos nós pensamos, na época, se não seria porque seus pais tinham vivido lá. Afinal de contas, Sam foi levado para a Cornualha por acaso. Sua tia morava aqui quando os pais morreram em um acidente de carro.

Sam olha para suas mãos.

— Na verdade, não — ele responde seco e olha para a frente.

Humm. Há algo levemente intrigante nesta resposta e eu não consigo definir bem o que é. Rá! Sr. tenho-a-minha-vida-tão-bem-definida-que-posso-escrever-um-livro-sobre-o-assunto. Sam tinha posto a casa da tia à venda, antes de ir para Londres, e estava prestes a assinar um contrato quando cancelou tudo sem grandes explicações. Nunca disse uma palavra sequer sobre os motivos que o fizeram voltar para cá. Seth achou que Sam simplesmente não se adaptara ao ritmo da cidade grande.

— Então, o que fez você desistir de Londres? — insisto.

— Não me dei bem lá. — Ele ainda não me olha nos olhos.

— Mas você só ficou alguns meses no emprego — eu pressiono, em busca da jugular. — Era um emprego muito bom, não era?

— Sim, era. Mas não era o emprego para mim. Você já não fez investigações suficientes esta semana, Clemmie? Largue do meu pé — ele diz, de uma maneira ríspida.

Eu o observo por mais alguns segundos e depois concordo com ele. Já fiz o suficiente esta semana, mas um dia gostaria de saber o que aconteceu exatamente.

Sentamos em silêncio por alguns minutos e assistimos à entusiasmada performance de Sally, que canta *"A Windy City"*, enquanto Catherine fica dando olhadelas furtivas para Matt quando acha que ninguém a está observando. Morgan vem trotando pelo corredor em nossa direção, pára e se espreguiça. Depois olha para nós como se nunca tivesse nos visto na vida e continua com a sua inspeção da sala.

— Holly parece chateada por causa de James — Sam arrisca uma conversa. — Ele está mesmo assim tão chateado com ela?

— Você conhece James? — pergunto, curiosa.

— Ele esteve aqui algumas vezes com Holly enquanto você estava no exterior. Gosto dele, mas acho que ele pode ser bem durão quando quer.

— Eles estavam quase indo morar juntos, a propósito, mamãe não sabe disso, e agora parece que tudo deu para trás. Holly disse que ele pode suspender a venda do apartamento. Ele está mesmo muito chateado com ela.

— Acho que Holly o deixou em uma posição muito delicada no trabalho.

— Bem, ele disse que Martin não tinha feito nada de errado legalmente, portanto não era um caso policial.

— Puxa vida, esse Martin Connelly deve estar mesmo muito p. da vida para ter todo este trabalho.

Eu relembro o acontecido na recepção do *Gazette* pouco antes de sairmos de Bristol.

— Eu acho que está. Emma disse que seu pai recebia regularmente cartas ameaçadoras dele quando estava na prisão. Talvez ele tenha inventado tudo isso quando ainda estava preso.

— Mas ele não ganha nada com isso, a não ser se vingar. Não é de espantar que James esteja irritado com Holly por ter avisado Martin sobre o paradeiro de Emma.

— Acho que Sir Christopher também tem andado no pé de James por causa de Holly e... — Estou quase dizendo "e eu", mas percebo que não quero mesmo ter meu nome incluído ou citado em tudo isso e me seguro a tempo — por causa de Holly. Ele queria processá-la e ao jornal.

— Você não teve nenhuma participação nisto, teve, Clemmie?

— É tudo culpa da Holly — eu digo com firmeza.

— Humm. É o que você vive dizendo.

* * *

O dia seguinte é sábado e, embora eu só tenha ficado longe do café do Sr. Trevesky por exatamente sete dias, parece que toda uma vida passou. Voltar ao trabalho não é completamente desagradável porque me dá a chance de sair de casa e evitar encontros desagradáveis com Emma ou Norman. Desde que a história de Emma, ou o Emmagate, como meu pai gosta de dizer, foi divulgada ontem à noite, a simpatia por Emma aumentou consideravelmente na residência dos Colshannon, e Holly e eu não estamos com muita boa fama.

É quase como se os últimos sete dias nunca tivessem acontecido, quando sou imediatamente atirada para um assustador *déjà-vu* da semana passada. Durante o café-da-manhã, enquanto dá sardinhas para Norman, minha mãe anuncia que Charlotte nos espera à noite.

— Eu esqueci completamente de contar, Clemmie, com a chegada de Emma e toda a agitação. Ela convidou a todos nós para jantarmos na casa dela como agradecimento por todas as vezes que comeu aqui.

Estou quase dizendo que ela não precisa me agradecer coisa alguma, quando minha mãe percebe o que vou fazer e acaba com minhas chances dizendo:

— E nem pense que você vai escapar, Clemmie, porque eu já aceitei o convite em nome de todos.

— Mas e a Emma? — protesto, tentando me fazer passar por uma anfitriã preocupada. — Lembre-se de que ela estaria se casando hoje e deve estar precisando de apoio moral.

— Sam telefonou esta manhã e disse que Holly e Emma também estão convidadas.

— Elas não podem ir no meu lugar? — tento ajudar. — Quer dizer, não quero estragar a arrumação dos assentos à mesa.

— Não, Clemmie — minha mãe diz com firmeza. — Nem pensar. Acho que Sam ficaria muito chateado se pensasse que você não gosta dela. — Não acho que Sam fosse dar a mínima para a minha opinião. — Além disso, Charlotte passou a tarde inteira de ontem cozinhando para nós.

— E o Barney? — pergunto. — Ele também vai?

— É claro que vai. — Droga. Esperava que Barney fosse a minha chance de escapar.

Olho desanimadamente para meu pai, que me olha por cima do jornal e dá um sorriso de simpatia.

— Espero que ela tenha feito algo decente para comer — digo, carrancuda.

— Vamos pôr as coisas deste modo — diz ele. — Vai ser algo muito melhor do que qualquer coisa que você coma aqui, seja o que for.

O dia passa rápido, mas não muito agradavelmente, quando tenho que perguntar ao Sr. Trevesky se posso tirar mais alguns dias de férias para tratar de um trauma de família (que é a maneira mais educada que me lembro para descrever Holly). Sou informada de que estas são as últimas férias que posso tirar por um tempo, na verdade, para sempre. Fico tão agradecida com o fato de que ainda tenho um emprego que agradeço, feliz da vida.

No fim do dia, meus pobres pés e as coitadas das minhas costas estão tão doloridos por causa da falta de treino que, quando chego em casa, só penso em tomar um banho de banheira em vez da ducha de costume. Além do que, apesar do meu cabelo estar preso em um rabo-de-cavalo, eu consegui enfiá-lo em um pote de molho branco, o que não deixou o Sr. Trevesky, o cliente e a mim muito satisfeitos, e agora as pontas estão todas grudadas. Jogo um pouco de óleo de banho na água quente para tentar disfarçar os odores desagradáveis da cozinha, que parecem ter grudado no meu nariz.

O banho não é tão agradável quanto eu gostaria que fosse, porque o óleo de banho é muito grudento e deixa uma borda muito esquisita de resíduos ao redor da banheira. Sentindo-me meio descontente, saio da água e começo a secar meu cabelo, mas ainda sinto um cheiro desagradável no ar.

Desço as escadas de roupão, ainda enxugando o cabelo.

— Com os diabos, Clemmie, o que você andou fazendo no trabalho? — meu pai pergunta. — Você está cheirando como o Norman.

Eu fico paralisada. Minha mãe faz uma pirueta ao meu redor a caminho da sala de estar.

— Clemmie querida, se você está pensando em tomar um banho de banheira não se esqueça de lavá-la antes porque Norman passou a maior parte da tarde flutuando nela.

Olho para meu pai por um momento.

— Ela estava de novo dando sardinhas para ele na banheira? — sussurro.

Ele acena que sim, bem devagar.

— Direto da lata.

Por que eu? Por que não com Emma, Holly ou até mesmo Charlotte? Por quê? Por quê? Disparo como um foguete escada acima e me enfio no banheiro, onde me esfrego e limpo até a pele e o couro cabeludo ficarem em carne viva.

— Ainda cheiro mal? — pergunto nervosa quando desço as escadas e coloco a minha cabeça molhada na frente de meu pai. Ele cheira cautelosamente.

— Um pouquinho só.

— Mas eu esfreguei até ficar em carne viva! — choramingo.

— Bom, mas antes você ficou mergulhada em óleo de peixe. É algo meio difícil de se livrar.

Minha mãe está obviamente atravessando uma das suas fases de energia ruim e entra na sala na velocidade da luz.

— Patrick, que diabos você está fazendo? Não é preciso cheirar Clemmie deste modo. Tenho certeza de que ela não está cheirando tão mal assim. O cabelo dela deve ter apanhado alguns cheiros da cozinha do café. — Ela olha para o relógio. — Eu recomendaria que você tomasse um banho de banheira, mas não temos tempo para isso.

— Eu já tomei um banho — digo emburrada.

— Sendo assim, espero que você tenha se lembrado de lavar a banheira antes de entrar.

Ela olha para cada um de nós.

— Eu tinha dito para você lavar a banheira antes de entrar.

Um de nós está com um ar muito revoltado.

— Você não lavou a banheira antes de entrar?

Muito revoltado mesmo.

— Puxa vida, você vai mesmo cheirar mal. Não faz mal! Não temos tempo para discussões agora!

Ela grita escadaria acima chamando por Emma, que está aparentemente descansando, e depois na direção da sala de estar chamando por Holly, que está deitada em estado de coma no sofá desde que eu voltei do trabalho. Para juntar o insulto à injúria, Norman aparece bamboleando e vai direto para o fogão-estufa, que meu pai acendeu há uns dias, e se instala na sua almofada com um suspiro de felicidade.

— Por que ele está aqui? — pergunto, zangada.

— Querida, é muito frio para ele lá fora.

— Muito frio? E o que me diz dos milhões de outras gaivotas lá fora?

— Bom, elas podem dar uma voadinha para se manterem quentes.

— Ele pode pular para cima e para baixo no mesmo lugar — retruco.

— Não seja mesquinha com o Norman. Não é culpa dele você ter esquecido de limpar a banheira.

Olho para Norman zangada e ele me encara. Ele está...?

— Ele está rindo de mim? — pergunto. — Ele está me olhando de um modo muito engraçado.

— Não seja boba, Clemmie.

Holly entra bocejando na cozinha.

— O que está acontecendo?

— Clemmie esqueceu de limpar a banheira antes de entrar e Norman passou a tarde nela.

Holly olha para mim, deliciada.

— Você está fedendo? — ela pergunta, com um sorriso enorme no rosto.

— A sardinha.

Nesse meio-tempo, Emma entrou na cozinha, depois de Holly. Ela está pronta para sair e com a bolsa na mão.

— Alguém falou em sardinha? Nossa, eu consigo mesmo sentir o cheiro.

— É Clemmie — diz Holly. — Clemmie tomou um banho de banheira depois de Norman ter comido sardinhas nela.

— Você usou a água suja dele? Meu Deus, que nojo! — Emma diz, horrorizada.

— Não — retruco, irritada. — Eu não sabia que ele tinha estado lá. — Olho feio para minha mãe, mas ela está muito ocupada passando batom e nem percebe. — Você consegue mesmo sentir o cheiro de sardinha?

— O olfato fica mais sensível quando se está grávida. E você está fedendo.

Que maravilha.

Subo as escadas correndo, indiferente aos pedidos de minha mãe, que diz que temos mesmo que sair, me encho de perfume, visto uma roupa e despenco escadaria abaixo.

— Você não tem outra roupa? — Holly me olha com ar duvidoso.

Olho para as minhas velhas calças de veludo. Enfiei o velho gorro de jardineiro de meu pai na cabeça e vesti um caftã estampado numa tentativa vã de esconder o cheiro.

— O que há de errado com isto?

— Você parece um velho pescador — diz Emma. Eu perguntei alguma coisa a ela?

— É claro que a impressão pode vir do cheiro — Holly murmura.

— Muito tarde para trocar de roupa — grita minha mãe, empurrando todo mundo para fora.

Esta vai ser uma noite maravilhosa.

CAPÍTULO 14

— *Entrem!* — As vogais bem abertas de Charlotte fazem eco na rua. — Está muito frio aí fora.
— Charlotte, *querida*, muito obrigada pelo convite. É um *deleite*. — Holly e eu nos entreolhamos e erguemos os olhos para cima enquanto nossa mãe dá um beijo estalado em cada bochecha de Charlotte. — Agora me diga, qual o nome do perfume *fabuloso* que você está usando? O cheiro é *simplesmente* divino. Deve ser algo tremendamente, absolutamente caro.
Charlotte fica corada e acompanha a todos.
— Oh, é *mismo* muito gentil da sua parte, mas é uma simples essência de violeta da Yardley. Para dizer a verdade, só com cinqüenta libras eu podia comprar o suficiente para me afogar nela.
— Posso doar trinta libras para isto — murmuro para Holly, que dá uma risadinha.
Entramos todos na casa, penduro relutantemente meu chapéu no cabide e vou direto para a lareira, enquanto minha mãe apresenta Emma a Charlotte. Está bastante frio, principalmente quando se está com o cabelo molhado.
Enquanto estou esquentando meu traseiro, Sam sai da cozinha. Meus pais me fazem sorrir com o afeto com que cumprimentam Sam. Ele acena para mim, beija Holly e vai pegar bebida para todos nós.
Sam e Charlotte estão recebendo na casa de Sam porque na casa de Charlotte não há lugar para oito pessoas na mesa de jantar. Esta é a casa da tia dele e eu não entro aqui desde que ela morreu, de modo que olho ao redor, interessada. A casa tem uma localização perfeita, longe o suficiente para que os sinos da igreja tenham um som agradável e de frente para uma pequena área gramada que gostamos de chamar de parque da cidade. Supostamente, os jogos de

críquete de Barney serão jogados ali, mas a cidade tenta jogar fora de casa sempre que é possível porque há sempre uma bola que inevitavelmente voa do campo e quebra a janela de alguém. Não consigo imaginar que alguém que viva perto do parque fique muito feliz em saber que Barney agora faz parte da equipe.

A casa de Sam é muito agradável. É bom ver que a presença dele se faz sentir no lugar: os sofás estampados e desbotados da tia dele foram substituídos por um enorme sofá de couro em estilo Chesterfield e duas lindas poltronas. Ele manteve as peças de mobiliário antigas e um vaso de porcelana Wedgwood azul, mas a maioria dos enfeites desapareceu.

Sorrio para ele quando me dá uma taça de champanhe (ooh, que maravilha, champanhe, mas devo me controlar na animação e não parecer muito fácil de subornar) e me oferece um marisco defumado em molho de limão, azeite de oliva e pimenta-do-reino preta.

— Gostei da decoração que você fez — digo.

Ele parece surpreso e sorri para mim.

— Obrigado. Não quis jogar tudo fora. Algumas coisas têm valor sentimental, sabe como é.

Olhamos um para o outro por um segundo e, de repente, tenho vontade de lhe perguntar mil coisas. Se ele sente saudades da tia, se se lembra dos pais, se tem boas lembranças da vida nesta casa. Mas Charlotte sai da cozinha, limpando as mãos em um pano de prato, e Sam continua servindo os convidados. Charlotte começa a olhar nervosa ao redor da sala. Deve estar procurando por Morgan. Foi uma pena que não pudemos trazê-lo conosco. Eu ainda me divirto muito em ver que Charlotte não fica parada nem um segundo perto dele — meus pais começam a pensar que ela tem bicho-carpinteiro. Maravilhoso.

— Ele está em casa — digo para Charlotte.

Ela empina a cabeça ao ouvir a minha voz.

— Humm? Desculpe?

— Morgan. Ele não veio. Nós o deixamos em casa.

Ela caminha lentamente em minha direção, franzindo um pouco a testa.

— Não, não é isso. É que eu estou sentindo algo... como um cheiro estranho. Parece peixe.

Droga. Pensei que tinha colocado perfume suficiente. Minha mãe interrompe a conversa com Emma.

— É a Clemmie — ela diz, e volta a bater papo.

Meu Deus! Ela tinha que fazer isso? Dizer a toda a gente que cheiro mal, como se eu vivesse com um problema crônico de fedor, sem acrescentar uma explicação? Nada de voltei-a-dar-de-comer-à-minha-maldita-gaivota-na-banheira.

— É o Norman — acrescento rapidamente.

Charlotte dá uma olhada rápida ao redor da sala.

— Mas ele não está aqui. — É claro que ela pensa que estou tentando impingir a história de que o meu grave problema de odor corporal é na verdade o de uma pobre criatura sem culpa nenhuma, que nem sequer está presente.

— Sim, eu sei. Mas minha mãe ficou dando sardinhas para ele esta tarde enquanto ele boiava na banheira e não me avisou. E eu fui tomar um banho de banheira quando voltei do trabalho. Acho que o óleo delas grudou em mim de algum modo.

Ouço Sam dar uma gargalhada trovejante enquanto enche o copo de Holly. Olho desconfiada para ele, mas ele parece estar tendo uma conversa séria com Holly sobre preços de propriedades.

— Oh — diz Charlotte, que obviamente não sabe o que me dizer. Está na cara que o curso de etiqueta não ensina como lidar com estes incidentes.

— Bom, então está tudo esclarecido. Fico feliz que seja você, porque eu tinha pensado que algo havia morrido aqui dentro! — ela diz alegremente.

— Não diga!

Ela fica vermelha como um pimentão e ouço Sam dar outra gargalhada. Desta vez nós duas olhamos para ele, mas ele ainda está falando com Holly. Charlotte corre de volta para a cozinha e Sam vai pegar outra garrafa.

Vou para perto de Holly, que está sorrindo para mim.

— Bom, lá se vai a idéia da moça fina. Ela acaba de me dizer que eu cheiro como algo morto.

— Isso é castigo de Deus por causa do comentário sobre o perfume. E eu tenho que admitir que você não está cheirando nada bem.

— Provavelmente ela vai me obrigar a comer lá fora.

Consigo ouvir a voz suave de Barney vinda da cozinha. Deve ter entrado pela porta dos fundos. Depois de alguns segundos ele entra, segurando um copo de champanhe em uma mão e vários canapés na outra.

Sem querer, Holly e eu engasgamos, o que faz com que meus pais interrompam a conversa com Emma e olhem para ele. Ele cortou todos os seus cachos dourados em um corte elegante e curtinho. Sorri nervoso para todos nós e enfia um monte de canapés na boca.

— Olá — ele diz com a boca cheia e acena para nós, inseguro.

— Acho que ele ficou mais bonito — murmura Holly, sem acreditar no que vê. Eu dou uma boa e demorada olhada nele. Nunca o tinha visto sem o cabelão. É um pouco mais escuro nas raízes e, de algum modo, as suas feições agora parecem mais marcadas e angulosas. O corte faz com que ele pareça mais adulto. Quase consigo sentir minha mãe ficando com os olhos úmidos ao meu lado, mas acho que Holly tem razão. Barney está mais bonito ainda, o que parece ser impossível.

— Vocês gostam? — ele diz preocupado, olhando para cada um de nós.

Todos confirmamos animadamente e, com um ar mais relaxado, ele se junta a Holly e a mim perto da lareira. Felizmente, seu sentido do olfato está meio gasto pelo estado da sua própria cozinha, e assim não faz um comentário sobre mim.

— O que foi que fez você tomar uma decisão destas? — Holly pergunta.

— Achei que deveria parecer mais sério.

— Funcionou. Mas a camiseta do Scooby Doo e a calça de agasalho estragam um pouco o efeito.

— A sua garota já viu o novo corte de cabelo? — pergunto num sussurro.

— Viu.

— E?

Ele encolhe os ombros. —

Não sei. Não tenho certeza se ela gostou ou não.

— É claro que ela gostou — digo enfaticamente. — Ela tem que ter gostado. Provavelmente ela está escondendo o jogo.

— Acho que ela não fica muito impressionada com qualquer coisa que eu faça. Ela só disse que estava contente em saber que eu ia arrumar outro trabalho e pronto!

— Às vezes, quando alguém não gosta de você dessa maneira, não há nada que se possa fazer a respeito. — Olho para o rosto abatido do meu irmão e fico cheia de pena dele. O coitadinho não faz a mínima idéia do que fazer porque isso nunca aconteceu na vida dele antes. Enquanto comigo já aconteceu inúmeras vezes.

Sam nos chama da sala de jantar antes que possamos fazer mais perguntas, e assim eu aperto rapidamente a mão de Barney em vez de lhe dar um conforto verbal.

É uma sensação particularmente estranha olhar para Charlotte na casa de Sam, tomando conta da cozinha, andando de armário em armário, procurando talheres e suportes para as travessas na mesa. Ela está usando um avental velho, amarrado na cintura, e a cena é insuportavelmente doméstica. Sam está abrindo uma garrafa de vinho no canto e, de repente, eu me sinto tremendamente possessiva a respeito dele. Afinal de contas, ele é praticamente um membro da família e eu considero Charlotte uma invasora. Eu me livro rapidamente deste sentimento e acabo com o que sobrou na taça de champanhe. Afinal de contas, eu me arrisco a dizer que me sentiria do mesmo modo se fosse com Barney.

Sam serve mais uma rodada de vinho, enquanto Charlotte serve tortinhas de cebola como aperitivo. Todos começamos a comer e eu tenho que admitir que ela cozinha muito bem.

— Então, Emma, quanto tempo você vai ficar aqui com os Colshannons? — Charlotte pergunta educadamente.

Emma ainda está ressentida comigo e Holly por ter que arrumar as malas às pressas, e minha mãe, com seu eterno bom temperamento, deixou-a procurar algo em seu guarda-roupa (onde há umas peças ou outras de marca, de sessões de fotografias e anúncios publicitários). Eu disse a Emma que ela poderia usar qualquer coisa do meu modesto guarda-roupa, mas ela recusou-se dizendo que não gostaria de sair parecendo uma refugiada e que minhas roupas são muito grandes para ela. Levando em conta o fato de que ela está grávida e é mais alta do que eu, considero a declaração como uma bela bofetada na cara. Holly emprestou algo para ela usar esta noite porque precisa desesperadamente da ajuda de Emma para escrever a coluna "Alta Sociedade".

— Só alguns dias.

— Você e Holly são amigas há muito tempo?

— Oh, somos mais do que amigas. Eu devo muito a Holly. — Ela dispara um olhar verdadeiramente maldoso em nossa direção e Holly fica vermelha.

— Oh, isso é bonito. — Charlotte dá um belo sorriso.

— É, não é? Espero um dia poder retribuir tudo o que ela fez.

— Sam sempre me diz o quanto Holly é generosa, quer dizer, em espírito.

— Oh, ela é mesmo assim — confirma Emma.

— Como vocês se conhecem?

— Trabalhamos juntas no jornal. Holly é muito popular na redação! — Meu Deus! Será que Emma está elogiando Holly? Olho para Holly. Emma tem a atenção de todos voltada para ela. — Sim — ela continua — Holly é uma garota e tanto.

— Mesmo? — diz Charlotte, interessada. — O que quer dizer com isso?

— Bom, há tantas histórias que eu nem sei por onde começar!

Holly concentra-se para ouvir e tem um ar absolutamente deliciado.

— Que tipo de histórias?

— Vejamos, você se lembra, Holly, quando Joe quase chamou a polícia porque pensou que você estava traficando drogas?

Toda a gente à mesa fica chocada e Holly quase cai da cadeira. Ela se recompõe depressa.

— Não acredito que alguns comprimidos de vitamina C são suficientes para uma acusação destas, Emma — ela diz com uma voz muito cuidadosa. — Eu só estava brincando e Joe não entendeu a piada. — Holly olha para os rostos ansiosos ao seu redor para ter a certeza de que estão prestando atenção. — Ele não entendeu a piada — ela diz novamente, pronunciando bem as palavras. Minha mãe solta uma risadinha nervosa.

— Oh. Foi só isso então? — Emma diz, visivelmente desapontada.

— Sim. Foi só isso. Você sabe como as coisas podem aumentar de proporção.

— Bom, e o que me diz de quando você foi pega deixando homens entrarem no escritório a altas horas da noite para tomarem a bebida que Joe guarda no armário? Isso também foi um exagero? — Emma faz com que Holly pareça uma vagabunda que apanha homens na rua.

— Eles eram velhos amigos da faculdade que vieram me visitar no fim de semana — Holly diz entredentes. Não gosto do brilho maldoso que vejo nos olhos de Emma.

— Puxa, não foi isso o que eu ouvi dizer. Disseram-me que...

Enquanto isso, eu enfio o resto da torta goela abaixo e apóio o garfo e a faca no prato de modo estridente.

— Nossa! Que delícia — digo rapidamente para Charlotte antes que Emma possa continuar. — Você precisa me dar a receita.

— Claro! — Charlotte sorri, convenientemente distraída.

— Eu queria dizer agora mesmo. Você tem a receita na cozinha?

Charlotte me olha, confusa.

— Hã, sim. Se você quer mesmo, Clemmie.

Ela acaba de comer educadamente e depois se apressa na direção da cozinha para ir buscar uma receita que eu provavelmente nunca serei capaz de fazer, nem sequer terei vontade de experimentar, especialmente depois de um dia no café do Sr. Trevesky.

Holly e eu a ajudamos a tirar os pratos e os levamos para a cozinha.

— Você ouviu a Emma? — Holly pergunta baixinho, para que Charlotte não a ouça. — Se hoje não fosse o dia do casamento dela, eu a teria esfaqueado com a faquinha de queijo. Deus, eu gostaria de ter lido mais livros da Agatha Christie. Teria acabado com ela em um segundo.

— Eu não teria esperanças em obter a ajuda de Emma com a coluna "Alta Sociedade" — murmuro.

— Este é o menor dos meus problemas — Holly geme.

Faço um sorriso amarelo.

— Vamos entregá-la com segurança na França e tudo vai melhorar. Tem que.

Charlotte esteve ocupada revirando uma pasta onde as receitas ficam arquivadas enquanto conversávamos (ela arquiva as receitas? O quão dona de casa alguém pode ser?) e enfia a receita na minha mão antes que eu diga algo.

O segundo prato é macarrão com tomates secos e pinolis. Sam senta-se entre mim e Holly, enquanto Charlotte senta-se na outra ponta da mesa com Emma e meus pais, de modo que meu pai pode controlar a conversa se ela sair de controle.

— Já fez os preparativos finais para a viagem à França, Holly? — Sam pergunta baixinho, com os olhos voltados para Charlotte.

Holly pára com o garfo a meio caminho da boca.

— Bom, tivemos um probleminha... — ela diz cuidadosamente.

Desta vez é o meu garfo que pára a meio caminho da boca.

— Que tipo de probleminha? — pergunto.

— Estive falando com Joe hoje. Ele está muito zangado com tudo.

— E daí? — pergunto. — E daí?

— Holly precisa voltar para o jornal na semana que vem, Clemmie — diz Sam calmamente, e não tem nenhum problema em voltar a enfiar o garfo na boca.

Olho horrorizada para ele e para Holly.

— Você vai me deixar sozinha com a Emma?

— Mamãe e papai vão com vocês.

— Vão ser de grande ajuda se Charlie entrar por uma janela com uma faca entre os dentes.

— Bom, eu também não ajudaria muito neste caso.

— Mas você está me abandonando à mercê da infeliz personalidade dela — sibilo.

— Eu vou para a França com você — diz Sam.

Holly olha para ele, completamente encantada. Nós ainda não conseguimos comer nada, mas Sam quase acabou com o prato dele.

— Você vai, Sam? — Não há como disfarçar a gratidão na voz dela. — Eu me sinto horrível largando tudo na mão deles.

— Tem mesmo que se sentir horrível. Você não pode fazer o coitado do Sam ficar tanto tempo longe do trabalho.

— Bom, eu sou o dono da empresa, Clemmie. Vai ser bom dar aos funcionários uma folga da minha presença, e são apenas uns poucos dias, certo? — Holly acena energicamente com a cabeça. — Além disso, fico preocupado em pensar no que você faria se o tal Martin aparecesse. Não gosto da idéia de você ir para lá sozinha, Clemmie.

— Sou perfeitamente capaz de cuidar de mim mesma, muito obrigada.

— Ah, é? E o que você faria? Vai esfaqueá-lo com uma presilha de cabelo? — Na verdade, eu sei bem o quanto ficaria impotente se Martin Connelly aparecesse na minha frente e iria fazer isto mesmo.

— Eu fiz um curso de defesa pessoal — digo de modo arrogante.

— Bom, eu vou estar por perto caso o seu plano do ataque com a presilha não funcione — Sam responde, seco.

Bem lá no fundo eu gosto muito quando os homens decidem me proteger, mas não posso trair meus princípios feministas. Mas a verdade é que estava preocupada com o que iria fazer se Martin aparecesse, principalmente porque não lembro de nada do meu curso de defesa pessoal. É claro que fico mais feliz se Sam — um homem jovem, saudável e viril — nos acompanhar, mas não acho que Holly deveria escapar tão facilmente da obrigação.

— Mas você é quem é a responsável por toda esta confusão, Holly.

— Eu sei, sinto muito, mas acho que posso perder o emprego se não voltar logo para o jornal e tentar arrumar a situação.

— Sobre o que vocês estão falando aí? — pergunta Charlotte, na outra ponta da mesa.

— O jogo de críquete da cidade de amanhã — Sam responde.

— Maravilha! Adoro críquete!

— Barney está no time.

Charlotte vira para nosso irmão, com os olhos arregalados de surpresa.

— Você joga críquete, Barney?

— Mais ou menos — responde com modéstia. Bom, o que é certo é que ele é único na maneira de jogar.

A atenção de todos está voltada agora para Barney e o críquete, e nós três voltamos a falar.

— O que você vai dizer para Charlotte? — sussurro.

— Vou dizer a verdade, mas vou omitir alguns fatos.

— Então você vai mentir?

— Hã, sim. Vou.

— Você acha que isto é correto?

— Não acho que você possa me dar lições de moral, menina-sardinha. Holly contou tudo sobre a sua participação nessa confusão.

Dou uma olhada fulminante para Holly.

— Por favor, não comece a me chamar assim.

— Por quê? O apelido pode pegar?

— Sim, e é exatamente por isso que estou pedindo para parar — respondo bruscamente e começo a comer o macarrão, que a esta altura está frio.

— Ooh — Holly diz de repente. — Vocês vão se divertir tanto. Eu queria tanto ir com vocês.

Meu Deus, se olhares pudessem matar!

O dia seguinte amanhece lindamente ensolarado para a estréia de Barney e eu desço as escadas enrolada no roupão. Norman ainda está aninhado na sua almofada junto ao fogão-estufa e, pela cara, provavelmente passou lá a noite. Não consigo imaginar como é que ele escapou dos olhos de meu pai até agora. Provavelmente minha mãe tenha jogado panos de prato por cima dele ou coisa parecida.

Encho uma tigela com o cereal que estava em cima da mesa e mastigo, tentando desesperadamente acordar. Minha mãe aparece na minha frente.

— Querida, Holly me disse que Sam vai conosco para a França em vez dela. É isso mesmo?

Ainda sou incapaz de abrir a boca e só consigo acenar com a cabeça.

— Isto não vai ser divertido?

Ainda bem que não consigo abrir a boca, porque senão diria a ela exatamente o que eu penso sobre tudo isso.

— E então, o que você vai levar? Holly disse que vamos de avião até Nice e que os amigos do pai da Emma vivem em algum lugar na Provença. Não é sensacional? Estou tão contente que eles morem no Sul. Deve estar fazendo o maior calor por lá. E eu acabei de falar ao telefone com o encantador Sir Christopher McKellan e ele insiste em pagar todas as nossas passagens. Até mesmo a do Sam. Diz que é o mínimo que pode fazer depois de termos acolhido Emma. Que homem gentil.

Eu rosno na direção dela. É mesmo muito cedo para se estar falando de coisas como estas.

— Seu pai e eu podemos ficar mais uns dias, já que vamos para lá. Você não pode ficar também? Afinal de contas, eu deixei Matt encarregado esta semana dos ensaios de *Jane Calamidade* e Barney prometeu cuidar muito bem de Morgan e Norman.

A informação traz um sorriso irônico ao meu rosto. Norman está acostumado com a sua almofada ao lado do fogão e a comer sardinhas boiando na banheira. Ficar na casa do meu irmão vai ser um choque e tanto para ele. Acho que Norman não vai nem chegar perto da cozinha dele.

— Tenho que ir ao Centro fazer compras antes de irmos viajar e comprar sardinhas para Norman. — Ela não espera que eu responda a nenhuma destas perguntas e sai de perto, murmurando algo sobre o que precisa fazer e sobre mandar um cartão de agradecimento para Charlotte.

Emma decide ficar em casa descansando, enquanto todos nós vamos para o parque da cidade ver Barney jogar. Minha mãe diz que fez uma cesta de piquenique, mas Holly e eu não estamos muito animadas com a informação. Ela está mesmo carregando uma cesta de piquenique, mas isso não quer dizer nada. Ela simplesmente enfia qualquer coisa que encontrar pela frente entre duas fatias de pão e chama aquilo de sanduíche. Quando nos dava uma lancheira de almoço para as viagens de estudo da escola, eu e meus irmãos tentávamos enfiar a maior quantidade possível de café-da-manhã goela abaixo, e daí para a frente passávamos fome. Pelo menos hoje Holly e eu estamos preparadas, porque escondemos barras energéticas nas mangas.

Eu meio que perdoei Holly por deixar a viagem de Emma para a França nas minhas mãos. Em primeiro lugar, porque não consigo ficar brava com ela por muito tempo, e em segundo lugar, porque estamos mantendo uma deliciosa fofoca sobre quem pode ser o amor secreto de Barney. Sabemos que ela vai estar assistindo ao jogo de hoje.

O sol brilha depois de uma noite chuvosa e as sebes têm um cheiro delicioso enquanto caminhamos em direção à cidade. A maioria dos moradores já está reunida no parque. Não acho que seja por causa de qualquer interesse altruísta sobre o espírito da comunidade da cidade, mas simplesmente porque assim se sentem mais seguros, vendo as bolas vindo na sua direção para poderem se esquivar.

Minha mãe pega Morgan no colo, para evitar que ele seja pisoteado por alguém, e acena como uma maluca para algumas pessoas. Como sempre, ela está mais arrumada para a situação do que deveria, com uma saia tipo sarongue em cores berrantes, uma blusa branca cheia de babados e um chapéu enorme. Vemos Sam e Charlotte em uma extremidade do campo e vamos na direção deles, contornando vários grupos. Isso leva um tempão porque todo mundo quer cumprimentar Holly e fofocar com minha mãe. Minha mãe simplesmente adora fofocar com os nativos agora, mas eu me lembro que foi difícil quando nos mudamos para cá, por causa dos seus sotaques fortes e da sua tendência a usar a expressão retórica local "Está vendo?" no fim de cada frase. Minha mãe sempre pensava que eles estavam pedindo para ela ver alguma coisa e passava o tempo todo olhando à sua volta.

Elas já estão fofocando, de modo que eu e meu pai desistimos e largamos as duas para trás.

— Então — sussurro para meu pai — você sabe quem é a garota de quem Barney gosta?

— Não vou contar de jeito nenhum, Clemmie.

— Eu sei muito bem guardar um segredo.

Meu pai me olha, com sarcasmo.

— Clemmie, nós dois sabemos muito bem que você vai abrir o bico assim que a apertarem um pouco.

— OK, OK. Mas como você descobriu?

— Algumas coisas são óbvias.

Hã, não para mim.

— E eu gosto dela?

— Clemmie, não vou entrar em um desses joguinhos do tipo o-nome-dela-começa-com-D.

— Começa?

— Não estou jogando.

— Mas ela está aqui?

Meu pai passeia os olhos pelo perímetro do parque.

— Sim — ele acaba dizendo. — E é só isso o que eu vou dizer. — E, depois disso, marcha decidido na direção de Sam.

Meus olhos o seguem. Então ela está aqui. Quem é esta mulher? Pelo dramalhão que Barney está fazendo, ela deve ser algum tipo de deusa. Deusas, tanto de aspecto como de personalidade, são surpreendentemente raras na cidade. Com certeza ela haveria de dar tanto na vista quanto uma freira num bar de strip.

Falando em freiras, Catherine Fothersby surge na minha frente. Uma aparição vestindo cashmere azul-claro.

— Boa tarde, Clemmie.

— Oh, olá, Catherine. Como vai você?

— Vou ajudar mamãe a servir o chá depois do jogo. — Não foi o que eu perguntei, mas deixa para lá. — Matt me disse que Barney está jogando?

— Humm. Sim. Digamos que sim.

— Matt vai ser o capitão do time.

— Graças a Deus. Pelo menos vai colocar Barney em uma posição bem lá no fundo do campo.

— Bem, eu espero que ele não prejudique o time — ela diz toda pomposa.

— Com certeza. O importante é participar, não é?

Ela estreita os olhos, como quem não tem a certeza se estou tirando uma da cara dela ou não, eu saio alegremente da frente dela e vou para perto de Charlotte e Sam.

— Alô! — digo. — Obrigada pelo jantar maravilhoso ontem.

Charlotte sorri e agradece. Finalmente, minha mãe e Holly conseguem chegar perto de nós.

— Olá, Charlotte. Olá, Sam. Isto tudo é tão, tão excitante, não é? Um de nossos meninos jogando críquete. Espero que ele saiba jogar.

Ela coloca Morgan no chão, que imediatamente desaba aos pés dela, e une-se entusiasmada à fraca salva de aplausos que surge quando os dois times entram correndo no gramado.

Eu suspiro. Esta é a parte que eu detesto no críquete. Como querem que eu descubra quem é quem? Todos parecem idênticos, vestidos de branco. Consigo achar Barney e meu coração se enche de orgulho. Meu pai acaba por conseguir fazer com que minha mãe pare de acenar e gritar "Iú-hú" para ele.

— Seria bom que o outro time usasse pelo menos um colete de outra cor — resmungo para Sam. — Como é que eles esperam que saibamos quem é quem? Mal posso reconhecer quem é quem desta distância.

— Bom, um time rebate e o outro time lança e intercepta.
— E isto deve ter algum significado para mim?
Sam tenta novamente.
— Assim, só dois jogadores da outra equipe estão no campo. Os que estão rebatendo.
— Isto não parece justo — retruco. — Todos aqueles homens contra somente outros dois.
— Pense nisso como se fosse só o lançador contra o batedor.
— Oh. OK. Barney sabe jogar críquete? — pergunto esperançosa.
Sam franze a testa.
— Bom, ele jogou um pouco na escola, mas, depois de levar aquela bolada no olho, sempre o puseram para jogar cada vez mais no fundo do campo. Ele acabou jogando já dentro do bosque.
— Mas ele conhece as regras?
— Acho que sim, mas você sabe como é Barney com relação a regras. Nunca se deram bem. Não faço a mínima idéia do motivo por que ele resolveu jogar no time da cidade. Ele nunca demonstrou o menor interesse antes.
— Humm — respondo sem me comprometer. Então Barney não contou nada mesmo para o Sam sobre a tal garota.
Infelizmente, a pobre Charlotte parece ter sido criada com uma dieta de críquete, e assim não conseguimos parar de escutar um monte de baboseiras sobre "acima das pernas" e "bolas abaixo", que minha mãe diz que lhe parece ser algo fabulosamente vulgar. Barney foi posto em campo e já o posso ver fofocando com a torcida perto dele. Espero realmente que se concentre no jogo.
O celular de Holly começa a tocar uma musiqueta inconveniente, o que gera uma série de olhadelas muito feias na direção dela por parte dos amantes do críquete, e ela se afasta para atender a chamada. Com um pouco de sorte, pode ser James.
Volto a prestar atenção ao jogo, mas ela aparece repentinamente ao meu lado, muito pálida.
— Está tudo bem? — pergunto preocupada.
Ela me olha transtornada.
— Era Martin Connelly.
— O que ele queria?
— Está vindo para cá.

CAPÍTULO 15

Olho para Holly, absolutamente pasma.
— Onde? Quer dizer, como? — pergunto confusa.
— Não sei. Era Ruth ao telefone. Ela está no plantão da redação este domingo e estava indo para o jornal quando ele apareceu e perguntou se Holly Colshannon trabalhava no *Gazette* e se ela não era a filha daquela atriz de teatro...
— Mas como foi que ele descobriu isso?
— Não sei. Ele deve ter investigado.
— Talvez tenha ido à biblioteca e consultado suas matérias antigas. O nome de mamãe deve ter sido mencionado em uma delas.
— Não importa porcaria alguma como ele conseguiu as informações, ele perguntou para Ruth se eu vivia em uma cidade na Cornualha e ela fez o favor de dar o nome para ele.
— Ela não fez isso!
— Puta que pariu, ela fez.
— Oh, meu Deus! — Fecho os olhos por um momento e gostaria muito de estar em um lugar onde pudesse me sentar. — Joe não avisou para não falarem com pessoas suspeitas? Ela não o viu quando ele esteve no escritório?
— Eu sei, eu sei. Disse que ele foi tão amigável e gentil que ela pensou que era um fã de mamãe. Só perguntou isso e depois saiu correndo, e como ela não estava no escritório, à espera de alguém suspeito, respondeu automaticamente.
Sam, que está nos observando de modo bastante desconfiado, se aproxima.
— Está tudo OK?
— Martin Connelly está vindo direto para cá — eu disparo. — Descobriu o nome da cidade e está vindo para cá.
— Quando? Quando isto aconteceu?

— Faz meia hora — Holly responde.

Olho para Sam, com admiração. Ele não perde tempo com comos e porquês. Que homem tremendamente prático.

— Vamos — ele diz depois de um momento. — Precisamos voltar para perto de Emma.

Ele gentilmente afasta meus pais do meio da multidão e depois vai falar com Charlotte, que acena com a cabeça de modo compreensivo. Provavelmente disse que Clemmie é uma completa lunática e que ele a está levando para ser internada imediatamente. Subimos a colina em direção à casa.

— Por que Martin está tão desesperado para encontrar Emma? — Sam pergunta enquanto acelera o passo. Caramba, temos que andar tão depressa? Eu sei que temos um ex-presidiário nos nossos calcanhares, mas puxa vida... — Martin já deve ter percebido que o pai dela já sabe quem ele é.

— Não sei — bufo. — Mas o que ele vai fazer, Sam? — Este pensamento não sai da minha cabeça. Talvez esteja tão furioso que está vindo até aqui somente para me matar. Minha mente fica desagradavelmente presa nesta idéia por um momento. Não, não, não seja tão obcecada consigo mesma, Clemmie. Claro que não. Ele primeiro vai matar Holly.

— Não sei — Sam murmura. — Estou pensando.

Deixo que ele pense durante um minuto inteiro.

— Alguma idéia? — arrisco.

— Ainda estou pensando.

Está na cara que ele entrou em modo pensativo, por isso vou para junto de meus pais, que estão a uns bons cinqüenta metros atrás de nós.

— O que Holly está fazendo? — pergunto. Ela está uns quinze metros atrás de nós e falando ao celular.

— Ligando para James — responde minha mãe. — Talvez ele saiba o que devemos fazer.

Bom, meu voto é para reunir mantimentos, jogar Norman para fora de casa pela porta da frente e me esconder no porão. Este parece um plano perfeito.

Chegamos na casa e entramos de supetão pela porta destrancada da cozinha. Só perceber que está destrancada quase me faz desmaiar.

Nossas portas sempre ficam destrancadas, nunca pensamos em trancá-las. Martin poderia ter entrado direto e subido as escadas atrás de Emma. Será que ele já está aqui? Olho ao redor, assustada. Vamos manter as coisas em perspectiva, Clemmie. Alguém falou com ele em Bristol há cerca de meia hora. Martin não tem poderes sobrenaturais.

— Acho que não devemos assustar Emma até descobrirmos o que fazer — diz Sam.

— O que vamos fazer? — pergunto.

— Hã, ainda não sei, mas temos pelo menos duas horas de vantagem. Acho que o mais importante é evitar que ele veja Emma. Mesmo que a gravidez dela não seja assim tão visível, seria um encontro muito desagradável para ela. Precisamos tirá-la daqui.

— É exatamente o que James disse. — Holly finalmente aparece.

— James está vindo para cá? — pergunto esperançosa. De preferência em um carro enorme de polícia com sirenes e, quem sabe, algum reforço policial.

— Não, Clemmie, ele não vem — Holly diz, ríspida.

— Podemos chamar a polícia local?

— E deixar que a cidade inteira descubra onde ela está? Sem falar que Martin ainda não fez nada ilegal, Clemmie. E ainda temos o argumento de que ele tem o direito de saber que vai ser pai — diz Holly.

— Não acho que problemas morais sejam da nossa conta. Você e Clemmie prometeram ajudar Emma e é isso o que vamos fazer — intervém meu pai.

— Podemos colocá-la na casa de Barney ou na minha — diz Sam. — Acho que a minha pode ser mais conveniente porque, quanto menos pessoas souberem, melhor. Um dos rapazes que mora com Barney pode estar em casa.

— Bom, e quanto a Charlotte? — pergunta meu pai.

— Posso ter que contar para ela.

— Antes ela do que um dos linguarudos dos amigos de Barney — acrescento.

Olho para minha mãe para ver se tem algumas palavras de sabedoria para todos nós, mas ela parece estar tão completamente entusiasmada por toda a situação que eu decido que é melhor não chamá-la para dar palpites.

— Então vamos transferir Emma para a casa de Sam — resume meu pai.

Tudo muito bom, tudo muito bem, mas eu quero é passar para a etapa seguinte.

— E depois disso? — pergunto muito ansiosa. — Vamos nos esconder no mato? Vamos procurar esconderijo nas antigas grutas de contrabandistas?

— Não, acho que a melhor coisa é enfrentá-lo. — Enfrentá-lo? Martin Connelly? Estamos falando da mesma pessoa?

— Clemmie, se nós não o convencermos de que você e Holly não fazem a mínima idéia de onde Emma está, ele vai continuar perseguindo vocês. Mesmo depois de termos levado Emma para a França. O que não é ilegal e é difícil de impedir.

Bom argumento. Não gosto muito, mas é um bom argumento.

— Holly, eu posso telefonar para James e conversar com ele. Ver se ele tem alguma idéia — diz Sam.

— Vou acordar Emma e dizer para ela juntar suas coisas, agora que sabemos o que vamos fazer — diz meu pai.

Holly passa o celular para Sam, e ele e meu pai desaparecem em direções opostas, deixando as três mulheres e Morgan na cozinha.

— Seu pai e Sam não estão maravilhosos no comando da situação? — minha mãe suspira. — Isto tudo é tão, tão excitante. Barney vai ficar tão desapontado quando souber que perdeu toda a agitação. Você acha que devo ir buscá-lo?

— Não! Acho que você deve deixá-lo onde ele está.

— Você tem toda a razão. Pode ser perigoso.

— Da maneira como Barney joga críquete, acho que correria menos riscos enfrentando Martin Connelly.

— Holly, o que você acha?

— Por que Martin está tão desesperado para ver Emma? — corto minha mãe e falo direto com Holly. — Sam está certo. Ele deve saber que o seu jogo acabou.

— Não sei. Talvez ele queira se vangloriar um pouco. Senão, é uma espécie de vitória silenciosa, não é? Depois de ter tido tanto trabalho, acho que quer saborear o final.

— E ele iria fazer isso, não iria? Eles iam casar e depois surpreender o pai dela. Talvez esteja zangado por ela ter atrapalhado os planos.

— Bom, depois daquela cena no jornal, nós sabemos com certeza que ele está zangado — Holly concorda.

— Bom, o que vocês acham que eu devo vestir? — minha mãe pergunta.

Meu pai é o primeiro a voltar para a cozinha e nos diz que Emma está fazendo as malas. Quando Sam volta, pelo menos dá a impressão de ter algum tipo de plano. Não o meu tipo de plano, mas um plano.

— James e eu achamos que a melhor coisa é parecermos surpresos quando Martin aparecer. Ele só sabe o nome da cidade e vai precisar que alguém o ensine como chegar aqui.

— Você vai ficar conosco, não vai? — pergunto, subitamente assustada.

— Talvez seja melhor se Sam não estiver conosco — meu pai diz suavemente. — Afinal de contas, quanto menos pessoas o tal Connelly conhecer, melhor.

— Mas eu fico se vocês realmente quiserem — diz Sam.

— Vamos ouvir primeiro o resto do plano — diz meu pai com firmeza.

— Quando Martin aparecer, Holly deve contar que deixou Emma com o pai e que não a viu mais desde então.

— É SÓ ISSO? — eu trovejo. — Mas ele não vai acreditar nisso! Que diabos Holly está fazendo aqui, então?

— Ela vai dizer que o editor do jornal ficou tão zangado com a história que a suspendeu por uma semana enquanto decide se vai demiti-la ou não. E por causa disso, claro, ela veio passar uns dias em casa. E é claro que ele não vai acreditar quando Holly disser que deixou Emma com o pai. É nesta hora que você entra, Clemmie, dizendo que Emma comentou algo sobre ficar com alguns amigos de John Montague em Birmingham. Está claro?

Hã, não. Não mesmo.

Sam levanta como se estivesse pronto para sair.

— Aonde você vai? — pergunto assustada.

— Vou levar Emma para minha casa. Pela porta dos fundos, é claro.

— Vou com você!

— Não seja boba, Clemmie. Você tem que ficar aqui. Além disso, preciso ver se consigo lugares para nós em vôos mais cedo para a França.

— Para a França?

— Sim, Clemmie. Ainda temos que levar Emma para a França.

— Por que não vamos agora? — eu agarro o braço de Sam com força.

— Clemmie, vai dar tudo certo. — Sam começa a soltar os meus dedos, um por um. — Todo mundo vai tomar conta de você e depois vamos todos juntos para a França. Graças a Deus que Holly não vai conosco, isso pareceria mesmo muito suspeito, se ele estiver nos espionando. Pelo menos podemos dizer que estamos saindo de férias.

— Vou tentar mencionar isso sem querer, só para garantir, caso ele esteja pensando em voltar — meu pai diz calmamente.

— Eu não preciso mesmo ficar aqui, preciso? — suplico. — Não poderia estar em outro lugar? Ele está vindo atrás de Holly, não de mim.

— Você é fundamental para a cena.

— Isto é muito gentil de sua parte, Sam. Mas você pode precisar de ajuda com a bagagem de Emma.

— Acho que consigo carregar a bagagem de Emma. Precisamos de você aqui, Clemmie, porque você é o elo mais fraco. Deixe Connelly fazer pressão por um pouco de tempo, usar suas táticas ameaçadoras, e então você o derruba com uma frase. Diga que ouviu Emma conversando ao telefone e que ela estava indo para Birmingham. — Sam me dá uns tapinhas nas costas e vai embora.

Eu sinto o cheiro de desastre nisto tudo.

Meu pai acha que Charlie vai chegar lá pelas cinco. Nós nos posicionamos maravilhosamente bem na sala de estar, com jornais de domingo e resquícios do chá da tarde. Meu pai parece verdadeiramente interessado no artigo que está lendo, enquanto eu não consigo me concentrar o suficiente para ler as palavras, que dirá entendê-las. Começo a jogar o jogo do "e se?". E se Martin perceber instantaneamente que estou mentindo? Digo que Emma está na casa de Sam ou fico firme enquanto ele tenta me estrangular? E se ele simplesmente não acreditar na gente? E se...

— Clemmie! Quer parar de chupar a almofada? Paguei um dinheirão por ela e não pretendo ver marcas de saliva nela — diz meu pai.

Coloco nervosamente a almofada de volta e pego Morgan, que há dez minutos pede para subir no meu colo. Espero não começar a chupá-lo sem perceber o que estou fazendo. Isto não seria nada bom.

— Querida, faça o que fazemos no teatro — diz minha mãe de modo tranqüilizador.

— E o que é?

— Respire — ela diz, e ondula um braço na minha frente.

— É só isso? — pergunto. — Respirar? Você não tem nada melhor do que isto para me oferecer? Nenhuma droga, nada de álcool? — Volto a torcer as mãos.

Por favor, bom Deus, faça Martin se perder no caminho. Prometo que começo a ir à igreja. Vou ser simpática com Catherine Fothersby. Serei simpática talvez até mesmo com a Charlotte.

É óbvio que Deus já ouviu tudo isso antes. Já me ouviu dizer tudo isso antes porque a campainha da porta toca e eu dou um salto tão grande que quase bato com a cabeça no teto. O coitado do Morgan se estatela no chão.

— Eu atendo — diz minha mãe.

— Clemmie, fique calma ou você vai acabar estragando tudo — Holly sibila de modo pouco amigável enquanto levanta do sofá. — Sente-se! — Ela me dá um empurrão de leve. Ouço minha mãe conversar descontraída enquanto acompanha alguém. Não há dúvida de que ela é uma atriz muito talentosa. É uma pena que eu não tenha herdado nada do talento dela. Gemo para mim mesma enquanto ouço o tom suave da voz de Martin chegando cada vez mais perto.

— Queridas, vocês têm uma visita. Desculpe, não guardei seu nome. É...?

— Martin Connelly — ele responde e aqui está ele, de pé na nossa frente. Seus olhos grudam nos meus como velcro e eu espero estar dando uma impressão razoável de estar surpresa. Na verdade, estou chocada em vê-lo. É estranho ver alguém que aparece nos seus piores pesadelos de pé, na sua frente. Como Hannibal Lecter ou Freddy Kruger aparecendo para tomar chá.

— Olá, Holly. Olá, Clemmie — ele diz baixinho.

Holly levanta hesitante e o encara por um momento. Meu pai, que também se levantou, diz com sua melhor voz paterna:

— Holly, não quer nos apresentar? — Ela faz as apresentações corretas e os dois homens apertam as mãos. — Você conhece Holly do jornal? — meu pai pergunta educadamente.

— Hã, sim. Podemos dizer que sim.

— O que você está fazendo aqui, Martin? — Holly pergunta suavemente. — Como achou nossa casa?

Ele dá uma gargalhada meio sinistra. Bom, provavelmente é uma gargalhada normal, mas eu tenho uma visão um pouco distorcida de Martin.

— Você não é a única com talentos de detetive, Holly. Mas veja, não vou ficar zangado, eu lamento o que aconteceu antes. Só quero fazer algumas perguntas.

— Não quer sentar, Sr. Connelly? — pergunta minha mãe, indicando com um gesto uma poltrona tão perto de mim que eu acho que ela também deve ter perdido o juízo. Será que ela quer que ele sente no meu colo, ou coisa parecida? Eu afundo na minha poltrona e me esforço em ficar o menor possível. Sento em cima das pernas, que enrolo debaixo do meu corpo, e me encolho de encontro ao encosto da poltrona.

— Gostaria de uma xícara de chá? Martin, não é? — minha mãe pergunta. Martin faz que sim com a cabeça e ela sai da sala.

— Então, de onde conhecem Martin? — meu pai pergunta, olhando para nós. Holly parece convenientemente envergonhada. É óbvio que ela herdou alguns talentos da minha mãe.

— Infelizmente foi através daquela história em que me envolvi, papai.

— Você está falando da história que causou sua suspensão?

— Sim. As coisas não eram bem como imaginávamos ser.

— Você foi suspensa? — Martin pergunta.

— Por uma semana, estou sob investigação.

Minha mãe volta com uma xícara de chá para Martin e ele agradece educadamente enquanto a pega. Ainda restaram algumas boas maneiras nele.

Ele bebe o chá por um segundo e depois vira para mim, dizendo suavemente:

— Clemmie, onde está Emma? — Está na cara que ele descobriu a óbvia fenda na armadura.

— Eu... não sei — gaguejo. — Nós a levamos até a casa do pai e a deixamos lá.

— Olhe — diz meu pai. — Holly contou tudo sobre a sua participação nessa história. Presumo que você seja o tal Charlie? Ela fez exatamente o que eu teria feito: lavou as mãos e abandonou tudo. Afinal de contas, não há mais nenhuma reportagem para ela agora, e eu tenho que dizer que você a usou no seu joguinho sujo. Estou surpreso que você tenha se dado ao trabalho de vir até aqui falar com elas. Mais um dia e não teria nos encontrado porque vamos sair de férias. Mas eu teria pensado ser óbvio que as garotas simplesmente não sabem onde Emma está.

Normalmente, meu pai deveria expulsar agora Martin de casa, mas ainda há coisas a dizer e papéis a serem representados.

— Bom, é aí que eu acho que o senhor se engana, Sr. Colshannon, porque eu acho que Holly e Clemmie sabem onde Emma está. Na verdade, estou tão convencido disto que viajei quilômetros para vir até aqui perguntar a elas. Veja, a coisa não vai ficar preta, eu só quero saber onde Emma está.

— Nós a deixamos na casa do pai dela — Holly repete.

— Não tenho certeza se acredito em você.

Ficamos em silêncio por um momento. Eu olho fixamente para o meu joelho.

— Olhe — meu pai diz devagar. — Você se importa se olharmos para a situação sob o ponto de vista delas por um momento? Holly começa a preparar uma matéria que acha que pode ser interessante, mas durante a investigação descobre que os fatos não eram bem como ela pensava que fossem. O editor está pegando no pé dela, Sir Christopher McKellan está ameaçando processá-la e não há mais nenhuma história. Então o que ela faz? Devolve Emma para o pai dela. Por que deveria fazer algo diferente? É claro que ela se sente culpada por ter levado você, sem querer, até Emma, mas acho que você acredita demais na responsabilidade dela. Para dizer a verdade, estou mais preocupado em saber se Holly vai manter o emprego ou não.

Meu pai fez um longo discurso e eu posso ver que Martin está impressionado.

— Eu *lamento* mesmo tudo o que aconteceu com o emprego de Holly.

Felizmente, o terror paralisante me impede de dar uma ruidosa bufada de desdém.

— Ter perseguido Holly e Clemmie e praticamente atacado as duas não ajudou em nada.

— Também lamento por tudo isso. Eu estava enlouquecido naquele dia. — Mas isso não o impede de virar para mim. — Clemmie? Quando você deixou Emma, ela disse o que iria fazer?

Olho desesperada para todos na sala, exalando culpa por todos os poros, o que é provavelmente a reação que deveria ter.

— Clemmie, você não precisa dizer nada — diz meu pai.

— Escute, eu só quero falar com ela. Por que outro motivo estaria desesperadamente tentando localizá-la?

— Eu já disse — sussurro. — Nós a deixamos na casa do pai dela.

— Eu sei que ela não está na casa em Bristol ou em Rock. Só quero dizer que sinto muito por tê-la envolvido nisso tudo. Por favor, me dê uma chance de consertar as coisas.

Não acredito nele por um segundo, mas é esta frase que me faz despejar a informação.

— Está bem — eu disparo. — Ela comentou que poderia ir para a casa de alguns amigos de John Montague, em Birmingham. Ela não me disse mais nada sobre eles.

Martin dá um sorrisinho estranho.

— Obrigado pelo chá, Sra. Colshannon. E, ao dizer isto, coloca a xícara na mesinha e levanta. Meu pai o acompanha até a porta e, momentos depois, ouvimos a porta da frente bater e o barulho do motor de um carro.

CAPÍTULO 16

— Bom, a única coisa que consegui arrumar para nós foi um trem noturno para Nice.

— Um trem noturno? Achei que iríamos de avião. — Estou sentada à mesa da cozinha enfiando pedaços de bolo na minha boca. Acho que esta aventura vai me deixar com um transtorno alimentar.

— Nossos vôos estavam marcados para quarta-feira e Christopher e eu decidimos que não devemos esperar tanto tempo. Era a única opção disponível.

— Christopher? — pergunto, cuspindo migalhas em cima dele. Ele não pode estar falando do monstruosamente assustador Sir Christopher McKellan.

Sam olha para mim, intrigado.

— Sim, o pai de Emma. Você deve lembrar dele, Clemmie. Você o encontrou.

— Oh, eu me lembro do homem que encontrei. Mas ele não parece em nada com o homem sobre quem você está falando — resmungo enquanto enfio o resto do bolo dentro da minha já entupida boca.

— Partimos amanhã à noite. Achei melhor assim, para termos certeza de que o tal Connelly não está mais perambulando por aqui. A propósito, como foi o encontro? Seu pai só me disse o básico.

Encolho os ombros e olho para minhas sandálias por um momento.

— Foi bem. Eu realmente não sei o que achar a respeito dele.

Sam se aproxima e senta perto de mim. E passa um braço reconfortador ao redor do meu.

— Clemmie, você não tem que achar nada a respeito dele. Você não deveria é ter feito parte desta confusão. — Olho para ele, levemente animada com este lampejo de simpatia. — Para começar, foi muita estupidez da sua parte ter se deixado envolver. — Ah. Não, não há nenhum lampejo aqui. — Mas nós vamos nos livrar de Emma em alguns dias. Só temos que reuni-la com os amigos na França e esta história horrível estará terminada.

Meu lábio treme um pouco com o tom suave da voz dele.

— E se Martin continuar a nos perseguir?

— Ele já fez a sua vingancinha, Clemmie. Ele vai desistir no fim. — No fim do quê? No fim dos tempos? Sam dá uns tapinhas na minha perna e sai da mesa. — É melhor você começar a fazer as malas. Precisamos sair daqui amanhã na hora do almoço.

— Hora do almoço? — grito para a silhueta que some. — Não vamos pegar o trem noturno?

— O trem noturno que sai de Londres — ele grita por sobre o ombro.

Este é o problema com a maldita Cornualha. Você demora pelo menos meio dia para chegar em algum lugar. E o que o Sr. Trevesky vai dizer?

Felizmente, o Sr. Trevesky não diz muita coisa, pois está com a cabeça enterrada entre as mãos durante boa parte da conversa. Mas consegue dizer que, se eu não voltar em uma semana, nem preciso me preocupar em aparecer, e que eu tenho muita sorte por estarmos fora da temporada. Depois divaga, resmungando que os *chefs* famosos, com programas na televisão, não têm que agüentar este tipo de problema.

Eu volto correndo para casa, feliz da vida por não ter sido obrigada a ficar e a trabalhar de manhã. Holly está na cozinha, tristonha, metendo colheradas de cereal na boca.

— Alô! — saúdo. — Como vai você? Esta tarde vamos deixar Holly em Bristol, a caminho de Londres.

— Estou deprimida.

— Por quê? Porque não vai ter que passar os próximos dias na companhia esfuziante de Emma?

— Oh, não vai ser tão ruim. Você vai ter a companhia de Sam. — Não percebo o porquê de isso ser tão maravilhoso, mas deixo para lá.

— Eu tenho que tentar arrumar as coisas no trabalho e com James.

— Ele ainda está zangado?

— Bom, ele anda um bocado frio.

— Não consigo imaginar nada gentil para dizer e fico dando palmadinhas na mão dela por uns minutos. — Não sei o que levar na viagem — experimento.

Holly olha para mim, com sarcasmo.

— Eu estou prestes a perder o emprego e o namorado e você sofre por não saber o que levar para a sua iminente viagem para o sul da França?

Posto desta maneira, e deixando a pena por Holly de lado, começo mesmo a me sentir um pouco entusiasmada. Faz séculos que não tiro umas férias (não acho que se possa levar em conta a minha viagem ao redor do mundo da qual retornei há poucas semanas) e, embora tenha que agüentar Emma por uns tempos, vou conhecer a Riviera Francesa, nadar no mar e, quem sabe, bebericar algo delicioso usando somente uma camiseta e um sarongue. E, apesar de adorar a selvagem e rústica costa da Cornualha, há algo de absolutamente sedutor na sofisticação da Côte d'Azur. Oooh, e eu vou poder usar meu biquíni novo.

— Eu vou ajudar — Holly se oferece.

Há uma agitação enorme no andar de cima. Minha mãe corre de um quarto para o outro, com os braços cheios de roupas, gritando "Merda de McGregor", enquanto meu pai está sentado na cama, lendo calmamente um mapa.

Tentamos ignorá-la e viramos rapidamente à esquerda em direção ao meu quarto. Holly vai até o guarda-roupa e o escancara. Eu começo a pegar alguns produtos de beleza e os coloco na cama.

— Parece que não há muita coisa aqui — Holly comenta. — Pensei que você se vestisse assim por opção.

Olho para ela, indignada.

— É mesmo por minha opção!

— Nós precisamos mesmo ir fazer umas compras, Clemmie.

— Mas as coisas não costumam ficar tão bem em mim quanto ficam em você.

— Bobagem! Você tem pernas maravilhosas. Tirando o fato irrelevante de que deveria usar muito mais condicionador de cabelo, você tem um lindo cabelo ondulado.

— É a isso que se chama "boas notícias, más notícias?" — pergunto secamente.

— O que você faz com o seu cabelo, afinal de contas? Você o seca direito?

— Claro que sim.

— Como é que você o seca?

— Vou dormir com ele molhado e de manhã ele está seco.

— Isso deve criar uns penteados interessantes.

— Cada dia um diferente.

— Deus, eu queria ir junto, iria botar você em forma em um segundo. Pode ser que você encontre alguns franceses lindos. Faça um esforço.

— Ainda não estou interessada em homens — murmuro. — Acho que a culpa de não ser boa para escolher roupas é de Seth. Ele costumava comprar vestidos de marcas famosas para mim, lembra? Eu achava que ele estava sendo gentil, mas na verdade queria que eu me vestisse com as melhores marcas quando estivesse com ele. Comecei a me sentir desconfortável e agora não sei mais o que é bom para mim ou não.

— Ele acabou com a sua confiança em tudo, não foi? — Holly aperta meu braço. — Vamos fazer compras quando você voltar. A propósito, qual é a sua mala?

— Esta. Mostro minha mochilona.

— Vou te emprestar minha mala de rodinhas — ela diz, com um suspiro.

— Queridas, não é maravilhoso viajar no trem noturno? — diz minha mãe, que passa com outra montanha de roupas nos braços.

— É? — pergunto.

— Claro! Agora Morgan pode vir conosco! O passaporte dele está em dia.

Oh, que maravilha. Morgan também vai. Graças a Deus, não são emitidos passaportes para gaivotas.

Na manhã seguinte, depois de termos deixado Norman, sua almofadinha e várias latas de sardinhas na casa de Barney, vamos pegar Sam e Emma. Emma está hospedada na casa de Sam desde a visita de Martin e eu tenho que admitir que a atmosfera em casa melhorou um bocado. Não que tenha feito muita diferença para meus pais, porque minha mãe é tão insensível que não notaria uma atmosfera nem se esta aparecesse na sua frente e lhe desse uma bofetada (o que é engraçado, porque ela finge ser terrivelmente sensível a alterações na atmosfera), e meu pai é eternamente bem-humorado, de qualquer maneira (tem mesmo que ser, para agüentar a mãe supracitada), mas Holly e eu temos nos deliciado com a sua ausência.

O Range Rover de meu pai tem um engraçado assento de criança dobrável no porta-malas e, como nós somos seis, um vai ter azar. Emma está grávida, Holly e minha mãe dizem que ficam enjoadas no carro (até parece) e Sam é um rapaz. De modo que sobra esta que vos fala. Pelo menos não tenho que jogar conversa fora e posso fazer caretas para os outros motoristas.

Deixamos uma Holly muito desanimada em Bristol. Ela abre a porta traseira do carro para que eu possa sentar no lugar dela. Dou um beijo e um abraço apertado nela.

— Obrigada pela mala.

— Prometa que vai telefonar assim que voltar para casa — ela pede.

— Sim, claro que sim!

— Tente arrancar alguns detalhes de Emma para a coluna "Alta Sociedade". Joe está subindo pelas paredes por causa disso e eu preciso entregar o texto em alguns dias.

— Tentarei. Onde você vai estar?

— Acho que vou ficar no apartamento de James por algum tempo, até que Martin pare de nos perseguir. É claro, se James deixar.

— Por que não deixaria?

— Acho que ele não quer mais ir morar comigo — ela murmura e olha para as mãos.

— Querida, foi só uma briga. Vai passar. — Holly parece insegura a respeito, mas me dá outro beijo e eu sento ao lado de minha mãe, pronta para uma longa viagem até Londres.

Demoramos um pouco para passar pelo controle de passaportes e pelos raios X na estação de Waterloo por causa da detalhada análise do passaporte de Morgan.

Depois de uma parada rápida no Free Shop para saciar a vergonhosa fome de minha mãe por cigarros e gim, embarcamos no trem para Lille, que é de onde parte o trem noturno para Nice. Passamos algumas horas agradáveis jogando cartas e ensinando Emma a jogar Tranca (eu sugeri que jogássemos Tranca e Joga Fora A Chave, mas ninguém concordou comigo).

Na plataforma em Lille nos sentamos para esperar pelo trem. Minha mãe vai dar uma volta com Morgan para ver se consegue encontrar algum uísque para meu pai, pois se esqueceu completamente de comprar uma garrafa em Waterloo, e meu pai vai trocar algum dinheiro. Sam parece completamente concentrado no jornal, de modo que Emma e eu ficamos sentadas em meio a um silêncio desconfortável. Eu fico olhando um bom tempo para os meus pés até que me sinto obrigada a dizer alguma coisa.

— Hã, você está bem? — pergunto cautelosamente.

Emma se dá ao trabalho de me dar uma olhada completamente fulminante. Eu bem que merecia.

— Já estive melhor.

Humm. Eu também. Ficamos mais um minuto em silêncio antes que eu tente novamente.

— Ainda enjoada o tempo todo?

— Sim. Ainda enjoada.

Começo a encarar Sam, desejando que ele pare de ler o jornal e me ajude. Devo ter enviado algumas vibrações porque, de repente, ele olha para nós e sorri para Emma.

— Triste por sair da Inglaterra? — ele pergunta.

— Sim, um pouco. Não sei quando poderei voltar. — Seu rosto se anima um pouco quando fala com ele e eu tento ser compreensiva com a sua situação difícil.

— Seu pai vai visitar você?

— Sim, vai, assim que puder. Ele precisa trazer o resto das minhas coisas, mas antes disso quer ter certeza de que Martin desistiu.

— Mas você vai voltar um dia para a Inglaterra?

— Um dia. Não sei quando.

— Mas Emma, o sul da França não é um lugar tão ruim assim. Os seus amigos, os que vão hospedar você, são britânicos, não são? — Ela acena que sim. — Então eles devem conhecer outros britânicos e logo você fará amigos. Há sempre uma boa comunidade de britânicos no exterior. — Sam olha para mim e eu concordo com a cabeça, de modo encorajador. — Além disso, o clima é mais quente e você pode nadar no mar quase o ano todo. Pense em todo aquele delicioso pão francês! — Ele dá um sorriso enorme para ela e eu vejo que também estou sorrindo.

— E queijo cremoso e patê — acrescento.
Os dois me olham, surpresos. O que foi?
— Não posso comer queijo cremoso e patê — diz Emma.
— Ela está grávida — diz Sam.
Droga. Esqueci.
— Sim, mas vai poder comer depois que o bebê nascer.
Boa contornada, Clemmie.
Sam dá um tapinha na mão de Emma.
— Não vai ser tão ruim quanto você pensa, prometo. — Emma olha para ele e eu posso ver que ela realmente acredita nele.
— Obrigada, Sam. Você tem sido muito gentil comigo. Todos vocês. — Ela olha cuidadosamente de Sam para meu pai, que voltou e agora está entretido lendo o jornal que Sam largou, e conscientemente me evita. Ora faça-me o favor. Quanto tempo essa mulher vai ficar contra mim?
— Graças a Deus consegui encontrar uísque — minha mãe anuncia quando volta. Isto é algo que eu aprecio nos meus pais. Nunca viajam longas distâncias sóbrios.
— Por que você está carregando Morgan? — pergunto.
— Ele tentou fazer xixi em um guarda-chuva.
— Ó, Deus, não vamos ter mais daqueles incidentes, vamos?
— Querida, ele simplesmente não gostou da cara da mulher. Na verdade, ele teve verdadeira ojeriza a ela.
— E por isso tentou urinar no guarda-chuva dela?
— Bom, ela tinha um ar de falsa.
— Clemmie, temos reservas para duas cabines duplas e uma simples — diz meu pai. — É claro que Emma fica com a simples, de modo que eu achei que você deveria viajar com sua mãe e eu, com Sam.
— Querida, espero sinceramente que você tenha lavado o cabelo de novo depois daquele incidente com as sardinhas — diz minha mãe. Olho para ela sem acreditar enquanto todos riem porque a

culpa daquilo foi de minha mãe. Ela costuma falar durante o sono e Morgan ronca, sendo assim, não foi ela quem se deu mal em partilhar a cabine comigo.

Ouvimos o chamado para o embarque no nosso trem e é com certa agitação que entramos nele com a bagagem e começamos a procurar nossas cabines. Como fizemos tudo em cima da hora, as cabines estão em três vagões diferentes. Mamãe e eu ajudamos Emma a se instalar na cabine dela e depois saímos à procura da nossa. Ofegando um pouco, arrasto pelo corredor bem estreitinho minha pequena mala de rodinhas e o saco de viagem de minha mãe, que ela não consegue carregar porque está com as mãos cheias com a sua frasqueira e Morgan, até que encontramos nosso número. Olho para dentro, bastante excitada.

Temos uma espécie de sofá em cada parede, de frente um para o outro, com um vãozinho de nada entre eles. De algum modo, eles devem virar camas. Um pequeno armário abriga uma pia e alguns copos e há uns suportes para bagagem acima de nossas camas. É tudo mesmo muito apertadinho.

Vou ficar muito perto da bunda de Morgan até amanhã de manhã.

— Querida! Não é fabuloso? — minha mãe transborda de entusiasmo a cinco centímetros de distância de mim. — Parece uma casinha de bonecas. Vamos abrir as malas?

Faço um tremendo esforço para arrastar as malas para dentro da cabine e, depois de algumas manobras, consigo fechar a porta.

— Pronto! — digo. — Entramos!

Ficamos paradas por um segundo e damos uma olhada nas malas. Não consigo nem ver nossos pés e Morgan já está sentado em um dos pseudo-sofás. Eu resolvo que é humanamente impossível ficarmos juntas na cabine e abrir as malas ao mesmo tempo.

— Acho que vou sair, procurar Sam e beber algo.

— Que idéia maravilhosa. Peça um gim-tônica grande para mim que eu me juntarei a vocês logo, logo.

— Estarei no vagão-restaurante.

Bato à porta da cabine de Sam e descubro que ele enfrenta um problema parecido com meu pai e fica feliz em me acompanhar.

É engraçado, mas nunca passei tanto tempo sozinha com Sam. Holly, Barney ou meus pais estão sempre por perto e a situação parece estranhamente íntima.

O vagão-restaurante já começa a encher enquanto pegamos uma mesa. Pedimos dois gins-tônicas grandes e relaxamos na janela.

— Isto é bastante excitante, não é? — Estico os dedos dos pés e remexo-os por um instante. Um gim-tônica grande e alguns dias longe do trabalho. Meu Deus, como sou fácil de contentar.

Sam sorri de volta e pela primeira vez não sai nenhum comentário inapropriado e meio sarcástico dos seus lábios. Diz simplesmente:

— Sim, é.

As bebidas chegam, fazemos tin-tin com os copos e damos um muito bem-vindo gole. Têm sido uns dias excruciantes.

— Então, o que você disse para Charlotte? — pergunto.

Ele encolhe os ombros.

— Tive que dizer a verdade. Não disse que Emma é a filha de Sir Christopher McKellan. Mas ela ficaria mesmo chateada se pensasse que eu ia simplesmente passar umas férias com vocês.

— Mesmo? — pergunto surpresa.

Ele me olha.

— Você não ficaria, se seu namorado fosse viajar sem você?

— Acho que sim. Acho que, como você faz parte da família, a situação parece completamente natural para mim, mas acho que Charlotte não vê as coisas deste modo.

— Não, acho que não.

O trem dá um solavanco e começa a sair da estação, o que nos distrai por um minuto enquanto vemos a plataforma ficar para trás.

— Onde está Emma? — pergunta Sam.

Encolho os ombros.

— Acho que está na cabine dela.

— Seus pais vão passar por lá a caminho do vagão-restaurante, não vão?

Não sei. Não me interessa.

— De onde vem toda essa preocupação repentina por Emma? — pergunto, levemente irritada.

— Só acho que ela passou por maus bocados e está grávida. Deve ser horrível. — Ele bebe um gole do drinque.

— Não é porque ela está grávida que isso a transforma automaticamente na porcaria da Virgem Maria, sabia? Mulheres horríveis também ficam grávidas.

— Por que você fica tão irritada com ela, Clem? Não é o seu feitio.

Faço uma pausa. Como ele sabe o que é o meu feitio?

— Ela simplesmente me irrita. Nunca gostei mesmo dela. Ela não tem sobrancelhas.

Sam dá uma gargalhada.

— Você não pode julgar alguém com base nas suas sobrancelhas, isto é absolutamente ridículo.

Cruzo os braços e olho para fora da janela. É claro que o motivo de não gostar de Emma não está nas sobrancelhas dela. A atitude dela como um todo é o problema. Bebo um golinho do gim-tônica e continuo em silêncio. Espero que ele esteja sofrendo com isso.

— Falando de sobrancelhas, você viu os olhares que Catherine Fothersby estava mandando na direção de Matt, na outra noite? — Sam pergunta.

Viro extasiada na direção dele, esquecendo completamente do bico emburrado. Isto sim é uma conversa que me agrada.

— Com os diabos, achei que os olhos dela iam saltar para fora das órbitas! — acrescento. — A Sra. Fothersby não deve estar muito feliz em ver Catherine em um palco.

— Ela vai ficar feliz se Catherine e Matt acabarem juntos.

Franzo as sobrancelhas.

— Mas eles são como água e óleo. Matt não deve estar interessado nela, está?

— Não sei, Clem. Acho que nossa Catherine pode ter lá seu charme oculto. Aposto que ela mal pode esperar para largar o emprego e virar a esposa-modelo do vigário. Chás de caridade e jogos de bingo. Não há dúvida que ela é igual à mãe. — Ele hesita por um momento. — Falando de empregos, você já pensou em algo sobre isto, Clemmie?

Meu Deus, temos que falar do Sr. Trevesky? Estou tentando desesperadamente esquecer que ele existe.

— Bom, eu disse que voltaria em alguns dias e o Sr. Trevesky disse que, se não aparecesse, ele iria...

— Não, estou falando a longo prazo — Sam interrompe. — O que você vai fazer a longo prazo?

— Não sei — digo com uma vozinha, sentindo meu ânimo diminuir um pouco. Brinco nervosamente com o copo. — Por quê?

— Porque depois da nossa conversa no outro dia fiquei pensando que você deveria pensar em fazer algo no mundo das artes. Veja, a cidade de St. Ives tem a Tate, e Padstow e outras cidades possuem várias galerias. Quem sabe você não poderia até mesmo abrir uma?

Olho para ele, pensativa. Trabalhar em uma galeria. Não tinha pensado nisso. Abrir minha própria galeria. Talvez. Na hora certa. Mas é uma idéia maravilhosa. Começo a ficar levemente animada. Poderia comprar obras de arte, iluminá-las corretamente, oferecer coquetéis e realizar eventos.

— Obrigada, Sam — digo. — Esta é uma idéia muito boa.

Ele sorri e, de repente, percebo que ele tem um sorriso muito bonito. É caloroso e amigável, mostra todos os dentes. Lindos dentes, brancos e brilhantes. Não tinha reparado nisso antes. Como é que se pode conhecer alguém por mais de doze anos e nunca ter reparado no seu sorriso?

Antes que consiga refletir mais sobre o assunto, meus pais entram fazendo barulho no vagão, arrastando Emma atrás deles.

— Emma disse que não estava com fome, mas nós a obrigamos — diz meu pai, todo animado. — O bebê dela não pode passar fome! Vá para o canto, Clemmie!

As mesas são para quatro pessoas, mas, como meus pais não querem deixar ninguém comendo no corredor, insistem que é possível espremer todo mundo na mesma mesa. Felizmente os assentos são bancos e nós nos esprememos. Infelizmente eles não levaram em consideração o tamanho da minha bunda.

Emma e Sam sentam juntos e observam divertidos enquanto nós três nos apertamos. Eu acabo sentada com meia bunda no colo da minha mãe, dando risadinhas.

— Pronto! — diz minha mãe. — *Beaucoup des gin et tonics, s'il vous plaît!* — ela diz para o garçom, que faz um som recriminatório quando vê nossa arrumação pouco convencional, mas recupera rapidamente o bom humor quando minha mãe joga seu sorriso charmoso e irresistível para cima dele. Nós temos aquela *joie de vivre* contagiante das pessoas que saem de férias e ele está preparado para ser magnânimo.

Temos uma noite absolutamente maravilhosa. O vinho corre solto e meu bom humor nem se abala quando Sam não nos deixa pedir patê ou queijo cremoso porque seria injusto com Emma. Na verdade, o sacrifício vale a pena porque Emma está absolutamente bem-humorada enquanto o trem percorre a escuridão do campo francês na direção da costa e do seu destino final.

CAPÍTULO 17

Vamos cambaleando alegremente para nossa cabine para tomarmos a saideira sem Emma, que alega estar cansada e que precisa dormir cedo. Morgan está pateticamente feliz em nos ver e eu percebo que alguém esteve na cabine, transformando os sofás em camas. Sento pesadamente em uma delas e tiro os pés do chão para que Morgan não possa fazer xixi neles. Minha mãe acende o primeiro cigarro da noite e dá uma tremenda de uma tragada. Ela não podia fumar no vagão-restaurante por ser para não-fumantes, algo que quase sempre não a impede de fumar, mas havia a presença de Emma a ser levada em consideração. Na verdade, tenho quase certeza de que também é proibido fumar nestas cabines.

— Uísque, Clemmie? — meu pai oferece. — Na verdade, é só o que temos, a menos que prefira gim puro.

— Uísque está bem, papai. Para ser honesta, acho que estou começando a desenvolver um paladar para ele. — Puxo as cortinas para o lado e espio pela janela. Está escuro, chove e não era bem isso o que eu tinha em mente.

— Qual será a temperatura no sul da França? — pergunto, pensando no meu biquíni.

— Temperatura para usar camisetas, sem dúvida — diz Sam.

Olho desconfiada para a chuva e volto para a minha posição enroscada.

— Espero que tudo fique bem com Holly. Há um bom número de pessoas zangadas com ela.

— Há sempre gente zangada com Holly. Ela poderia viver disso.

— Mas espero que não perca o emprego. Ela adora o que faz — digo, esperançosa.

— Joe não vai demiti-la. Ela mora no coração dele.

— Não tenho certeza de que ela mora no coração de James neste momento.

— Preciso telefonar para Gordon assim que houver um telefone acessível — diz minha mãe. As maravilhas da tecnologia moderna são inúteis perto de minha mãe. Ela tinha um celular, mas não sabia como usá-lo, vivia bloqueando-o sem querer e nunca o ouvia tocar. Uma vez acessei o serviço de correio de voz dela e quarenta e seis mensagens a esperavam. Quando ela o esqueceu em um táxi, meu pai nem se deu ao trabalho de comprar outro.

— Você o avisou sobre a viagem? — meu pai pergunta.

— Sim, provavelmente ele está fazendo figa para que o Eurotúnel tenha desabado ou qualquer coisa do gênero. Também preciso telefonar para Barney.

— Para que precisa telefonar para Barney? — Sam pergunta.

— Ora, é claro que é porque quero ter certeza de que Norman está bem! Pode gear esta noite e eu espero que ele tenha se lembrado de colocar Norman na cozinha.

— Se Norman tiver algum juízo, vai ficar muito melhor do lado de fora. Provavelmente vai ter uma intoxicação alimentar naquela cozinha — diz Sam. Os olhos do meu pai brilham com esta possibilidade.

— Barney está provavelmente muito ocupado sonhando acordado com aquela garota para se preocupar com Norman — digo e depois dou um gole rápido no uísque.

Paro no meio do gole, já que todos me encaram. É aí que percebo que a mistura de gim, vinho e uísque pode ter me feito dar com a língua nos dentes.

— Que garota? — minha mãe pergunta.

— Sim, que garota? — Sam faz eco.

— Hã, nenhuma garota. Não há nenhuma garota.

— Você acabou de dizer que havia uma garota — minha mãe pressiona.

— Garota? Não disse nada sobre uma garota.

— Não seja boba, Clemmie. Eu ouvi você.

Eu reviro o cérebro em busca do nome de alguma ex-namorada dele.

— Eu falava de Lucy.

— A Lucy com problemas nasais? — diz minha mãe.

— Problemas nasais? — meu pai pergunta.

— Sim, aquela que sempre tinha uma meleca enorme pendurada no nariz. Eu vivia tentando passar um lenço de papel para ela, mas ela nunca entendia a dica.

— Nós dissemos milhares de vezes a você que aquilo era um piercing de nariz.

— Querida, eu não sei o nome moderno para aquilo, mas no meu tempo chamávamos aquilo de meleca.

— Mas Barney não vê Lucy há meses — Sam comenta, intrigado. — Ele terminou o namoro com ela e nunca mais tocou no seu nome.

— Clemmie estava falando de outra pessoa, não estava, Clemmie? — minha mãe pressiona. Bom Deus, esta mulher emborcou vários copos de gim-tônica e uma garrafa de vinho. Ela não pode largar do meu pé? — Barney gosta de alguém?

Evito cuidadosamente olhar para meu pai, que sei que está me fuzilando com os olhos.

— Ele gosta de uma garota, mas não me diz quem é — murmuro com voz fraca, amaldiçoando o meu deslize verbal. Barney vai me matar. E depois dele, meu pai vai me matar novamente.

Os outros dois parecem estar em êxtase com a confissão.

— Eu sabia que algo estava acontecendo — diz Sam. — Toda essa conversa sobre críquete e um novo emprego.

— Quem poderá ser ela? Que coisa absolutamente excitante! Um amor secreto!

— ORA, BEM — meu pai diz. — Hora de ir deitar, acho. Vamos, Sam.

Minha mãe nem nota que eles saem da cabine. Está muito ocupada me encarando com os olhos cintilantes.

— Então foi por isso que ele entrou para o time de críquete e cortou o cabelo? Para impressionar uma garota?

Agora que a presença um tanto ameaçadora de meu pai sumiu, fico muito feliz em poder falar a respeito. Afinal de contas, não é que eu tenha revelado a identidade da garota, certo? Barney não me contou quem ela era exatamente por este motivo. Como ele é esperto.

— Acho que o problema está no fato de que ela não gosta dele.

Minha mãe olha completamente horrorizada para mim. Ela parece achar que isto é uma ofensa pessoal.

— Não gosta de Barney? O que você quer dizer com ela não gosta de Barney? Como alguém pode não gostar de Barney?

— Não sei. Parece que ela não gosta dele desse modo.

— Ora, faça-me o favor. Por que então ele ainda se importa com ela?

— Ele gosta mesmo dela. Gosta o suficiente para ter cortado o cabelo e entrado no time de críquete, mesmo sem gostar de críquete.

— Eu *sabia* que ele não jogava críquete, mas não pude deixar de pensar se não o estava confundindo com os seus outros irmãos. E quem você acha que ela é?

— Seja quem for, ela mora na cidade.

Minha mãe me encara animada até que a expressão de contentamento no seu rosto começa a desaparecer vagarosamente.

— O quê? — pergunto. — O que é?

— Acho que sei quem é ela.

— Quem?

— Não é uma boa notícia.

— Quem? QUEM?

— É a Catherine Fothersby, não é?

— Catherine Fothersby? Por que cargas-d'água você acha que é ela?

— Querida, só pode ser ela. Ela não gosta dele, o que só pode acontecer com um dos Fothersbys porque TODO MUNDO adora o Barney. Ele está passando por todas estas tentativas de aprimoramento pessoal para ser mais digno dela. Que Deus nos ajude. É a maldita da Catherine Fothersby.

Olho para ela, horrorizada. Catherine Fothersby? Será? É verdade que ele foi assistir a alguns ensaios e está sempre na defensiva quando se fala dela.

— Mas por quê? — disparo. — Por quê?

— Não sei, Clemmie. Eu o deixei cair de cabeça uma vez quando era bebê. Sempre me preocupei com isso. — Ela coloca a mão na testa. — Acho que vou ter uma enxaqueca. Preciso mesmo me deitar.

No fim das contas, esta não foi uma noite divertida. Minha mãe insiste em se deitar e sobra para mim a obrigação de sair com Morgan para fazer xixi quando pararmos nas estações. A peste do animal simplesmente se recusou a fazer alguma coisa nas duas primeiras paradas. Assim que pisamos em solo firme, ele simplesmente desabou no chão e se fez de morto. Eu sei que ele está fazendo isso de propósito só para me chatear, porque não sonharia em fazer isso com minha mãe. Mas por fim a sua bexiga não agüenta mais este joguinho, ele faz o que precisa fazer e eu posso ir para a cama. Deito, completamente vestida, com a intenção de matutar um pouco sobre tudo antes de trocar de roupa, mas o balanço gentil do trem tem um efeito soporífero em mim e durmo com as botas, como um bom caubói.

Sonho que Emma é o amor secreto de Barney, mas ela, por sua vez, ama Sam e ninguém me ama. Acordo zangada e confusa até perceber onde estou. Estou de férias na França! Esqueço completamente dos sonhos, pulo da cama e espio pela janela, esquecendo completamente que não cheguei a trocar de roupa na noite passada. Parece que fui amputada na altura do joelho — malditas e desgraçadas botas de caubói — e caio durinha no chão. Quando finalmente consigo ficar de pé, olho para fora e vejo uma enormidade de resplandecente céu azul. A paisagem é seca como um deserto e montanhosa, com pequenos arbustos secos e empoeirados e árvores espalhadas por todo o lugar. Isto é definitivamente tempo para usar camisetas. Viva!

Consigo escovar meus dentes com uma certa dificuldade na pia minúscula, mas me sinto tão ensebada por ter dormido vestida que decido tomar um banho assim que chegar no hotel. O camareiro traz o café-da-manhã, composto por brioche, suco de laranja e biscoitinhos engraçados, e minha mãe agradece no seu francês estropiado. Ela está incrivelmente animada esta manhã. Disse que simplesmente não vai pensar a respeito de Barney e Catherine porque tem certeza de que Barney irá recuperar o juízo, principalmente quando ela começar a interferir na vida dele.

— Mas não diga nada a ele, está bem? — suplico. — Ele vai ficar zangado comigo e nunca mais vai me contar algo.

— Não se preocupe, querida. Serei sutil. Sou mãe de quatro...

— Cinco — corrijo.

Ela pensa por um minuto enquanto faz a conta mentalmente do rebanho e depois diz:

— Isso mesmo. Sou mãe de cinco filhos, o que me torna ainda mais qualificada para lidar com este tipo de situação.

— É isso o que me preocupa — murmuro.

— Não vou dizer que você me contou, farei de conta que descobri sozinha, com a minha intuição materna.

Barney não vai acreditar nisso nunca. Minha mãe não tem nenhum tipo de intuição, materna ou não.

— Você não foi muito intuitiva quando esqueceu quantos filhos teve.

— Fiz uma conta errada.

Sam bate à porta para ver se estamos prontas e começa a arrastar algumas das malas de minha mãe em direção à saída.

— Como foi na noite passada? — ele murmura para mim.

— Morgan ronca.

— Estou falando de sua mãe e Barney. Ela ficou preocupada?

Ando atrás dele no corredor.

— Ela acha que é Catherine Fothersby — sussurro. Ele pára e me olha, carrancudo. Balançamos suavemente no trem em movimento.

— Ela o quê?

— Acha que é Catherine Fothersby.

— Ela está maluca? Barney não gosta de Catherine Fothersby!

— Tem certeza? Porque ultimamente o comportamento dele tem sido muito estranho. Por que ele não contou para você? Ele costuma contar tudo.

Sam fecha a cara novamente e voltamos a andar. Chegamos nas portas de saída e ele empilha as malas.

— Você tem razão, é estranho que ele não tenha contado. Por que ele não me contaria?

— Será que é porque acha que você não vá aprovar a escolha dele?

— Meu Deus, então só pode ser alguém horrível.

— Como Catherine Fothersby.

— Ele não faria isso — ele diz, me encarando em estado de choque. — Faria?

— Olá! — diz meu pai, e faz nós dois pularmos de susto, de tão envolvidos que estávamos no nosso mundinho. — Todos prontos para desembarcar? Vou buscar Emma.

Em poucos minutos estamos reunidos na plataforma em Nice com nossa montanha de malas e um cachorro rabugento. Arrastamos as malas até a entrada da estação e Morgan e eu nos sentamos nelas enquanto meu pai vai em busca de um carro para alugar. Minha mãe está ocupada contando tudo sobre as cinco vezes que esteve grávida, que, segundo ela, foram todas horríveis, especialmente a de Clemmie, sem dar a mínima para o fato de que estou sentada bem na frente dela.

Aparentemente estamos sentados no meio-fio de uma rua de mão única particularmente movimentada que se estende por três faixas e é cruzada por outras ruas. Buzinas trombeteiam os pedestres que se atrevem a tentar atravessar e o sol forte ofusca tudo.

Finalmente meu pai aparece e vamos até um estacionamento com vários andares para pegar o carro alugado. Quando o encontramos, dou uma olhada rápida para Sam e sinto que um ataque de riso se aproxima.

— Era tudo o que eles tinham — diz meu pai na defensiva. — Não fizemos reservas.

— Querido, você bem que poderia ter alugado bicicletas em vez disto. Que nem a estúpida família da Noviça Rebelde — diz minha mãe.

Olho rapidamente para o rosto de Emma, que não mostra absolutamente nenhum sinal de diversão. Não acho que a família da Noviça Rebelde tinha a companhia da Spice Girl Emburrada. Meu pai começa a colocar algumas malas no porta-malas. Consegue colocar o fantástico número de duas.

— Vamos empilhar as malas no teto? — pergunto cuidadosamente.

— Vá para a parte de trás, Clemmie — Sam diz com firmeza e um sorriso.

— Ou, quem sabe, arrastá-las com uma corda atrás de nós?

— Entre logo — ele diz, me empurrando em direção à porta. — Vou empilhar as malas restantes em cima de você.

Por que as pessoas vivem me empurrando para a parte de trás dos carros?

— Eu posso dirigir — diz minha mãe, que já percebeu que, por estar grávida, Emma ganha imediatamente o assento dianteiro.

Todos ficamos paralisados e olhamos para ela. Minha mãe e o volante de um carro não fazem uma parceria perfeita. Uma vez ela chegou em casa e comentou de modo indiferente no meio da conversa que havia, acidentalmente, raspado parte do friso do carro ao estacioná-lo. Quando meu pai foi inspecionar o estrago, encontrou o pára-choque inteiro no banco traseiro.

— Você é procurada por má direção em vários países — diz meu pai. — Sem falar no seu próprio.

— Querido, tentei explicar ao policial que é muito difícil dirigir com Morgan sentado no meu colo.

— E o que me diz do homem que você atropelou na faixa para pedestres? — Sam pergunta.

— Eu não o derrubei, dei um empurrãozinho brincalhão nele. Ele era chinês e muito simpático.

— Você não vai dirigir — diz meu pai com firmeza. — Vá para o banco de trás com Clemmie, por favor.

Acabamos por nos amontoar lá dentro, com Morgan e as malas espalhadas pela traseira do carro. Tudo o que posso dizer é que estou muito feliz por Emma estar na frente, porque isto tudo é muita intimidade e não é algo que se possa fazer com uma relativa estranha.

Acho que a locadora de carros deve ter se sentido mal com a situação toda porque deram cinco mapas para meu pai, de modo que todos temos um nas mãos. Algo que meu pai agora lamenta, porque todos decidimos que somos peritos na direção por entre os complicados trajetos de mão única de Nice.

— Onde estamos hospedados, Sam?

— Em um hotel em Cap Ferrat. — Todos começamos a consultar freneticamente os mapas e a gritar direções para meu pai, que nos ignora completamente e somente ouve Sam e suas instruções ditas com voz suave. Odeio quando os homens fazem parcerias.

Começamos descendo a incrivelmente movimentada rua de mão única e depois meu pai vira à direita em direção da estrada à beira-mar. Passamos maus momentos quando meu pai acena, dando passagem para uma senhora idosa na faixa para pedestres, e logo depois pisa no acelerador, indo bem para cima dela. Ela quase morre de ataque cardíaco, mas consegue chegar ao outro lado da rua.

— Que diabos você está fazendo? — minha mãe grita.

— É muito confuso! — meu pai grita de volta. — Não sei se devo parar para os malditos pedestres ou se passo por cima deles.

Eventualmente entramos na estrada costeira na direção de Cap Ferrat, que parece estar situada em uma pequena ilha rochosa, com apenas uma via de acesso. Subimos e subimos por uma rodovia escavada nos penhascos e eu me sinto como em um filme. Finalmente, viramos à direita e começamos a viajar em direção a Cap Ferrat. É lindo. Cercas altas e caras escondem casas de milionários, gerânios despencam de jardineiras por todos os lados, os sistemas de irrigação estão ativados e passarinhos cantam entre si. Tudo parece ter sido pintado recentemente só para nós.

Nosso hotel fica bem no centro de Cap Ferrat e meu pai não tem problemas para estacionar em uma vaga minúscula onde mal caberia uma roda do nosso Range Rover. Minha mãe e eu saímos do banco traseiro do carro, dando risadinhas como loucas, incrivelmente excitadas com o ambiente exótico do lugar. A primavera está completamente florida, lanternas de papel vermelhas enfeitam a entrada, os copos de leite balançam suavemente com a brisa do mar e sinto o cheiro de pão fresco e bronzeador no ar.

Cada um pega um par de malas e entramos no hotel para nos registrar. Os amigos de Emma vão vir buscá-la hoje, às 6 da tarde, no hotel. Meus pais ficam alguns dias a mais, enquanto eu e Sam temos planos em aberto para apanhar o trem noturno de amanhã à noite. Todavia, depois de sentir o sol forte na pele e respirar o esfuziante ar marinho, o Sr. Trevesky torna-se uma vaga lembrança.

A recepção do hotel é muito elegante, com lindos arranjos de flores e vários sofás fofos. A gerente é uma senhora gorda, com cabelos ruivos curtos, usando um batom cor-de-cereja que não lhe fica nada bem, que me pergunta como foi a viagem e nos dá as chaves. Sam e meus pais estão em quartos próximos no segundo andar, mas Madame parece ter decidido que eu preciso de mais exercício e me mandou para o quinto andar. Já que Sam estabelece o precedente de subir as escadas (o que minha mãe recusa-se a fazer, entrando com Emma e Morgan no elevador), eu tenho que escalar degraus até o quinto andar.

No meu lindo quartinho individual, escancaro as janelas e vejo uma paisagem fabulosa. O mar é azul cintilante, e entre ele e o hotel estão mansões luxuosas. Ao contrário da região montanhosa mais além, a área tem vegetação exuberante, repleta de plantas exóticas que só os ricos podem comprar e manter.

Sentindo-me estupidamente animada, abro a mala, penduro algumas roupas no armário e tomo uma ducha rápida. Mal posso esperar para começar o duro trabalho de me divertir.

CAPÍTULO 18

Coloco bronzeador, biquíni, canga e uma das toalhas do hotel na minha bolsa de praia de palha. Ainda não está calor suficiente para andar de short e eu escolho uma saia leve, uma camiseta curta e umas alpargatas que estavam no fundo do meu guarda-roupa. Elas estão um pouco mofadas, mas não faz mal. Coloco os óculos de sol no alto da cabeça. Estou muito animada para esperar pelo elevador e desço galopando os cinco andares até chegar à recepção.

Sam já está esperando por todos nós e está insolentemente parecido com um dos nativos, vestindo jeans de cintura baixa, uma camiseta pólo enfiada displicentemente na cintura e mocassins. O cabelo dele ainda está úmido, sinal de que também acabou de sair do chuveiro. Está falando agitado ao celular, mas dá um sorrisinho na minha direção que diz que não vai demorar. Nem preciso dizer que meus pais ainda não desceram.

Afundo em um sofá fofo e espero, feliz da vida em apenas olhar ao redor e absorver a atmosfera. Mas Sam é um homem de palavra e poucos minutos depois senta ao meu lado no sofá.

— Puxa vida, isto é legal, não é? — ele diz, jogando-se em uma das poltronas e esticando as pernas. — Ficar longe do trabalho por alguns dias.

— Adorável! — concordo. — Quando foi a última vez que você tirou férias? — pergunto como quem não quer nada.

— Faz um século. O escritório não podia ficar mesmo sem a minha presença. Só agora me sinto capaz de deixar o escritório nas mãos de outra pessoa por alguns dias.

— Quanto tempo é "um século"?
— Oh, não sei. Alguns anos.
— O quê? Antes da minha viagem ao exterior?
Ele me olha, pensativo.

— É, mais ou menos isso.

Olho séria para ele enquanto penso nos dias em que ainda namorava Seth. Sam era muito mais parecido com Barney naquela época, levava o trabalho a sério mas era mais desligado. Talvez o desgaste de ter um escritório próprio o tenha deixado mais cansado.

— Você precisa de férias de verdade — digo, séria.

— Eu sei, Charlotte quer ir viajar e talvez façamos isto. É que eu tinha outras coisas na cabeça nestes últimos anos.

— Acho que ter criado seu próprio escritório foi difícil.

— Eu dei sorte. Pelo menos não tive que fazer um financiamento e usei o dinheiro da herança dos meus pais para começar as atividades. — Ele sorri para mim e eu acho que ele preferiria ter os pais com ele. — Mas não foi só isso — murmura, remexendo uma almofada do sofá.

— O que mais, então?

Ele vira e me olha direto nos olhos. Abre a boca para responder mas parece repensar.

— Pergunte outro dia, Clemmie.

Estou quase abrindo a boca para insistir que ele me conte agora e acabe de vez com esse irritante eu-tenho-um-segredo-mas-não-vou-contar, quando ouço a voz melodiosa de minha mãe ecoando pela escada.

Ela aparece com um visual saído diretamente de um filme com Sophia Loren. Está usando um chapéu de abas enormes, que quase fura o olho de Emma todas as vezes que minha mãe se vira para falar com ela, junto com seus óculos escuros à la Jaqueline Onassis e algo que parece ser uma combinação entre um vestido florido e uma cadeira de praia. Ela fuma displicentemente e carrega Morgan debaixo do braço.

— Queridos! Esperaram muito por nós? Seu pai levou um tempão para se arrumar. — Todos fazemos cara de quem não acredita nadinha nela, incluindo meu pai. — E então, o que vamos fazer de excitante?

— Gostaria de ir nadar! — anuncio.

— Então que tal voltarmos até Nice para nadar e dar um passeio de carro pela costa para almoçarmos em Monte Carlo? — sugere meu pai.

— Isto parece perfeito! — diz minha mãe, encantada, e até Emma consegue mostrar que a idéia não a desagrada.

— Posso dar um telefonema antes de ir? — ela pergunta.

— Claro! — meu pai diz. — Madame vai deixar você usar o telefone da recepção.

Ele a leva até a recepção.

— Para quem vai telefonar? — pergunto à minha mãe num sussurro.

— Acho que ela mencionou alguém, hã... ah, eu não me lembro. Era um nome simples, nada espetacular.

Suspiro. Temos que fazer este joguinho com ela o tempo todo.

— Will? Harry? Simon?

Ela franze a testa.

— Nãooooo... Nada assim.

— David? Richard? John?

— John! Isso mesmo!

— John Montague?

— Sim! Montague. Lembro de ter pensado em *Romeu e Julieta*.

— Quem é ele? — Sam pergunta, interessado.

— O deputado por Bristol. É um amigo de Sir Christopher. Emma estava hospedada com ele quando a encontramos.

Meu pai bate papo com Madame enquanto Emma fala ao telefone e, quando ela termina, faz um sinal para nós, que entregamos as chaves na recepção e saímos em direção ao nosso carrinho da Legolândia. Emma vai na frente porque ainda continua grávida enquanto Sam, minha mãe, Morgan e eu nos empilhamos uns sobre os outros no banco traseiro, comigo sentada no meio. Felizmente, nossos mapas ainda estão no mesmo lugar onde foram abandonados apressadamente, e nós os apanhamos, ansiosos.

Meu pai manobra com destreza as curvas agudas e as colinas do sistema de tráfego de mão única de Cap Ferrat, e em pouco tempo estamos novamente na linda rodovia costeira de volta a Nice. A estrada tem uma subida íngreme que dura alguns minutos, antes de uma vista fantástica da Côte d'Azur abrir-se à nossa frente. Podemos ver quilômetros e quilômetros gloriosos de praias e mar. Mas logo começamos a descer e, assim que passamos pelo porto de Nice, a estrada abre-se na Promenade des Anglais. Vemos a famosa cúpula do Hotel Negresco e começamos a procurar uma vaga para estacionar. Estou desesperada para entrar no mar.

Assim que saímos do carro, meus pais dizem preferir passear pela avenida com Morgan e parar para tomar um café no Negresco. Emma prefere ir com eles, portanto Sam e eu dizemos onde vamos ficar na praia para que eles nos peguem na volta.

A praia é de seixos, que absorveram o calor do sol, e ziguezagueamos sobre eles em busca de um local livre. Sam joga a toalha no chão, que também parece ter sido roubada do hotel, e começa a tirar a camiseta. Eu desvio rapidamente os olhos e fico subitamente envergonhada. Nós nos conhecemos há anos e, de repente, fico consciente de que nunca o vi sem roupa. Nada, nem mesmo um tronco nu, porque sempre surfamos com roupas de mergulho, o que nos permite ficar mais tempo nas águas geladas da Cornualha.

Enrosco os dedos na minha camiseta como quem não quer nada e fico olhando o mar, tentando dar a impressão de que estou estudando seu conteúdo ou, pelo menos, de que estou pensando sobre algo tremendamente importante.

— Não enrola, Clemmie! Tire a roupa! — diz Sam, de pé na minha frente, de sunga. Ele sorri maliciosamente, o que indica que sabe que estou envergonhada.

Olho fixamente para o seu rosto, sem olhar para baixo.

— Vá na frente. Eu tenho que colocar o biquíni.

— Quer que eu segure a toalha para você?

— Não, não! Vou ficar bem. Eu vou só, hã, você sabe. Enfiar-me nele. — Sinto meu rosto ficar vermelho. Meu Deus! O que está acontecendo comigo? Estou me comportando como uma adolescente virgem.

— Bom, ande logo! — Ele vira e marcha em direção ao mar, e eu não resisto à chance de dar uma boa olhadela nele.

Puta que pariu, ele é lindo de morrer.

Ponho a mão na boca.

— Estamos falando de Sam, Clemmie. Não se esqueça disso. Vamos esclarecer as coisas.

Continuo a observá-lo com um fascínio mórbido. Ele tem costas largas e uma grande pinta em um dos lados. O cabelo é cortado bem curtinho na nuca, onde vejo a sombra de pelinhos minúsculos. As pernas são fortes e musculosas e eu nem vou me atrever a falar da bunda. Porque eu realmente não consigo. Estou muito envergonhada. Percebo que este é o Sam, mas, ainda assim, é lindo demais. Ele entra na água e mergulha em uma das ondas.

Em um leve estado de choque, começo a tirar meu biquíni da sacola de praia. Puxo a tanga por baixo da saia, rebolo um pouco e depois, acanhadamente, enfio meus braços dentro da camiseta e desaperto meu sutiã. Coloco a parte de cima do biquíni por baixo da camiseta, mas ela está apertada demais e deixo de prestar atenção em Sam. Espio pelo decote da camiseta para ver se está tudo em ordem. Meus seios estão completamente achatados. Eu não peguei o tamanho correto? A etiqueta da tanga diz tamanho 40, mas eu tenho certeza absoluta de que a parte de cima não é do mesmo tamanho. A não ser que meus seios tenham inesperadamente mudado de forma. Ó, meu Deus, o que há de errado comigo? Emma não teria feito uma coisa destas.

Olho e vejo Sam dentro da água, com as mãos na cintura, olhando para mim. Fico vermelha novamente. Ele deve estar pensando o que causou este meu súbito interesse pelas minhas glândulas mamárias e provavelmente está me observando a espiar pelo decote da camiseta por uns bons minutos. Será que ele pensa que estou me admirando ou algo assim?

— Vamos logo! É lindo! — ele grita.

Tiro a camiseta, toda desengonçada, e depois adoto uma postura de braços-colados-ao-corpo-e-em-cima-das-mamas enquanto caminho, titubeante e acanhadamente, sobre os seixos até a água. Pelo menos desta vez me lembrei de depilar as duas axilas.

De tempos em tempos, olho para o homem dentro da água. Quando foi que Sam ficou tão atraente? Ele foi sempre assim? Ele cortou o cabelo? Será o efeito do sol forte do sul da França? Enquanto caminho vagarosamente pelas pedras, ficam cada vez mais claros os motivos pelos quais ele e Barney são os melhores amigos um do outro, embora isso nunca tenha me passado pela cabeça. Os dois compartilham daquele tipo de insolência casual e beleza descuidada. Mas Sam é mais moreno que Barney. Tem cabelos castanho-claros e olhos castanhos, enquanto Barney é todo branquinho, com olhos claros.

Ele espera por minha chegada na água, com um sorriso enorme no rosto. Normalmente sou o tipo de garota que entra na ponta dos pés na água. Um centímetro por vez, fazendo caretas como uma louca, mas hoje não me posso dar a esse luxo. Preciso enfiar meu tronco dentro da água o mais depressa possível.

Sam tinha razão, uma vez superado o choque frio inicial, a água está maravilhosa. Chapinho para chegar perto dele e me agacho, para poder ficar com água até ao pescoço.

— Só por isto toda a confusão com Emma valeu a pena, não valeu? — ele diz. — Quer nadar até aquele trapiche? O que há de errado com você? Por que está andando corcunda?

— Acho que comprei o tamanho errado da parte de cima do biquíni — digo com uma vozinha fraca. — Olhamos sem querer para o meu peito.

— Parece que sim.

— Ele estava na cesta de saldos.

— Imagino que sim.

— A tanga é do tamanho certo. E eu não verifiquei a parte de cima.

— Parece que são dois tapa-olhos costurados juntos.

Há uma breve pausa enquanto analisamos a situação.

— Quer dizer que não posso dar uns caldos em você? — pergunta Sam.

— Acho que até mesmo nadar depressa está fora de questão.

— Prometo que só vou olhar para o seu rosto o tempo todo.

— Mesmo se pisar em um caranguejo?

— Mesmo se pisar em vários caranguejos.

Fiel à sua palavra (e eu juro por Deus que estou levemente desapontada com a facilidade que ele tem em mantê-la), Sam permanece com os olhos firmemente afastados do meu peito enquanto brincamos no meio das ondas por meia hora. Boiamos, conversamos bobagens, até que eu finalmente decido sair da água e ele nada até o trapiche.

Seco-me rapidamente, visto a camiseta sem me importar com as marcas molhadas e sento na toalha, ainda com a tanga, coloco os óculos escuros e investigo alegremente o ambiente que me cerca. É absolutamente maravilhoso estar longe de tudo.

— Iú-hú, querida! — chama uma voz particularmente ressonante. Viro-me e vejo minha mãe acenando na calçada. Não há como confundir a nacionalidade dela.

Sorrio, aceno de volta e faço um gesto para Sam, que está saindo da água. Não tenho a mínima intenção de ficar vermelha novamente na frente de Sam e reúno apressadamente as minhas coisas, visto a saia e vou em direção de minha mãe, tropeçando nas pedras quentes enquanto caminho.

— Alô! — saúdo enquanto visto as alpargatas. Meu pai e Emma estão vindo em nossa direção.

— Querida, acabei de ver um famoso político do Partido Conservador.

— Puxa, viu mesmo? — digo, absolutamente maravilhada com a informação de que uma celebridade foi vista.

Meu pai balança a cabeça em negativa atrás dela.

— Andando em uma mobilete, Clemmie — ele acrescenta. Ah. Acho que uma celebridade não foi vista. — Nadaram bastante? — ele pergunta.

— Adoramos. E o que vocês fizeram?

— Tomamos café no Negresco e depois sua mãe nos obrigou a olhar vitrines.

— Comprou alguma coisa bonita? — pergunto à minha mãe, pensando que foi uma pena que ela não tivesse aproveitado a oportunidade para comprar um guarda-roupa novo para mim.

— Experimentei alguns sapatos. As lojas são fabulosas, Clemmie!

— Você deveria mesmo dar uma olhada nelas, Clemmie — diz Emma, me medindo de cima a baixo. Ela está em uma posição superior porque se encaixa completamente no estilo da Côte d'Azur, mas, mesmo assim, não gosto muito do tom da voz dela.

— Acho que farei isso.

— Querida, você vai adorar!

— Vamos! — diz meu pai, enroscando o braço dele no meu. — Vamos almoçar. Você concorda com a idéia de Monte Carlo, Clemmie?

— Monte Carlo está ótimo, papai.

Depois de minha mãe ter feito um grande escândalo sobre a necessidade eventual de termos nossos passaportes conosco em Monte Carlo, estacionamos perto do cassino, ao lado de carros muito mais glamourosos do que o nosso, e caminhamos na direção da famosa marina. Emma e minha mãe, com Morgan no colo, decidem pegar o elevador público, enquanto Sam, papai e eu escolhemos caminhar. Não é que eu goste de exercício, só que onde Emma está eu não estou, só isso.

— É impressionante ver estas ruas depois de tê-las visto na corrida de Fórmula 1, não, Sam? — meu pai comenta.

Sam faz algum comentário pertinente a respeito, mas eu perdi o interesse depois da primeira palavra, porque é tudo blablablá Fórmula sei lá que número. Fico perdida em meus próprios pensamentos, que envolvem olhar várias vitrines e tentar não olhar para a bunda de Sam.

Finalmente chegamos à marina e localizamos minha mãe e Emma sentadas a uma mesa ao ar livre de um pequeno e exclusivo restaurante. Minha mãe já tem em mãos um grande copo de gim-tônica e um cigarro, e Morgan tem uma tigela de água.

Coloco os óculos de sol no alto da cabeça e sento-me ao lado delas.

— Como você está se sentindo, Emma? — tento parecer simpática.

— Enjoada.

— Puxa vida. Quando isso vai parar?

Emma me dá uma olhada fulminante.

— Provavelmente quando eu der à luz. O calor não está ajudando em nada. É claro que na Inglaterra não estaria tão quente assim.

Ah. Ela ainda está contra mim, não está?

— Vamos pedir algo para você comer — Sam diz gentilmente. — Você vai se sentir melhor com a barriga cheia. — Ele faz sinal para o garçom, que traz cinco grandes cardápios.

Minha boca enche-se de saliva com as descrições dos pratos, mas tenho que passar os dez minutos seguintes explicando o menu para os demais e tentar definir quais queijos são seguros para Emma.

Parece que os franceses nunca ouviram falar em pasteurização, por isso abandonamos os queijos e assumimos a ingrata tarefa de achar algo que Emma possa comer. Estou prestes a dizer que pão com manteiga está ótimo para ela, mesmo se a porcaria da manteiga não for pasteurizada, quando Sam menciona uma sopa.

Enquanto analisamos nossas opções, minha mãe bate papo com o maître em seu francês estropiado, e ele se diverte um bocado. Ele responde a tudo o que ela diz em um inglês quase perfeito e eles estão se dando imensamente bem.

— O que *sêr istô* de "Merda de McGregor?" — ele pergunta.

— *Il y a un bateau...* — minha mãe começa a explicar. — Clemmie! — ela ruge logo depois, fazendo com que eu dê um pulo na cadeira. — Como se diz escocês em francês?

Fico seriamente tentada a dizer a palavra errada porque um dia disse a palavra errada para a tradução em francês de vaca, ensinando o equivalente a esquilo e até hoje dou risada quando ela pergunta se o queijo é feito com leite de cabra ou de esquilo, mas desta vez não sou rápida o suficiente e acabo dando a tradução correta. Droga.

Finalmente consigo fazer o pedido para o maître, que sai repetindo "Merda de McGregor" baixinho com seus botões, relaxo na cadeira e tomo um golinho do vinho branco gelado que Sam colocou no meu copo.

— Então, Clemmie, qual era mesmo o nome daquele negociante de arte? Aquele que foi com você na festa de Natal do jornal? — Emma pergunta, matreira. Esta é a primeira vez que ela menciona algo sobre já termos nos encontrado antes.

— O nome dele era Seth. Era um avalista de arte. Como eu.

— Lembro-me dele porque se recusou a beber vinho. Não o culpo por isso, claro, era um vinho horrível. Vocês ainda estão juntos?

— Não, terminamos há um bom tempo.

— Holly disse que ele foi o motivo de você ter saído em viagem ao redor do mundo por um ano.

Está na cara que Emma sabia que tínhamos terminado o namoro. Vou matar Holly, se Martin não fizer isso primeiro.

— Foi? — digo, tentando manter a voz baixa.

— Pensei que você simplesmente precisava de umas férias, Clemmie — Sam acrescenta. Dou um sorriso, agradecida.

— Você está namorando alguém?

— Não, não estou.

Ela olha com pena para mim e mal consigo me controlar para não lhe responder na mesma moeda, porque não se pode dizer que ela tenha tido um grande sucesso com sua vida amorosa.

— Você acha que vai voltar ao mercado de avaliação de arte? — ela insiste.

— Na verdade, pensei em abrir a minha própria galeria — digo corajosamente.

— Clemmie! — meu pai exclama. — Que idéia maravilhosa!

— Na verdade, a idéia é de Sam — confesso. — Mas eu gosto dela. — A informação faz Emma calar a boca, graças a Deus, e começamos a falar de outras coisas. Comentar a idéia de Sam em voz alta dá outro peso a ela e as coisas começam a ficar mais reais. Ninguém riu da idéia, como se fosse a coisa mais ridícula do mundo, portanto eu talvez possa fazer mesmo isso. Começo a pensar mais a respeito, talvez tente achar um emprego em uma das várias galerias espalhadas pela Cornualha quando voltarmos. Isto pode ser uma boa idéia, já que a esta altura o Sr. Trevesky já deve ter desistido de mim.

Quando chego a esta conclusão, concentro meus pensamentos na maravilha que será me livrar de Emma. Quem me dera que esta noite chegasse logo.

— Como será que Holly vai indo? — minha mãe pergunta. — Vocês acham que James já a perdoou?

— Claro que sim! — respondo com segurança, plenamente consciente de que Emma está ouvindo a conversa atentamente. Holly e James costumam ser considerados propriedade pública em Bristol, uma vez que seu encontro foi documentado pelas reportagens de Holly no *Gazette*.

— Eles brigaram? — Emma pergunta, profundamente interessada. Eu sei que ela sempre teve ciúmes de Holly, e agora que conheci James não posso culpá-la.

— Não chegou a ser uma briga — disfarço. — Foi mais uma discussãozinha. É claro que, se fosse outro membro da família a perguntar, talvez fosse obrigada a lhe dizer que eles tiveram uma tremenda de uma briga e não sei se algum dia vão voltar a falar um com o outro. — Mas eles já fizeram as pazes. — E faço uma figa debaixo da mesa.

Minha mãe distrai todo mundo gritando:
— Queridos, olhem! Acho que é Tony Blair ali!

Quando voltamos ao hotel, Emma pede licença e vai pegar as coisas dela no quarto de meus pais. Nós todos nos acomodamos na recepção e esperamos pela chegada dos Winstanleys, as pessoas com quem Emma vai ficar.
— Clemmie, querida, você se importa em ler comigo o roteiro da minha nova peça, mais tarde?
— De jeito nenhum. Sobre o que é a peça?
— Bom, o seu papel é o de uma velhota mal-humorada, cheia de azedume por algumas más experiências da vida.
— E o seu?
— Linda herdeira lutando para seguir o amor de sua vida quando ele vai para a guerra, é claro! — Faz sentido. — Como vai Charlotte? — ela pergunta a Sam. Sam ligou para ela pelo celular na viagem de volta ao hotel.
Eu fiquei muito quieta o tempo todo, já que Emma não queria conversa com ninguém. Sam conversava com Charlotte no celular e minha mãe conversava com Barney no meu celular (mas fui eu quem teve que discar todos os números porque ela vivia apertando os botões errados).
— Vai bem. Tirou uns dias de férias mas decidiu ficar na Cornualha. — Ouço com interesse porque Charlotte agora tem todo um novo papel na minha vida. Será que nunca gostei dela porque secretamente gostava de Sam? Ela é bonita? Não me lembro, mas Holly acha que ela é. E meus pais parecem gostar dela.
— Foi visitar Barney e Norman. Parece que Barney gasta boa parte do dia tentando convencer Norman a voar novamente, jogando sardinhas no ar. Mas é óbvio que Norman simplesmente espera que elas caiam no chão, anda bambeleante até elas e as come.
— Pelo menos estão ficando amigos — comento.
— Quando falei com Barney, ele parecia estar muito contente com a companhia de Norman — diz minha mãe. Eu não iria tão longe assim.

Meu pai e Emma saem juntos do elevador. Meu pai carrega a mala dela e a coloca ao lado do sofá.

— Tudo arrumado, Emma? — Sam pergunta educadamente.

— Sim. — Ela parece bastante abatida e eu quase sinto pena dela. Meu pai se empoleira no braço de uma das poltronas perto dela.

— Seu pai vai vir visitar você em breve?

— Ele diz que vai tentar vir para cá assim que puder.

— Tudo vai ficar bem, Emma — meu pai diz gentilmente. — Estas coisas costumam resolver-se sozinhas.

Todos sentamos em silêncio por uns momentos até que eu me lembro da promessa feita a Holly de que tentaria arrancar algumas informações de Emma para a coluna "Alta Sociedade". Esta é a minha última chance.

— Hã, Emma? Não sei se você sabe, mas Joe pediu a Holly que escrevesse a coluna "Alta Sociedade" até que o jornal encontrasse uma substituta para você. — Espero que, dizendo as coisas deste modo, pareça que Joe deu a tarefa para Holly porque ela é muito talentosa, em vez de ser por causa da confusão que arrumamos.

— Verdade?

— Sim. Você tem alguma dica para ela?

Emma olha para o meu pai. Sei que ela gosta dele e que não quer parecer mal-educada na sua frente, e assim não tem outra saída a não ser me ajudar. Rá!

— Holly não está muito a par da vida da sociedade, está? — Esta é uma pergunta retórica e eu olho para meu pai, para ver como este insulto velado o atinge. Ele está com uma expressão de quem concorda perfeitamente com Emma. Maldito seja, ele sempre pensa o melhor sobre todo mundo. Esta é uma característica muito irritante.

— Não, não está. — Holly preferiria furar um olho a ter que sair para participar de festinhas e coquetéis.

Emma abre o jogo.

— Diga a ela para olhar algumas anotações que eu fiz para a próxima coluna, que estão no meu computador.

— Obrigada, Emma.

— Mas ela não tem mesmo os contatos necessários para cuidar da coluna por muito tempo. Eu tenho leitores fiéis e as histórias que ela conhece do pub local não vão funcionar por muito tempo.

— Direi isso a ela — digo entre dentes, e neste exato momento um casal entra na recepção. Sei imediatamente que aqueles são os Winstanleys. É surpreendente como você pode identificar um britânico a um quilômetro de distância. Eles são discretamente distintos e noto, quando se apresentam, que falam muito bem. Mas eu não esperaria nada diferente dos amigos de Sir Christopher McKellan.

Emma despede-se de todos com um certo grau de afeto, até que chega a minha vez.

— Bom, Clemmie. Acho que você fez o melhor que pôde em toda esta história.

— Sim, eu fiz.

— Sei que Holly pode ser incrivelmente persuasiva. As pessoas tendem a gostar demais dela e acabam fazendo tudo o que ela quer. De modo que eu posso ter dado a impressão de que culpo você por esta confusão, mas não é verdade. — OK, então ela simplesmente não gosta de mim.

Abro a boca para defender a minha adorada irmã, mas penso melhor. Eu simplesmente não me importo.

— A culpa é toda de Holly — digo pela última vez. — Cuide-se, Emma.

Ela dá um meio sorriso e sai das nossas vidas.

CAPÍTULO 19

Liberdade! Ou como diriam os franceses: *liberté* e, hã, mais alguma coisa. Mas eu acho que devemos nos concentrar na liberdade. Estamos oficialmente livres de Emma, uma sensação maravilhosa à qual sempre darei merecido valor.

Vamos para a varanda do hotel para tomar um drinque. Saio de perto deles e marcho rapidamente na direção do bar, pronta para pedir o maior drinque que existir. Acho até que vou perguntar se eles também têm queijo cremoso e patê.

— Clemmie! — grita meu pai. — Peça Kir Royales!

Humm, humm. Champanhe e creme de cassis.

— *Quatre Kirs Royales, s'il vous plaît!* — peço ao garçom. Meu francês não é suficientemente bom para acrescentar "e faça com que sejam enormes", mas acho que ele entendeu o espírito da coisa com os meus gestos.

Meus pais e Sam acomodam-se em algumas cadeiras de vime na extremidade da varanda, de frente para o mar. O sol está começando a baixar, banhando nossa pequena ilha em uma luz suave.

— Acho que você ficou queimada de sol — diz Sam quando chego perto deles.

Coloco imediatamente a mão no nariz.

— Estou vermelha? — pergunto ansiosa.

— Não, só com sardas.

— Ó, meu Deus! Que horror.

— Elas são bonitinhas — Sam protesta. Mas não são sexy. Não são exatamente atraentes. Ao contrário de Sam, que ficou queimado de sol e tem um brilho dourado em volta dele.

Devo parar imediatamente com estes pensamentos impuros.

Infelizmente, pensamentos deste tipo viciam. Quem sabe quando voltarmos à Inglaterra e à normalidade, o meu relacionamento com

Sam volte também ao normal. Ele vai voltar ao desdém entediado e eu voltarei a ficar irritada por causa dos meus iogurtes de ruibarbo.

— Vocês dois ainda pretendem voltar para casa amanhã? — minha mãe pergunta enquanto dá despreocupadamente um pistache para Morgan.

Sam olha para mim e eu olho para ele.

— Eu deveria voltar ao trabalho — diz Sam.

Eu desabo um pouco, desapontada.

— Eu acho que deveria voltar ao trabalho também — digo desanimada.

— Mas, por outro lado, não há motivos para correr de volta, há?

Meu estado de espírito se anima rapidamente.

— Nenhuma pressa.

— Quer dizer, parece um bocado rude da nossa parte abandonar seus pais, Clem.

— Muito rude. O que os dois vão fazer sem a nossa companhia?

— Bom, uma vez que você olha a situação por este ângulo, considero minha obrigação moral ficar aqui e tomar conta deles.

— Eu também! — Dou um sorriso enorme para ele e tomo um golinho do drinque. É o paraíso.

— Bom, vocês dois vão ter que se virar sozinhos amanhã à noite porque sua mãe e eu temos reservas para jantar no La Colombe D'Or — meu pai interrompe.

— Onde fica?

— Em St. Paul de Vence. Costuma estar completamente reservado por meses, mas eu telefonei mesmo antes de sairmos da Inglaterra e eles tiveram um cancelamento, por isso acho que, meus lindinhos, não vamos perder isso por nada neste mundo.

— Oohh, eu me atrevo a dizer que conseguiremos nos virar — digo com um certo grau de compostura, tentando não parecer muito tarada com a possibilidade de passar uma noite sozinha com Sam. Olho acusatória para o meu Kir Royale. É ele que está fazendo com que eu me comporte deste modo? Meu Deus! Você acaba de desenvolver uma paixonite pelo Sam, Clemmie. O mesmo Sam para quem antes você nunca teve muito tempo.

Tomo outro gole do drinque e espeto pensativa uma azeitona enquanto os outros discutem descontraidamente o que querem fazer amanhã. Eu preciso mesmo analisar tudo isto e não me apressar em nada, porque toda a situação pode se tornar muito embaraçosa. Não quero parecer que fiquei com uma paixão absolutamente avassaladora por ele e depois ter que passar os próximos cinqüenta anos saindo da sala quando ele entra. Meus olhos viram sem querer na sua direção. Gosto até do modo como ele se senta. Seu corpo está tombado arrogantemente para trás na cadeira mas ele está se inclinando um pouco para a frente, rindo de qualquer coisa que minha mãe está lhe dizendo. É claro que não se pode ignorar que ele está saindo com Charlotte. Mas resta uma centelha de oportunidade. Charlotte não está aqui e eu estou. Charlotte está a milhares de quilômetros de distância, enquanto eu estou a poucos metros. Charlotte é uma atuária, enquanto eu... Sim, bem, eu... Falando sério, o que é que eu sou? Vocês acham que ele gosta daquela coisa atuarial? Será que eu deveria reforçar mais o fato de que trabalhei em uma seguradora? Franzo a testa. Tudo é um pouco confuso. Talvez eu não devesse mexer nisso. Mas cá estamos nós, no cenário sedutor do sul da França, sem nenhuma preocupação no mundo e a possibilidade de ficarmos a sós juntos. Se ele não quisesse que isso acontecesse, então não teria agarrado a chance de voltar para casa o mais depressa possível? Estaria espalhando horários de trens por todo o lado, com círculos nas sugestões e uma anotação "EXCELENTE TREM" em vermelho.

— Clemmie? — meu pai pergunta.

Interrompo meu pequeno solilóquio e olho para eles. Todos me olham, preocupados.

— Você está bem? Você estava falando sozinha.

— Hummm? Oh, sim, estou muito bem. Só estava pensando em outra coisa.

— Você estava murmurando algo sobre atuários? — Sam pergunta com um sorrisinho.

Fico levemente vermelha.

— Oh, sim! Atuários! Estava pensando como Charlotte está se saindo. Sendo uma atuária, entre outras coisas. — Oh, muito bem,

Clemmie. Meus parabéns. Bem quando estávamos tentando fazê-lo esquecer da namorada você consegue colocá-la cuidadosamente de volta na cabeça dele.

Todo mundo parece ficar meio surpreso.

— Você estava imaginando se Charlotte está feliz em ser uma atuária? — minha mãe pergunta, parecendo confusa.

— Bom. Sim. Acho que estava. Quer dizer, acho que deve ser um trabalho muito estressante, hã, o de ser uma atuária.

— Nunca pensei que você soubesse o que é isso — Sam diz com um ar divertido.

— Não, não. Charlotte me explicou tudo.

— E você entendeu o que ela disse? Porque estas duas declarações não são necessariamente contraditórias — meu pai acrescenta.

— Bom, é exatamente isso — devolvo. — É por isso que tudo parece tão estressante.

— Por que você não entendeu o que ela faz? — pergunta minha mãe, parecendo ainda mais confusa.

Meu Deus, ela precisa insistir no assunto? Não temos nada melhor para conversar a respeito? Poderíamos falar da dívida do Terceiro Mundo ou sobre a última crise política. Temos que continuar falando nisto?

— Onde vamos jantar? — pergunto desesperada. — Estou faminta! Morgan também parece faminto.

Morgan engoliu cerca de cem pistaches e eu não acredito no que disse, mas ele é sempre uma boa maneira de distrair minha mãe.

— Pensei que poderíamos dar uma passada pela avenida da Royal Riviera.

— Talvez eu vá trocar de roupa. — Olho para minhas roupas cheias de areia e imagino que diabos poderei vestir.

— Acho que todos devemos trocar de roupa — Sam diz preguiçosamente enquanto eu engulo o restinho do champanhe.

— Nos encontramos aqui embaixo? — meu pai pergunta.

Sam e eu mudamos de roupa mais depressa. No meu caso, por pura falta de opções (tenho que usar minha outra saia e minhas sandálias de dedo), mas demoro fazendo uma escova nos cabelos. Deixo-o cair solto nos ombros, passo uma base nas bochechas rosadas, um pouco de batom e delineador. Sam já está à minha espera quando volto às nossas cadeiras de vime. Sem perguntar nada, levanta e volta com outro Kir Royale.

A noite tem um ritmo bastante agradável. Meus pais juntam-se a nós e, depois de um bebericar delicado (minha mãe) e de uma sessão de bebedeira (eu) de mais alguns drinques, vamos procurar um restaurante perto do hotel. O calor do dia diminuiu e a noite está linda e suave. Vamos até o porto minúsculo e andamos, olhando os barcos, até que meu pai encontra um restaurante que o agrada.

Depois da ingestão de várias garrafas de vinho e montes de comida maravilhosa, estou absolutamente feliz e em paz com o mundo. Olho para Sam, que ouve atentamente minha mãe enquanto ela tenta convencê-lo de que viu o ministro da Economia britânico usando uma camisa com estampa havaiana (já reparei que, por algum motivo desconhecido, todas as celebridades que ela vê são políticos). Ele tem um leve sorriso no rosto que me diz que está tentando levar minha mãe a sério e não cair na gargalhada. Fico imaginando por que nunca reparei nele em todos esses anos. Acho que estive ocupada demais com a minha vida. E Barney e Sam eram extremamente irritantes quando éramos mais jovens. Quer dizer, eles são muito irritantes agora, mas no passado eram definitivamente enlouquecedores. Deitar juntos no sofá comendo iogurtes e me encher o saco parecia ser a atividade favorita deles. Nenhum dos dois era especialmente maldoso, porque Barney não tem uma gota de maldade no sangue, mas sempre que eu queria ver TV eles estavam jogando videogame. Quando pedia emprestado, com antecedência, o carro de meus pais, Sam e Barney já o tinham levado sem dizer nada a ninguém. É muito difícil notar alguém que tem um longo histórico de chateações.

Depois do prato principal, meus pais anunciam que não querem sobremesa e que vão voltar para o hotel para tomarem café lá. Eu quero sobremesa sem dúvida alguma, estou morrendo de vontade de comer *crème caramel*. Digo isto a Sam quando meus pais vão embora.

— Bom Deus, não me diga que você está grávida também, Clemmie.

— Só se for obra do Espírito Santo — digo e dou uma bufada pouco atraente. Lamento imediatamente o que disse e fico vermelha. Preciso parar de beber vinho. Assim que terminar de beber este copo.

O garçom se aproxima e nos dá os cardápios. Ele me dá uma olhada feia porque eu já consegui pôr fogo em dois cardápios quando os segurei sobre a vela na nossa mesa. Da primeira vez todos acharam a maior graça, menos quando me deram o segundo cardápio e eu fiz a mesma coisa quase que imediatamente. A vela na nossa mesa foi apagada sem mais delongas e ficou apagada desde então.

— Espero que Emma esteja bem — diz Sam quando decidimos o que comer e devolvemos os cardápios para o garçom. Com mil demônios. Faz apenas cinco minutos que ela foi embora.

— Tenho certeza de que ela está bem. — Tento evitar que meu lábio superior mostre meu desdém. — O pai vai cuidar dela.

— Você não gosta dele, gosta?

— Vamos dizer que eu não vou passar por Rock por algum tempo.

— Ele não é tão mau quanto parece.

— Mesmo? — continuo sem acreditar.

— Fico pensando o que Emma vai contar para o filho sobre o pai.

— De preferência não vai contar a verdade.

— Você não consegue escolher seus pais.

— É óbvio que eu não escolhi os meus. — Sam sorri para mim, mas há uma certa melancolia no seu rosto que faz com que eu acrescente: — Puxa, desculpe, Sam. Eu me esqueci. Você sente falta deles?

— Acho que sinto. Quer dizer, minha tia fez o melhor que pôde, mas não é a mesma coisa. Seus pais sempre foram fantásticos comigo.

— Foram? — pergunto, sabendo muito bem que foram.

— Eles não só me deixaram praticamente viver na sua casa, mas também deixaram que eu fosse um adolescente de verdade. Nunca me senti como um hóspede com a obrigação de dizer por favor e obrigado. Eles me deixaram perder as estribeiras, deitar no sofá, e seu pai até me ensinou a dirigir. Isto significa muito para mim.

Sorrio para ele e, repentinamente, perdôo tudo. Até mesmo os iogurtes de ruibarbo.

— Papai me contou que um dos motivos para você voltar para Londres era descobrir mais sobre seus pais. Você encontrou o que estava procurando?

— Sim, Clemmie. Encontrei. Mas... — Ele pára de falar quando percebe que estou olhando paralisada por cima de seu ombro. — O quê? O que aconteceu?

— Acabei de ver Martin Connelly passar na calçada.

CAPÍTULO 20

Sam gira 180 graus na sua cadeira.
— Onde?
— Ele literalmente passou por nós.
— Tem certeza de que era ele?
— Completamente, absolutamente.
— Ele nos viu?
— Acho que não. Ó, meu Deus. Como é que ele nos encontrou?
— Para que lado ele foi?
— Na direção do hotel.
— Vamos logo! Vamos atrás dele!

Num instante Sam está de pé e pedindo *l'addition*. Eu luto para sair do meu estupor alcoólico e é com dificuldade que consigo ficar de pé. Segui-lo? Por que vamos segui-lo? Não deveríamos tentar perdê-lo?

Sam já está ao lado do maître e enfia freneticamente notas de dinheiro na mão dele. Eu tento me apressar para lhe falar de algumas profundas preocupações minhas sobre o plano dele, mas algum palerma pôs uma excessiva quantidade de mesas e cadeiras no meu caminho, como que em uma bizarra corrida de obstáculos.

— *Pardon*! *Pardon*! — gorjeio, enquanto mando para longe mais uma entrada de um casal sem sorte.

Sam está na porta do restaurante, olhando para os dois lados enquanto me espera.

— Clemmie! — Sam sibila. — Quer fazer o favor?

— Sam, por que vamos segui-lo? Não deveríamos estar indo na outra direção? — Mas minhas palavras se perdem no ar enquanto Sam agarra meu braço e me arrasta para fora do restaurante.

Saímos para o ar restaurador da noite, sutilmente perfumado com flores, e eu respiro profundamente. Grande bobagem. Quase desmaio com a entrada súbita de oxigênio e tenho que me segurar em um poste próximo.

— Clemmie! Quer parar de enrolar e se mexer? Não é hora de ler os cartazes nos postes! — Sam volta para trás e agarra meu braço. Eu tinha esquecido como ele pode ser mandão. Ele me puxa pela rua a cem quilômetros por hora.

— Você consegue vê-lo? — ele pergunta com um tom de urgência na voz.

Faço de conta que estou olhando ao redor, mas na verdade estou tentando é focalizar as coisas.

— Hã, não.

— O que ele estava usando?

— Um paletó de tweed. E tem cabelos castanhos.

Chegamos à rua principal e Sam olha para os dois lados.

— Lá está ele! Vamos! — Ele aponta para uma figura minúscula ao longe. Como é que ele consegue ver naquela distância? Maldita Côte d'Azur e sua iluminação pública. — Precisamos correr um pouco para alcançá-lo.

— Hã, Sam. Por que estamos seguindo Martin Connelly?

— Porque precisamos saber onde ele está hospedado, Clemmie — ele responde pacientemente. Está me olhando como se eu fosse uma debilóide.

— Vou perguntar de novo, por quê? Por que precisamos saber disso?

— Porque, se soubermos onde ele está, ficaremos em posição de vantagem.

Percebo que Sam está ficando visivelmente chateado com as minhas perguntas e não tenho coragem de perguntar mais nada. Mas tenho coragem suficiente para fazer uma pausa e sentar em um conveniente banco de rua.

— Clemmie! Vamos! — ele diz, me puxando. — Jesus! Martin Connelly está aqui e você está... o que há de errado com o seu rosto?

— Humm?

— Seu rosto. O que há de errado com ele?

Passo a mão no rosto. O que ele quer dizer com o que há de errado com ele? Dá para ser mais grosseiro do que isto? Meu rosto parece ser exatamente o mesmo que sempre foi, exceto por... ó não.

— Estou inchando! — digo, horrorizada.

— Consigo ver isso, mas por quê? Você não comeu nenhum daqueles pedaços de abacate, comeu? Eu os mostrei para você.

— Que abacate? Não vi nenhum abacate. Minhas pernas parecem ter vida própria agora e correm descontroladas ao lado de Sam. Gostaria que elas parassem com isso.

— Na salada. Eu disse que havia abacate nela.

— Não ouvi você!

— Você estava muito ocupada enchendo a cara, mamando no copo de vinho. Esqueça disto agora, ainda pode vê-lo?

Se eu posso vê-lo? Mal consigo ver Sam, que dirá ver algo a mais de um metro de distância. Bom Deus, não acredito que comi abacate. Não faço isso desde o fracasso do Munchkin e não me lembro quanto tempo demora para a alergia passar. Vinte e quatro horas? Não pode ser mais do que isso, com certeza. E aquela conversa sobre encher a cara de vinho me magoou mesmo.

— Eu simplesmente não acredito nisso — diz Sam, com a mão ainda no meu cotovelo, como uma cola extraforte.

— Eu sei. Nem eu — murmuro, ofegando um pouco por causa do esforço.

— Eu deveria ter imaginado que isso iria acontecer.

— Sim, mas o problema é que o abacate é verde e as folhas da salada também. Ou seja, tudo fica verde e fica muito difícil...

— Clemmie, esqueça o maldito abacate. Estou falando de Martin Connelly. Talvez tenhamos sido muito ingênuos. Eu confiei cegamente que ele iria engolir a sua história e voltaria para Bristol ou Cambridge. É tudo culpa minha.

Temos que conversar sobre Martin sacana Connelly? Meu rosto parece o de um sapo-boi e Sam fica resmungando sobre ter culpa. É culpa dele sim, depois de ver o abacate deveria ter feito um escândalo na mesa até que o garçom viesse tirar o prato da minha frente.

— Depressa! Ele está parando! Entre aqui! — Sam diz de repente e, sem sequer um "primeiro as damas", me empurra para dentro da porta mais próxima.

Pedir que meus nervos em frangalhos tomem uma decisão em um milésimo de segundo e que meus pés consigam mesmo erguer-se do chão e subir um degrau é algo acima das minhas forças. Tropeço feio, despenco pela porta aberta e deslizo em alta velocidade por um chão brilhante e muito bem encerado, até parar na recepção do que parece ser um hotel muito sofisticado. Paro com o nariz achatado contra o balcão da recepção.

Um homem se inclina educadamente por cima do balcão.

— Posso ajudá-la em algo, madame? — pergunta educadamente em um inglês perfeito. Ele faz um grande esforço para não se encolher assustado, ao ver meu rosto inchado.

Olho para Sam, que não fez a mesma entrada espetacular que eu. Tropeçou sobre meu corpo em queda livre, mas conseguiu se segurar e está parado na porta, espiando a rua. Ele grita:

— Volto em um minuto, Clem! — e sai correndo. Maravilhoso.

Eu me desenrolo lentamente e tento abaixar disfarçadamente a minha saia. O homem saiu de trás do balcão e está tentando me ajudar.

— A senhora está bem, madame?

— Hã, sim. Acho que sim. — A queda meio que me tirou o fôlego, e é com alguma dificuldade que luto para me pôr de pé. Perdi uma das sandálias, que o homem vai buscar do outro lado da sala.

Ele volta para trás do balcão e deixa que eu me ajeite sozinha. Olho de novo para cima, para encontrá-lo na frente do meu nariz.

— Posso ir buscar sua bagagem?

— Humm?

— A senhora está se registrando no hotel?

— Hã, não. Não exatamente. — Ele parece confuso com a resposta, e tem que ficar mesmo. Eu estava muito ansiosa para entrar no hotel e agora estou muito ansiosa para sair dele.

— Então o que está fazendo?

Boa pergunta. Muito bem colocada.

— Hã, apenas olhando.

— Olhando?

— Sim. Olhando a decoração. — Faço um gesto abrangente com a mão no ar indicando os móveis.

— E o chão também? — ele pergunta, com uma pitadinha de ironia. Fico vermelha como um pimentão e começo a andar em direção à porta.

— É um chão lindo. Ele é, hã, francês? — Ó, Deus.

— Estamos na França.

— Sim. Sim, claro, isso o torna francês. — Olhamos novamente para o chão e eu dou mais uns passos para trás. — Bom, obrigada. Por me deixar olhar.
— Foi um prazer — ele responde, em tom de sarcasmo.
— Igualmente.
Vou matar o desgraçado do Sam.

Quando chego à calçada, sentindo-me definitivamente mais sóbria, vejo Sam descendo a ladeira e acenando para mim. Ignoro-o e começo a andar emburrada na direção do nosso hotel, mas ele me alcança na metade do caminho, ignorando completamente o fato de que eu posso estar chateada com ele.
— Eu o encontrei!
— Oh, que maravilha.
Ele ignora o tom da minha voz.
— Está hospedado em uma pequena pensão no alto da ladeira.
— E como é que esta informaçãozinha vai nos ajudar, exatamente?
— Precisamos saber onde podemos encontrá-lo. E agora sabemos!
— Maravilha — digo entre dentes.
— Você está bem? Você se machucou?
— Estou bem. Muito bem.
Assim que entramos no hotel, Sam sobe rapidamente as escadas em direção ao quarto dos meus pais. Vou atrás dele e, quando o alcanço, ele já está batendo à porta deles.
Entramos e vemos que nenhum deles está pronto para dormir. Na verdade, estavam sentados na varanda saboreando dois conhaques. Minha mãe recosta-se na cadeira de vime, com Morgan no colo, e dá uma tragada funda no cigarro.
— Vocês não iam dormir? — pergunto.
— Querida, eu simplesmente não tinha nicotina suficiente no meu organismo e precisava... o que aconteceu com o seu rosto?
— Está inchado.
— Caramba, eu consigo ver isso. Você não comeu nenhum daqueles pedaços de abacate da salada, comeu?
— Parece que comi — digo. — Você não pensou em me avisar, pensou?

— Sam disse que havia abacate nela. Meu Deus, você se lembra de quando inchou durante a apresentação de O *Mágico de Oz*, em Stratford? Eu nunca esqueci daquela menininha com cachinhos sentada na primeira fileira. Ela chorou tanto, foi muito desconcertante. Você se lembra?

— Como é que eu poderia esquecer? Foi muito desconcertante para mim também, uma vez que metade das crianças na platéia também começaram a chorar — respondo ríspida.

— Mas, querida, eu nem sei como dizer o quanto você estava horrível. Para dizer a verdade, acho que nós, que tivemos que olhar para você, é que ficamos em maus lençóis. E...

Enquanto enfrento este pequeno diálogo com minha mãe, Sam e meu pai conversam preocupados no canto do quarto. E a interrupção de meu pai vem em boa hora, porque eu estou prestes a dizer algo realmente rude para minha mãe.

— Sorrel, Sam acaba de ver Martin Connelly.

— Martin Connelly? — ela pergunta, completamente surpresa. Que maravilha, não é? Ela consegue se lembrar da menina com cachinhos da primeira fileira de muitos anos atrás, mas não consegue lembrar de algo que aconteceu há quarenta e oito horas.

— O lunático — meu pai diz pacientemente.

— O psicólogo?

— Esse mesmo.

— Ele está vindo para cá?

— Clemmie acabou de vê-lo passar na calçada do restaurante e eles o seguiram até uma pensão.

— Vocês acham que ele sabe que estamos aqui?

— Acho que este é um bom palpite.

— Mas como?

Meu pai olha para Sam, que encolhe os ombros.

— Ele pode ter nos seguido até a estação de Waterloo. Talvez tenha descoberto algo com alguém no jornal. Mas eu acho que simplesmente não acreditou no que Holly e Clemmie lhe contaram e ficou na Cornualha nos observando. Pode ter desconfiado quando eu falei das nossas férias.

Meu pai vira para mim.

— Clemmie, você viu algo que... que diabos você fez com o seu rosto? Você não comeu nenhum daqueles pedaços de abacate da salada, comeu?

Como é que aquela porcaria de abacate estava tão visível para todo mundo menos para mim? Os pedaços eram fluorescentes, por acaso?

Tento manter minha voz firme.

— Sim. Acho que comi um pouco.

— Eu acho que você está piorando — Sam diz, olhando para mim.

Vou ao banheiro e dou uma boa olhada no espelho. Uma desconhecida com um rosto perturbadoramente familiar me olha de volta. Olhinhos apertadinhos mergulhados em um mar de carne vermelha estufada. As maçãs do rosto, meu queixo e quase todo o nariz sumiram.

— Quer que vamos buscar um antialérgico ou outra coisa? — meu pai pergunta quando volto para o quarto e me escondo atrás da cortina.

— Não, o inchaço costuma passar sozinho.

— Quanto tempo vai levar? — minha mãe pergunta. Ponho a cabeça para fora e a fuzilo com os olhos. — Vamos, querida, não faça assim. Pelo menos você não precisa olhar para si mesma. Veja só, o coitado do Morgan não quer mais sair debaixo da poltrona.

Volto para trás da minha cortina e despenco sentada no chão, sentindo-me miserável. Posso escutar a conversa sobre como é que Martin pode ter nos descoberto e se ele sabe onde estamos hospedados. Inevitavelmente, a conversa passa a ser sobre as preocupações de todos com Emma.

— Temos que avisar Emma — diz Sam. — Temos que.

— Sim, precisamos telefonar para Sir Christopher McKellan e pedir que ele avise às pessoas com quem ela está — diz meu pai.

— Isso quer dizer que temos que telefonar para Holly também.

— Ok. Você liga para Holly e eu telefono para Sir Christopher.

Os dois pegam resolutamente nos celulares e descem para ter melhor sinal. Depois que eles saem do quarto, o silêncio reina absoluto. Está na cara que isto não está incomodando minha mãe porque posso ouvi-la tragando profundamente e soltando a fumaça de seu cigarro.

Ponho a cabeça para fora da cortina.

— Oh, aí está você, querida. Estava pensando para onde você teria ido. Venha cá e sente-se. — Ela se inclina e dá uma palmadinha na poltrona perto dela. De má vontade me arrasto até ela e sento.

— Quer repassar algumas falas da peça? Enquanto esperamos? — pergunto.

— Não, acho que não consigo me concentrar com o seu rosto deste jeito. Falei com Matt hoje cedo.

— Como vão indo?

— Bom, Catherine tirou uns dias de férias.

— Para onde foi?

— Acho que para a região dos lagos. Não sei, não estava prestando atenção. Mas agradeço a Deus por ela ter viajado porque pelo menos sei que Barney está em segurança. Somente Matt, Sally e Bradley estão ensaiando, mas acho que as coisas vão indo muito bem. Parece que Charlotte e Barney levaram Norman para assistir ao ensaio e ele convenceu Charlotte a ocupar o lugar de Catherine. Acho que vamos ter que fazer um ensaio geral com todos os figurantes quando voltarmos. Você vai participar? Gordon prometeu que virá assistir para dar sua opinião profissional.

Não estou certa de que quero estar por perto quando isto acontecer.

— Humm, vou tentar — digo sem me comprometer.

— Você se divertiu esta noite? — ela pergunta. — Tirando o seu rosto? — acrescenta apressada.

— Sim, eu me diverti muito.

— Você e Sam parecem estar se dando muito bem, não?

Olho para ela, desconfiada. Aonde é que ela pretende chegar com esta linha de interrogatório? Está tão óbvio assim que eu gosto dele?

— Humm — digo novamente e reviro um canto da almofada.

— Vocês estão se dando bem, não estão?

— Com certeza estamos melhor que antes. Mas não sei se isso quer dizer que estamos nos dando bem.

— Sam sempre foi como um membro da família.
— Eu sei. Parece estranho que eu nunca tenha reparado nele antes. — O que diabos estou dizendo? O abacate também tem efeitos alucinógenos? Ou é ainda o álcool soltando a minha língua? Uma das regras da nossa família é a de nunca confessar nada para minha mãe. Ela não faz a mínima idéia do significado da palavra discrição. Amanhã de manhã a cidade inteira já estará sabendo. Na melhor das hipóteses, vai ficar fazendo caretas atrás dele.

Como minha mãe não diz nada, eu olho de repente para ela.

— O que há de errado? — pergunto. Minha mãe como um ser sensível é uma novidade para mim.

Ela sopra uma nuvem de fumaça.

— Só não quero que alguém se machuque.

Meu Deus, deve ser absolutamente óbvio que eu estou praticamente babando por ele, e mais óbvio ainda que ele não vai retribuir a cortesia. Fico contente que com esta luz fraca ela não vai ver que fiquei vermelha.

— Porque você não pode esquecer que Charlotte precisa ser levada em consideração.

Eu sei, eu sei. Que irônico, alguém que eu simplesmente ignorava agora me vence pela retaguarda. Bem feito para mim e minha mania de superioridade.

Agüento o tranco deste primeiro aviso oficial. Minha mãe está certa. Sam namora Charlotte e seria tremendamente embaraçoso para mim atacá-lo como um míssil descontrolado para ser simplesmente rejeitada por causa de alguém que nem sabe surfar.

— Eu sei — murmuro.

— Querida, eu só penso no que pode ser melhor para você. — Ela vira e me olha. — Você é minha única filha.

— Acabamos de deixar sua outra filha em Bristol, ontem.

— Querida, você é minha única outra filha. — Ela me olha pensativamente por um momento. — Quanto tempo mesmo você disse que leva para a alergia do abacate desaparecer?

Meu pai volta para o quarto, senta e toma um golinho do conhaque. O silêncio dele me dá nos nervos.

— Então? — pergunto. — O que ele disse? Qual a tarefa horrível que ele quer que a gente faça agora? Quer que eu faça o papel de isca para atrair Martin? Quer que eu fique montando guarda permanentemente perto de Emma? Porque eu posso dizer que estou ficando de saco cheio desta história toda. Acho que já fizemos mais do que deveríamos fazer e Emma não é mais nossa responsabilidade. Deveríamos deixá-los lutar por conta própria.

— Mas, Clemmie, eu acho que tudo é nossa responsabilidade a partir do minuto em que você e Holly se envolveram nessa história horrorosa. Você não sabe o suficiente sobre este tal de Connelly para simplesmente arriscar uma saída de cena. É óbvio que ele gastou muito tempo e se esforçou ao máximo para montar este plano. Que tipo de ódio alimenta esta obsessão? No que me diz respeito, tirando o fato de que gostaria muito de que, para começar, você e Holly nunca tivessem se envolvido nisto, quero resolver essa confusão de um modo ou de outro porque nós não temos a mínima idéia do que este Connelly é capaz de fazer. — Ele olha para mim, furioso, e eu engulo em seco. Meu pai pode ser bastante incisivo quando tem vontade, e até mesmo minha mãe não arrisca abrir a boca. — O que acontecerá se ele meter na cabeça que você e Holly são as responsáveis pelo fracasso do seu pequeno plano miserável? Ele irá começar a seguir vocês? Sem falar que há um limite para o que a polícia pode fazer. Portanto, não vamos sair daqui até que eu tenha a certeza de que tudo está resolvido. De um modo ou de outro.

De um modo ou de outro. Não gosto nada de como isso soa.

— O que Sir Christopher quer que façamos? — pergunto resignadamente.

CAPÍTULO 21

Estou quase indo para a cama, usando meu extremamente atraente pijama listrado (minha mãe comprou-o para Barney, para uma ida ao hospital, mas ele se recusou terminantemente a usá-lo), quando começo a pensar no que meu pai disse. E não gosto do que ouvi. Um ex-presidiário está procurando por mim! Como eu pude ignorar este fato? É o mesmo ex-presidiário para quem menti e a quem enganei descaradamente. Neste exato momento ele deve estar pensando em como colocar suas mãos enormes ao redor do meu pescocinho de cisne. Bom, ele não está muito delgado neste momento, mas ficará assim que o inchaço sumir.

Mastigo nervosamente a manga do pijama, depois deslizo para fora da cama e vou até a janela. Puxo uma ponta da cortina e espio a rua. Ele está lá fora? Observando e esperando? Será que verei uma nuvem de fumaça sendo soprada por trás do poste?

Que merda. Merdamerdamerda. E bosta.

Quem sabe Martin nem esteja mais atrás de Emma, porque não há mais motivos agora que seu plano de vingança foi arruinado? Talvez ele agora tenha voltado seu foco para as pessoas que estragaram tudo. Principalmente *moi*.

Não acho que vá conseguir continuar sozinha neste quarto. Vou acordar meus pais. Eles não vão se importar se eu dormir no chão. Com um movimento rápido estou do outro lado do quarto, com a mão apoiada na maçaneta da porta. Espio, nervosa, pelo olho mágico. Tudo livre até onde consigo ver.

Pego a chave na cômoda e abro a porta antes que mude de idéia. Corro miudinho pelo corredor, como o ratinho assustado que sou, desço vários andares e finalmente chego à porta do quarto de meus pais. Bato devagarzinho. Espero por um momento e bato um pouco mais forte.

— Sou eu — sussurro junto à porta. Espero mais um pouco. Absolutamente nada. Na verdade, se grudar bem o ouvido na porta, consigo ouvir Morgan roncando.

Bato bem forte desta vez e depois olho nervosa para todos os lados. Ainda não é uma hora da madrugada — a recepção ainda deve estar aberta e Martin Connelly poderia entrar direto. Desisto e vou para o quarto que está duas portas ao lado.

— Sam! — sussurro. — Me deixe entrar! É a Clemmie! — Bato novamente e, depois de uns segundos, ouço movimento. Ele abre a porta, com cara de sono e despenteado. Pisca os olhos enquanto me olha.

— Clemmie, o que está fazendo?

— Sam, estive pensando e... você estava dormindo?

— Entre logo na porra do quarto. — Sam agarra meu braço e me puxa para dentro. Ele fecha a porta e acende a luz. Pisca novamente e esfrega os olhos.

— Eu acordei você? — pergunto, ansiosa.

— Não, não. Estava acordado. Estava simplesmente esperando que você viesse bater à porta me chamando.

Percebo que ele tem apenas uma toalha enrolada na cintura e rapidamente focalizo meus olhos no rosto dele e me concentro em mantê-los ali. Talvez esta não tenha sido uma boa idéia.

— Vou embora — digo rapidamente.

— Você está aqui, agora. Qual o problema? — Ele pega no meu braço e me leva até a cama. Sentamos. Ele me olha, preocupado, e coloca gentilmente um braço ao meu redor. Sinto-me imediatamente segura.

— Não quero ficar sozinha. Estive pensando sobre Martin Connelly e estou assustada. E se, afinal de contas, ele não veio atrás de Emma? E se ele...

— Espera aí. Tudo isto é por causa de Martin Connelly?

— Claro! O que mais poderia ser? Você acha que Martin Connelly veio até aqui só para encontrar Emma?

— E qual seria o outro motivo para ele estar aqui, Clemmie? — Sam pergunta pacientemente, enquanto remove o braço.

— Bom, e se ele estiver zangado com outra pessoa? E se ele decidiu vingar-se das pessoas que estragaram seu planozinho? Afinal de contas, nós sabemos que ele está de mal com a vida.

Sam esfrega os olhos, cansado.

— Eu parei de compreender o que você está dizendo depois da primeira frase. Qual é o ponto?

— Acho que ele veio até aqui para me encontrar! — digo isto dramaticamente.

Sam dá uma risada desdenhosa.

— Veio até aqui para encontrar você? — ele repete. — Ele não veio até aqui para encontrar você, Clemmie. Não seja ridícula.

— Mas qual o motivo de ele aparecer?

— Martin está aqui para encontrar Emma — Sam diz com firmeza. — Sejam quais forem os motivos pervertidos dele, ele não viajou milhares de quilômetros só para te dar um soco no olho. — Ele aperta os olhos para olhar melhor para mim. — E ele teria um certo trabalho em encontrar seu olho, neste momento. Seu rosto desapareceu de vez?

Minha mão reage imediatamente e investiga meu rosto. Droga. Tinha me esquecido completamente disso.

— Eu simplesmente não vi o abacate. Sabe como é, os restaurantes não deveriam colocar estas coisas em saladas, elas são simplesmente perigosas.

— Você estava caindo de bêbada!

Ai. Isso doeu. Que raio de cavalheirismo é este que permite que se mencione um pequeno exagero cometido por uma garota? Levanto e me encaminho para a porta.

— Vou voltar para a cama.

— Bom, lembre-se de trancar a porta.

Esta pequena demonstração de preocupação paralisa-me imediatamente.

— Então você acha que ele pode estar aqui para me encontrar? — digo com um sopro de voz.

— Não, mas eu não descartaria a possibilidade de ele aparecer e bater à sua porta. Portanto, não se esqueça de trancá-la. Na verdade, vamos... — Ele se aproxima de mim. — Vou com você até lá. — Abre a porta com uma certa força e acelera na minha frente.

Enquanto troto atrás dele, mantenho os olhos firmemente presos na pintinha no fim das suas costas, quando percebo que isto é muito inadequado e transfiro meu olhar para a nuca. Encontramos com

Madame nas escadas, a quem Sam cumprimenta com um animado "*Bonjour!*" e a quem eu nem me atrevo a olhar. Que tipo de depravação ela deve pensar que está acontecendo? Principalmente com a minha combinação de rosto inchado e pijama listrado. Quando chegamos ao meu quarto, Sam pega a chave da minha mão e abre a porta.

— Quer que eu olhe debaixo da cama, Clem?

Abro a boca para dizer "Você se importaria?", mas percebo que ele está sorrindo debochadamente na minha direção. Não vou lhe dar este gostinho.

— Está tudo muito bem. Estou bem agora — digo empertigada.

— Tem certeza? E o guarda-roupa?

— Posso cuidar de tudo perfeitamente bem, obrigada. — Meu Deus, como ele é chato.

Ele sorri de um modo irritante, despenteia meu cabelo e depois gira nos calcanhares.

— Boa-noite! — grita por sobre o ombro.

Eu imaginava que iria passar a noite acordada, revirando-me na cama, mas confesso, para minha grande vergonha, que dormi quase que imediatamente.

Na manhã seguinte, todos os meus apetrechos anti-Martin — uma ponta da minha canga enrolada na maçaneta da porta e depois amarrada nas maçanetas do guarda-roupa e as minhas alpargatas enfiadas nas laterais da janela — estão no mesmo lugar. Vou até o banheiro e olho meu rosto. Felizmente, uma desconhecida com um rosto vagamente familiar me olha de volta. Agradeço aos céus por isso, não tenho certeza de que sairia do quarto se ainda parecesse um sapo-boi. Mas, do jeito que estou, coloco um pouco de base e rímel, visto a saia — e só agora vejo que ela tem um furo em uma das costuras — e, como não consigo achar uma das sandálias, enfio as botas de caubói e desço para o térreo, onde Madame me avisa que meus pais foram tomar café no cais.

Saio para o glorioso ar da manhã e respiro profundamente. A cidadezinha está acordando e um tentador cheiro de pão fresco está no ar. Desço correndo as escadas em direção ao mar e em um minuto viro a esquina e vejo meus pais sentados sob o sol da manhã. Para minha consternação, Sam está sentado com eles.

— Alguns encontros noturnos, Clemmie? — é o cumprimento de Sam. — Algum hóspede inesperado? Ruídos estranhos?

— Não — respondo com a maior dignidade possível. Devo confessar que estou um pouco envergonhada pelo ataque histérico da noite passada. Só posso colocar a culpa no álcool e no fato de ter o rosto inchado como um baiacu. O que só demonstra o perigo de ficar sóbria por muito tempo. Puxo uma das poltronas de vime, sento-me e pego um pouco de café da cafeteira.

— Será que me atrevo a perguntar se deveria ter havido encontros noturnos? — pergunta educadamente meu pai.

— Clemmie enfiou na cabeça que Martin Connelly fez toda esta viagem até o sul da França para matá-la — Sam explica.

— Eu não disse que ele iria me matar — protesto.

— E o que você *pensou* que ele iria fazer? Pedir para jogar umas partidas de buraco e depois sumir para Cambridge de vez?

— Achei que ele poderia estar um pouco zangado comigo por ter estragado seus planos. Só isso. Além disso... — viro para meu pai — ... foi você quem colocou esta idéia na minha cabeça.

Ele me encara.

— Não acho que ele vá matar você, Clemmie. Acho que ele pode se transformar em uma chateação se não o impedirmos agora. Você realmente pensou que ele poderia matá-la? — Meu pai morre de rir.

— Bom, pessoas vingativas nem sempre seguem uma lógica racional. Seja como for... — acrescento, ansiosa em me livrar do assunto — ... teve notícias de Holly esta manhã? Contou a ela o que Sir Christopher quer que façamos?

— Holly ia conversar com James e vai me telefonar hoje cedo.

Minha mãe não deu um pio até agora. Está sentada, usando seus enormes óculos escuros, olhando para o mar, com Morgan no seu colo. Ela não é uma pessoa matutina. Não moveu um dedo desde a minha chegada e desconfio que ela está dormindo por trás daqueles óculos enormes.

Meu pai paga a conta, nós nos levantamos devagar e começamos a andar em direção ao hotel. De vez em quando, meu pai coloca minha mãe no rumo certo. Madame nos cumprimenta quando chegamos.

— *Ça va?* — ela me pergunta.
— *Oui, ça va* — respondo, olhando para ela. Ela olha bem dentro dos meus olhos e sorri, compreensiva. O que há com ela? — *Et vous?* — pergunto educadamente.
— *Je vais bien* — ela diz suavemente e me dá um apertãozinho amigável no ombro.
— O que há de errado com ela? — pergunto a Sam quando ela volta para a recepção.
— Ela deve achar que você andou chorando — diz Sam.
— Eu? Chorando?
— Bom, seus olhos ainda estão um pouco inchados e vermelhos.
— Mas por que diabos eu teria...? — Maldição, a velha intrometida acha que andei chorando por causa de Sam. Ela o viu me acompanhando até o meu quarto, ontem à noite, provavelmente pensa que eu estava me atirando nos seus braços, ou coisa parecida, e que fui gentil mas firmemente recusada. Sinto que o sangue começa a subir para o meu rosto. Madame dá um sorrisinho para mim do outro lado da sala.
— Certo, quem vai ser o primeiro? — pergunta meu pai. — Sir Christopher ficou de telefonar para mim esta manhã. De modo que eu prefiro ficar aqui e atender à chamada. Sem falar que sua mãe é um zumbi até o meio-dia. Vai ser melhor se você e Clemmie saírem por conta própria — diz meu pai. Durante a conversa telefônica de ontem à noite, ele e Sir Christopher acharam estranho que Martin Connelly ainda estivesse na cidade. Não há dúvida de que, se tivesse visto Emma indo embora com os Winstanleys, ele a teria seguido. De modo que a única conclusão possível é que Connelly não viu Emma ir embora e está esperando para ver se encontra alguma pista, ou seja, basicamente, o que Sir Christopher quer que façamos (se não for *muito* trabalho) é: ficar na cidade, ficar de olho em Connelly e ver se ele descobriu onde Emma está, antes que Sir Christopher comece a fazer planos para mudar Emma de lugar novamente. E, como vocês sabem, meu pai concordou com a idéia, já que está decidido a resolver isto tudo de uma vez por todas.
— Clemmie e eu ficamos com o primeiro turno, se quiser — diz Sam.
— E o que exatamente isto quer dizer? — pergunto.

— Vamos continuar nos divertindo normalmente em nossas férias e ver se encontramos Connelly em algum lugar.

— E se encontrarmos Connelly? — pergunto ao meu pai. — O que fazemos, então?

— Nadinha de nada. Simplesmente fiquem de olho nele.

— Não sei se vou ser muito boa nesta tarefa.

— Clemmie, não estamos pedindo para você ser atuária por um dia. — Dou uma olhada feia para Sam por causa da piadinha, mas ele continua mesmo assim. — Só estamos pedindo que você sente em alguns cafés e, quem sabe, nade um pouco. Tudo muito parecido com o que você faz na Cornualha. — Olho para ele com os olhos apertados. Aonde exatamente ele quer chegar?

Viro para meu pai.

— E por que Sir Christopher vai telefonar para você?

— Tenho esperanças de que ele possa ter tido alguma idéia. Seja como for, vamos combinar o que faremos a seguir. Sua mãe e eu assumimos o posto depois do almoço. Você pode ter um ataque de nervos se achar que Martin Connelly está seguindo você o dia todo.

— E como vocês vão assumir o controle? Se ele tiver que escolher entre seguir vocês ou a mim, ele vai ficar no meu pé.

— Não necessariamente. Você e Sam voltam para cá na hora do almoço e eu e sua mãe sairemos. Com sorte, ele vai atrás de nós.

— Se é que está seguindo alguém — Sam acrescenta. — Porque é óbvio que ele não estava nos observando quando os Winstanleys vieram buscar Emma, e ele não estava nos observando na noite passada quando o vimos através da janela do restaurante.

— OK, você está dando um nó na minha cabeça. Acho que devemos telefonar para Holly e mandá-la vir para cá. Afinal de contas, estamos metidos nesta confusão por causa dela.

— E você não teve nada a ver com tudo isto, não é, Clemmie?

— Absolutamente nada! É tudo culpa de Holly.

Há um pequeno silêncio enquanto Sam me analisa por um segundo.

— Caramba, este vai ser um dia divertido — comenta.

* * *

Depois de ter pego minha bolsinha de praia e tirado o biquíni do varal no banheiro, encontro Sam na recepção. Ele continua perturbadoramente bonito e trocou de roupa. Está com calças de linho, uma camisa e mocassins. Todo mundo parece ter mais roupas do que eu. Isto inclui Madame, que está sorrindo para nós, enternecida. Sam acena com um animado "*A bientôt!*" e me arrasta para fora da recepção.

— Agora não vá passar o dia todo olhando por cima do ombro. Aja naturalmente.

Sam quer que eu aja naturalmente. Estou ao lado de alguém de quem gosto mas que não devo gostar enquanto estou sendo seguida por um ex-presidiário sedento por vingança. Minha mãe também me disse para ficar de olho e ver se vejo outros políticos, pois está convencida de que estão realizando algum tipo de cimeira secreta aqui. E Sam quer que eu pareça normal.

— Entre no carro.

— Aonde vamos? — pergunto.

— Achei que você gostaria de visitar uma antiga cidade nas montanhas. Pedi sugestões à Madame e ela recomendou um lugar chamado Eze.

— Mas Martin Connelly pode estar sem carro. Ele não vai ser capaz de nos seguir.

— Clemmie, estou me lixando em saber se Martin Connelly pode nos seguir ou não. Gostaria muito se pudéssemos ir até lá e ter um dia agradável sem nos preocupar com algo.

Ele sorri para mim, eu relaxo e sorrio de volta.

— Bom, se é uma cidade nas montanhas, posso apostar que não preciso usar biquíni?

Ele sorri.

— Biquínis não serão necessários. Agora entre no carro.

Não precisa dizer uma terceira vez. Abro a porta do carro e entro fazendo a maior algazarra. Até vou poder sentar no banco da frente.

CAPÍTULO 22

Sam parece bastante ridículo dirigindo o carro até Eze. O assento está recuado ao máximo e, mesmo assim, as pernas dele estão enroladas em volta das orelhas. Ele tem um carro com câmbio automático na Inglaterra, por isso vive esquecendo de mudar as marchas, o que gera um monte de palavrões quando o carrinho engasga, resmunga e, ocasionalmente, falha por completo. Tudo o que eu faço é gritar freqüentemente "PEDESTRE-CALÇADA" para lembrá-lo que o lado com o banco do passageiro deve ficar à direita, já que temos a tendência de ir para o lado esquerdo da estrada e conseqüentemente ficarmos frente a frente com o infeliz motorista que vem em sentido contrário. Em algum ponto na estrada costeira para Mônaco, viramos à esquerda em direção às colinas e começamos um enorme ziguezague circular no alto de um vasto precipício, sem absolutamente nenhum tipo de proteção no acostamento. De modo que só conseguimos conversar de verdade quando chegamos e paramos o carro no único estacionamento que conseguimos ver. Saio no sol ainda fraco e respiro profundamente. O ar da montanha é limpo e suave, e embora ainda seja relativamente cedo, os grilos já começaram a ciciar no estacionamento empoeirado.

— Puxa, foi de arrepiar os cabelos, não foi? — comento.

— Ver você pisando em um pedal de freio imaginário a cada minuto não ajudou muito a aumentar a minha autoconfiança.

— Sam, nós ficamos tão perto daquele Renault que eu fiquei vesga olhando para ele.

— E ouvir você gritar "Cuidado com o carro!" todas as vezes que um carro surgia no horizonte também não ajudou em nada.

— Achei que estava sendo útil.

— Vou tentar ser tão útil assim da próxima vez que você dirigir.

— Você acha que Martin nos seguiu? — pergunto.

— Não faço a mínima idéia. Não tirei os olhos da estrada. Além disso, Clemmie, hoje não quero pensar em Martin Connelly.
— Nem em Emma?
— Nem em Emma.
Sam vai até à bilheteira automática do estacionamento e compra um bilhete, e é sorte minha porque ainda não tenho um euro no bolso.
— Sam, eu ainda não troquei nenhum dinheiro. Posso pagar mais tarde? — pergunto quando ele volta para o carro, preocupada em não parecer uma aproveitadora.
— Não seja boba, Clemmie. Você não precisa me pagar nada. Vamos.
Começamos a caminhar ladeira acima em direção ao que parece ser a cidade.
— Eu acho que está certo deste modo — diz Sam. — Madame disse que carros não são permitidos na cidade.
— Graças a Deus por isto.
Chegamos a uma grande muralha de pedras cinza que contorna a cidade e ergue-se na nossa frente como um penhasco gigante e elevado. De um lado há uma escadaria larga e extensa, que começamos a subir. A meio caminho, a parede se afasta e de repente podemos ver a quilômetros e quilômetros de distância, na direção da costa e do mar. O calor opressivo e sufocante é suavizado por uma brisa. Sam e eu olhamos a vista por um pouco de tempo, enquanto eu disfarçadamente paro para recuperar o fôlego e tento não parecer que vou cair durinha no chão.

Continuamos a marcha em frente e para cima, e logo saímos por um par de arcadas para uma pequena rua de paralelepípedos.
— Isto é maravilhoso — suspiro, olhando ao redor para os edifícios antigos em pedra. À nossa volta estão casinhas com aparência frágil com portas de madeira. Algumas têm jardineiras sobrecarregadas com gerânios coloridos, outras ainda estão com as venezianas de madeira fechadas, como proteção contra o calor do sol.
— Quer andar até a igreja? — Sam pergunta, mostrando uma plaquinha de madeira na parede que indica a direção de *l'église*.
Sorrio e concordo com a cabeça. Começamos a lenta e gradual subida por pequenas ruelas sinuosas e degraus tortos. Aqui e ali

vislumbramos um minúsculo jardim de cobertura ou uma janela romanesca.

Acompanhamos a caminhada um do outro e sorrimos encorajadoramente até que Sam quebra o silêncio dizendo:

— Então, você teve mais alguma notícia de Seth?

A pergunta me pega de surpresa e eu paro de andar e olho para Sam. Ele pára um pouco à minha frente e encosta contra um muro.

— Hã, não. Não tive mais notícias dele desde que saí do país.

— Você sabia que ele veio procurar você?

Franzo as sobrancelhas.

— Não. Quando foi isso?

— Você tinha acabado de sair de viagem.

— O quê? Ele telefonou?

— Na verdade, ele apareceu na sua casa. Barney quase deu uma surra nele.

— Mas Holly disse que Barney o viu em Exeter.

— Barney nem sabe onde fica Exeter!

— Por que ninguém me contou?

— Achamos que você não precisava saber.

— Quem é "nós"?

Sam encolhe os ombros.

— A família.

— E por que cargas-d'água eu não precisava saber? Eu poderia querer encontrar com ele.

— Não precisa ficar toda nervosinha, Clemmie. Só estou lhe dizendo porque pensei que você poderia querer saber e Barney me disse que você parece tê-lo esquecido. Você não está mais chorando por ele, está?

— Não, definitivamente não estou.

— Ele era um caso perdido, sabe?

— Ninguém pensou em me dizer isto naquela época?

— Deixa disso, Clemmie! Você estava completamente apaixonada! E ele era tão metido a besta! Eu odiava o modo como ele sempre dava um jeito de dizer quanto dinheiro ganhava e os amigos importantes que tinha. Ele era um bundão metido a besta que tratou você como lixo. É claro que não íamos dizer que ele estava tentando falar com você.

A parte do bundão metido a besta me magoa. Parece um tipo de insulto pessoal, e é isso na verdade, já que implica que sou incapaz de escolher um homem decente. E sou mesmo.

Ignoro os poucos transeuntes que tentam passar por nós na ruazinha estreita.

— Desde quando todo mundo achava que ele era metido a besta? Achei que você gostasse dele!

— Ah, deixa disso, Clemmie! Se lhe servissem um copo de um Sangue de Boi qualquer e lhe dissessem que era um requintado vinho francês, ele faria um discurso sobre a delícia que estava saboreando. E fazia questão de engraxar os sapatos todos os dias. Até mesmo tentou convencer você a fazer o serviço por ele! Ele me deixava maluco.

— É por isso que você vivia pisando no pé dele? — pergunto.

Sam relaxa e sorri de repente.

— Você percebeu?

— Claro que sim! Achei que você tinha perdido a coordenação motora em algum acidente.

Olhamos um para o outro por alguns segundos e caímos na gargalhada.

— Vamos lá. Vamos ver esta igreja. — Recomeçamos a andar, parando aqui e ali para espreitar as vitrines das lojas.

A igreja é mais bonita do que eu poderia ter imaginado. E é tão tranqüilo e frio do lado de dentro que parece que entramos em um outro mundo. As paredes são pintadas com murais antigos e pinturas de diversos santos. Sento-me em um dos bancos e fico quietinha por algum tempo enquanto Sam percorre a igreja, tentando ler todas as inscrições. Tento pensar ao máximo em coisas religiosas, mas fracasso miseravelmente e termino envolvida em uma deliciosa fantasia, em que Sam e eu estamos mesmo namorando e acabamos de chegar ao sul da França para umas pequenas férias.

Apesar de já estarmos com frio suficiente para sair da igreja, decidimos fazer mais um esforço e ir ver o ponto alto da cidade: *le jardin exotique*, que aparentemente foi construído no local do antigo castelo.

— Você namorou alguém depois de Seth? — Sam pergunta quando começamos a subir novamente os degraus.

Balanço a cabeça.

— Ninguém. Bom, uns dois ou três quando estive no exterior — acrescento rapidamente, porque não quero que ele pense que fiz um voto de castidade. — Mas ninguém importante. Eu sei que Seth virou um metido no final do relacionamento, mas era muito diferente quando começamos a namorar e eu consegui, não sei como, ficar sem ver a mudança.

— Eu sei que foi um período difícil para você, Clemmie.

Paramos e eu olho dentro dos olhos dele. Não há sinais de deboche ou de curiosidade de fofoca, mas sim montes de afeto e simpatia, o que faz com que eu me abra mais um pouco.

— Simplesmente não entendo por que não percebi o quanto ele tinha mudado.

— Acho que você está sendo muito dura consigo mesma.

— Mas você está certo! Ele virou um bundão metido a besta e eu não fiz absolutamente nada a respeito. Eu não admitia nem para mim mesma. Ele até começou a escolher as minhas roupas! Acho que estava com vergonha de mim. Na melhor das hipóteses, pode-se dizer que meu gosto é eclético.

— Eu adoro o jeito como você se veste!

Olho para ele, radiante.

— Mesmo?

— Claro! — seus olhos percorrem o meu corpo. Estou com um conjunto de mau gosto e fico meio embaraçada. — Você não pode dizer que não é um estilo individual. Mas eu amo as botas de caubói. Sei lá, talvez lá dentro você soubesse de tudo sobre Seth, mas quisesse evitar um conflito.

Fico vagamente reconfortada ao ouvir isto.

— Mas foi um conflito e tanto, não? — sorrio. — Consegui perder o emprego por causa dele. Só fico pensando que, se tivesse aberto os olhos mais cedo, talvez ainda estivesse trabalhando lá, e não vivendo com meus pais e ouvindo diariamente as broncas do Sr. Trevesky.

— Acho que você precisa que as coisas terminem antes de poder deixá-las para trás. Além disso, você não teria feito sua volta ao mundo, e talvez alguma coisa melhor esteja à sua espera no que diz respeito a trabalho.

Sorrio para ele, sentindo-me mais feliz do que nunca sobre a minha situação.

— Talvez seja. E o que me diz sobre você e Charlotte? — pergunto meio sem graça depois de um tempinho. Sam faz uma pausa para ver umas placas. Meu coração bate como um doido, em completo contraste com a maneira calma e ponderada com que olho para ele.

— Charlotte é uma garota realmente legal — Sam diz com firmeza e gesticula na direção da placa do jardim que indica uma curva à esquerda. Não é bem a informação que eu estava procurando. Estou esperando algo como eu-achava-que-gostava-dela-até-ter-passado-uns-dias-com-você, mas é óbvio que não vou ouvir isto. Talvez eu esteja batendo à porta errada. Ou talvez minha cabeça esteja batendo pino.

Entramos em um lindo jardim, repleto de cactos exóticos. Ainda há mais degraus e, quando chegamos ao cume do jardim, a paisagem é absolutamente espantosa e merecedora de tanto esforço. Os telhados tortos de Eze estão debaixo de nossos pés e toda a Côte d'Azur descortina-se à nossa frente. Sentamos por alguns minutos e olhamos o panorama em silêncio.

— Me fale mais sobre a namorada de Barney — diz Sam depois de termos começado a descer. — Você não acha mesmo que pode ser Catherine Fothersby, acha?

— Espero sinceramente que não! Meu pai sabe quem é, mas não conta.

— Como ele sabe?

— Acho que ele viu Barney com ela e adivinhou.

— Não sei por que Barney não me contou a respeito.

— Talvez ele soubesse que você tentaria convencê-lo a desistir dela.

— Não faria isto se ela é realmente quem ele quer.

— Mesmo sendo a Catherine Fothersby?

— Bom. Talvez não.

— Viu? Se ele não contou para você, deve ser alguém muito horrível. Você é o melhor amigo dele.

— Vou conversar com ele a respeito disto assim que voltarmos para a Cornualha.

Dou um gemido.

— Temos que falar sobre voltar para a Cornualha? Não quero voltar ao trabalho.

— Nem eu.

— Eu acho que você trabalha demais.

— Eu também acho. Vou fazer um esforço consciente para diminuir o ritmo. Você vai procurar outro trabalho quando voltarmos?

— Acho que não tenho escolha. O Sr. Trevesky já deve ter me demitido.

— Vai ser a melhor coisa da sua vida. Só não vire uma atuária. Você seria muito ruim nisso.

Abro a boca para retrucar a provocação mas vejo uma figura à nossa frente. Ele parece com o... Aperto os olhos e giro a cabeça de um lado para outro para ter uma visão melhor.

— O que foi? — pergunta Sam.

— Achei que poderia ser... — Fico na ponta dos pés, mas há pessoas na minha frente e ele desapareceu. — Parecia o Martin Connelly.

— Você acha que era ele?

— Não sei. Parecia ser ele. — Tenho um arrepio quando o sol passa por trás de uma nuvem. — Vamos voltar ao hotel.

Apesar de o fato de possivelmente ter visto Martin ter estragado um pouco a manhã, não posso deixar de pensar em como foi bom ter passado algum tempo com Sam. Olho para ele martelando o câmbio e praguejando como um estivador. Meu Deus, ele é maravilhoso. Será esta uma das últimas vezes em que ficaremos só nós dois juntos? Sinto-me um pouco desapontada porque, se ele sentisse alguma coisa por mim, esta seria sem dúvida uma boa ocasião para dizer algo. Fora o fato de ele precisar se concentrar na estrada.

Quando voltamos para Cap Ferrat, Madame parece absolutamente extasiada em nos ver e nos cumprimenta como se fôssemos os filhos pródigos. Ela parece ter ficado com os olhos marejados quando nos vê e, por um segundo, temo que ela vá começar a chorar. Para distraí-la, pergunto depressa se ela viu meus pais e ela faz um gesto na direção do restaurante.

Encontramos meus pais e Morgan lá. Eles já escolheram o almoço e pedem que o garçom traga mais cardápios. Sento-me e começo a comer pão com manteiga enquanto esperamos.

— Querida! Você se divertiu esta manhã? — minha mãe pergunta. — Você nem imagina quem eu vi passar agorinha na rua, completamente despreocupado!

— Outro membro do governo? — pergunta Sam.

— Como você descobriu?

— Um palpite de sorte. Clemmie acha que viu Martin Connelly.

— Meu Deus! — meu pai diz. — Viu mesmo? Onde?

— Em Eze. Estávamos passeando por lá.

— Isto está realmente ficando fora de controle. Não vou permitir que este homem fique seguindo minha família. Vou telefonar novamente para James e ver se podemos fazer alguma coisa.

Mal meu pai termina de dizer isto, ouço uma voz conhecida na recepção, falando com Madame. Pulo da cadeira, com o pão na mão, e vou até lá.

Lá estão eles, Holly e James, de pé com uma mala de rodinhas entre eles.

Dou um gritinho de felicidade e eles se viram. Não acho que tenha me sentido tão feliz em ver alguém na minha vida. Acho que é legal que Holly esteja aqui, mas é em James que estou concentrada. Todo o seu metro e oitenta policial.

Corro até eles, dou um grande abraço em Holly e consigo manchar o ombro dela com manteiga.

— Puxa, desculpe. Tenho certeza de que conseguiremos limpar isso — digo, esfregando a mancha com um dedo engordurado. — Olá, James! — Ele me dá um beijo no rosto. — Estou tão feliz em ver você! Você trouxe reforços?

— Você considera Holly um reforço?

— Não.

— Bom, então estou sozinho.

Ele se distrai com a visão de Sam e meus pais e vai até lá cumprimentá-los. Enrosco meu braço no de Holly enquanto caminhamos na direção deles.

— Ele tem uma arma? — sussurro.

— Hã, não.

— Uma faca?

— Não.

— Um cassetete?

— Acho que não.
— Oh. Vocês vieram de avião? — pergunto logo depois, só para ser educada.
— James decidiu que deveríamos vir até aqui. Ele achou que a situação está ficando um pouco fora de controle.
— Oh, ela está. Está sim. O que ele vai fazer?
— Vai tentar encontrar Martin Connelly, acho.

Meus pais apressam todos na direção do restaurante porque Holly e James voaram em uma daquelas companhias aéreas baratas e não comeram nada. Sam e meu pai pegam duas cadeiras extras e todos sentamos. Minha mãe está visivelmente superexcitada com a visão dos dois.

— Meus queridos! Estou tão feliz em ver vocês aqui! Pensem nas coisas fabulosas que podemos fazer, agora que vocês estão aqui!

Todos olhamos incrédulos para ela.

— Sorrel, acho que eles estão aqui para resolver o problema com Martin Connelly — diz meu pai.

— Quem? — Eu acho que ela realmente esqueceu quem ele é. Gostaria de poder fazer o mesmo.

— Martin Connelly.
— Oh. O psicólogo.
— Esse mesmo.

Minha mãe parece profundamente aborrecida com esta informação e olha pela janela.

— Bom, eu tenho que dizer, James, que estamos absolutamente felizes em ver você — diz meu pai.

— Sir Christopher me telefonou e a ligação dele, aliada à sua preocupação com as meninas, me fez pensar que o melhor seria pegarmos um avião e tentarmos resolver tudo de uma vez por todas.

— Então a polícia está no caso? — pergunto.
— Não, oficialmente estou em férias.
— Como vão as coisas no jornal? — sussurro para Holly enquanto James conversa com meu pai e Sam.

— Está tudo bem. Sir Christopher parece ter acalmado um pouco, mas Joe ainda está zangado e eu tenho que entregar o texto da coluna "Alta Sociedade" até amanhã.

— Como vai indo? Você encontrou as anotações no computador de Emma?

— Eram muito poucas. Só umas notas. Você conseguiu tirar mais alguma coisa de Emma?

— Hã, não. Não mesmo.

— Meu Deus, Clemmie. Você tem que me ajudar a encontrar alguma coisa.

— Vou tentar — respondo, sem muita certeza. — O que estamos realmente procurando?

— Qualquer coisa! Festas, desfiles de moda, este tipo de coisa.

Faço uma careta para ela e mudo de assunto.

— Foi bom James ter vindo.

— Papai tem estado muito preocupado com tudo isto.

— Presumo que as coisas entre você e James estão bem, já que ele veio ajudar. — Dou um cutucão de leve nela.

— Acho que ele está mais preocupado com você do que comigo, Clemmie — Holly responde, seca.

Eu sorrio e garanto a ela que isto não é verdade. É tão bom vê-la e eu estou absolutamente tentada a contar tudo sobre minha súbita paixonite por Sam. Abro a boca para fazer isto, mas James levanta e me impede.

— Aonde você vai? — Holly pergunta.

— Vou até a pensão onde está Martin Connelly e tentar falar com ele.

Antes ele do que eu.

Nenhum de nós sabe ao certo quanto tempo James vai passar lá, porque ele disse que, se Martin não estiver na pensão, vai ficar por lá, esperando por ele. De modo que ficamos sentados nervosamente na recepção, sem saber se saímos ou se ficamos.

Holly vai para o quarto dela fazer uma ligação para o jornal e eu estou quase subindo para buscar um livro no meu quarto quando Sam, que ficou espiando pela porta de vidro da portaria, de repente diz:

— James está voltando.

— Então, afinal de contas, ele resolveu não esperar por Martin.

— Não. Acho que Martin Connelly está com ele.

Oh, Deus. Espio por trás de Sam.

— Que merda. É Martin Connelly. Por que diabos ele o está trazendo aqui? Temos tempo de nos esconder?

— Não seja boba, Clemmie — diz Sam, agarrando meu braço. — Eu gostaria muito de conhecê-lo.

— Eu já o conheço — sibilo, mas é tarde demais. James e Martin já estão subindo os degraus do hotel.

Faço um esforço para me livrar da mão de Sam, mas ele é muito mais forte que eu e, depois de uma luta rápida, temos que fingir que estamos de mãos dadas quando James e Martin entram pela porta. As juntas de nossos dedos estão completamente brancas, mas Martin vai pensar que temos um aperto de mão forte. Coloco uma expressão de alegria extasiada no rosto.

— Olá! — Cumprimento-os alegremente como se Martin fosse um amigo de muitos anos e eu estivesse absolutamente feliz em vê-lo.

James me olha, desconfiado.

— Encontrei Martin na rua e resolvemos vir até aqui.

— Foi? — digo, de modo muito histérico.

— Olá, Clemmie — diz Martin, com voz contida. — Acho que todos vocês já sabem que estou aqui. — Ele move os olhos de mim para Sam, e por um instante eu fico em dúvida se devo apresentá-los ou não.

— Sim, vimos você na noite passada — digo baixinho. Será que ele está zangado por termos descoberto seu esconderijo?

— Vamos sentar? — diz James, fazendo um gesto na direção do que antes eram sofás convidativos na recepção.

Eu tento escapar mas Sam me empurra na direção de um sofá. Madame dá um adeusinho no balcão da recepção e eu sorrio, esperançosa, de volta. Será que ela vai vir me salvar? É óbvio que Sam vê que estou olhando na direção dela e planejando minha escapada, e com um movimento rápido me puxa e me senta no sofá. É claro que Martin deve pensar que namoramos, já que estamos grudados um no outro desde que ele chegou. Nós dois damos um sorriso forçado.

— Então, Martin. Não quer nos contar o que anda acontecendo? — James diz, com um jeito perigosamente amigável.

— Quero encontrar Emma. Quero me desculpar com ela. Sei que andei parecendo um maluco e peço desculpas pelo meu comportamento, mas quero mesmo me desculpar.

— Quer?

— Sim. Eu a tratei muito mal. Muito mal mesmo e quero dizer que sinto muito. Eu fiquei... gostando muito de Emma nos últimos meses. Ele hesita.

— Continue — diz James. Holly volta do quarto, com os olhos arregalados por ver Martin, mas senta quietinha em um sofá. Ela nem repara em mim e Sam, ainda de mãos dadas e praticamente sentados um em cima do outro.

— Me imaginem na prisão. Eu deveria ir para Oxford, sabem? Tinha um grande futuro na minha frente e tudo foi por água abaixo por causa de um erro. — Ele nos olha de modo desafiador e eu consigo ver o adolescente arrogante que acredita piamente que não fez nada de errado.

— Sua namorada morreu — James diz tranqüilamente. Por favor, não o provoque, James.

— Ela sabia dos riscos e pagou o preço. Não tive nada a ver com isso.

— Martin, eu não estou aqui para debater o seu julgamento.

— Não. Já passei por ele e fui condenado por causa de McKellan. Dias, meses, naquela penitenciária. Minha mãe me mandava o *Gazette* para que eu me mantivesse a par das notícias locais e do que acontecia em Bristol. Às vezes, via o nome de um antigo colega de escola. E, um dia, vi que a coluna social era escrita por uma Emma McKellan e desconfiei que havia um parentesco entre eles. Um dia, Emma falou sobre seu pai em uma coluna, sobre uma festa de caridade na qual estiveram juntos. Seu pai. Sir Christopher McKellan. E foi quando comecei a pensar sobre como poderia me vingar dele. Através de Emma.

Abro a boca para dizer algo, mas Sam me dá um beliscão tão forte que prendo a respiração.

— É claro que vocês sabem o que eu fiz. Tudo correu maravilhosamente bem no começo, mas depois eu comecei a gostar de Emma. À medida que o dia do casamento chegava, eu percebia que não poderia continuar com aquilo e comecei a pensar em como cancelar tudo. Pensei em simplesmente deixar um bilhete dizendo que não posso ter filhos, que seria muito cruel fazê-la casar comigo, e depois desaparecer para que ela nunca soubesse de nada. Teria sido muito mais gentil do que previa o meu plano original. — Ele dá uma gargalhada amargurada e parece não notar as expressões congeladas em nossos rostos.

— Você não pode ter filhos? — James diz devagar. — É verdade? Martin olha para ele.

— Sim, é verdade, sim. Tive sarampo quando era criança. Não contei para Emma porque não queria que ela tivesse um motivo para não casar comigo. Irônico, não é?

CAPÍTULO 23

Não pode ter filhos? Então quem é o diabo do pai do bebê da Emma?

Não consigo evitar que uma interjeição de espanto saia dos meus lábios enquanto todos encaram Martin. James ouve o barulho e me olha, furioso.

— Você não tem que ir encontrar seus pais, Clemmie? Holly?

— Humm?

— Acho que vocês deveriam ir agora.

Ele está visivelmente preocupado que eu deixe escapar tudo sobre Emma. E está absolutamente correto, porque acho que vou explodir a qualquer momento. Devo estar queimando inúmeras calorias enquanto tento manter meu rosto impassível. Acho que meus olhos começam a lacrimejar.

Nem eu nem Holly mexemos um músculo, mas James olha para Sam e uma comunicação não-verbal é transmitida. Provavelmente algo como tire-estas-duas-fofoqueiras-daqui. Sam me ergue. Quando eu não quero ficar, ele me obriga a ficar e, quando não quero ir embora, ele me obriga a sair.

Martin mal nota nossa saída. Sam nos acompanha até o restaurante onde meus pais ainda tomam café e solta nossos braços assim que entramos. Percebo que foi muito bom ter Sam tão pertinho de mim. Mas não tenho tempo para pensar nisto agora. Temos que tratar de assuntos mais urgentes. Ficamos paradas na porta olhando uma para a outra, de boca aberta.

— Mas Emma está grávida! — uma declaração bastante óbvia de minha parte.

— Mas o bebê não é de Martin Connelly.

— Macacos me mordam! — diz Holly, fazendo um excelente resumo de como nos sentimos.

Ainda em estado de choque, vamos até a varanda onde meus pais estão sentados. Minha mãe acendeu um cigarro e está tentando fazer anéis de fumaça. Sento em uma poltrona de vime enquanto Sam tenta explicar em que ponto da saga estamos agora. E bem quando penso que vamos ficar aqui algum tempo, minha mãe surpreende a todos ao entender tão depressa o ponto central.

— Então, quem diabos é o pai do bebê? — ela pergunta.

Olhamos uns para os outros.

— Holly? — pergunto, pois, afinal de contas, ela é quem conhece Emma melhor.

Holly balança a cabeça.

— Não faço a mínima idéia. Achei que ela estava absolutamente apaixonada por Martin.

— Emma está se tornando um personagem interessante — diz minha mãe.

— Você acha que ela sabe que ele não pode ter filhos? Será que ela sabe que o bebê não é dele?

— Ele disse que não contou a ela.

— E Martin Connelly está tendo todo este trabalhão para encontrá-la só para dizer que sente muito por tudo o que fez? — meu pai pergunta, incrédulo. — Vocês têm certeza de que este não é apenas um outro plano? Talvez saiba que ela está grávida.

— Não sei. Acho que não. James ainda está na recepção com ele.

— Me digam o que ele disse. Exatamente o que ele disse — diz meu pai.

Quando terminamos de repetir, palavra por palavra, toda a conversa com Martin, e termos feito isto duas vezes para minha mãe entender, James aparece.

— James, que diabos está acontecendo? — meu pai pergunta assim que ele chega à nossa mesa. — Você acha mesmo que ele quer pedir desculpas? Que não é outro truque?

— Acredito nele e ele não sabe mesmo que ela está grávida — diz James. — É claro que não vamos contar para ele onde ela está. Disse que não temos a mínima idéia de onde Emma está e acho que você pode ficar certo de que ele vai parar de seguir as meninas. Tudo o que ele quer é encontrar Emma. Para pedir desculpas. Nós podemos ir para casa.

Meu pai parece tremendamente aliviado ao ouvir isto.

— Não sei por quanto tempo ele vai continuar tentando. Sir Christopher vai ter que decidir se quer mudar Emma de lugar novamente, ou não.

— Então o que vamos fazer? — Holly pergunta.

— É claro que Sir Christopher vai avisar Emma que Martin Connelly está aqui, mas eu gostaria de saber o que é que anda acontecendo. De modo que acho que devemos descobrir onde ela está e ir até lá — diz James.

— Eu também! — diz minha mãe. — Vamos todos!

— Não podemos ir todos! — meu pai reclama.

— Acho que Emma nos deve uma explicação — retruco. — Ela nos fez de bobos. Holly colocou o emprego e a reputação dela em jogo. O Sr. Trevesky está profundamente zangado comigo e até James veio até aqui tentar protegê-la. De modo que eu gostaria muito de ouvir o que ela tem a dizer. Quero ver como ela se livra dessa agora. — Sinto-me absolutamente indignada.

— Vamos amanhã — meu pai diz com firmeza. — Agora, não sei quanto a vocês, mas eu estou de saco cheio desta história toda. Sua mãe e eu temos reservas para jantar no Colombe D'Or e vamos primeiro tomar um drinque em St. Paul de Vence. Ele levanta e estende a mão para minha mãe, que parece preferir ficar conosco e fofocar, mas, relutantemente, aceita a mão dele, pega Morgan, que dormia confortavelmente debaixo da mesa, e os dois vão embora.

Pedimos outro drinque e Holly e eu discutimos o assunto Emma como só as mulheres sabem fazer. Mas, na quinta vez em que ponderamos quem pode ser o pai do bebê, Sam e James começam a ficar cansados da conversa.

— OK, vocês duas. Já chega. Podemos conversar sobre outra coisa? — diz Sam.

— Sobre o que você quer falar? — pergunto.

— Achei que você iria desabar de joelhos quando me viu chegar com Martin Connelly, Clemmie — James sorri, malicioso.

— Tive que praticamente sentar em cima dela para impedir que ela saísse correndo — diz Sam.

— Quando você disse que deveríamos falar sobre outra coisa, era para falarmos nisto?

— Você faz maravilhosos sanduíches de manteiga de amendoim e banana — Sam diz, conciliatório. Verdade. Verdade. — Só de pensar neles fico com fome. Por que não vamos comer algo?

— Eu gostaria de tomar um banho e mudar de roupa — diz Holly.

— Eu também! — concordo.

— Nos encontramos aqui em meia hora? — James pergunta.

Levantamos e vamos em direção da porta. Arrasto meus pés, desanimada, porque, apesar de adorar ver Holly e James, a presença deles impede que eu e Sam passemos mais tempo sozinhos. Em breve, ele vai voltar para a Inglaterra, casará com Charlotte e ponto final.

— Clemmie, você se importa se James e eu jantarmos sozinhos? — Holly sussurra no primeiro andar, já que estamos bem atrás dos homens. — As coisas andam tensas entre nós e acho que esta é uma boa oportunidade para relaxarmos.

— Claro! Não me importo em passar a noite sozinha com Sam! — digo, ansiosa. As palavras "sozinha com Sam" ficam pairando no ar. — Quer dizer, não me importo porque você e James podem se entender hã, hum, um pouco... ou ajeitar as coisas... — Não tenho a mínima idéia sobre o que estou falando, mas deixo por isso mesmo e espero que Holly não interprete mal. — Vocês desapareçam. Eu me viro com Sam. — Aceno de modo encorajador e espero estar mantendo um certo grau de compostura.

Madame deu um quarto no primeiro andar para Holly e James (está na cara que ela não gostou de mim) e eles ficam por lá enquanto Sam e eu subimos em direção aos nossos quartos.

— Holly e James querem jantar sozinhos — digo o mais casualmente possível. — Eles têm passado por maus bocados ultimamente.

— OK.

Subimos em silêncio por alguns segundos.

— Bom, você gostaria de sair e comer algo? — Sam pergunta.

— Só se você estiver com fome — respondo como quem não quer nada.

— Você prefere ir deitar cedo? Um monte de coisas anda acontecendo. Não se preocupe comigo, posso sair e comer alguma coisa. —

Humm, acho que exagerei na dose de indiferença.

— Hã, não — digo depressa. — Acho que gostaria de comer alguma coisinha.

— Encontro você na recepção em, digamos, vinte minutos?

Aceno com a cabeça, ele fica no andar dele, eu subo de modo indiferente outro lance de escadas até que esteja fora de vista, e depois saio correndo como uma louca. Vinte minutos! Deus, você tem que ajudar esta garota. Como posso fazer tudo o que preciso fazer em vinte minutos?

Chego no quarto, escancaro a porta e corro para o guarda-roupa. Vazio. Um pensamento atravessa minha mente e eu desço correndo quatro lances de escada. Pelo menos quando esta história acabar estarei em forma.

— Holly! — sibilo enquanto bato à porta. Não quero nem saber se estão fazendo sexo lá dentro. O relacionamento deles pode estar por um fio, mas pelo menos eles têm um relacionamento.

Holly abre a porta.

— Clemmie, o que diabos você está fazendo?

— Hã, estava pensando se posso pegar algo emprestado para vestir.

— Por quê? Você não trouxe nada?

— Está tudo sujo. Um acidente desagradável com o bronzeador.

— O que há de errado com o que você está usando?

Jesus, o que preciso fazer para ter acesso ao guarda-roupa dela?

— Está sujo. — Os olhos de Holly percorrem minha roupa. — Bom, eu me sinto suja. Posso pegar um vestidinho ou outra coisa emprestada? — suplico.

— Acho que sim — ela suspira e abre a porta com má vontade. O chuveiro está ligado e presumo que James esteja debaixo dele. — Mas não vá espalhar bronzeador nele. Quero usá-lo amanhã.

Ela vai até a mala que está aberta sobre a cama e tira um lindo vestidinho, bordado com grandes círculos vermelhos e cor-de-laranja, que termina pouco acima do joelho.

— Obrigada! — exclamo, agarrando-o de encontro ao meu corpo.

De volta ao meu quarto, tento lembrar de todas as coisas que se deve fazer antes de um encontro importante. Só tenho uma revista de bordo para me inspirar. De modo que pulo para dentro do box, passo sabão cuidadosamente no corpo todo e não esqueço de raspar as duas axilas. Passo hidratante no corpo todo (pois isto parece ser de fundamental importância, apesar de eu não saber bem por quê), mas não passo esmalte nas unhas porque o meu método de secagem rápida, que se resume a balançar os dedos sobre a torradeira ligada, não está disponível.

Chego cantando pneus na recepção vinte e cinco minutos depois. Minhas alpargatas não combinam muito com o vestido, mas, tirando isto, admito que estou satisfeita com os resultados.

Sam conversa com Madame numa combinação de francês estropiado, da parte dele, e inglês estropiado, dela. Eles param de conversar quando eu chego e Madame me dá uma olhada como quem sabe das coisas, depois de nosso recente encontro na escadaria. Tento não ficar vermelha e me concentro em Sam, que está diabolicamente atraente, usando jeans e um suéter preto fininho.

— Você está linda! — é o cumprimento dele.

— O vestido é de Holly — explico.

— Acho que precisamos sair e comprar algumas roupas para você amanhã. Seu guarda-roupa parece ser um bocado limitado.

— Falta de fundos. Minha última compra foi há dois anos.

— Vou comprar umas roupas para você — Sam diz, decidido.

— Não, você não precisa fazer isto — digo, sentindo-me loucamente encorajada.

— Para dizer a verdade, Clemmie, se eu tiver que olhar mais uma vez para você dentro daquela saia velha, eu vou me enforcar. E estarei fazendo um favor à humanidade — ele responde seco, girando nos calcanhares e saindo do hotel.

Humm. Não tenho certeza se devo ficar animada.

— Aonde quer ir? — ele pergunta assim que saímos para o ar noturno. Pensei que podíamos comprar um delicioso pão francês, patê e uma garrafa de vinho, e fazer um piquenique na praia.

Que maravilha!

— Isso será ótimo.

Ele sorri para mim e eu quase desmaio de contentamento. Mas lembre-se, digo a mim mesma com firmeza enquanto troto atrás dele para dentro de uma lojinha, ele está namorando Charlotte, que é uma garota muito legal.

A lojinha está fechando, mas ainda sobrou uma baguete e nós corremos pelas prateleiras pegando patê, azeitonas, uma garrafa de vinho e um saca-rolhas. Na última hora encontro alguns daqueles pickles de pepino que eu simplesmente adoro. Sam revira os olhos. Depois de pagar, descemos a rua em direção à praia.

— O que você acha dessa história sobre Emma? — pergunto, ansiosa em saber a opinião dele. — Como você acha que Martin Connelly vai reagir quando descobrir que ela está grávida?

— Bom, a informação vai dar um nó no plano de vingança dele. Ele achava que era ele quem estava sendo o traidor nisto tudo.

— Você acha que ela sabe que ele é estéril e é por isso que ela entra em pânico quando se fala em vê-lo novamente?

— Não, acho que ela pensa que o bebê é dele.

— Será que vão contar para ele?

— Emma e o pai é quem devem decidir isto. Graças a Deus, não temos mais nada a ver com esta história.

— Eu não sinto uma grande simpatia por ela — digo.

— Minha simpatia está desaparecendo rapidamente — Sam concorda. — Acho que devemos nos esquecer dela e nos concentrarmos em nos divertir.

— Oooh, sim, por favor. — Sou completamente a favor de me divertir, penso egoisticamente.

Caminhamos em fila única pela rua que vai dar na praia porque ela é mesmo estreita. É uma noite linda e o ar está pesado com o frescor e o canto dos pássaros. Tenho que fazer um esforço consciente para parar de me abraçar de tanto prazer. Por favor, não faça papel de boba, digo a mim mesma com firmeza. Ele só sugeriu um piquenique na praia porque estamos juntos esta noite e é algo gostoso de se fazer. Se ele estivesse com Holly, também teria sugerido um piquenique na praia.

Chegamos à praia de seixos. O mar está calmo e vamos até uma grande pedra onde arrumamos nossas coisas. Tento sentar delicadamente, mas a saia do vestido de Holly não me dá muitas oportunidades de manobra e eu meio que sou obrigada a desabar em cima da pedra. Ponho as pernas elegantemente para um lado e puxo a bunda para dentro. Por outro lado, Sam se esparrama no chão e revira a sacola em busca da garrafa de vinho e do saca-rolhas.

— Acho que você vai ter que beber direto no gargalo, Clem.

— Não tem problema.

Ele a abre com perícia e me oferece. Devolvo a garrafa depois de tomar uma golada e fico feliz em ver que ele não se dá ao trabalho de limpar o gargalo antes de beber.

Não sei se é porque estou bebendo direto no gargalo, mas não demora muito para que eu afunde em uma deliciosa embriaguez. Sam encosta na pedra e temos uma noite absolutamente maravilhosa. Falamos sobre tudo e sobre nada e o tom da voz de Sam é absolutamente de paquera. Não acho que estou imaginando isto. A mão dele esbarra na minha de vez em quando, quando vamos pegar algo para comer, e às vezes os olhos dele ficam mais tempo do que o necessário nos meus. De tempos em tempos, eu me belisco para ter certeza de que tudo isto está acontecendo e não é somente o fruto da minha imaginação superativa.

Finalmente, decidimos que está muito escuro para ficar na praia, juntamos as coisas e voltamos para o hotel. Não falamos muito no caminho, mas a atmosfera entre nós está carregada de intenções. Ele me olha, eu olho para ele — há um monte de olhares indo e vindo.

Quando chegamos ao hotel, subimos as escadas e eu hesito, insegura, no segundo andar, tentando imaginar o que vai acontecer em seguida. Sam resolve as coisas dizendo que me acompanha até o meu quarto. Eu fico inacreditavelmente nervosa e faço uma verificação mental: Escovei os dentes? (Sim, com certeza.) Deixei as roupas espalhadas no chão? (Talvez. Não lembro disso.) Estou usando um conjunto de calcinha e sutiã combinando? (Eu tenho um assim?)

Vamos andando cada vez mais devagar, obviamente enrolando, quando chegamos ao meu quarto. Seus olhos cor-de-chocolate estão fixos nos meus enquanto me encosto na porta, me sentindo uma adolescente boboca.

— Onde está a sua chave? — ele pergunta suavemente, ainda olhando dentro dos meus olhos.

Eu reviro minha bolsa e a entrego. Ele começa a se inclinar suavemente na minha direção. É agora! Fecho os olhos e espero pela abençoada sensação dos seus lábios sobre os meus. Sinto-me como se tivesse esperado por uma eternidade por este momento... mas parece que vou ter que esperar um pouco mais porque espio pelo canto do olho semicerrado e vejo que Sam se inclinou para abrir a fechadura da porta. Abro os olhos o mais depressa possível e olho para ele como um coelho assustado pelos faróis de um carro na estrada. Oh, Deus! Que vergonha! Será que ele me viu com os olhos fechados, completamente ofegante? Eu tinha certeza absoluta de que algo iria acontecer. Sam está olhando pensativo para os sapatos, como se estivesse procurando as palavras para dizer algo difícil. Talvez ele simplesmente não me ache atraente. Afinal de contas, ele tem uma namorada, admitiu que gosta muito dela, então por que haveria de ficar enrolando comigo? Estou absolutamente mortificada. Lá estava eu, fazendo biquinho e pronta para o que desse e viesse. Sam me olha. Está na cara que encontrou as palavras que procurava.

— Hum, Clemmie. Acho que precisamos... — ele pára subitamente e inclina a cabeça. Percebo que ele está escutando as vozes na escada. — Madame está subindo e... — ele presta mais atenção ainda.

— Qual é o problema? — pergunto.

— Esta voz é de Charlotte. Charlotte está aqui.

CAPÍTULO 24

Sam afasta-se rapidamente de mim e começa a andar pelo corredor para encontrá-la. Imersa em uma mistura de choque e preocupação, eu o sigo, desanimada. Charlotte? Ele tem certeza? O que diabos ela está fazendo aqui? Uma voz decididamente mais masculina atrai subitamente minha atenção e eu me apresso atrás de Sam até contornar a esquina.

— Barney! — exclamo. — O que vocês estão fazendo aqui?

— Oh, oi, Clem. Viemos encontrar vocês! Como vai você? Você está bonita, saiu para jantar?

— Hã, sim. Sam e eu acabamos de voltar... — Estou observando Sam, que beija Charlotte. Meu estômago dá voltas. Como é que eu pude alimentar expectativas sobre ele quando ele tem uma namorada? — Sam estava me acompanhando até meu quarto — digo, distraída. — O que você está fazendo aqui? — pergunto outra vez.

— Bom, Sam ligou e disse para Charlotte que tinham surgido complicações e que vocês iriam ficar mais alguns dias aqui. De modo que achamos que não era justo que vocês todos se divertissem e pegamos o primeiro vôo saindo de Bristol. Não está feliz em nos ver?

— Hã, sim. Encantada. — Tento dar um sorriso razoável e me sinto muito, muito mal. Sam e Charlotte começam a descer as escadas e Barney e eu vamos atrás deles. Passamos por Madame nas escadas. Ela me olha muito feio e eu me sinto insuportavelmente horrível. Barney agradece a ela educadamente e coloca um braço amigável sobre meus ombros.

— Mas não pensamos que íamos encontrar vocês, achamos que estavam fazendo a farra! Madame conseguiu me dar um quarto no primeiro andar e Charlotte vai ficar no quarto com Sam.

— Claro que sim — digo falsamente, enquanto o significado da situação me atinge em cheio. Bem no meio da cara. Esta noite, Charlotte vai dormir com Sam.

Barney e eu alcançamos Sam e Charlotte no primeiro andar.

— Clemmie! — Charlotte exclama e me dá dois beijinhos. — Nem disse oi! Que *super* ver você! Barney e eu não pudemos agüentar saber que vocês estavam se divertindo tanto sem nós. — Eu mantenho meus olhos afastados de Sam, propositalmente. — Podemos ir tomar um drinque?

— O hotel tem um bar — diz Sam.

— Você vai nos contar *exatamente* tudo o que anda acontecendo! — diz uma Charlotte tagarela enquanto pega no braço de Sam. — Esperamos *o dia todo* no aeroporto de Bristol para um vôo de última hora, mas pelo menos foi barato.

Eles tentam descer o próximo lance de escadas, mas eu os interrompo.

— Eu vou deitar, estou exausta. Sam contará todas as novidades.

Quero que Sam me olhe, que me dê algum sinal de que tudo vai ficar bem, mas ele não faz nada. Ele está tão envergonhado quanto eu. Então, com um queixo meio tremelicante, eu lhes desejo boa-noite e viro nos meus calcanhares.

No banheiro, dou uma boa olhada em meu rosto no espelho e apóio a testa quente contra o vidro frio. Alguém consegue morrer de vergonha? Porque eu gostaria que o bom Deus me matasse agora. Repasso a cena em minha mente várias vezes. Meu rosto pronto, olhos fechados, lábios preparados e Sam tendo que dizer gentilmente que não era bem isso que ele queria, como tenho a certeza de que iria fazer. Ó, que vergonha. Estou tão destreinada assim que já não sei mais analisar uma situação? Ou estou tão apaixonada por Sam que estou completamente cega aos fatos relevantes? Como a namorada dele. Ou o fato de que nos conhecemos há anos e Sam nunca demonstrou o menor interesse romântico por mim. Vamos admitir os fatos, é mais provável que ele goste de Holly do que de mim. Todos aqueles beijinhos e o fato de que ele está sempre do lado dela.

Meus olhos se enchem de lágrimas e eu mordo minha bochecha com força. Por favor, não comece a chorar, digo a mim mesma com firmeza. Você vai acabar ficando com um rosto horroroso e olhos inchados, e vai ter que dizer que comeu mais abacate. Sem falar que

Sam vai adivinhar que você chorou e as coisas vão ficar mais embaraçosas ainda.

Tiro o vestido de Holly e o penduro na porta do guarda-roupa. Olho para ele por um segundo. É lindo e só serviu para piorar as coisas. Estaria melhor com minha saia velha e botas de caubói. Pelo menos assim não me sentiria como se tivesse decidido deliberadamente seduzir Sam e não me sentiria tão mal sobre Charlotte.

Vou para a cama, deito e tento pensar no que fazer quando voltar para casa para tirar Sam da minha cabeça. Esperava passar a noite acordada, mas, para minha surpresa, começo a piscar os olhos e durmo sonhando com gaivotas e batatas fritas.

Na manhã seguinte vou tomar o café-da-manhã desanimada e fico extremamente satisfeita que a primeira pessoa que vejo seja Barney. Ele está sentado à mesa do café-da-manhã e na frente dele está uma cesta de pão enorme. Está na cara que Madame está apaixonada.

— Bom-dia, Clem! Você não adora pão francês? Só pelo café-da-manhã já valeu a pena ter vindo. Eu poderia comer uma baguete inteira. — Ele olha para o prato. — Para dizer a verdade, acho que acabei de fazer isto. Como vai você? Está se divertindo? Sam contou tudo sobre Emma e Martin Connelly. É uma história chocante, não é? — Barney faz uma pausa para enfiar outro pedaço de pão na boca.

Estive tão absorta em meus próprios problemas que acabei esquecendo da maldita Emma. Caramba, até ela conseguiu seduzir duas pessoas diferentes em seis meses.

— Sim, é mesmo, não é?

— Você sabe quem é o pai?

— Nenhuma idéia. — Provavelmente outro Adônis que ela conseguiu seduzir com aquela cara de limão espremido e seus modos charmosos. Talvez eu deva pensar seriamente em mudar de imagem.

— Sam disse que James vai ver Emma hoje.

— Eu vou junto com ele. — Quando penso no que ela me fez passar na última semana, não há a mínima chance de eu não estar presente quando Emma tentar se livrar desta.

— Posso ir também?

— Acho que já vai gente demais, Barney. Mas eu conto tudo o que aconteceu quando voltarmos. E como vão as coisas com você?

— Na verdade, muito boas. — Ele dá aquele sorriso deslumbrante dele e enche o pão de manteiga.

Olho para ele com os olhos apertados. Tem algo acontecendo. Arrisco um palpite.

— Como vai aquela sua garota?

— Excelente! Conseguimos passar um tempo juntos enquanto vocês estiveram fora!

— E como estão indo?

— Estamos nos dando muito bem.

— Então parece que ela percebeu que estava errada.

— Bom, eu não diria isso, mas tem sido muito mais fácil passar algum tempo com ela quando vocês não estão por perto.

— O que está fazendo aqui, então? Por que não está em casa tentando seduzi-la?

O centésimo pedaço de pão que Barney vai comer pára no meio do caminho. Ele me dá um olhar comprometido.

— Porque ela também foi viajar.

— Foi? — Minha cabeça tenta extrair uma pista valiosa desta pequena informação. — Para onde ela foi? — pergunto, cheia de suspeitas.

— Saiu em férias.

Ele me olha intensamente e, de repente, me lembro daquele pequeno detalhe pertinente que minha mente procurava. Mamãe não disse que Catherine Fothersby tinha viajado em férias? Uma luz de reconhecimento surge no meu rosto.

— Oh, Barney!

Ele sabe que foi apanhado de jeito.

— Vamos, vamos, não faça assim, Clemmie!

— Como pode?

— Eu sei que você não gosta muito dela, mas eu acho que ela é maravilhosa!

— Mamãe vai matar você.

— Mamãe não vai ficar tão chateada quando souber de toda a história.

— Isto não muda quem ela é! — sibilo de volta para ele.

— Eu sei — ele olha por sobre o meu ombro. — Olha, Holly está vindo. Por favor, não conta nada até que eu tenha resolvido tudo?

Olho para o rosto magnífico e suplicante à minha frente e meu coração derrete.

— Ok. Mas eu aviso, ninguém vai ficar muito feliz com esta história — sussurro.

— Olá, Barney! É fabuloso ver você! — Holly se inclina e lhe dá um grande beijo no rosto. — Encontrei Sam na escada e ele me disse que você chegou ontem à noite. Então você conseguiu entrar novamente no país depois daquele problema com o suposto eletrocutado? Achei que seu nome estaria nos registros policiais. Quem está cuidando de Norman?

— Eu o deixei ontem com Sally, junto com a almofada dele e cerca de cem latas de sardinhas.

— Sally vai cuidar dele. Coitado.

Meu estômago se contrai quando ouço o nome de Sam e imagino se ele vai descer para tomar o café-da-manhã. Não tenho certeza se consigo vê-lo com Charlotte neste momento.

— A que horas vamos visitar os Winstanleys? — pergunto a Holly, pronta para desaparecer de cena.

— Oh, não sei. James está tratando do assunto. O que vai fazer agora de manhã?

— Pensei em ir passear em Nice.

— Acho que precisamos comprar algumas roupas para você. E, quer saber, vou comprar algumas roupas para você! — Ela sorri para mim. — Eu perdi dois aniversários seus quando você esteve no exterior!

— É muita gentileza sua Holly, mas...

— Sem mas! Você pode ser meu novo projeto!

Olho para ela, assustada. Os projetos dela não costumam acabar bem.

— Que tal ir ver se mamãe e papai querem vir conosco?

— Mamãe é uma inútil de manhã e eles podem levar horas para descer! Vamos escapar antes que alguém perceba. — Esta parece uma idéia muito boa. Posso discutir sobre as roupas no carro.

Estou levantando quando Charlotte aparece. Merda.

— Bom-dia, pessoal! — ela cumprimenta alegremente. — Não é uma *super* manhã? Estou tão feliz em termos vindo! Você não está contente, Barney? — Não quero nem começar a pensar por que ela está tão bem-humorada. — Holly, como *vai* você? É muito bom ver você. Agora, conte-me tudo sobre esta coluna que você está escrevendo, a "Alta Sociedade". Sam me contou a respeito.

Volto a sentar na cadeira, me sentindo inquieta, enquanto Holly conta a mais recente fofoca do jornal para Charlotte. Charlotte está muito bonita esta manhã. O cabelo dela foi sempre assim brilhante? E a pele dela sempre foi assim linda e rosada? Nem imagino como Sam poderia se interessar vagamente por mim com esta criatura nos braços.

Holly terminou de contar as últimas novidades para Charlotte e sou afastada dos meus devaneios com a pergunta:

— Onde está Sam? — gemo silenciosamente. Por favor, não me diga que vamos ter que esperar até dizermos olá para Sam.

— Ele vai dormir até mais tarde.

Um suspiro de alívio está prestes a sair dos meus lábios quando ouço uma voz animada atrás de nós.

— Charlotte, *querida*! Barney! É maravilhoso *ver* vocês dois! — Meu Deus, era tudo o que eu precisava.

Charlotte dá um pulo de alegria e todos eles se beijam e se abraçam. Quem os observa pensa que minha mãe não vê Barney há anos. Durante os cumprimentos, minha mãe coloca Morgan no chão. Charlotte olha para ele, nervosa, e tira a bolsa do chão. Isso faz com que eu me sinta um pouco melhor.

Charlotte começa a contar sobre a viagem para minha mãe.

— ... quando Sam telefonou e disse que *todos* vocês iriam ficar aqui por mais alguns dias, eu fiquei tão furiosa em pensar em vocês que Barney e eu decidimos pegar um avião! E foi assim que fizemos uma mala, entramos em um carro, fomos para o aeroporto de Bristol e apanhamos o primeiro vôo disponível! Foi tão divertido!

— O que você fez com a minha amada gaivota? Espero que não a tenha deixado com aqueles seus amigos. Ela não gosta muito deles — minha mãe diz a Barney.

— Nós a deixamos com a Sally.

Ela sorri para ele.

— Ela está comendo direito?
— Acabaram as latas de sardinhas na loja e nós tentamos dar atum para ela.
— Ela gostou?
Barney franze o nariz.
— Não acho que tenha ficado muito contente.
— Mas era atum em azeite de oliva ou água? Porque Norman só gosta de atum em azeite de oliva extravirgem importado... — Mamãe dá uma olhadela para meu pai, que está olhando severamente para ela, e sabiamente muda de assunto. — Como vão indo os ensaios? Sally disse alguma coisa?
— Estive em quase todos os ensaios — diz Barney. Com aquela sirigaita da Catherine Fothersby. — Acho que estão indo muito bem.
Observo minha família fofocando. Meus pais parecem gostar mesmo de Charlotte.
— Clemmie e eu vamos até Nice por algumas horas antes de irmos ver Emma. Vemos vocês mais tarde — Holly diz depois de alguns minutos. Ela se levanta, decidida.
Eu saio atrás dela.
— Ok. E James? Vamos esperar por ele?
— Meu Deus, não! Ele vai passar a manhã pendurado naquela porcaria de telefone! — Holly parece não estar nem um pouco arrependida pelo fato de que ele vai estar ao telefone resolvendo a confusão que ela causou, mas eu não tenho tempo para implicar. Ela apanha umas fatias de pão e eu faço a mesma coisa. — Além disso, ele odeia fazer compras e quase sempre fica muito irritado. Vamos pegar o carro. Vamos! Adeus para todos!
Ela e James devem estar se dando melhor porque a hiperenergia dela voltou. Sou arrastada para fora da sala do café-da-manhã, enquanto ela grita para meu pai que está com o celular.
— Agora, do que tenho mesmo que me lembrar? — diz quando entra no pequeno Fiat que ela e James alugaram.
— Hum, dirigir do lado esquerdo?
— Ou é do lado direito?
Agora quem está confusa sou eu.
— Bom, é do lado oposto do que dirigimos na Inglaterra.
— De qual lado dirigimos na Inglaterra?

— Você não sabe? Tenho andado de carro com você todo o tempo e você não sabe de qual lado da rua devemos estar?

— Ora, Clemmie, não fique nervosa. Eu simplesmente vou atrás dos outros motoristas.

Maravilhoso.

Temos finalmente uma oportunidade para conversar quando chegamos sãs e salvas à estrada que leva a Nice, seguindo um Renault com placa francesa, pois achamos que o motorista deve saber de qual lado da estrada devemos ficar.

— Me diga, por que você está com um ar tão miserável? — Holly pergunta.

Eu faço uma careta e olho para fora da janela. Contar sobre Sam para Holly é uma coisa, mas ter esse fato escarrapachado bem na frente do meu nariz pelos próximos vinte anos ou coisa parecida, com ela sabendo o que sinto por ele, já é outra coisa. E eu não consigo contar para ela. Acho que vou esperar que as coisas se acalmem um pouco e talvez eu veja tudo com mais clareza.

Holly me olha.

— Vamos lá. Posso ver que há algo amolando você.

A tentação de despencar soluçando no ombro dela é quase insuportável.

— Me diga o que é — ela repete.

— A tal garota de quem Barney gosta é Catherine Fothersby! — eu disparo. Ora bolas, Holly iria ficar no meu pé até que eu contasse o que há de errado, e entre sacrificar Barney ou a mim mesma, lamento dizer que será sempre Barney quem vai para a fogueira.

Holly quase atropela uns pedestres quando vira para me olhar.

— Nãooooo!

— Sim! Ele me fez prometer que não iria contar a você. Você não pode comentar nada disto com ele.

— Como você descobriu?

— Ele me contou!

— Contou? E por que ele não me disse nada?

— Bom, eu meio que adivinhei e ele confessou.

— Como foi que você conseguiu adivinhar?

— Começamos a pensar que ele deveria gostar de alguém muito horrorosa porque não tinha contado nada a Sam. Foi aí que eu achei que era Catherine Fothersby e ele me disse que eu estava certa.

— Quem é "nós"?
— Eu e Sam. — Fico vermelha ao falar no nome dele.
— Agora até Sam sabe?

Droga. Esqueci que não via Holly desde que contei também este segredo.

— Na verdade, todos sabem. Eles me embebedaram e me obrigaram a contar.

— Meu Deus! Não pode ser verdade! Barney e Catherine Fothersby! Bom, é um completo desperdício dele naquela mulher com cara de quem chupou um limão azedo, e vou lhe dizer isso mesmo. Não vou ser aparentada daquela família. Catherine seria nossa cunhada.

— Por favor, não comente nada com ele. Ele vai saber que fui eu quem contou.

— Bom, farei o que for possível para fazer com que desista dela.

— Eu também — digo, tentando me livrar do assunto. — Quando você e James voltam para casa?

— Hoje à noite. Gostaria de ficar mais tempo, mas James só pode tirar dois dias de licença e acho que Joe vai me despedir se eu ficar mais do que isso longe do escritório. E você?

— Acho que vou tentar encontrar um lugar no trem noturno de hoje. Mamãe e papai voltam amanhã, mas eu preciso voltar ao trabalho. — Tento parecer animada, mas meu estômago revira ao pensar em voltar ao café. Minha autoconfiança parece ter levado uma paulada tão grande que todas as idéias de trabalhar em uma galeria caíram por terra. — Como vão as coisas no jornal? Joe já perdoou você?

— Parece que sim. Felizmente Sir Christopher amansou um pouco desde que vocês deixaram Emma nas mãos dos Winstanleys e acho que Joe já esqueceu tudo. Ele me deixou tirar uns dias para vir até aqui porque eu disse que precisava ajustar uns detalhes com Emma para a coluna "Alta Sociedade". Nem vou me atrever a contar nada sobre os problemas que tivemos aqui.

— Mas você não conseguiu nada para a coluna "Alta Sociedade" e dificilmente Emma vai dizer alguma coisa. Joe não espera que você faça maravilhas na primeira coluna que assinar?

— Ahh, mas eu tenho maravilhas a relatar! Mamãe disse que viu vários políticos aqui!

— Mamãe não viu vários políticos aqui.

— Bom, segundo meu ponto de vista, eu tenho uma testemunha ocular fidedigna que disse tê-los visto, e eu acredito nela. Vai ser uma primeira coluna fabulosa, para as completamente renovadas páginas sociais! Vou ser um sopro de ar fresco naquela coluna e Joe vai ficar imaginando como poderia viver sem mim!

— Imagino que James tenha perdoado você e que ele seja o responsável por esta sua nova atitude entusiasmada diante da vida?

— Não seja tão cínica, Clemmie. Mas sim, ele me perdoou. — Ela sorri para mim e eu concluo que acertaram os ponteiros na noite passada.

Assim que encontramos uma vaga para estacionar, o que não é nada fácil no centro de Nice, começamos a passear vendo vitrines. Ando atrás de Holly, arrastando meu coração extremamente pesado junto comigo. Assim que a calçada alarga o suficiente, ela me espera e anda ao meu lado.

— Ainda chateada com a história com Barney? — ela pergunta carinhosamente.

— Um pouco. — Bom, isto é verdade. Mas nada comparado ao que sinto com a história com Sam.

— Vamos logo! Vamos torrar dinheiro!

— Honestamente, não preciso de muita coisa, Holly.

— Você deve estar brincando. Além disso, você sempre pode me reembolsar. Vamos entrar nesta loja aqui. — Ela aponta para uma pequena butique com ar exclusivo. — Vou entrar primeiro porque eles provavelmente vão pensar que você é uma cigana e mandar você sair — ela diz, brincalhona.

Achei que a idéia era ela me animar.

CAPÍTULO 25

Se eu tivesse como vestir todas as minhas roupas novas ao mesmo tempo, juro que teria feito isto. Mas, como não posso, resolvo usar minha nova saia sarongue de seda, bordada com florzinhas cor-de-rosa, uma camiseta regata grudada ao corpo e minhas novas sandálias de tirinhas. Quase quebro o pescoço descendo as escadas, mas não importa, pelo menos morreria linda.

Encontro Holly, James e meus pais na recepção.

— Querida, você está simplesmente maravilhosa! — minha mãe baba. — Graças a Deus, Holly levou você para fazer compras! Espero que tenha jogado aquela saia velha e horrorosa que sempre usa na lata de lixo.

— Com toda a certeza não vou usá-la tantas vezes agora.

— Vamos? — diz James. Na verdade, ele não está perguntando.

Só cinco de nós vão. Barney fez uma campanha para que ele, Sam e Charlotte nos seguissem em outro carro, mas distraiu-se facilmente com uma oferta de ir nadar e tomar sorvete. Além disso, alguns de nós precisam ficar para trás, para que Martin Connelly não desconfie se estiver nos vigiando.

James vai na frente, em direção ao carro alugado, e nós nos amontoamos dentro dele. Mais uma vez, sou eu quem tira a carta menor e tenho que sentar no meio do banco traseiro, entre Holly e minha mãe, mas sorrio animada porque estou muito grata a Holly. Não só comprou grandes braçadas de roupas, recusando até me deixar olhar para as etiquetas de preço, como também deu um bom empurrão na minha auto-estima quando eu mais precisava. Pelo menos vou estar bem vestida sempre que encontrar Sam nos próximos, oooh, vinte anos, ou coisa parecida.

Não pude falar com Sam desde o nosso pequeno incidente da noite passada. A família sempre esteve em volta de nós e, é claro,

Charlotte também. A propósito, todos estavam certos sobre ela. Ela é realmente muito bonita. Quando voltamos de Nice, na hora do almoço, ela usava um vestido de alcinhas azul muito clarinho, com um biquíni de bolinhas da mesma cor por baixo. O cabelo estava solto e ela parecia ter saído diretamente de uma revista de moda. Agora vocês entendem por que estou tão agradecida a Holly por ter me deixado mais preparada para o encontro. Sam me deu alguns sorrisinhos compreensivos, mas felizmente eu pude me esconder atrás dos óculos escuros. Como é que eu vou me virar quando voltarmos à Cornualha, onde não há sol? Sem falar que não sei o que vou fazer na Cornualha se esta paixonite por Sam continuar. Não senti nenhum sinal de que ela tivesse diminuído. Na verdade, acho que piorou. Sinto-me como se estivesse recebendo um soco no estômago todas as vezes que o vejo. Olho para Holly. Acho que vou acabar falando a respeito com ela antes de explodir, mas estou pensando exatamente sobre isto quando minha mãe diz algo que me arranca dos meus devaneios.

— ... devo dizer que estou ansiosa por me encontrar com ele. Quando ele ia pegar o avião, James?

— Falei com ele esta manhã, pouco antes de o vôo partir. Disse que, se Martin Connelly estava aqui na França, ele viria também, para certificar-se de que Emma está bem. — James vive olhando pelo retrovisor para ter certeza de que Martin Connelly não está nos seguindo.

— Hã, quem é ele? — pergunto cuidadosamente. Espero sinceramente que "ele" não seja quem eu estou pensando que é.

— Sir Christopher McKellan — diz meu pai no banco dianteiro. — Você ouviu alguma coisa da nossa conversa, Clemmie? — É claro, tinha que ser ele.

— Sir Christopher McKellan? Vamos encontrar com Sir Christopher McKellan? Ninguém falou nada a respeito. PARE O CARRO!

James olha para mim pelo retrovisor, franze a testa e me ignora.

— Não seja boba, Clemmie. Estou em uma rodovia.

— Não faz mal. Vou a pé, pego um ônibus, qualquer coisa.

— Por que você não quer encontrar Christopher McKellan?

— Porque ele pensa que eu sou uma espécie de delinqüente enviada por Martin Connelly para achar sua filha. Ele provavelmente irá me prender na hora.

— Clemmie, ele é um advogado. Não um juiz do supremo tribunal.
— Ele é terrivelmente assustador e eu não quero vê-lo.
— Oh, deixa disso, Clemmie. Tenho certeza de que ele não é tão ruim.
— Não me venha com deixa-disso-Clemmie. Você não estava lá. Ele foi tão ruim assim. E deve pensar que sou a filha do demônio.
— Bom, ele não tem uma excelente opinião sobre mim — diz Holly.
Meu Deus, isto vai se transformar em um dia muito ruim.

Depois de mais uma hora dentro do carro e vários jogos de noves fora com as placas dos carros, todos segundo as regras particulares de minha mãe, encontrar Sir Christopher McKellan não parece mais tão ruim assim.

Começamos a subir as colinas da Provença há meia hora e o cenário é lindo. Quando chegamos à casa, penso que não é um lugar tão ruim assim para ficar exilada. É uma grande mansão luxuosa quadrada, com lindas venezianas verdes e telhas vermelhas. Estacionamos o carro ao lado de um colossal Range Rover com vidros fumê, saímos e caminhamos em direção a uma porta gigantesca. Esperamos em silêncio enquanto meu pai toca a campainha.

Acho que estávamos sendo esperados porque um empregado com ar sombrio abre imediatamente a porta. Andamos em fila atrás dele até que outra porta se abre e somos anunciados à família com uma voz com sotaque carregado. Para variar, estou no fim da fila e só consigo ver tudo depois que todos à minha frente acabaram seus cumprimentos. É claro que a primeira pessoa que aparece na minha frente é Sir Christopher e, por mais que me esforce, não vejo mais ninguém além dele.

Ele estica a mão na minha direção e me olha sério.
— Ah, é a delinquente.
Todos riem com vontade enquanto eu aperto, nervosa, a sua mão. Sim, claro. Riam às minhas custas. Ele já colocou gente na cadeia por muito menos. Dou um passo para o lado para mostrar Holly, que está decididamente se escondendo atrás de mim.

— Srta. Colshannon. Já nos encontramos algumas vezes, mas, como sempre, sua fama a precede. — Holly dá uma risada nervosa e aperta a mão dele.

Depois que todas as apresentações são feitas, o Sr. Winstanley, um homem calado de aparência distinta, indica com a mão os sofás na frente de uma grande lareira. Deve ter percebido que eu estava olhando para ela, pois diz:

— É muito frio aqui no inverno, principalmente porque a casa foi projetada para um clima quente.

Emma está sentada no canto de um dos sofás e meus pais correm para cumprimentá-la. Ela deve ter recuperado algumas das suas roupas porque está usando um lindo vestido de alcinhas. James a cumprimenta formalmente, com um aperto de mão, e Holly e eu, no fundo da sala, acenamos para ela, desajeitadas.

Sentamo-nos e o tal do mordomo que abriu a porta surge com uma enorme bandeja com copos e uma jarra enorme do que parece ser limonada, e a coloca na mesinha de centro à nossa frente.

Sir Christopher é quem começa a conversa.

— Obrigado por ter tido o trabalho de vir até aqui, sargento-detetive Sabine. — É o James? Fico impressionada e faço força para não fazer uma careta para Holly.

Deve ser mesmo porque ele responde:

— Vim até aqui porque Martin Connelly está começando a perseguir a família Colshannon e eu gostaria de solucionar esta confusão para o bem deles. Acho que eles já fizeram mais do que deveriam para ajudar Emma.

É isso aí, James. Deixe as coisas claras.

— Seja qual for o motivo, obrigado por ter vindo. Você viu Martin Connelly?

— Sim, vi. Ele está aqui e está determinado a encontrar Emma. — Olho interessada para James. Será que ele vai anunciar a infidelidade de Emma?

— Ele não o seguiu até aqui?

James dá uma olhada furiosa para Sir Christopher e eu faço uma anotação mental para nunca deixá-lo zangado comigo.

— Não, tomei as precauções necessárias.

— Desculpe se pareço duvidar das suas capacidades, mas é que amo muito minha filha e preciso saber se ela vai estar segura nesta casa.

— Pode haver algo mais que garanta a segurança dela.

Sir Christopher parece baquear por um segundo e depois se inclina para a frente, ansioso.

— Há? Você sabe o quê?

— Acho que preciso primeiro conversar com Emma. Em particular.

Sir Christopher parece não gostar nada da idéia, mas James se levanta, decidido, e vira-se na direção de Emma, que até agora não abriu a boca.

Ela também levanta, parecendo um pouco insegura, e diz:

— Podemos conversar na piscina.

Ela segue na frente e James vai atrás. Todas hesitamos por um segundo, até que minha mãe, Holly e eu não agüentamos mais. Formamos um bloco que-se-danem-eu-não-vou-perder-esta-conversa e saímos correndo atrás de James. Meu pai, sendo um homem extremamente educado, fica para conversar com as pessoas na sala.

Emma abre caminho através da porta-balcão que dá para um pátio ao lado de uma grande e convidativa piscina azul-turquesa. Ela senta-se na ponta de uma espreguiçadeira de madeira e nos olha de modo inquisitório.

— Emma, acho que você não foi honesta conosco — James diz. Posso estar enganada, mas acho que ela está nos olhando de um modo muito engraçado.

— Mesmo? — diz ela.

— Sim. Veja, Holly e Clemmie fizeram de tudo para ajudar você. Eu sei que não deveriam ter começado esta confusão em primeiro lugar, mas, quando souberam da verdade, você tem que admitir que fizeram o possível para consertar a situação. Elas arriscaram os empregos e sua vida pessoal para consertar o erro que cometeram. É por isso que estou surpreso em ver que você se aproveitou das boas intenções de outras pessoas e as enganou tão descaradamente. — Holly e eu não temos nenhuma boa intenção na história, mas concordo com James em tudo o que disse. — Veja, conversei ontem com Martin Connelly e fiquei muito surpreso em saber que ele é estéril.

Emma parece intrigada por um momento e depois sua face se ilumina. Em vez de perturbada, ela parece absolutamente extasiada.

— Quer dizer que ele não pode ter filhos?
— Não, não pode.
— Não posso acreditar! Martin Connelly não pode ter filhos? Então ele não é o pai? — ela suspira. — Meu Deus, não sei como dizer como esta notícia é maravilhosa! O Sr. Colshannon disse que as coisas costumam resolver-se sozinhas e é verdade!
— Parece que ele é estéril. Teve sarampo quando era criança. Pelo visto, você não sabia?
— Não, não sabia. Mas é uma notícia maravilhosa! Não estou carregando um filho dele! Ele sabe que estou grávida? Você acha que ele veio até aqui tentar me encontrar por causa disto?
— Não, acho que não. Mas, se você contar que está grávida, e esta é uma decisão a ser tomada com seu pai, acho que ele vai parar de perseguir você porque isso arruína completamente o seu plano de vingança. Ele acha que você esteve perdidamente apaixonada por ele e, no fim das contas, você estava dormindo com outra pessoa. A propósito, quem é o pai?

Emma olha para o chão.

— Não é como você pensa. Eu estava muito apaixonada por Martin. Mas, uma noite, tivemos uma discussão feia, ironicamente sobre o meu pai e o casamento, e eu estava em Bristol, na casa de um velho amigo. Um amigo de longa data. Ele não sabia sobre Martin, assim como todos os meus amigos que conheciam bem meu pai. E eu estava chateada. Bebemos um pouco, ele estava tentando me animar pois achava que estava chateada com algo que aconteceu no trabalho... — Ela encolhe os ombros e olha para o chão. — Uma coisa levou à outra. Mas nunca imaginei que ele poderia ser o pai. Só dormi com ele uma vez e Martin é muito mais jovem do que ele, portanto... — Ela fica quieta.

Mas não pode parar a história aqui.

— Então, quem é? — pergunto. Emma me olha. — Acho que você nos deve isto, Emma. Vamos, conte.
— Não posso. Ele é...
— Casado? — minha mãe pergunta, ansiosa. — Gay? Belga? O quê?
— Não, ele é um homem famoso. Não seria correto contar.

Estou muito tentada a jogá-la no chão e sentar em cima dela até que me conte, mas James me dá uma encarada e eu calo a boca.

— Só uma última coisa, Emma. Fiquei curioso quando Holly me disse como foi que encontrou você. Você contou a Martin Connelly, o homem com quem iria se casar, sobre todos os seus amigos e familiares? — Emma acena com a cabeça. — Então por que não contou nada a ele sobre John Montague? Eu presumi que você não tinha dito nada porque seu pai não a esconderia com ele, certo?

— Não, Martin não sabia sobre John.

— Por que não, Emma?

Emma começa a ficar vermelha e não olha nos olhos de James. Eu observo a conversa, levemente confusa. James está chegando aonde eu acho que está? Ele já sabe quem é o pai do bebê de Emma?

— Na verdade, John me pediu em casamento — ela diz baixinho.

— John Montague? — Holly pergunta, com a boca aberta de espanto. — O deputado por Bristol? Você vai aceitar?

Emma coloca a mão de modo protetor sobre o estômago e olha para nós.

— Acho que deveria aceitar, não?

Ela começa a caminhar em direção à sala de estar.

— Eu não entendo — diz minha mãe. — Alguém pode me explicar exatamente o que está acontecendo?

CAPÍTULO 26

É bom estar de volta à Cornualha. Está chovendo, mas, mesmo assim, é bom estar de volta.

Minha mãe me fez prometer que a primeira coisa que eu faria seria pegar Norman na casa de Sally. Portanto, depois de o táxi ter deixado a mim e minha mala com rodinhas em casa, desço imediatamente a colina para ver Sally.

— Então, como foram as coisas? Você se divertiu? — ela pergunta depois de ter soltado um gritinho de contentamento ao me ver. Não sei se o gritinho foi pelo prazer de me ver ou pelo prazer de se livrar de Norman.

Eu a sigo em direção à cozinha. Vejo a almofada de Norman no canto.

— Foi divertido — digo, sem detalhes.

— Você parece diferente. Café? Chá?

— Chá, por favor. Holly comprou algumas roupas novas para mim.

Sally faz uma pausa e me olha pensativa, com a cabeça inclinada.

— Não, acho que não é isso. Você parece diferente.

— Bom, as coisas andaram meio confusas por lá.

— O que aconteceu? O que estava acontecendo? Eu sabia que havia algo errado quando seus pais avisaram de repente que iam viajar!

Abro a boca para começar a contar a história toda, mas percebo que Sally ainda está fazendo o meu chá e que não vou beber nada se começar a falar agora.

— Eu faço o chá. Você fica sentada. Realmente não sei por onde começar. Você se lembra da garota que estava hospedada conosco na semana passada?

* * *

Quarenta minutos depois, tinha bebido duas xícaras de chá e comido meio pacote de biscoitos. Sally tem duas xícaras de chá na frente dela, ambas intocadas e completamente frias.

— Quer dizer que todos vocês foram para o sul da França proteger a garota? — ela pergunta, atônita. Falando assim, eu pareço ser uma pessoa nobre.

— Bom — digo, cheia de modéstia. — Não estávamos exatamente protegendo-a.

— E este cara...

— Martin Connelly — eu completo a frase para ajudar.

— Este tal de Martin esteve aqui na cidade, procurando você?

— No dia do jogo de críquete. Na verdade, ele deve ter perguntado a alguém onde morávamos para ter encontrado a casa.

— Meu Deus, Clemmie. E me conte sobre este deputado, o que engravidou Emma.

— Bom, ele tem o dobro da idade dela e é um pouco careca. Ela saiu do sublime e foi parar no ridículo. Pelo menos, Martin era absolutamente maravilhoso.

— Mas maluco de carteirinha.

— Sim, completamente — concordo, mordendo outro biscoito.

— E Emma vai casar com este deputado?

— É o que ela diz.

— Ele a pediu em casamento antes de saber que era o pai?

— Sim! E antes de saber que ela iria voltar para a Inglaterra.

— Caramba, ele deve mesmo gostar dela. Isto é bonito.

— E, como diz James, ela agora pode voltar para Bristol porque não precisa mais fugir de Martin Connelly. O casamento de John Montague e Emma vai ser feito às pressas porque a condição de Emma vai ficar visível em breve, e Martin Connelly vai poder fazer as contas sozinho. Pelo menos Holly conseguiu algo para sua coluna "Alta Sociedade". Emma prometeu exclusividade desde que ela não revele muitos detalhes. E não podia ter sido em melhor hora. Ela precisava entregar o texto ontem.

— E onde está todo mundo?

— Meus pais voltam no trem noturno de hoje. Morgan precisou tomar uma vacina contra carrapatos, ou algo parecido, para poder entrar novamente na Inglaterra. Caso contrário, teria que passar seis meses em quarentena. Que pena.

— E os outros?

— Barney disse que tentaria pegar um vôo hoje ou amanhã de manhã e eu acho que Sam e Charlotte vão passar mais alguns dias lá e voltar no fim de semana. Não sei, eles não disseram. — Mantenho a voz baixa quando digo isso, para que Sally não descubra meus sentimentos. Charlotte anunciou na presença de todos que ela e Sam iriam ficar mais uns dias lá, e olhou diretamente para mim. E não é a primeira vez que meu comportamento me causa náuseas. Eu a tinha descartado como sendo uma atuária chata e simplória que não serve para namorar Sam, quando ela é absolutamente linda, charmosa e muito intuitiva, pois percebeu imediatamente a atmosfera tensa entre mim e Sam. Acho realmente que foi por isso que não gostei de Charlotte quando a encontrei pela primeira vez — eu estava começando a gostar de Sam. Saber destas coisas não faz com que a dor no meu coração seja mais fácil de suportar. Sam não falou comigo a não ser quando na companhia do grupo, e só foi quando Charlotte anunciou os planos dos dois que a ficha caiu. Sam e Charlotte estão perfeitamente felizes com o namoro e qualquer paquera por parte dele foi uma bobagem sem importância.

— Então você viajou sozinha? — Sally pergunta.

Aceno com a cabeça.

— Coitadinha.

— Pior ainda. Tive que dividir a cabine com uma fazendeira que cultiva batatas na Escócia. A propósito, onde está Norman?

— Oh, está no jardim. Achei que ele gostaria de respirar um pouco do ar marinho.

— Alguma chance de ele sair voando? — pergunto, esperançosa.

— Absolutamente nenhuma. Pensei que tentaria imitar as outras gaivotas, mas ele só fica sentado na almofada observando-as.

Olho para ela com cara feia.

— Sally, eu espero que você não o tenha mimado.

— Claro que não! Mas percebi que ele gosta das sardinhas aquecidas com um pouco de limão espremido por cima.

— Acho melhor levá-lo para casa, mas não vou esquentar a comida dele. Portanto, não se espante se ele vier bater à sua porta amanhã cedo. Eu tive que voltar antes porque preciso ir ver o Sr. Trevesky esta tarde. Como vão os ensaios?

Sally olha para as mãos.

— Vão bem.

— Quem está no lugar de Catherine enquanto ela viaja?

— Várias pessoas. Charlotte fez o papel dela, no começo. Ela é adorável, não é?

— Humm, é. — Vamos em frente.

— Depois foi minha mãe, mas ela não estava muito animada por causa das cenas de beijos com Matt.

— Ah, e como vai nosso famoso vigário?

— Maravilhoso, como sempre. — Os olhos de Sally brilham. — Na verdade, nem eu nem Matt estávamos muito animados com as cenas de beijos dele... — ela diz devagar.

— Sally, você está tentando me contar algo?

— Só que estamos muito entusiasmados com as nossas cenas de beijos. — Ela sorri para mim.

— Você e Matt? Não me diga.

— Verdade — ela diz entre risinhos.

— Quando isto aconteceu?

— Quando vocês estavam na França e Catherine de férias na região dos lagos.

— Ele é o vigário, Sally!

— Ele é solteiro.

— Bom, parece que você entrou para o coro dos anjos. Catherine vai ficar muito desapontada.

— Acho que não. Encontrei com a mãe dela ontem, que me disse que Catherine se envolveu com um jovem muito pouco recomendável.

— Existem jovens pouco recomendáveis na região dos lagos?

— Bom, provavelmente isso quer dizer que ele é um liberal democrata ou coisa parecida.

Tento dar um sorriso, mas estou pensando em como Barney vai reagir à notícia. A notícia é excelente para o resto da família, mas receio que o coração de meu querido irmão vá se partir. Pelo menos poderemos afogar as mágoas juntos.

— Bom — Sally continua. — Sua mãe quer que Matt organize um ensaio para amanhã à noite, com todos os extras. Você e Barney irão?

— Com certeza. Não sei se conseguirei olhar Matt de frente, mas estarei lá. — Sorrio para ela. — Estou mesmo feliz por vocês. Você está feliz?

Ela sorri de volta e eu me surpreendo por não ter notado a cara de apaixonada dela antes.

— Sim, feliz de verdade. Ele é maravilhoso. — A sorte dela parece debochar da minha infelicidade, mas eu a amo e estou mesmo feliz por ela. — Sam também está na minha lista de extras. Mas acho que ele não vai estar lá, vai?

— Não, Sally. Acho que não.

Depois de ter deixado Norman e sua almofada em casa, junto com várias latas de sardinha e um brinquedo que Sally comprou para ele, troco de roupa e vou para Tintagel. Mas o Sr. Trevesky encontrou alguém para me substituir, e só deseja me dar meu último pagamento e uma malha que eu deixei para trás. No meu lugar está Sandra. Ela não confunde os acompanhamentos dos pratos e Wayne está decididamente encantado com ela. Na verdade, o Sr. Trevesky parecia muito triste em me deixar ir embora, mas eu me atrevo a dizer que ele vai se recuperar com o tempo.

Mas não tenho nada para fazer com o resto do meu dia e não sei o que fazer comigo mesma. Estou a meio caminho de casa quando Barney liga para o meu celular para dizer que só volta amanhã. Eu estou incontrolavelmente irrequieta, por isso viro o carro e sigo em direção a Trebarwith Strand. Ando para cima e para baixo pela praia e, pela primeira vez na vida, gostaria realmente de que Morgan estivesse comigo. É que ele gosta de andar e adora nadar nas pequenas piscinas que se formam entre as pedras.

Minha mente vagueia sobre tudo e todos. Penso em Seth, penso sobre a viagem ao exterior e penso sobre meu emprego. Mas, acima de tudo, penso em Sam. Penso nos anos que passamos juntos. Lembro que, quando o Sr. Jefferson do mercado local me deu uma bronca e me fez chorar, Sam e Barney foram até a casa dele no meio da noite esvaziar todos os pneus do seu carro. Lembro que, quando passei no exame de motorista, Sam me levou para almoçar fora para comemorarmos. Lembro várias coisas adoráveis sobre ele. Faço uma análise de todas as ex-namoradas e paixonites dele e analiso o fato de que nunca dei valor à presença dele ao meu lado. E agora, quando estamos todos prestes a casar e a desenvolver famílias próprias, eu percebo o quão especial ele é.

O sol começa a baixar enquanto dirijo para casa. Minha mãe quer que eu arrume o quarto de hóspedes para Gordon porque ele vem conversar com ela sobre a nova peça e quer assistir ao ensaio da noite. De modo que, quando entro na minha rua e vejo uma BMW desconhecida estacionada na frente da casa, gemo comigo mesma. Meu Deus, é tudo o que eu preciso, ele está um dia adiantado. Justamente quando eu só quero mergulhar em uma banheira com água quente e ver televisão. Está na cara que minha mãe trocou mais uma vez as datas, mas é claro que Gordon vai botar a culpa em mim e me dar um sermão sobre onde eu errei na vida enquanto tento preparar algo decente para o jantar, bebendo escondido do xerez que usamos para cozinhar.

Saio do carro e caminho lentamente em direção à porta dos fundos. Mas não estou preparada para a visão que surge à minha frente. Seth está sentado sobre a pilha de lenha.

Fico paralisada e olho para ele.

— Oi, Clemmie, fico feliz que seja você. Não sabia quem chegaria primeiro em casa. — Ele tenta dar um sorriso amigável, mas o resultado não é muito bom.

— Seth, o que você está fazendo aqui?

— Você não está feliz em me ver? — Meu Deus, que convencido. Está aqui há apenas cinco segundos. — Faz um tempão que eu tento falar com você. Liguei e vim até aqui, mas seu irmão Barney me disse que você estava no exterior. E você precisa ter uma conversinha com ele, viu? Ele foi absolutamente grosseiro comigo e me disse para...

— Olhe, Seth, estou muito cansada e com o saco cheio. O que você quer? — interrompo. É irônico pensar no quanto tinha sonhado com este momento, mas agora não estou mais interessada. Olho para o terno urbano, o cabelo arrumadinho, os sapatos muito bem engraxados, e só consigo pensar que queria ver Sam. Como é que eu o achei atraente?

— Vim ver se você estava bem, Clemmie. Eu me sinto mal sobre tudo o que aconteceu e tenho tentado falar com você para ver se precisa de algo. Como vai o trabalho?

Eu hesito. Não há nada no mundo que me faça contar que acabei de perder o emprego de garçonete em um café.

— Acabei de voltar de minha viagem ao exterior — desconverso.

— Já achou algum trabalho? Você sabe que eu conheço muita gente. Posso encontrar algo.

Deus, isso seria ótimo, não seria? Um novo emprego servido em uma bandeja. Iria mesmo resolver um monte de problemas.

— Tentando acalmar a sua consciência?

Ele olha para o chão.

— Ora, Clemmie, tente ser um pouco grata. Vim até este fim de mundo ver você e estou esperando há horas. Eu me sinto mal pelo que aconteceu, mas alguém tinha que pagar o pato e foi melhor que fosse você.

— Melhor para você.

— Bom, eu posso usar os meus contatos para ajudar você.

— Não, obrigada, Seth. Na verdade, já estou fazendo algo. Acho até que vou lhe mandar um convite.

— Para o quê?

— A inauguração da minha galeria. — Caramba, se eu disse isto, então pode mesmo acontecer.

— Você vai abrir uma galeria? — ele diz, parecendo adequadamente impressionado.

— Isso mesmo. Você sabe que a Cornualha está em pleno desenvolvimento. Portanto, não, obrigada. Não preciso ou quero a sua ajuda. — Enfio a chave na porta e a abro. Viro e olho para ele quando estou do lado de dentro. — E você ter terminado comigo e arruinado o meu emprego foram as melhores coisas que já me aconteceram na vida. — E fecho a porta bem na cara surpresa dele.

Isto foi muito bom.

CAPÍTULO 27

—Aiôôôô.
— Não. Mais alto, Clemmie.
— Aiôôôô.
— Não, AIIIÔÔÔÔ!
— Aiôôôô.
— AIIIÔÔÔÔ!... Não ouço você!
— Aiôôôô!
— Clemmie, o que está fazendo? Não acho que você esteja realmente entrando no espírito da coisa — minha mãe diz.
— Claro que sim, estou tentando. Essa vaqueirice não é uma coisa natural em mim.

Ela faz um som de reprovação, me manda embora com um gesto da mão e chama o figurante seguinte.

— OK, Trevor! Vamos ouvir você!

Eu saio correndo, aliviada, para o fundo da sala, onde Barney está sentado usando meu velho poncho e um enorme chapéu de caubói que esconde o seu rosto enquanto tira uma soneca. O visual combina muito bem com os seus cabelos dourados. Não é uma prova de guarda-roupa, mas minha mãe deu instruções para que usássemos uma peça de roupa que nos fizesse sentir caubóis, e minhas botas vieram a calhar. Há mais de vinte extras para as cenas de caubói e a sala está lotada de gente. O poder da personalidade de minha mãe é tamanho que ela conseguiu colocar todo mundo sentado, quietinho, nas suas fileiras, esperando pelas instruções dela.

— Barney, acorde! — dou um cutucão de leve em meu irmão.
— Humm? Já é a nossa vez?
— Não, não. Só queria bater papo. Então, por acaso Sam e Charlotte disseram quando pretendem voltar? — pergunto assim como quem não quer nada, alisando a lateral do vestido. É um dos

vestidos que Holly comprou para mim na França. Não precisava usá-lo neste ensaio, mas ele faz com que me sinta um pouco melhor. É rosa-claro, abotoado na frente, e termina pouco acima dos joelhos.

— Eles não disseram.

— Sam vai aparecer para dar um oi quando voltar, não vai?

— Clemmie, sei o que você está pensando e eu me sinto muito mal a respeito de tudo isso. Eu realmente me sinto mal, mas acho que não posso fazer nada a respeito.

Ó, meu Deus. Eu sou completamente transparente. Ele sabe como me sinto sobre Sam. Fico olhando para o chão, sentindo-me a última das criaturas. E, se Barney sabe, não vai demorar muito para Holly saber e, depois dela, minha mãe.

— Você me diga o que devo fazer — ele continua. — Quer que eu conte para Sam?

Olho para ele, assustada.

— Meu Deus, não. Não faça isso.

— Então faço o quê?

— Não podemos manter segredo?

— E esperar que tudo passe?

— Exatamente.

— Mas não vai passar, Clemmie. Você não consegue entender?

— Bom, eu estava esperando que sim — murmuro. Depois de termos decidido absolutamente nada, ficamos sentados em silêncio assistindo aos atores.

Barney me cutuca.

— Olhe! A Sra. Fothersby chegou.

A Sra. Fothersby, absolutamente em pânico com a idéia de ver sua adorada Catherine envolvida com um vagabundo da região dos lagos, está determinada a ficar de olho nela e, por causa disso, apresentou-se como voluntária para assumir o lugar de Sam na fileira de figurantes. Na verdade, não contei nada a Barney sobre Catherine e seu famoso amante, e não estou muito ansiosa em fazer isso. Mas decido que não devo adiar mais.

— Há rumores de que Catherine encontrou alguém durante as férias. Um jovem — digo como quem não quer nada.

— Foi?

— Mas provavelmente não foi nada sério.

— Se ele tiver a cabeça no lugar, não foi mesmo.

Franzo a testa. É assim que se fala do seu verdadeiro amor?

— O que quer dizer?

— O pobre coitado vai correr sem parar, se um dia encontrar a família Fothersby.

Ah, entendi. Ele está com ciúmes e está disfarçando com a técnica desprezando-os-sogros.

— Não acho que eles sejam tão maus assim — digo, reconfortando-o.

Barney me dá uma longa encarada.

— Clemmie, aonde você quer chegar? Eles são um pé no saco.

— Ora, Barney, não perca as esperanças. Tenho certeza de que Catherine atravessa somente uma fase.

— Clemmie, sobre que diabos você está falando?

— Você e Catherine. Estou falando sobre você e Catherine.

— Eu e Catherine? O que há comigo e com Catherine?

— Bom, ela é a garota. A sua garota secreta... não é? — acrescento, insegura.

— ELA É QUEM? — Barney levanta e provoca um "shhh" furioso da primeira e única Catherine Fothersby, que observa a mãe na primeira fileira. — Você ficou completamente maluca? — ele sibila e senta novamente.

— Bom, você disse que a sua garota tinha viajado e Catherine acabou de voltar da região dos lagos. E todos nós ficamos pensando que o motivo para você não contar quem era a sua amada era porque deveria ser alguém horroroso. Como Catherine Fothersby — acrescento rapidamente.

— Quem é "nós"?

— Oh, hã, eu e Holly. E mamãe. — Digo esta última frase o mais rapidamente que posso, na vã esperança de que ele não me escute.

— E MAMÃE? — ele quase berra comigo. Isto gera outro "shhh" furioso lá no palco. — Quem contou para ela?

— Bom, acho que fui eu. Mas foi completamente sem querer.

— Como pode ter sido sem querer?

— Eu falo dormindo.

— E todas pensam que é Catherine Fothersby?

— Hã, sim.

— Bom, não é ela porra nenhuma.
— Quem é, então?
— É Charlotte.
— QUEM?
Desta vez é minha mãe quem grita do palco.
— Clemmie, querida, você e Barney podem ir brincar lá fora?
— Charlotte? — sussurro forte, ignorando minha mãe. — Quer dizer que você gosta de Charlotte?
— Não acredito que vocês tenham pensado que eu gostasse da Catherine besta Fothersby.
— Mas e o Sam? Ele e Charlotte estão namorando.
— Obrigado por me avisar, Clemmie. Eu não tinha notado — ele diz, seco.
— Mas ele é seu melhor amigo.
Barney parece absolutamente abatido.
— Eu sei. Me sinto horrível. Na primeira vez que a vi ela estava saindo com Sam, e eu achei que ela era absolutamente maravilhosa. Mas era muita areia para o meu caminhãozinho, sendo uma atuária — ele diz, tristonho.
— Não seja bobo, Barney — digo, ainda tentando me recuperar do choque. — Ser surfista é uma vocação valiosa. Sem falar no encantamento de minhocas. Mas você disse, na França, que vocês estavam se dando bem.
— Estávamos mesmo. Ela nunca me viu como um namorado em potencial antes, já que sou o melhor amigo de Sam, mas nós nos demos muito bem. É lógico que eu não faria nada, claro — ele acrescenta depressa. — Nem sonharia em fazer isso com Sam.
— Então qual o motivo do corte de cabelo e do ingresso no time de críquete? Por que todo este trabalho?
— Eu sei que ela gosta de pessoas que abrem o próprio caminho no mundo, de modo que queria ser digno dela. Queria um emprego novo. Entrei para o time de críquete porque sei que ela gosta do esporte.
— Mas você é um jogador horrível.
— Eu sei, mas estava esperando uma chance porque achava que Sam não levava o namoro com ela muito a sério.
— E agora?

— Não sei. Eles estavam muito unidos em Cap Ferrat, não estavam? Viviam fazendo programas só entre os dois.

Meu coração murcha quando lembro disso.

— Sim, estavam — digo, me sentindo péssima.

— Só gostaria de tê-la encontrado primeiro.

— Eu também, Barney. Eu também — digo fervorosamente.

— Quer dizer que todo mundo acha que estou apaixonado por Catherine Fothersby?

— Hã, sim.

— Incluindo Sam?

— Lamento, mas ele também.

— Mas eu pensei que você soubesse que era Charlotte.

Volto a pensar na conversa que tivemos na França. Eu tinha certeza de que ele tinha dito Catherine, mas não é possível.

— Não, não sabia.

— Papai sabia que era Charlotte. Vocês não contaram a sua teoria sobre Catherine para ele?

— Hã, não. Acho que não falamos nada.

— Então sobre o que era aquela conversa toda?

— Que conversa?

— A que acabamos de ter. Quando perguntei se você queria que eu contasse para o Sam e você disse que desejava que toda a história desaparecesse.

Olho para Barney e mordo o lábio. Meu cérebro não funciona suficientemente rápido.

— Hã, não sei.

— Clemmie. Conte.

— Oh, OK. Acho que estou um pouquinho de nada interessada em Sam. Mas não é nada demais. Nadinha de nada.

— Sam? Você e Sam? Mas ele namora Charlotte!

Disparo uma olhada fulminante na direção de Barney.

— Desculpe. Nem acredito que acabei de dizer isto. Bom, Clemmie, você está dois anos atrasada.

— O que quer dizer com isto?

— Sam gostava de você. Você sabia disso.

— Sam gostava de mim? Não, é claro que eu não sabia disso! — Meu estômago revira em ondas.

— Até um cego conseguia ver isso.

— Eu não.

— Bom, e quando Luke terminou com você e você ficou gemendo a respeito por horas? Ele sentou do seu lado e ouviu tudo!

— Você tinha amarrado o cordão do sapato dele ao pé da cadeira! Ele não tinha escolha!

— Ah, mas ele só descobriu isso quando tentou levantar, não foi?

— Mas ele nunca disse nada. Por que nunca disse nada? Eu não sabia de nada.

— Acho que ia fazer isso, mas você começou a sair com Seth.

— Mas terminamos há um ano e meio.

— E o que você esperava que ele fizesse? Pegasse um avião baseado nas poucas possibilidades de que você se dignasse a passar algum tempo com ele? Não se esqueça de que o único motivo da sua viagem foi você estar com o coração partido por causa de Seth! Aquele monte de merda. Gostaria de ter voltado ontem, teria dado um soco no nariz dele. Seja como for, Sam fez a única coisa que poderia fazer. Esqueceu você.

— Ele me esqueceu?

— Clemmie, nós não sabíamos quando, ou se, você voltaria. Você poderia encontrar um australiano gostosão e ficar por lá. Você não podia querer que Sam ficasse esperando você para sempre. Ele não fez um voto de castidade. Ele começou a sair com Charlotte. No começo eu tinha esperanças de que não fosse sério, mas agora não sei mais.

Minha mente começa a funcionar enquanto tento encaixar todas as informações em cada conversa que tive com Sam.

— Por que você acha que as coisas entre ele e Charlotte não eram sérias?

— Ora, por causa de você. Mas eu lamento, Clem, ele e Charlotte parecem se dar muito bem.

— Mas ela não o conhece tão bem como eu! — protesto. Se ele gostou de mim antes, não poderá gostar novamente? Quando você se apaixona por alguém, nunca deixa de gostar desta pessoa, certo? É claro que isto não se aplica a Tom, no nosso terceiro ano, mas eu não sabia nada sobre o fetiche dele pelo Homem-Aranha. Talvez Sam tenha descoberto algo a meu respeito que não o agrada?

— Sinto muito, Clem — Barney repete e aperta minha mão. Minha mãe nos chama para o palco e nós vamos, arrastando os pés.

É a cena em que Katie (representada por Catherine) faz uma espécie de show de cabaré para um bar do Velho Oeste lotado (nós, pobres figurantes sobrecarregados) e tudo o que tenho que fazer é sentar, assistir e gritar de vez em quando.

Levamos cerca de vinte minutos para arrumar tudo no palco e eu comento com Trevor, nosso organista surdo, que não parece que o ensaio vá terminar antes da meia-noite. É claro que Trevor não entende nada do que digo e preciso repetir a frase aos gritos bem no ouvido dele, o que não deixa minha mãe muito contente.

A cena começa e eu admito que Catherine está simplesmente maravilhosa. Todo mundo se entreolha embasbacado, porque ninguém sabe de onde veio tanto talento. Catherine está radiante. Ela é coquete e atrevida, depois sedutora e tímida, e a mãe dela não sabe bem como lidar com tudo o que vê, mas gosta da onda espontânea de aplausos que Catherine recebe no final de sua atuação. O tal rapaz da região dos lagos deve ser o responsável por esta nova vivacidade de Catherine.

Repetimos mais uma vez a cena e minha mãe consegue extrair o que deseja dos figurantes, porque agora não estamos tão surpresos com a atuação de Catherine. Não sei bem quando ele entrou, mas, quando olho para a platéia vazia, vejo que Sam está sentado em uma das cadeiras. Olho rapidamente de volta para Catherine, que ainda atua, com o coração disparado, e arrisco uma nova olhadela. Desta vez ele me vê e me dá um sorriso descompromissado. Com o coração disparado, sorrio de volta no que espero que seja um sorriso nada psicótico e tento me concentrar no que devo fazer, que é absolutamente nada.

Felizmente, minha mãe nos libera para um pequeno intervalo. Eu assumo uma postura indiferente e começo a andar na direção dele, parando para falar com algumas pessoas no caminho. Todo mundo ainda está maravilhado com a atuação de Catherine, o que ajuda muito, porque não estou ouvindo nada do que dizem.

Enquanto isto, Sam foi até a frente e conversa com Trevor. Vou até lá. Fiel ao seu estilo, Sam não me cumprimenta com um beijo.

— Você voltou! — digo, declarando o óbvio, completamente incerta sobre como me comportar com ele. Quero contar tudo o que aconteceu desde que o vi. Quero contar sobre o Sr. Trevesky e Seth. Quero até mesmo contar tudo sobre Gordon.

— Sim, voltei. Como vai você, Clem?

— Oh, estou bem. Desempregada, mas bem.

— Então o Sr. Trevesky decidiu finalmente que você e Wayne deveriam se separar?

— Não preciso dizer que Wayne está feliz da vida. Você se divertiu? — pergunto, insegura.

— Você voltou! — diz Barney, juntando-se a nós. Eles trocam um aperto de mão másculo e um meio abraço.

— Acabei de chegar. Onde está seu pai?

— Em casa.

— Vou passar por lá e dizer oi. Vejo vocês mais tarde.

Ele sorri e vai embora.

Eu fico absolutamente passada.

CAPÍTULO 28

—Vá atrás dele! — Barney sibila. — Vamos lá!
— Eu não sei o que dizer.
— Diga que gosta dele.
— Eu não posso fazer isso, Barney. E se ele já me esqueceu?
— Não há melhor hora do que esta para descobrir.
Fico parada, olhando para ele sem saber o que fazer, e decido-me. Saio tropeçando pelas fileiras de cadeiras e corro como uma louca em direção à porta que Sam já está abrindo.
— Sam! — grito. — Sam, espere!
Ele pára e vira.
— Clemmie? Esqueceu alguma coisa?
Diminuo o passo enquanto me aproximo e sinto toda a minha resolução desaparecer. Ó, meu Deus. Não faço a mínima idéia do que vou dizer a ele. Não sei nem por onde começar. Nem consigo ver o rosto dele direito, para avaliar sua reação.
— Hã, Sam. Posso falar com você?
— Claro que pode, Clemmie. O que foi?
Isto é horrível. Eu simplesmente não sei o que dizer.
— Quero conversar com você sobre o que aconteceu na França.
— Na França? Agora?
— Hã, sim.
— Bom, venha cá e sente, então. Não consigo enxergar nada aqui. — Ele pega no meu braço e me direciona para o fundo do salão de festas da prefeitura. É o último lugar do mundo onde gostaria de ter uma conversa íntima, mas não tenho muita escolha. Talvez ele prefira aqui para evitar que eu faça uma cena e me descontrole.
Vamos nos sentar na última fileira. O resto do elenco está voltando para o palco, sendo recebido por gritos de minha mãe.

Ele senta ao meu lado e me olha.

— O que foi? Está preocupada com Martin Connelly? Porque acho mesmo que não...

— Não — digo depressa. Não é sobre Martin Connelly.

— Que é, então?

Eu realmente gostaria de ter tido mais tempo para pensar a respeito. Olho e vejo Barney nos observando.

— Bom, é que eu achei que estávamos, ou... ou que poderíamos estar... Mas posso estar enganada...

— Bote logo para fora, Clemmie.

— Quando estivemos juntos na França...

— Olhe, Clemmie. Sei o que está tentando dizer e sinto muito por tudo. Sinto mesmo.

— Sente muito o quê?

— Eu tinha uma namorada e não sou tão cafajeste a ponto de simplesmente me esquecer dela.

— Eu sei — digo, me sentindo péssima.

— E pedi para você ter paciência comigo enquanto eu resolvia toda a situação. Sinto muito que você não tenha tido a paciência de esperar alguns...

— Você me pediu para ter paciência? Quando foi que fez isto?

— Coloquei um bilhete debaixo da sua porta. Você não pegou?

— Um bilhete debaixo da porta? Não peguei nenhum bilhete debaixo da porta. Quando foi isso?

— Um dia depois da chegada de Charlotte.

Meu cérebro se agita vagamente em reconhecimento.

— Você não escreveu o bilhete em uma nota fiscal, escreveu?

— Bom, sim. Era o único papel que tinha comigo naquele momento.

Eu dou um gemido e começo a sorrir.

— Eu vi um papel no chão quando voltei da maratona de compras com Holly. Achei que era uma nota fiscal que tinha caído de uma das sacolas e joguei fora.

— Você não leu, então?

— Não!

— Achei que você estava zangada comigo e tinha decidido me ignorar!

— Meu Deus, não!

— Você não tirava aqueles malditos óculos escuros do rosto e nem me olhava.

— Estava com vergonha.

Desta vez, olhamos um para o outro corretamente. É a primeira vez em muitos dias. Começamos a sorrir.

Dou uma olhada para Barney, que ainda nos observa, e ele também dá um sorriso encorajador. Na verdade, várias pessoas parecem estar prestando mais atenção em nós do que nas instruções de minha mãe. Sam também percebe e diz:

— Vamos para um lugar mais reservado?

— Os bastidores?

— Perfeito. — Ele pega na minha mão e me puxa. Meu coração dispara como um bobo só porque ele está me tocando. Sam não me solta enquanto caminhamos pela sala e passamos pela porta lateral que leva aos bastidores.

Ele me empurra na direção de algumas caixas e sentamos.

— Então o que aconteceu com Charlotte? — pergunto, começando a ficar levemente histérica. — Achei que vocês iam passar férias na França.

— Não consegui lugares nos vôos e achei que seria muito rude da minha parte terminar o namoro e despachá-la de avião enquanto voltava para casa com você no trem. Afinal de contas, ela sabia perfeitamente bem o motivo da separação. Ela não é boba.

— Bom, ela é uma atuária.

— Clemmie, você lhe disse que Morgan faria xixi na sua perna se ficasse parada de pé por muito tempo. Ela me contou.

— Sim. Bom. Ele poderia ter feito isso mesmo. E não queria ver aqueles lindos sapatos que ela usa se estragarem. Então você terminou com ela?

— Sim. Não queria fazer isto na França, mas, quando me decidi, resolvi fazer isto o mais depressa possível. Passei algumas noites muito desconfortáveis dormindo no chão. Isto e o fato de que achei que você estava me dando uma gelada foram responsáveis por dias verdadeiramente desagradáveis. Então, podemos continuar de onde paramos?

— E onde era mesmo? — pergunto, desejando que ele faça algo. Ele olha bem dentro dos meus olhos e sorri com gentileza.

— Aqui...? — Ele se inclina na minha direção. É agora! Finalmente! Fecho os olhos e espero pela macia sensação dos lábios dele...

— Clemmie, querida! Aqui está você! — grita minha mãe. Abro os olhos novamente. Será que meu destino é nunca beijar Sam? — Onde diabos vocês estiveram? Precisamos de você para a próxima cena. Quero que você faça uma coisa. — O que ela quer que eu faça? Salte nua de uma carroça em chamas? Escalpele alguém com uma machadinha?

— Sorrel, Clemmie não está disponível para a próxima cena.

— Por que não?

— Ela já tem um compromisso. — Ele me põe de pé.

— O que quer dizer com isto? Vocês dois estão...? Vocês estão, não estão? Oh, meus queridos, que notícia absolutamente *encantadora*. Não deixem que eu os interrompa, façam de conta que nunca estive aqui. Preciso ir contar a Barney, vocês se importam se eu contar a Barney? É que preciso dele para fazer a sua parte, Clemmie.

Sam faz um gesto que indica faça-o-que-bem-entender.

— Acho que ele já sabe, Sorrel.

— E Gordon acabou de chegar. Vocês têm certeza de que não querem ficar?

— Absoluta.

— OK então, vocês dois continuem... — Ela fica ali parada, olhando para nós cheia de expectativa. — Oh! Vocês querem que eu vá embora?

— Não, está tudo bem! Nós vamos.

Vou atrás dele até o salão. Todo mundo está no palco vendo Sam me levando para a saída.

— Então, onde está Charlotte? — pergunto para disfarçar o silêncio e a minha vergonha. — Ela ainda vai vir para cá?

— Acho que sim. Ela voltou para Londres agora, mas falou algo sobre vir surfar com Barney no fim de semana. Típico, não é? Elas sempre acabam gostando de Barney, no fim. Ela também quer ir encantar minhocas com ele. Isto me lembra que preciso muito falar com Barney sobre o tal namoro com Catherine.

— Oooh, não se preocupe. Acho que as coisas já se resolveram É melhor não falar nada a respeito, acho que ele tem vergonha.
— Mesmo?
— Sim, ele já a esqueceu. — Faço uma figa e sorrio para ele.
Ele abre a porta e passamos para o frio e fresco ar noturno. Tenho que parar por alguns segundos até meus olhos se ajustarem. Eu tremo um pouco. Meu vestido não é nada adequado para as noites da Cornualha.
— Quer o meu suéter? — Sam pergunta.
Eu hesito. Minha reação automática é a de sempre recusar qualquer coisa que ele me ofereça, e já é hora de parar com isto.
— Sim, por favor.
Ele passa o suéter em silêncio e eu me enrosco nele. Tem um cheiro delicioso do corpo dele e eu finjo não estar fungando o suéter, mas apenas respirando profundamente o ar noturno.
— Charlotte ficou zangada? — pergunto.
— Um pouco, mas não acho que tenha sido completamente inesperado. Ela sabia que eu gostava de você.
— Gostava? — pergunto deliciada, procurando descaradamente receber elogios. — Por quanto tempo? — Eu já sei muito bem, Barney disse.
— Ora, mais ou menos sempre. Ou pelo menos parece isto. Voltei de Londres por você, Clemmie. — Eu não sabia desta parte e faço com que repita a informação pelo menos duas vezes.
— Quando? Naquele Natal?
— Sim. Fui ver a antiga casa de meus pais e visitar alguns parentes. Achei que poderia ajudar. Queria descobrir mais sobre eles, minha tia nunca me contou muita coisa, mas percebi que a minha família de verdade e você estavam na Cornualha. Foi por isso que decidi sair de Londres, lá não era meu lugar. Voltei naquele Natal para pedir você em namoro, e lá estava você com Seth. Completamente apaixonada.
— Oh, Sam. Você deveria ter falado comigo — digo. Não vou contar as novidades sobre Seth agora, porque neste momento só quero falar sobre mim mesma.
— Bom, achei que você iria terminar o namoro depois de algum tempo. Ninguém gostava de Seth. E eu resolvi esperar.

— Por que não me disse algo quando terminamos?
— E eu diria exatamente o quê? Na meia hora de intervalo entre o seu rompimento e você embarcar em um avião?
— Você ainda poderia ter falado comigo — insisto.
— Você estava completamente arrasada. Eu deveria ter me oferecido para transar com você até você desmaiar? Deixe-me fazer sexo com você e talvez depois você se sinta melhor?
— Mas eu não fazia a mínima idéia.
— A maioria da família sabia. Barney e seus pais.
— Holly não?
— Não, Holly não. Ela já tinha mudado para Bristol quando todos perceberam. Mas ela sabe, agora. Eu liguei para ela assim que cheguei em Bristol para saber se você tinha dito algo a ela. Portanto, não se assuste se encontrar uma dúzia de mensagens no seu celular.
— Nunca disse uma palavra para Holly sobre isto. Não queria que ela ficasse me cutucando todas as vezes que você entrasse na sala.
— Ela disse que a coluna social foi muito bem recebida. Parece que todo mundo está correndo para comprar botas de caubói e tentando descobrir por que metade do gabinete do governo está tendo uma cimeira secreta na França!
— Que bom, ela merece. Você disse que minha mãe sabia? — pergunto de repente.
— Sim, ela adivinhou. Ela nunca disse nada?
— Não. Meu Deus, isto foi o máximo de sutileza que ela já demonstrou ter até hoje! Ela tentou me dissuadir de me interessar por você quando estávamos na França.
— Acho que estava tentando me proteger. Ela sabia o quanto eu esperei por você. Além disso, eles gostavam mesmo de Charlotte.
— Bom, acho que ainda vamos vê-la muito — murmuro. — Eu achei que você gostava de Holly! Você sempre a beija, mas nunca a mim.
— Eu odiava tocar você sabendo que você não me queria. Era incômodo demais.
— Onde estamos? — pergunto de repente, olhando ao redor. Estive andando como em uma nuvem.
— Em minha casa. Você não achou que estávamos indo para a sua, achou? Você deve estar louca. Com Norman e Morgan e sabe-

se lá quem mais. Além disso, ouvi um boato maldoso de que Gordon vai passar uns tempos lá.

— Você tem razão, prefiro ficar na sua casa.

E neste exato momento, na escuridão da noite da Cornualha, Sam me beija mesmo. Como manda o figurino. E, cá entre nós, ele beija mesmo muito bem. Ondas e ondas de beijos lindos. Quer dizer, até Trevor aparecer e jogar a luz de uma lanterna nos nossos rostos.

— Que droga — diz Sam. — Acho que temos que voltar para a Côte d'Azur para termos privacidade. Que tal tirarmos umas férias, Clem? Só nós dois...

Impresso no Brasil pelo
Sistema Cameron da Divisão Gráfica da
DISTRIBUIDORA RECORD DE SERVIÇOS DE IMPRENSA S.A.
Rua Argentina 171 – Rio de Janeiro, RJ – 20921-380 – Tel.: 2585-2000